btb

Aus Freude am Lesen

Kopenhagen, Dänemark: Kommissar Vincent Paulsen wird zu einem schrecklichen Mord mitten auf dem Rathausplatz gerufen. Ein Mann wurde am helllichten Tag in die Luft gesprengt. Die Identifizierung des Opfers gestaltet sich zunächst als schwierig. Nur ein Ring mit vier eingravierten italienischen Frauennamen gibt einen Hinweis – und ein einfacher kleiner Schlüssel in der Jackentasche des Ermordeten. Für Kommissar Paulsen beginnt eine Spurensuche, die ihn über Italien mitten in das Herz eines Terrornetzwerkes führt.

Thomas Kanger, geboren 1951, lebte lange Jahre in Västerås, Schweden, und später in Kalifornien, Neu-Delhi und Jerusalem. Er war als Journalist tätig und berichtete unter anderem viele Jahre aus Israel, bevor er zurück in die Nähe von Stockholm zog und sich dem Schreiben von Kriminalromanen widmete.

Mehr Informationen über den Autor finden Sie unter: www.thomaskanger.com

Thomas Kanger

Der Geheimnisträger

Thriller

Aus dem Schwedischen von
Holger Wolandt und Lotta Rüegger

btb

Die schwedische Originalausgabe erschien 2008
unter dem Titel »Ockupanterna« bei Norstedts Förlag,
Stockholm.

MIX
Papier aus verantwortungsvollen Quellen
FSC® C083411

Verlagsgruppe Random House FSC-DEU-0100
Das für dieses Buch verwendete
FSC®-zertifizierte Papier *Munken Pocket*
liefert Arctic Paper Munkedals AB, Schweden.

1. Auflage
Deutsche Erstveröffentlichung Februar 2011,
btb Verlag in der Verlagsgruppe Random House GmbH, München
Copyright © 2005 by Thomas Kanger
Published by agreement with Salomonsson Agency
Umschlaggestaltung: semper smile, München
Umschlagmotiv: © plainpicture / Folio
Satz: IBV Satz- und Datentechnik GmbH, Berlin
Druck und Einband: CPI – Claussen & Bosse
NB · Herstellung: SK
Printed in Germany
ISBN 978-3-442-74150-2

Besuchen Sie unseren LiteraturBlog www.transatlantik.de
www.btb-verlag.de

Prolog

»*Sorry!*«

Die Frau lächelte ihn an und legte ihm eine Hand auf den Arm. Der Mann, mit dem sie gerade zusammengestoßen war, erwiderte ihr Lächeln und hob die Hände in einer verzeihenden Geste. Wer konnte schon einer schönen, lächelnden Frau böse sein? Wenn ein solches Wesen etwas unbeholfen war, wirkte das eher charmant. Er drehte sich um und schaute ihr nach, als sie auf den lärmenden Hovedbanegården zuging. Dann setzte er seinen Weg in die entgegengesetzte Richtung, aufs Zentrum zu, weiter fort. Es war ihm entgangen, dass man ihn von zwei Seiten angerempelt hatte. Als die Frau ihn anstieß, war gleichzeitig eine andere Person an ihm vorbeigestrichen, hatte mit geschickten Fingern seine Gesäßtasche durchsucht und ihn um sein Portemonnaie erleichtert.

Der Mann sah sich um, unsicher, in welche Richtung er gehen sollte. Hinter ihm strebten die Passanten alle eigenen Zielen entgegen. Niemand schien sich um ihn zu kümmern. Aber sicher konnte er sich nicht sein. Er wollte nach links gehen, an einer Mauer entlang und auf etwas zu, was wie eine Hauptstraße aussah. Die Unruhe trieb ihn vorwärts. Um die Ecke befand sich rechter Hand ein großes klassizistisches Portal. Viele Kinder, die lachten und lärmten. Es schien ein Vergnügungspark zu sein. Er hob den Blick. *Tivoli.* Ein Flashback aus der Kindheit: Die Achterbahn hatte ihm am meisten Spaß gemacht. Er liebte dieses Gefühl in der Magengrube, wenn es steil nach unten ging. Aber wie lange das alles her war. Eine andere Zeit und ein anderes Land. Ein anderes Leben.

Der Bürgersteig endete an einer Querstraße, die zu einem großen Platz führte. Er schaute am Eckhaus hoch und las das Straßenschild: H.C. Andersens Boulevard. Auf dem Platz ein Gewimmel von Menschen, viele von ihnen offenbar Touristen. Auf der anderen Seite, am Ende einer Fußgängerzone, herrschte besonders großes Gedränge. Die Sonne schien. Sommer, sicher fünfundzwanzig Grad warm. Es war in der Mitte des ersten Jahrzehnts des neuen Jahrtausends, und es war einer jener heiteren, sorglosen Tage.

Er überquerte die Straße und gelangte auf den Platz. Eine Gruppe Japaner mit gelben Schirmmützen wechselten sich damit ab, einander vor einem großen roten Backsteinbau zu fotografieren. Das Gebäude besaß einen hohen Glockenturm. Das Rathaus?

Mitten auf dem Platz wurde er von einer Frau angehalten. Sie schob einen Kinderwagen. Neben ihr stand ein Mann, vielleicht der Vater des kleinen Mädchens im Kinderwagen. Der Mann und auch die Frau trugen eine Sonnenbrille.

»*Excuse me*«, sagte die Frau und hielt ihm einen riesigen, altmodisch wirkenden Fotoapparat hin. »*Take photo, please?*«

Sie ließ den Fotoapparat beinahe in seine Hand fallen, noch ehe er antworten konnte.

Osteuropäer, dachte er und zuckte mit den Achseln. Die Frau und der Mann wichen mit dem Kinderwagen ein großes Stück zurück und bauten sich vor dem großen Backsteingebäude auf. Beide lächelten breit.

Er versuchte, sowohl das Paar als auch das Gebäude mit dem

Sucher zu erfassen, und trat ein paar Schritte beiseite, um sie besser ins Bild zu bekommen. »*Just push?*«, fragte er laut. Die Frau lächelte und nickte.

Er schaute erneut durch den Sucher. Die Frau kam ihm irgendwie bekannt vor. Sie trägt sicher eine Perücke, dachte er für den Bruchteil einer Sekunde, bevor er den Auslöser drückte.

Sechs Wochen vorher umarmte in einer Stadt hundert Kilometer südwestlich von Kopenhagen Doris Lund ihren sechsjährigen Sohn. Der Junge sollte zu Hause bei seinem Vater bleiben, während sie Kleider für sich kaufte.

Jedes Mal wenn sie ihn verließ, hatte sie das Gefühl, ihn ein wenig im Stich zu lassen. Aber gleichzeitig war die Shoppingrunde entspannend. Bereits wenige Minuten, nachdem sie von zu Hause weggegangen war, war sie mit ihren Gedanken nur noch bei ihren bevorstehenden Einkäufen. Die Kleider sollten perfekt sitzen. Ihrem leichten Übergewicht wollte sie keine Beachtung schenken.

Doris ging zu Fuß, die Abstände in der Stadt waren nicht groß. Die Familie wohnte in Halsskov, einem Stadtteil im Norden, aber von dort aus war es nur ein guter Kilometer in die Fußgängerzone im Zentrum auf der südlichen Seite. Eine kurze Brücke über einen schmalen Sund verband die Stadtteile miteinander.

Sie ging systematisch die Kollektionen in den Geschäften an der Nygade und der Algade durch. Hielt die Kleidungsstücke vor dem Spiegel vor sich hin, drehte sich hin und her und probierte einiges. Schließlich entschloss sie sich, ein beiges Kostüm, einen blauschwarzen Rock und eine grüne, seidige Bluse zu kaufen. Alles recht streng. Kleider, die gut zu ihrer Arbeit passten.

Nach dem Shopping setzte sie sich in ein Straßencafé am

Torvet. Sie bestellte einen Cappuccino und ein *Smørrebrød.* In diesem Augenblick war Doris zufrieden mit ihrem Leben. Sie dachte, dass sie eigentlich nicht viel brauchte. Solange es ihrer Familie nur gut ging. Dass ihr Mann und sie beruflich vorwärtskamen, dass sie sich weiterhin mochten und weiter an dem Zuhause, das sie sich geschaffen hatten, arbeiteten. Dass ihr Sohn fröhlich war und sich geborgen fühlte. Mehr verlangte sie nicht.

Sie aß ein wenig von ihrem Brot und betrachtete die Leute, die vorbeigingen. Ihr Blick fiel auf einen Mann, der ein Stück weiter weg auf dem Torvet stand. Er hatte kurzgeschnittenes Haar, trug eine Sonnenbrille und hielt einen Stadtplan in der Hand. Er war ein paar Jahre jünger als sie, aber bei ihm war nicht der geringste Ansatz eines Fettpolsters zu erkennen! An der anderen Hand baumelte eine kleine Videokamera an einem Riemen. Der Mann trat ein paar Schritte auf ein weißes Gebäude zu und begann zu filmen.

Doris verzog den Mund. Es gibt für einen Touristen wirklich hübschere Gebäude als die Polizeiwache, dachte sie und aß noch ein Stück von ihrem belegten Brot.

Zwei Jahre und drei Monate vorher verabschiedete sich eine Frau in einer Stadt, die ihre Bewohner die königliche Hauptstadt nannten, von ihrem Kind. Die Mutter hieß Janina, ihre Tochter Julia. Sie war erst ein Jahr alt.

Janina fuhr zu ihrer Arbeit in einer Forex-Wechselstube in der Nähe vom Hauptbahnhof. Sie fand, dass sich ihr Leben angesichts der Voraussetzungen in eine ganz annehmbare Richtung entwickelt hatte. Im Jahr 1992 waren ihre Eltern mit ihr aus Prijedor in Bosnien geflüchtet. Einen schlimmeren Ort hatte es damals auf Erden nicht gegeben, und ihr Vater pflegte zu sagen, dass sie im letzten Moment davongekommen waren. Janina war damals bereits im Teenageralter gewesen, und sie hatte schnell eine vollkommen neue Sprache lernen müssen, um dann bei großen und kleinen Dingen die Dolmetscherin ihrer Eltern zu werden. Aber jetzt hatte sie sich ein eigenes Leben geschaffen. Janina sah zuversichtlich in die Zukunft.

Sie ging durch die gepanzerte Tür der Wechselstube und begrüßte Bea, ihre beste Freundin unter den Angestellten. Dann öffneten sie. Sie wechselten allein in ihrer Wechselstube über fünfzig verschiedene Währungen und konnten viele weitere bestellen. Janina hatte den Ehrgeiz, den Wert von so vielen Währungen wie möglich im Kopf zu haben. Sie war gut in Kopfrechnen, und wenn ein Kunde Dollar gegen Schweizer Franken eintauschen wollte, konnte sie rasch den ungefähren Kurs ausrechnen. Von Dollar in schwedische Kronen und von schwedischen Kronen in Schweizer Franken. Am Ende musste man es natürlich gemäß Tageskurs ganz genau berechnen, aber die Kunden waren immer ganz beeindruckt, wenn sie sagte, »das sind etwa 540 Franken«. Das war natürlich Angeberei, aber sie wusste, dass auch ihre Vorgesetzten ihr Talent für Zahlen zu schätzen wussten. Vielleicht würde es ihr ja ermöglichen, innerhalb des Unternehmens aufzusteigen.

An diesem Vormittag hatten sie recht viele Kunden. Sie arbeitete ruhig und effektiv einen Auftrag nach dem anderen ab. Ihre Kolleginnen und sie gingen nacheinander zum Mittagessen, damit die Wechselstube immer besetzt war. Janina bemerkte nicht, dass Bea aufstand und ging, aber plötzlich hörte sie Lärm von der Sicherheitstür her. Schrie dort nicht Bea?

Janina drehte sich um. Erst war sie erstaunt, dann packte sie das Entsetzen. Ein Mann mit wildem Blick hatte Bea einen Arm um den Hals gelegt und eine Pistole an die Schläfe gedrückt. Aus einem Reflex heraus drückte Janina den Alarmknopf. Die Anweisungen hatten sich ihr eingebrannt. Der Mann drückte Bea auf einen Stuhl und fuchtelte mit der Pistole in der Luft herum. Zwei andere Geldwechslerinnen beugten sich vor und versuchten ihre Köpfe mit den Armen zu schützen. Janina kam kurz der Gedanke, dass dies wohl kaum sinnvoll sei. Der Eindringling ging ein paar Schritte auf ihren Stuhl zu und drehte ihn herum, sodass er hinter ihr stand. Er hielt ein Halstuch in der Hand, und für den Bruchteil einer Sekunde glaubte sie schon, er wolle sie erwürgen. Aber dann legte er ihr das Halstuch über den Mund und verknotete es ganz fest in ihrem Nacken. Dann machte er es bei Bea genauso. Er fuchtelte wieder mit der Pistole und rief den beiden Frauen etwas zu, die ihre Arme über den Köpfen hielten. Janina hörte, dass das Russisch war und dass der Mann zu ihnen sagte, sie könnten gehen. Sie wollte ihnen helfen, das zu verstehen; *ihr könnt fliehen!*, aber der Knebel hinderte sie daran.

Der Mann schrie etwas in einer neuen Sprache, die Janina nicht verstand. Dann stieß er einer der beiden Frauen, die nicht geknebelt waren, die Pistole in den Rücken. Die beiden jammerten verängstigt, aber schließlich verstanden sie. Sie standen auf und rannten nach draußen.

Janina und Bea blieben zurück. Nimm schon das Geld, dachte Janina. Nimm es einfach und verschwinde, tu uns nichts. Aber der Mann machte keine Anstalten die Kassen zu öffnen. Janina sah sich einem Verrückten mit Pistole ausgeliefert, ohne zu wissen, was er wollte. Sie schaute Bea an, diese hatte die Augen geschlossen, nein, nicht nur geschlossen. Sie kniff die Augen zu. Ganz fest.

Der Mann zog ein breites Klebeband hervor und wickelte es um Beas Oberkörper und die Lehne ihres Stuhls. Bei Janina machte er es genauso. Sie war gefangen. Eine Erinnerung tauchte in ihrem Kopf auf. Ein Film mit Robert de Niro. Ein verrückter Tscheche hatte ihn an einem Stuhl festgebunden. Ein Kamerad des Tschechen, ein Russe, filmte das Ganze. Sie wollten berühmt werden. Sie wollten de Niro vor laufender Kamera erschießen. Aber er kam auf die Füße. Mit dem Stuhl auf dem Rücken schlug er den Revolvermann mit einem Stuhlbein nieder. Nach einer heftigen Schlägerei endete die Szene dann damit, dass de Niro doch erschossen wurde.

Janina hörte die Sirenen. Rettet uns!, dachte sie. Kommt und rettet mich! Kurz darauf klingelte das Telefon. Versuchte jemand, mit dem Irren Kontakt aufzunehmen? Aber der Mann hob den Hörer nicht einmal ab. Dann hörte Janina eine Stimme von draußen. Die Sicherheitstür stand wohl immer noch offen. Jemand versuchte mit ihnen zu sprechen, das musste ein Polizist sein. Sie hatten sich natürlich mit Janinas beiden Kolleginnen unterhalten, die entkommen waren, und wussten genau, was drinnen vorging. *Rettet mich doch endlich!*

Er antwortete dem Polizisten in dieser unbegreiflichen Sprache. Sie klang beinahe wie Dänisch, aber dann auch wieder nicht. Dänisch verstand sie ein wenig wegen der Touristen, die zur Wechselstube kamen. Das hier klang seltsam, es musste eine andere Sprache sein.

Janina sah den Mann an. War er vollkommen durchgeknallt? Er schien selbst nicht recht zu wissen, was er eigentlich wollte. Er rief denen da draußen gelegentlich etwas zu oder schwieg einfach nur. Die Zeit schien sich aufzulösen, aber sie war in jeder Sekunde völlig präsent, ohne jedoch zu wissen, ob fünf Minuten oder eine halbe Stunde vergangen waren.

Eine neue Stimme war zu vernehmen. Auch ein Mann, er sprach richtiges Dänisch. War das ein Polizist? Janina begriff, dass er versuchte, mit dem Verrückten, der Bea und sie als Geiseln genommen hatte, Kontakt aufzunehmen. Bea jammerte immer lauter und warf den Kopf hin und her. Dann hörte sie, dass die Tür aufgerissen wurde. Jemand stürmte herein. *Rette mich!*

Der Mann mit der Pistole wich weiter in den Raum zurück und stellte sich hinter Janinas Stuhl. Sie spürte, dass etwas an ihren Kopf gedrückt wurde. Robert de Niro, dachte sie und meinte noch ein kurzes, scharfes Geräusch zu hören.

DIE MÄNNER

PAOLO

1. Kapitel

Paolo wohnte ganz oben in einem siebengeschossigen Haus im Stadtteil Pilastro und teilte sich ein Zimmer mit seiner sieben Jahre jüngeren Schwester Gina. Manchmal wurde er wütend auf sie, weil sie ihn mit ihren kindischen Fragen nicht in Ruhe ließ. Er tolerierte es jedoch nicht, dass irgendjemand gemein zu ihr war, und mehrmals hatte er sich mit älteren Jungen geprügelt, die ihr unten auf dem Hof ihre Spielsachen hatten wegnehmen wollen.

Paolos und Ginas Vater arbeitete in einer Ziegelei und kam nachmittags in einer Staubwolke nach Hause. Er sang unter der Dusche, und nach dem Essen verschwand er oft zu politischen Versammlungen. Ihre Mutter blieb abends fast immer zu Hause und kümmerte sich um sie, sie war jedoch keine Hausfrau. Sie saß an der Kasse eines Lebensmittelladens, der zwei Blocks entfernt lag. Nach der Schule ging Paolo oft in den Laden, um sich etwas Süßes geben zu lassen.

Vor dem Haus lag das Bahngleis, und wenn die Güterzüge vorbeifuhren, spürte man das unter den Füßen. Der Fußboden summte. Ihr Nachbar meinte, die Häuser seien so schlecht gebaut, dass sie eines Tages einstürzen würden. Er hatte die Augen verdreht, »Santa Maria« gesagt und sich bekreuzigt. Paolo las von den Erdbeben weiter im Süden, und stellte sich vor, wie sich die Erde unter ihrem Haus auftat. Er würde seine Schwester aus der Katastrophe retten und dann als Held gefeiert werden.

Jenseits der Bahngleise erstreckte sich die Ebene in kindlicher Vorstellung von Unendlichkeit. Um diese Jahreszeit war sie gelb und verdorrt. Paolo fuhr dort gerne Rad. Es gab ein gutes Loch im Zaun an den Gleisen, wo er durchkam. Auf seinen Ausflügen radelte er immer weiter. So vergrößerte er seine Welt.

Es waren Sommerferien, und alle Tage waren gleich. Seine Mutter stellte ihm und seiner Schwester Gina das Frühstück hin, bevor sie zum Lebensmittelladen ging. Es war Samstag und ihr letzter Arbeitstag vor den Ferien. Sie hatte gesagt, dass sie am Sonntag ans Meer fahren würden. Papa hatte frei, aber zog sich die Schuhe an, als Paolo gerade aufstand. »Versammlung«, murmelte er und sagte dann noch etwas über die schwarze Bedrohung, bevor er die Tür hinter sich schloss. Paolo hatte das schon früher gehört, wusste aber nicht, was es bedeutete.

Nach dem Frühstück zog er sich an und ging raus. Die Sonne stand bereits hoch am Himmel. Er nahm sein Fahrrad und fuhr um die Ecke. Antonio und Luigi standen mit ihren Rädern vor Luigis Haustür auf dem Bürgersteig. Sie beschlossen, einen Ausflug in die Ebene zu machen, und radelten zum Zaun an den Gleisen. Dort mussten sie feststellen, dass ihr Loch geflickt worden war. »Wartet, das mach ich schon«, sagte Antonio und machte kehrt. Nach einer Weile kam er zurück. Auf seinem Gepäckträger lag ein Bolzenschneider. Paolo fragte sich, wo er den herhatte, sagte aber nichts. Antonio schnitt neben dem Loch, das gerade repariert worden war, ein neues Loch in den Zaun, ein größeres und besseres. Mühelos konnten sie ihre Räder durch den Zaun schieben und überquerten das Gleis.

Mehrere Pfade schlängelten sich über die Ebene. Sie radelten ziellos herum. Nach einer halben Stunde hielten sie an einem

Pumpenhaus an, mit dem einmal eine Pflanzung bewässert worden war. Jetzt war alles um sie herum trocken. Ein verfallener Hof lag etwas weiter weg. Antonio rüttelte an der Luke des Pumpenhauses, aber die war mit einem rostigen Vorhängeschloss abgeschlossen. Er ging zurück zu seinem Fahrrad und holte den Bolzenschneider vom Gepäckträger. Aber wie er sich auch anstellte, er bekam das Schloss nicht auf. Paolo und Luigi lachten ihn aus. Sie setzten sich in den Schatten des Pumpenhauses.

»Schau mal!«, sagte Luigi und deutete auf eine schwarze Katze, die um ihre Räder herumschlich. Antonio erhob sich und versuchte, sie zu sich zu locken. Als sie nicht kam, ging er ein paar Schritte vor. Die Katze wich zurück. »Wir fangen sie«, sagte er zu den anderen beiden, die aufstanden und sich auf der anderen Seite der Katze aufbauten. Luigi sprang vor, und das Tier lief weg. Antonio warf sich hinterher, und es gelang ihm ein Bein zu erhaschen. Die Katze schrie und versuchte zu entkommen. Als Antonio sie am Nacken packte, fauchte sie und zerkratzte ihm den Arm. Antonio fluchte und sagte zu Luigi, er solle sie festhalten. Er ging zurück zum Pumpenhaus und hob den Bolzenschneider von der Erde auf.

»Was hast du vor?«, fragte Paolo. »Jetzt wirst du was zu sehen kriegen«, antwortete Antonio. Er trat auf Luigi zu, der die wütende Katze so weit von sich weghielt, wie er konnte. Antonio packte die Handgriffe des Bolzenschneiders und schnitt das eine Vorderbein der Katze ab. Dann schnitt er das andere Bein ab. Entsetzt warf Luigi das Tier auf die Erde, es versuchte, sich im Staub zu erheben, um zu entkommen, aber es konnte nur noch kriechen und jaulen. Das Blut schoss aus ihren Beinstummeln hervor. Antonio lachte. Paolo starrte wie gebannt auf die Zuckungen des Katzenviehs. Sein Mund war wie zugeschweißt, er vermochte kein Wort zu sagen.

Schweigend radelten die drei Jungen zurück. Am Bahndamm stiegen sie ab und schoben die Räder über das Gleis. In dem Augenblick, als Paolo auf den Schienen stand, spürte er eine schwache Vibration unter den Füßen. Er schaute auf, um zu sehen, ob ein Zug kam, aber das Bahngleis war leer. Weit in der Ferne jedoch, in der Stadt, stieg eine schwarze Rauchwolke auf. Eine Sekunde später hörte er den dumpfen Knall. Er glaubte, das sei jetzt das Erdbeben, erst später erfuhr er, was passiert war.

Es war Samstag, der 2. August, ein Tag, den Paolo nie vergessen würde. Auf dem Bahnhof von Bologna hatte eine Bombe die Menschen in Stücke gerissen.

2. Kapitel

Sie saß fünf Reihen hinter ihm. Paolo hatte sie schon auf der Via Zamboni in ein Gespräch mit einer Freundin vertieft gesehen. Was seine Aufmerksamkeit auf sich gezogen hatte, war die Art und Weise gewesen, wie sie mit ihren Händen gesprochen hatte. Sie bewegten sich weich wie Ähren, die im Wind hin und her wogten. Als er an ihr vorbeiging, lächelte er, nicht gekünstelt, sondern von innen heraus, aus Freude, die sie in ihm auslöste. Aber sie hatte ihm nur einen Blick zugeworfen, der kaum länger als ein Blinzeln gedauert hatte. Er war stehen geblieben und ihr mit Blicken gefolgt. Da hatte ihn ein überwältigendes Begehren nach ihrem dünnen Körper ergriffen.

Jetzt saß er in der Aula Magna in der Fakultät für Wirtschaftswissenschaften und hörte sich dieselbe Vorlesung an wie sie. Ihm war klar, dass er sich nicht allzu oft nach ihr umdrehen durfte. Er raffte also seine Bücher und Papiere zusammen und stand auf. Er trat auf den Mittelgang und sah sich nach einem freien Platz schräg hinter ihr um. Sie schien sein Manöver nicht bemerkt zu haben. Er fand einen freien Platz links zwei Reihen oberhalb von ihr. Jetzt konnte er sie betrachten, ohne dass sie etwas merkte.

Ihr dunkles Haar fiel ihr in Locken auf die Schultern. Sie trug einen einfachen Wollpullover und weite Hosen, die jegliche Formen verschleierten. Er wollte nichts lieber, als all das zu erforschen, was er nicht sehen konnte. Er würde an einem Punkt der Haut beginnen, egal welchem, und sich dann vortasten, bis er diese ganze unbekannte Landschaft zu seiner gemacht hatte.

Unten am Pult ließ sich *il professore* über die tayloristische Arbeitsverteilung aus. Paolo machte sich ein paar pflichtschuldige Notizen. Das Thema der Vorlesung hatte ihn interessiert, aber der Unterricht langweilte ihn. Trockene Fakten, die er sich genausogut hätte anlesen können. Er wünschte sich Geschichten, lebendige Schilderungen, die die Geschichte mit der Gegenwart verbanden. Er wollte verstehen, und er wollte wissen, welche Schlüsse sich ziehen ließen. Eine Vorlesung war allerdings kaum ein Forum für die Diskussion unterschiedlicher Ansichten. Hier saßen Hunderte Studenten, sie waren einfach nur die Adressaten der Ausbildung und nahmen nicht gestaltend an ihr teil.

Warum interessierte sie sich für den Taylorismus? Die Lehre, die die Industriearbeit in ihre Bestandteile zerlegte, die Menschen in anonyme Zahnräder in der Produktion verwandelte und den Gewinn der raubgierigen Kapitalistenklasse maximierte? Er versuchte nicht zu denken, dass sie dafür viel zu hübsch war. Als hätten Augen, die so hübsch waren wie Schmetterlinge, das mindeste mit der Sache zu tun. Unablässig linste er zu ihr hinüber. Taylorismus, danach kann man sie natürlich fragen, dachte er und merkte, wie eine Woge von Nervosität über ihn hinwegspülte. Wie sollte er sich nur überwinden, sie anzusprechen, mit ihr zu reden? Sie gehörte einer anderen Welt an, das sah er an ihrer Art sich zu bewegen. Ein so feingliedriges Mädchen hatte vermutlich nie den Ziegeleistaub aus den Kleidern ihres Vaters einatmen müssen, wenn dieser immer erschöpfter und schwermütiger am Spätnachmittag nach Hause gekommen war. Der Staub, der das Haar seines Vaters verfilzt und den er mit immer größerer Mühe nach jedem Arbeitstag aus der Lunge gehustet hatte. Der graurote, zähe Schleim hatte seine Lieder zum Verstummen gebracht und schließlich wie ein alles erstickender Teppichboden die Innenseite seiner Lungen ausgekleidet.

Die Ziegelei wurde geschlossen und sein Vater verlor seine Arbeit. Aber er hatte noch seine Familie und die Politik. Der Glaube an eine andere und bessere Zukunft ermöglichte es ihm in den letzten Jahren weiterzuatmen. Als die Partei zusammenbrach, hörte Paolos Vater zu atmen auf. Er wurde am 6. September 1991, dem Tag nach der formellen Auflösung der Sowjetunion, zu Grabe getragen. Er gehörte zu den Unbeirrbaren, die bis in den Tod Recht behielten.

Gina war untröstlich. Dann verstummte sie ebenfalls und zog sich in ihre eigene Welt zurück, zu der sonst niemand Zutritt hatte. Drei Wochen nach der Beerdigung ging Paolos Mutter mit ihr zu einem Psychiater. Dieser stellte eine schwerverständliche Diagnose auf Latein und wies sie in eine Klinik ein. Jetzt war ein ganzes Jahr vergangen, und die Schwester war, mit starken Medikamenten eingestellt, wieder zur Mutter nach Pilastro gezogen. Sie verließ die Wohnung nur selten. Paolo besuchte Gina fast jeden Tag. In ihrer Kindheit hatte er sie noch halbwegs gegen äußere Gefahren verteidigen können, aber gegen die Mächte, die ihr Gemüt eingenommen hatten, fehlten ihm die Waffen.

Er fragte sich, wie das Mädchen hieß. Dieser Gedanke beschäftigte ihn im Bus nach Hause in das einfache Zimmer, das er gemietet hatte. Es lag ebenfalls in Pilastro in einem der Betonhäuser, die man Anfang der 1960er Jahre hochgezogen hatte, als die Landarbeiter aus dem Süden wegen der Arbeitsplätze in der Industrie in den Norden gezogen waren. Die Gebäude waren stumme Zeugen einer Epoche. Die Menschen waren buchstäblich mit den Wurzeln aus der Erde, in die sie gehörten, gerissen und in neue Quartiere verpflanzt worden, in denen sie keinen Kontakt mehr zur Erde hatten. Diese Bewegung war nicht nur in der Horizontalen erfolgt, sondern auch in der Vertikalen. Die Wohnung gefiel Paolo jedoch. Er hatte in seinem gesamten einundzwanzigjährigen Leben in solchen Häusern gewohnt, und sie waren ihm ebenso vertraut wie seine eigene Haut. Die Einrichtung bestand aus einem Bett, einem Schreibtisch mit Stuhl, einem verschlissenen Sessel und einem Regal für die Studienliteratur. Er besaß ein Radio, aber weder Plattenspieler noch Fernseher. Die Miete war gering.

Seine Mutter hatte gewollt, dass er studieren würde. Sie hatte darauf bestanden, als er selbst widerwillig gewesen war. Du hast den Kopf dazu, hatte sie gesagt, wirf dein Leben nicht weg. Hier liegt deine Zukunft. Er hatte sich ihrem Willen gebeugt, denn etwas anderes war undenkbar.

Er legte sich aufs Bett und träumte, dass das Mädchen ohne Namen neben ihm lag. Seine Hand folgte einer Rundung in der Luft, ihr Haar, ihre Wange, ihre Schulter, ihr Arm, bis zur Taille. Sie schaute ihm in die Augen, und er war glücklich.

3. Kapitel

Die folgenden drei Tage ging Paolo die Via Zamboni, die Hauptstraße im Universitätsviertel, auf und ab, in der Hoffnung, sie wiederzusehen. Er dachte sich aus, was er in verschiedenen Situationen sagen würde. Er ging diverse Varianten durch und verwarf eine nach der anderen. Vermutlich würde er alles, was er sich zurechtgelegt hatte, vergessen und verzweifelt über seine eigene Schüchternheit etwas Sinnloses stammeln. Weshalb konnte er nicht wie so viele andere aus seinem Bekanntenkreis selbstbewusst sein und immer einen frechen Spruch auf den Lippen haben? Er hoffte, dass seine linkische Art sie rühren und seine Schwäche seine Stärke werden würde. Vielleicht gefiel ihr ja sein Aussehen, er wusste, dass das bei Mädchen oft so war.

Jetzt hatte er sich unter den Arkaden vor dem Caffè del Museo ganz in der Nähe der Fakultät für Wirtschaftswissenschaften postiert. Sein Standort war das Resultat einer Wahrscheinlichkeitsrechnung. Obwohl er sie nie zuvor in der Vorlesung gesehen hatte, musste sie an dieser Fakultät immatrikuliert sein. Irgendwann im Laufe des Tages würde sie sicher einen Kaffee oder Tee trinken wollen. Aber vielleicht hatte sie sich ja auch nur den Vortrag über Taylorismus anhören wollen? Vielleicht hatte sie das Thema interessiert, und sie hatte sich, von einer Freundin dorthin mitgenommen, in die Vorlesung gesetzt? Den Gedanken, dass es genausogut ein Freund gewesen sein konnte, schob er von sich.

Einige Male während der letzten drei Tage hatte er gemeint, sie aus der Ferne zu sehen. Er hatte sich rasch genähert, dann aber jedes Mal feststellen müssen, dass er sich geirrt hatte. Einmal war er sich ganz sicher gewesen, dass sie es war, aber es hatte so ein Gedränge geherrscht, dass er sie aus den Augen verloren hatte. Enttäuscht, aber auch erleichtert, dass er jetzt noch nicht auf die Probe gestellt werden würde, hatte er seine Suche fortgesetzt. Sein Leben war von ihren unbekannten Schritten bestimmt worden.

An diesem Tag hatte Paolo gerade aufgeben wollen, als sie, als sei das die selbstverständlichste Sache der Welt, an ihm vorbeiging, offenbar vollkommen unberührt von den Gefühlsstürmen in seinem Herzen. Sie war allein und kam aus dem Café. Das brachte ihn aus der Fassung. Sein Plan war gewesen, sich zu ihr zu setzen und zu bemerken, dass sie dieselbe Vorlesung besuchten. Sie hätte es nett gefunden, dass er ihr Gesellschaft leistete. Es wäre nur natürlich gewesen, sie nach ihrem Namen zu fragen, und sie hätten den Taylorismus diskutieren und über die Vorlesung sprechen können. Sie hätte ihn angelächelt. Aber jetzt ging sie einfach an ihm vorbei und noch dazu in die falsche Richtung. In einer weißen, kurzärmeligen Bluse und Jeans und mit einem Rucksack, der vermutlich voller Bücher war. Er hätte sich auf die Erde werfen und ihren Schatten küssen mögen.

Stattdessen zögerte er etwas zu lange. Sie verschwand um die Ecke, ehe er sich noch gelähmt von den Möglichkeiten, die sich ihm offenbart hatten, von der Stelle bewegen konnte. Seine lächerliche Schüchternheit betrübte ihn zutiefst, und er ließ den Kopf hängen. Als er ihn wieder hob, schaute er in ihr Gesicht. Sie kam geradewegs auf ihn zu und sah ihm in die Augen.

»Verfolgst du mich?«

Die Frage ließ ihn erzittern. »Nein, überhaupt nicht!«, antwortete er mit verzweifelter Stimme.

»Warum bist du mir dann unlängst hinterhergerannt, und warum sehe ich dich jetzt zum vierten Mal in genauso vielen Tagen, und warum hast du mich letzten Montag die ganze Vorlesung lang angestarrt?«

Sie schien ihn mit ihren Fragen zu durchlöchern, während Paolo die Luft wegblieb.

»Weißt du denn nicht, dass wir Frauen sexistisches Verhalten nicht mehr hinnehmen und unerbittlich gegen all jene vorgehen werden, die auch nur im Geringsten wie chauvinistische Männerschweine wirken?«

Paolo sah ein, dass die Schlacht verloren war. »Ich habe dich überall gesucht«, gab er resigniert zu. »Du bist schöner als die alten Paläste Bolognas.«

Sie sah ihn einen Augenblick wütend an, dann lachte sie. »Das ist das dümmste Kompliment, das ich je gehört habe«, sagte sie.

Er fühlte sich beinahe noch verzweifelter, er war nicht nur ein sexistischer *Stalker*, er war ein einfältiger sexistischer Stalker. Sie schwiegen beide, sie lachte nicht mehr.

»Was willst du eigentlich?«, fragte sie schließlich.

»Ich weiß nicht«, antwortete er. »Dich kennenlernen.«

»Und wer bist du?«

Das war eine Frage, die Paolo nicht beantworten konnte. Stattdessen streckte er die Hand aus und sagte seinen Namen. Sie zögerte einen Augenblick. Dann nahm sie sie. »Francesca«, sagte sie. »Jetzt hast du mich kennengelernt.«

Er sah ein, dass sie überhaupt nicht die war, die er sich vorgestellt hatte. Nicht das sanfte Wesen, das er sich in seiner Fantasie vorgestellt hatte. Das machte ihm etwas Mut, er konnte vielleicht mit ihr reden wie mit einigen seiner Freunde. Er brauchte sie nicht wie eine Porzellanpuppe zu behandeln.

»Können wir nicht was zusammen unternehmen?«, fragte er.

»Zum Beispiel was?«

»Vielleicht … irgendwohin gehen. Uns unterhalten.«

Sie schien eine Weile nachzudenken. »Komm heute Abend in die Via Benedetto XIV. Das ist eine Querstraße der Via Zamboni. Dort gibt es ein Café mit Buchhandlung, das 77 heißt.«

Sie drehte sich auf dem Absatz um und ging. Er sah hinter ihr her. Er wollte weinen, ein Schussverletzter, der gegen alle Wahrscheinlichkeit überlebt hat.

4. Kapitel

Paolo konnte das »77« erst nicht finden, aber nachdem er eine Weile auf beiden Seiten der Gasse gesucht hatte, stieß er neben einer Klingel auf ein kleines handgeschriebenes Schild. Die Klingel befand sich zwischen einer niedrigen Eisentür und einem vergitterten Fenster. Er drückte die Klinke hinunter: abgeschlossen. Dann klingelte er und wartete. Die Tür wurde geöffnet, und vor ihm stand Francesca. Er bemerkte, dass sie jetzt einen schwarzen Pullover trug.

»Ciao«, sagte sie. Er erwiderte ihren Gruß und musste den Kopf einziehen, um eintreten zu können. Er ging eine Treppe hinunter und betrat ein Kellerlokal mit schmalen länglichen Fenstern direkt unter der Decke. Durch das dicke Fensterglas hatte man eine verzerrte Sicht nach draußen. An zwei Wänden standen Regale. In einem Ständer fanden sich etwa ein Dutzend Zeitschriften. Vor der dritten Wand stand ein Tresen mit einer Kaffeemaschine, einem Brotkorb und einer altmodischen Kasse. An dem Kühlschrank hinter dem Tresen stand auf einem Zettel zu lesen, dass man für dreitausend Lire verschiedene Salate kaufen könne. In dem Raum waren vier Tische aufgestellt. An zweien von ihnen saßen schwarzgekleidete Personen in Paolos Alter, die rauchten und sich unterhielten. Keiner verschwendete auch nur einen Funken Energie darauf, den Kopf zu heben und den Neuankömmling anzuschauen.

An der vierten Wand befanden sich die Tür zur Toilette und eine weitere, ebenfalls geschlossene Tür. Paolo vermutete, die Tür zum Hinterzimmer.

»Ich muss nur rasch was fertig machen«, sagte Francesca und zog einen Stuhl hinter dem Tresen hervor. Paolo wusste nicht recht, ob er sich an einen der Tische setzen oder stehen bleiben und darauf warten sollte, dass sie mit ihrer Sache, was immer das sein mochte, fertig wurde. Er trat auf eines der Regale zu, um sich zu beschäftigen. Bücher von Marx und Engels mit Titeln, die er vom Regal seines Vaters wiedererkannte. Er wusste nicht, ob sein Vater diese Bücher je geöffnet hatte, jedenfalls hatte Paolo ihn nie Marx oder Engels lesen sehen. Aber Gramsci hatte sein Vater immer wieder gelesen.

Paolo erkannte auch mehrere andere Autorennamen wieder: Negri, Hardt und Steve Wright. Von diesen Autoren war an der Uni die Rede gewesen. Insbesondere Negri hatte er mit ein paar Leuten diskutiert, die zur autonomen Bewegung gehörten und die am selben Seminar über Kapitalisierungstheorie teilgenommen hatten. Sie hatten sein Interesse geweckt, aber er war noch nicht dazugekommen, die Bücher auch wirklich zu lesen. Im Regal stand auch ein Buch mit dem Titel »Fordismus und Postfordismus«, das er gelesen hatte. Dieses Buch hatte ihn auch dazu bewegt, die Vorlesung über Taylorismus zu besuchen.

Unter den Zeitschriften war das englische »Class War«. Er drehte sich um und sah Francesca an. Sie war mit irgendeiner Buchhaltungsarbeit beschäftigt und schien seine Anwesenheit vollkommen vergessen zu haben. Er konnte sie sich an vorderster Front des Klassenkampfes nicht vorstellen. Sie erinnerte in nichts an jene Leute, denen er bei den Lokalversammlungen der alten kommunistischen Partei PCI begegnet war. Dorthin hatte sein Vater ihn manchmal mitgenommen. Paolo hatte in einer Ecke gesessen und den Diskussionen gelauscht, ohne sonderlich viel zu verstehen, und sich die Zeit mit Nichtstun vertrieben. Die Männer hatten geredet. Natürlich waren auch Frauen dort gewesen, aber nicht solche wie Francesca. Sie hatten mehr an seine Mutter erinnert. Vorzeitig gealtert, übergewichtig und dunkle Schweißflecken in den Achselhöhlen ihrer Kleider. Die Frauen hatten dann immerhin noch einen Ausweg gefunden, als das Kartenhaus der Politik wie bei einem plötzlichen Erdbeben eingestürzt war: nach Hause zur Familie in die eigenen vier Wände und zurück zu Institutionen, an denen erst einmal nicht zu rütteln war. Die Frauen hatten sich den innersten Kern ihres Lebens unbeschadet bewahren können. Sie hatten sich ohnehin immer geweigert, anzuerkennen, dass alles Politik war, und konnten nahezu unversehrt vom großen Leben in ihr kleines zurückkehren. Sie hatten bloß an einem missglückten Ausflug teilgenommen. Für die Männer blieb nur Bitterkeit, Alkohol und Fußball.

Darüber wusste Francesca vermutlich nichts. Aber er wollte sich hüten, in Bezug auf sie übereilte Schlüsse zu ziehen. Er hoffte stattdessen, dieses Wissen direkt aus der Quelle beziehen zu können. Nachdem er sich ein paar Bücher angesehen hatte, setzte er sich an einen der leeren Tische und wartete. Einige Minuten später schlug sie ihr Notizbuch zu und kam an seinen Tisch. Er war etwas nervös, denn er wusste nicht, wie er die Unterhaltung beginnen sollte.

»Ich arbeite hier einen Abend in der Woche«, sagte sie und befreite Paolo damit aus der Verlegenheit, ein geeignetes Gesprächsthema zu finden. »Unentgeltlich, versteht sich«, fügte sie noch hinzu.

»Wem gehört die Buchhandlung?«, fragte Paolo.

»Eigentlich niemandem«, antwortete Francesca. »Sie gehört

dem Netzwerk, niemand hat also mehr Recht auf sie als jemand anderes. Aber es gibt natürlich jemanden, der den Mietvertrag für die Räume unterschrieben hat.«

Die Antwort machte Paolo nicht viel schlauer, aber er verzichtete darauf, um eine genauere Erklärung zu bitten.

»Warum interessierst du dich so für den Taylorismus?«, fragte sie.

Paolo dachte nach, es ging darum, clever zu klingen. Er glaubte nicht, dass Francesca ihn mögen würde, falls er ihr wie ein Dummkopf vorkam, insbesondere nicht, da er schon einen so unbeholfenen ersten Eindruck gemacht hatte. Das konnte fatale Konsequenzen haben.

»Ich will wissen, wie die Industrieproduktion früher organisiert war, um zu verstehen, was die Entwicklung heute vorwärtstreibt«, sagte er und hoffte, dass seine platte Antwort trotzdem ankommen würde.

»Die Kapitalbesitzer wollen nur zwei Dinge«, meinte Francesca, »sie wollen so effektiv und billig wie möglich produzieren und so viel und so teuer wie möglich verkaufen. Billig zu produzieren bedeutet niedrige Löhne, und damit wird es schwer, teuer zu verkaufen, denn wer soll kaufen? Diesem Widerspruch wird das Kapital nie entgehen.«

»Neue Märkte?«, schlug Paolo vor.

»Klar«, erwiderte Francesca, »aber da muss man dann mit anderen Kapitalbesitzern mit demselben Ehrgeiz konkurrieren. Das führt zu Handelskriegen und zu bewaffneten, imperialistischen Kriegen. Das löst den Widerspruch nicht. Bald stehen sie mit einem gesättigten Markt und einer ausgebeuteten Arbeiterklasse da.«

»Mein Vater war sein ganzes Leben lang in der PCI«, sagte Paolo. »Er kämpfte dafür, dass die Arbeiter einen größeren Teil des Mehrwerts bekommen würden.«

»Die PCI hat doch nur im Spiel der Kapitalisten mitgespielt«, meinte Francesca. »Das Einzige, was die Partei forderte, war mehr Platz am Spieltisch. Die Spielregeln haben sie nicht verworfen. Und was ist passiert? Jedes Mal, wenn die Löhne erhöht wurden, wurden die Arbeiter wegrationalisiert. Und wenn das Kapital nicht schnell und umfassend genug rationalisieren konnte, dann wurde die Produktion ins Ausland verlegt. Jeder Streik, der zum Sieg führte, führte auch zum Verlust. Der Kampf um die Löhne ist tot. Genauso tot wie die PCI.«

Und mein Vater, dachte Paolo.

Sie beugte sich zu ihm vor. »Dann erfinden sie neue Menschen«, sagte sie. »Unter den Fließbändern des Taylorismus und Fordismus waren wir Zahnräder in der Maschine. Jetzt machen sie uns zu Konsumenten. Sie reden uns ein, dass wir uns frei entscheiden, wenn wir für unser Auto grünen oder blauen Lack wählen oder die eine oder andere Kleidermarke tragen. Aber wir wählen nicht, wir werden von der Reklame des Kapitals dazu erzogen, zu glauben, dass wir Individuen mit einem freien Willen sind.«

Er ertappte sich dabei, dass er ihr nicht in die Augen schaute. Nicht aus Schüchternheit, sondern weil sein Blick stattdessen ihren Mund fixiert hatte, der so unendlich weich zu sein schien. Er akzeptierte alle ihre Behauptungen, sie lagen auf einer Linie mit seinen eigenen, weniger klar artikulierten Ideen, und sie brachte sie mit vollkommener Überzeugung vor. Er sorgte sich etwas, dass sie nicht lächelte, fand aber, dass ihre Wahl des Gesprächsthemas darauf hindeutete, dass sie ihn ernst nahm. Er war es wert, dass man zu ihm sprach, dass man mit ihm sprach, dass man ihm Zeit opferte.

»Wir müssen uns weigern, an dieser Farce teilzunehmen«, sagte sie und unterstrich ihre Worte mit den Händen, Bewegungen, die Paolo fast in Trance versetzten. »Wir müssen alles verweigern, was sie von uns verlangen, uns weigern, fernzusehen, uns weigern, als Statisten an einer Farce teilzunehmen, die sie Demokratie und freie Wahlen nennen, wir müssen uns überhaupt weigern, uns an den Parteien des Kapitals und an den Gewerkschaften zu beteiligen. Wir müssen alles verweigern, was die Unterdrückung des Menschen und der Arbeiterklasse legitimiert. Das ist wahre Autonomie.«

So hatte Paolo noch nie gedacht. Dass man nein sagen könnte, nur ein einfaches Nein. Gerade jetzt stellte das eine enorme Verlockung dar.

»Was für ein Glück, dass ich keinen Fernseher besitze«, sagte er in einem Versuch zu scherzen.

Sie verzog leicht den Mund. Paolo wusste nicht, ob das seinetwegen oder wegen des Scherzes war und beeilte sich, wieder ernst zu werden.

»Mein Vater«, sagte er, »widmete all seine Zeit dem CGIL und der PCI, aber das alles existiert nicht mehr. Die Gewerkschaft hatte keine Chance, als die Kapitalisten die Ziegelei schließen wollten, in der er arbeitete. Und die Partei, das weißt du ja selbst.«

»Dann weiß er auch, worum es geht«, sagte Francesca.

»Er ist tot«, sagte Paolo. »Staublunge.«

Sie nickte. Paolo fand, dass sie eine Verbindung hergestellt hatten.

»Ganz entkommen wir nicht«, sagte sie. »Wir brauchen Essen, Kleider und ein Dach über dem Kopf. Aber wir müssen neue Strukturen außerhalb der alten schaffen. Ich habe nicht vor, darauf zu warten, bis der Sozialismus durchgeführt ist. Ich will ihn jetzt leben. Und unser Beispiel kann allen anderen, die versklavt sind, den Weg weisen.«

Paolo wagte es nicht, Francesca nach ihrem Hintergrund zu fragen. Vielleicht war sie ja die Tochter eines Unternehmers oder eines hohen Tieres in der Politik. Das würde ihm, dem Sohn eines umgekommenen Ziegeleiarbeiters, gewisse Vorteile verschaffen. Aber nur im Moment, und im Moment wollte er sie nicht in eine Situation versetzen, die ihr vielleicht peinlich war.

Als die Buchhandlung schloss und es an der Zeit war, sich zu trennen, fühlte er sich verunsichert. Sie wirkte distanzierter und ihre Stimme hatte einen formellen Ton angenommen. Er wusste nicht, wie er sich verhalten sollte. Sie standen in der Gasse, und es war klar, dass sie beide in entgegengesetzter Richtung wohnten.

»Morgen senden wir freies Radio«, sagte sie. »Ich habe jeden Samstag um zwei eine Sendung. Du kannst ja kommen und zuhören.«

»Ja klar«, sagte er begeistert. »Gerne. Wohin genau?«

Sie gab ihm die Adresse, und sie trennten sich mit einem Ciao.

5. Kapitel

Paolo war überpünktlich an der angegebenen Adresse eingetroffen und stand nun vor dem Haus, einem vierstöckigen Gebäude in der Via Mirasole, einer schmalen, kurzen Straße am südlichen Ende der Innenstadt. Die Fenster im Erdgeschoss waren mit Spanplatten vernagelt. Die eine Hälfte der Flügeltür stand offen, und er trat ein. Im Entree lagen Müll und Glasscherben. Es roch nach Urin, Feuchtigkeit und Schimmel. Das Treppengeländer fehlte an manchen Stellen. Paolo drückte sich an die Wand, als er nach oben ging. Die ersten beiden Stockwerke schienen leer zu stehen. Im dritten Stock schien sich der Charakter des Hauses zu verändern, es lebte auf. Irgendwoher erklang aus einem Radio Punkmusik. Stimmen waren zu hören, und im Inneren des Hauses klapperte etwas rhythmisch. Er folgte dem Lärm und ging einen Korridor entlang. In einem Zimmer stand ein Mann, der etwa Mitte zwanzig war, und drehte an der Kurbel eines Vervielfältigungsapparats. Neben ihm stand eine jüngere Frau und rauchte. Sie war stark geschminkt, ihre Augen und Lippen waren schwarz umrandet. In der Ohrmuschel trug sie kleine, funkelnde Nieten. Auf dem Fußboden standen Kartons mit bereits vervielfältigten Flugblättern. Paolo übertönte den Lärm des Vervielfältigungsapparats und rief fragend: »Francesca?«

Der Mann deutete an die Decke zum darüberliegenden Stockwerk.

Er ging eine weitere Treppe hinauf und fand sie in einem der innen gelegenen Zimmer auf einem durchgesessenen Sofa vor einem Tisch mit einer Schreibmaschine. Sie schaute zu ihm hoch und lächelte. Das war mehr, als Paolo sich erhofft hatte.

»Hör dir das an«, sagte sie und zog das Papier aus der Walze. »Die sogenannten freien Intellektuellen von heute sind nichts anderes als die Subunternehmer, die das Kapital mit immateriellen Produkten versorgen. Ihre Arbeitsbedingungen unterscheiden sich von denen der Arbeiterklasse in ihrer Form, aber nicht in ihrem Inhalt. Tatsache ist, dass sie in der Regel noch schlechter bezahlt werden. Man sehe sich nur die Schriftsteller, Künstler und freien Journalisten an. In gewissem Umfang können sie ihre eigenen Arbeitsverhältnisse verglichen mit den entlohnten Angestellten besser selbst bestimmen, aber das um den Preis eines höheren Ausbeutungsgrades. Die Freiheit ist somit eine erkaufte Illusion.«

Sie sah von dem Blatt auf und ihm in die Augen. »Gut«, sagte er. »Liest du das im Radio vor?«

»Ich habe eine Diskussionssendung im Radio Autonomia Bologna«, sagte sie. »Ein Typ kommt her, und wir reden über die Rolle der freien Intellektuellen. Das hier ist nur die Einleitung.«

Er sah sich um. »Besetzt?«, fragte er.

»Ich zeige dir alles«, sagte sie, trat auf ihn zu und nahm seinen Arm. Die Berührung ließ ihn erschaudern, er bekam ganz weiche Knie. Ohne den geringsten Widerstand ließ er sich mitziehen. Sie ging ins Nachbarzimmer. Auf einem Tisch stand ein technisches Gerät mit Reglern und Messinstrumenten. Davor befand sich ein Mikrofon mit Stativ. »Von hier senden wir. Wir erreichen die ganze Stadt.«

Sie gingen in die andere Richtung, durch das Treppenhaus und gelangten zu Räumlichkeiten, die wohl einmal eine Wohnung mit drei Zimmern und Küche gewesen waren. In einem der Zimmer standen zwei ungemachte Betten. »Hier wohnen Giorgio und Magda. Die beiden haben auch vorgeschlagen, dass wir dieses Haus befreien sollten.«

Paolo drängten sich eine Menge Fragen auf. Wer waren wir, und wohnte Francesca etwa auch hier?

»Ich wohne nicht in diesem Haus«, sagte Francesca, als hätte sie Paolos Gedanken gelesen. »Ich würde gerne, aber ich kann nicht«, fügte sie hinzu. Paolo wartete, aber eine weitere Erklärung blieb aus.

Sie ging vor ihm in die Küche, die erstaunlich sauber war. »Ich muss vor der Sendung noch etwas essen«, sagte sie. »Es reicht auch für dich.« Sie fing an, Zucchini, Tomaten und Zwiebeln klein zu schneiden. Das Gemüse briet sie in einer Pfanne in Olivenöl an und würzte es dann mit Pfeffer und Oregano. »Im Schrank ist Brot«, sagte sie und wies nickend nach rechts. »Messer sind in der Schublade daneben.

Im Augenblick sind nicht viele da«, erklärte sie, als sie sich zum Essen hinsetzten. »Normalerweise sind wir mindestens zwanzig hier im Haus. Aber heute ist in Rom eine Direktaktion, an der wir teilnehmen. Obwohl wir immer zusehen, dass jemand hier ist. Das Haus steht nie leer.«

Sie machte eine Handbewegung Richtung Korridor. »Wir haben es vor einem Monat besetzt. Wir sind noch nicht dazugekommen, mehr als zwei Stockwerke aufzuräumen. Den Rest machen wir so nach und nach. Wenn uns die Polizei nicht aufhält.«

»Wofür braucht ihr das Haus?«, fragte Paolo.

»Das habe ich doch gesagt«, antwortete Francesca. »Wir haben es befreit. Das bedeutet, dass jeder, der daran teilgenommen hat, dieses Areal aus den bestehenden Machtstrukturen auszuklinken, es nun auf seine Art weiterentwickeln kann. Wenn wir von vornherein entscheiden, was erlaubt ist und was nicht, dann werden wir scheitern. Hier ist schon recht viel los. Das Radio beispielsweise. Aber ich bin nicht naiv. Ich sehe ein, dass das aus einer größeren Perspektive betrachtet nicht ins Gewicht fällt. Aber es ist ein Beispiel für andere, und für uns selbst ist es wichtig. Wir übernehmen die Verantwortung für unser Leben.«

Während der einstündigen Sendung stand Paolo im Hintergrund und lauschte dem Gespräch. Francesca besaß einen wachen Intellekt und stellte nicht bloß Fragen, es gelang ihr, eine Diskussion zu entspinnen, in der sie in ihrer Meinung jedoch nur selten von der des Mannes abwich, der ihr gegenübersaß. Er sah, dass die beiden aufeinander eingespielt waren, sie lächelte und ermunterte ihn mit ihren Gesten. Der Mann, der mindestens fünfzehn Jahre älter war als Francesca, war begierig auf ihre Aufmerksamkeit und sprach wortreich. Paolo war eifersüchtig, aber redete sich ein, dass sie nur ihre Arbeit machte.

Nach der Sendung standen der Mann und Francesca im Korridor. Paolo sah, dass er ihre Hand mit seinen beiden Händen nahm und sich zu ihr vorbeugte. Er hörte nicht, was der Mann sagte, sah aber, dass sie den Kopf schüttelte und sich vorsichtig seinem Griff entzog. Er hatte eine Ahnung, worum es ging, und die Enttäuschung versetzte ihm einen Stich, als sie anschließend trotzdem stehen blieben und sich weiter unterhielten. Warum akzeptierte sie die Verführungskünste dieses kläglichen Chauvinisten? Warum schrie sie ihn nicht an, wie sie das bei ihm getan hatte? War dieser Mann so viel bedeutender als er selbst?

Wenig später standen Paolo und Francesca allein auf der Straße. Paolo war einsilbig, die Szene auf dem Korridor schmerzte ihn immer noch. Schließlich schlug er vor, ein Café aufzusuchen, aber Francesca sagte sofort nein. Sie müsse wegfahren. Warum oder wohin sagte sie ihm nicht. Aber wenn er wolle, könne er nächsten Dienstag an einer Versammlung im Haus teilnehmen.

Paolo folgte Francesca mit dem Blick, als sie ging. Er hoffte, dass sie sich zu ihm umdrehen würde, aber das tat sie nicht. Er trottete in die entgegengesetzte Richtung davon, wurde aber nach nur wenigen Schritten von zwei Männern aufgehalten. »Könnten Sie uns bitte Ihren Namen sagen?«, sagte der eine. »Warum das?«, fragte Paolo. Der andere Mann zog einen Dienstausweis der Polizei aus der Tasche. »Ihren Namen, danke«, sagte er.

Paolo sah sich den Dienstausweis an. »Warum?«, wiederholte er.

»Wir wollen Ihren Namen wissen. Hier oder auf der Wache. Das bleibt Ihnen überlassen.«

Der Ton war höflich. Das Ansinnen der Männer war keinesfalls aggressiv. Paolo tat, worum man ihn gebeten hatte. Er nannte ihnen auch noch seine Personenkennziffer und seine Adresse, als ihn die Beamten weiter befragten.

»Danke und auf Wiedersehen«, sagte der eine Mann und nickte Paolo freundlich zu. Der andere steckte seinen Notizblock in seine Gesäßtasche und trat auf dem Bürgersteig beiseite. Paolo ging an ihm vorbei und schlenderte nach Hause. Er hatte das Gefühl, dass sich sein Leben unwiderruflich verändert hatte.

6. Kapitel

Am Sonntag begleitete Paolo seine Mutter zur Messe in die San-Petronio-Kirche. Es erstaunte ihn, dass auch Gina mitgehen wollte. Es war das erste Mal seit dem Tod ihres Vaters, dass sie selbst die Initiative ergriffen hatte, die Wohnung zu verlassen. Seine Schwester sah zerbrechlich aus, aber nicht so in sich gekehrt wie früher, ihr Blick war fester.

Anschließend schlug Paolo einen Spaziergang vor. Es war ein warmer, von Düften erfüllter Herbsttag. Er freute sich, dass sich Gina offenbar kräftiger fühlte. Ihre Mutter meinte, sie wolle das Mittagessen vorbereiten und forderte die Kinder auf, ohne sie weiterzugehen.

Er ließ Gina entscheiden, wo sie hingehen würden, wurde aber etwas unruhig, als er merkte, wohin sie ihn führte. Auf diesen Straßen war ihr Vater zur Ziegelei geradelt. Gina ging langsam, aber schien ein Ziel vor Augen zu haben. Nach zwanzig Minuten waren sie dort. Wo die Ziegelei gestanden hatte, war nur noch eine Brache.

»Ich wusste nicht, dass sie die Ziegelei abgerissen haben«, sagte Paolo.

»Alles ist weg«, meinte Gina.

Sie standen eine Weile da und schauten sich um. Paolo beugte sich vor und hob den Splitter eines roten Ziegelsteins auf.

»Die Spuren sind noch da«, sagte er. Dann nahm er wieder Ginas Arm und zog leicht daran. Es war an der Zeit, wieder nach Hause zu gehen.

Am Tag darauf fiel es Paolo schwer, sich in der Vorlesung zu konzentrieren. Unablässig schaute er auf die Tür der Aula und hoffte, dass Francesca hereinkommen würde. Aber sie zeigte sich nicht. Er dachte an seine Schwester, die gesagt hatte, dass sie ihre Medizin nicht mehr nehmen wolle. Sie hatte das nach dem Mittagessen gesagt, nach dem sie sonst immer ihre Tabletten nahm. Er hatte gefragt, ob sie mit ihrem Arzt gesprochen habe, aber Gina hatte diese Frage nicht beantwortet. Paolo hatte ihr angeboten, dass sie jederzeit, wenn es ihr nicht gut ginge, zu ihm nach Hause kommen könnte.

Am Nachmittag versuchte er zu Hause an seinem Schreibtisch zu lesen, aber die Buchstaben verschwammen vor seinen Augen. Sie wollten sich nicht zu Worten und Zusammenhängen fügen. Francesca, Gina ... sie erfüllten seine Gedanken. In einem Monat fand die erste Prüfung des Semesters statt. Er sah ein, dass er sich zusammennehmen musste. Aber stattdessen legte er sich aufs Bett und verfiel in eine Art Schlummer.

Er wurde aus seinem Schlaf gerissen, als es an der Tür hämmerte. Er fühlte sich fast wie von Rauschmitteln betäubt, als er schwankend aufstand und die Tür öffnete. Draußen stand ein Mann, den er nicht kannte. Er hielt ihm einen Ausweis unter die Nase. Paolos Blick war noch zu verschwommen, als dass er die kleinen Buchstaben des Namens hätte lesen können, aber er sah, dass es sich um einen Polizeistempel handelte.

»Ich muss Sie bitten, mich zu begleiten«, sagte der Mann.

Jetzt schon, dachte Paolo. Die Burschen sind wirklich nicht faul. Nach seinen Erfahrungen mit der Polizei ein paar Tage zuvor entschloss er sich, nicht zu widersprechen, sondern zog einfach nur die Schuhe an und folgte dem Beamten auf die Straße.

Schweigend saßen sie im Auto. Paolo fragte sich, auf welche Wache sie wohl fahren würden. Aber das Auto bog in eine unerwartete Richtung ab. Nach ein paar Minuten hielten sie vor einem Gebäude mit großem erleuchtetem Entree.

»Was wollen wir hier?«, fragte Paolo. Er war zunehmend beunruhigt.

»Man wartet dort drinnen auf Sie«, antwortete der Beamte und nickte in Richtung des Hauses, eine Aufforderung an Paolo, allein weiterzugehen. Paolo zögerte, öffnete aber dann die Tür und trat ein. Eine Frau empfing ihn.

»Sie kommen gleich zu Ihrer Mutter«, sagte die in Weiß gekleidete Frau. Sie nahm seine Hand und drückte sie fest. »Es geht um Ihre Schwester«, sagte sie. »Wir konnten sie nicht retten.«

Paolo starrte die unbekannte Frau an. Stumm stand er vor ihr, als sie zu erzählen begann. »Sie warf sich aus dem Fenster. Das ist erst eine Stunde her. Ich glaube nicht, dass sie sehr lange litt. Sie war bereits tot, als der Krankenwagen eintraf. Es tut mir wirklich aufrichtig leid.«

Wie durch Nebel wurde Paolo in ein Zimmer geführt. Seine Mutter lag auf einer Pritsche. Ihre Lippen versuchten Worte zu formen, es war jedoch kein Laut zu vernehmen. Ihr Blick flehte um Gnade. Paolo ließ sich neben seiner Mutter auf die Knie sinken und ergriff ihre beiden Hände. Sie kam mit Mühe in eine sitzende Stellung, umklammerte Paolo und schrie.

Paolo blieb die ganze Nacht zusammen mit seiner Mutter im Krankenhaus. Er hatte seine Schwester gesehen und eine seltsame Freude darüber empfunden, dass ihr Kopf unverletzt war. Gegen Morgen machte er sich auf den Weg nach Hause. Er ging in ein Café, in dem sein Vater manchmal vor der Arbeit seinen Morgenkaffee getrunken hatte, und ließ sich dort ein Blatt Papier und einen Stift geben. Er schrieb eine kurze Mitteilung, faltete das Papier und fragte nach einem Umschlag. Einen Umschlag hatte die Serviererin nicht, aber ein Stück Klebestreifen, um den Brief zuzukleben. Auf die Vorderseite schrieb er »Francesca«.

Er stieg in einen Bus und fuhr in das Haus in der Via Mirasole. Niemand schien so früh wach zu sein, deswegen legte er den Brief auf die Schreibmaschine, die Francesca am Samstag benutzt hatte.

Auf einen kurzen, unruhigen Schlaf folgte ein chaotischer Tag. Seine Mutter war in einem schlimmeren Zustand als er selbst. Der Versuch, sie zu trösten, war anstrengend, lenkte ihn aber auch ab. Paolos Tante, die ältere Schwester seiner Mutter, traf am Abend mit der Bahn aus dem Süden ein. Als die Dunkelheit hereinbrach, sah die Tante, dass Paolo vollkommen übermüdet war. Sie ermahnte ihn, nach Hause zu gehen, um zu schlafen. Paolo gehorchte ihr widerspruchslos.

Um zehn Uhr abends klopfte es zu Hause bei Paolo leise an der Tür. Die Erinnerung an den Besuch vom Vorabend kehrte siedend heiß zurück. Als er öffnete, stand Francesca vor ihm. Er trat beiseite, um sie hereinzulassen, aber sie hielt auf der Schwelle inne und umarmte ihn.

Er machte sich behutsam los und schloss die Tür hinter ihr. Er wollte sie fragen, wie sie ihn hatte finden können, denn er konnte sich nicht erinnern, dass er ihr seine Adresse genannt hatte. Aber das spielte keine Rolle. Sie war jetzt bei ihm.

Sie zogen sich aus und legten sich nebeneinander ins Bett. Ihre Haut war genauso weich, wie sie es in seiner Fantasie gewesen war, ihre Taille und Hüften folgten der Woge aus Schmerz und Freude, die er in sich spürte. Er legte seine Hand auf ihr Geschlecht, so warm und so weich. Dann folgte eine kurze, hitzige Vereinigung. Der Tod und das Leben in einer Umarmung.

Anschließend weinte er lange in ihren Armen.

7. Kapitel

Ginas Tod veränderte alles. Sowohl Paolo als auch seine Mutter suchten Erklärungen für das Unglück, das sie heimgesucht hatte. Sie konnten einfach nicht akzeptieren, dass es auf einen Zufall oder eine innere Schwäche Ginas zurückzuführen sein sollte. Ihr Selbstmord hing mit den Veränderungen der Gesellschaft zusammen, den aufgepfropften Krankheiten eines einst kerngesunden Baumes.

Paolos Mutter wurde zusehends verdrossener und aggressiver. Sie betrachtete die Araber und Albaner, die in ihr altes Arbeiterviertel gezogen waren, mit immer größerem Missfallen. Das Viertel war ursprünglich für Migranten wie sie erbaut worden, für ehrliche Italiener aus Sizilien und Kalabrien. Zwei Jahre nachdem sich die Tochter aus dem Fenster im sechsten Stock gestürzt hatte, trat die Mutter der Lega Nord Umberto Bossis bei. Sie wurde bald als eine der extremsten Agitatorinnen der Bewegungen in Bologna bekannt. Einige der alten Kameraden ihres verstorbenen Mannes aus der PCI fühlten sich verpflichtet, sich von ihr zu distanzieren, einer von ihnen rief ihr auf der Straße »Faschistin« hinterher. Paolos Mutter reagierte mit einer wütenden Beschimpfung, und der alte Kommunist ergriff die Flucht.

Paolo hörte sich die bitteren Auslassungen seiner Mutter

an, gab ihr auch manchmal recht, konnte aber nicht nachvollziehen, was der Araber in der Wohnung gegenüber mit dem Tod seiner Schwester zu tun haben sollte. Für Paolo war Ginas Selbstmord vielmehr die letzte Station einer langen Reise gewesen, die mit dem Tod des Vaters begonnen hatte. Und Paolo begriff die Zusammenhänge: Sein Vater war an der kapitalistischen Unterdrückung gestorben und daran, dass die Kommunistische Partei versagt hatte. Sein verfehltes Leben hatte Gina mit in den Abgrund gezogen.

Paolo zwang sich dazu, Stellung zu beziehen, um Gina nicht zu verraten. Er wurde Antikapitalist und Revolutionär. Er ging zu den etablierten Parteien auf Distanz. Das Weltbild der autonomen Bewegung verschmolz mit seinem privaten. Er schloss sich einer Bewegung an, die mit den Strukturen der alten Gesellschaft nichts zu tun hatte, die Sozialismus im Handeln forderte und ihre eigenen Alternativen schuf. Eine Bewegung, die ohne zentrale Leitung handelte und die menschliche Gemeinschaft jenseits von Materialismus und Konsum bot.

Francesca hatte großen Einfluss auf Paolos Denken, sein Wunsch, ihr nahe zu sein, hatte ihn in eine andere Richtung als seine Mutter getrieben. Sein neuer Standpunkt erschien ihm so bedeutsam und allumfassend, dass er aufhörte, über die Möglichkeiten der Bewegung nachzudenken. Niederlagen nahm er als vorübergehend hin. Er sah sie eher als Bestätigung seiner Auffassung über den Charakter der Unterdrückung, statt die Methoden zu hinterfragen.

Das Haus in der Via Mirasole mussten die Autonomen bereits nach fünf Monaten Besetzung aufgeben, da Polizei und Carabinieri beschlossen hatten, das Gebäude zu räumen. Die Räumung verlief gewaltsam, einige Besetzer weigerten sich, das Haus zu verlassen, stellten sich ans Fenster und bewarfen die Polizeitruppe auf der Straße mit allem, was ihnen in die Finger kam. Paolo und Francesca übten Gewaltverzicht, sie leisteten keinen aktiven Widerstand, sondern legten sich auf den Fußboden, als die Polizei das Gebäude stürmte. Passiv ließen sie sich nach draußen tragen. Beide erhielten an Oberkörper und Armen Schläge von Schlagstöcken. Die blauen Flecken kamen ihnen wie eine Auszeichnung vor.

Die folgenden Jahre waren von Hausbesetzungen, Demonstrationen, Handelsboykotts, Radiosendungen und großen, alternativen Festen erfüllt. Aber weder Paolo noch Francesca fanden, dass dies genügte. Die Entwicklung forderte neue Gedanken, und sie wurden schneller als viele in ihrem Umfeld radikalisiert. Die Proteste mussten erweitert und die Schläge gegen den Feind, das internationale Finanzkapital und die kriegstreiberische Waffenindustrie, mussten härter und wirkungsvoller werden. Sie begannen mit Aktionen in Deutschland und England, gegen Gipfeltreffen und Sondermülltransporte von Kernkraftwerken. Sie trampten oder fuhren schwarz mit der Bahn, sie schliefen unter freiem Himmel oder in besetzten Häusern, sie teilten ihr Brot mit Demonstranten aus anderen Ländern.

Drei Jahre nach Ginas Tod legte Paolo sein BWL-Examen ab. Er hatte das Studium nicht aufgegeben, da ihm die Angst der armen Leute, sich nicht sattessen zu können, in den Knochen saß. Seine Noten waren weder besonders gut noch besonders schlecht. Dann begann er mit der Arbeitssuche. Er wollte sich nicht von Firmen des Großkapitals anheuern lassen, durch seine Ausbildung hatte er dafür auch nicht das richtige Profil. Er glaubte, dass er bei einem kleineren Unternehmen oder bei einer Stiftung eine Arbeit finden könnte.

Bei jeder Bewerbung sah er sich einer riesigen Konkurrenz gegenüber. Aufgrund der Arbeitskrise gab es Hunderte arbeitsloser BWLer, die jede Arbeit annahmen. Schon seine Adresse in Pilastro führte dazu, dass er aus dem Stapel derjenigen, die verzweifelt Arbeit suchten, aussortiert wurde. Irgendwelche nützlichen Kontakte besaß er ebenfalls nicht. Überall stieß er auf unsichtbare Mauern.

Schließlich sah er sich gezwungen, einfachere, manuelle Arbeiten anzunehmen, um über die Runden zu kommen. Er überlegte, wie sinnvoll es wohl war, für teures Geld zu studieren, um dann zu einem Lumpenintellektuellen zu verkommen, wie es bei ihm der Fall war. Die zeitgenössische Entsprechung des alten Lumpenproletariats. Er war bloß Kanonenfutter, er gehörte zu den Unmassen gut ausgebildeter junger Leute, die sich auf der Suche nach Arbeit in einer Welle nach der anderen in die Schützengräben warfen und dann in Scharen fielen.

Für Francesca sah die Situation anders aus. Wie Paolo geahnt hatte, besaß sie wohlhabende Eltern. Sie sprach nicht gerne über sie, denn ihr Hintergrund war in ihren politischen Kreisen nicht unbedingt von Vorteil, aber sie wohnte weiterhin in ihrer Villa. Sie liebte ihre Mutter. Ihre Familienverhältnisse brachten es mit sich, dass sie sich über ihr materielles Überleben keine Gedanken zu machen brauchte. Ihre Eltern wussten, dass ihre Tochter, wenn sie erst wieder in die Gesellschaft, ihre Gesellschaft, zurückkehrte, schnell jede Arbeit, die sie sich wünschte, finden würde. Sie sahen sie bereits als erfolgreiche Journalistin. Francescas Sendungen innerhalb des autonomen Netzwerkes waren immer professioneller geworden. Deswegen versuchten sie auch nicht, ihre Tochter unter Druck zu setzen, sondern ließen sie gewähren. Sie warteten ab.

Es gab einen weiteren Grund, warum Francesca ihr Elternhaus nicht verließ: ihre Krankheit. Francesca war Epileptikerin, und diese Krankheit erforderte genaue Kontrolle. Ihre Mutter sorgte dafür, dass Francesca die richtigen Medikamente zum richtigen Zeitpunkt nahm. Francesca fügte sich in die Abhängigkeit von ihrer Mutter.

Nur ausnahmsweise blieb sie über Nacht bei Paolo. Jede dieser gemeinsamen Nächte betrachtete er als Geschenk. Die ständige Unsicherheit ihrer Beziehung quälte ihn. Waren sie Freunde oder Liebende? Aber er fand Trost in der Tatsache, dass sie, soweit er wusste, keinen anderen Mann hatte.

Seiner Mutter war Paolo langsam entglitten wie ein Boot, das den Hafen verlässt. Er kannte sie nicht mehr, die politischen Gegensätze waren nicht nur unauflöslich, sondern ließen sich nicht einmal diskutieren. Gelegentlich besuchte er sie aus einem Pflichtgefühl heraus und aß ihre Pasta, ohne sich ihre endlosen politischen Tiraden anzuhören. Zutiefst beklemmt verließ er sie.

Jetzt, wo Paolo seine ganze Familie verloren hatte und man ihm verweigerte, sich mit seinem Universitätsstudium nützlich zu machen, waren die Bewegung und Francesca alles. Francesca und die Bewegung, die Bewegung und Francesca.

8. Kapitel

Im Frühjahr und Sommer fünf Jahre nach Ginas Tod brachen überall große Diskussionen aus. Es ging um die Weltlage und darum, wie sie sich gerade verschob. Das 20. Jahrhundert neigte sich seinem Ende zu, und nichts war mehr, wie es gewesen war. Die europäischen Kriege waren bald vorüber, gute achtzig Jahre, nachdem der erste Schuss in Sarajewo gefallen war, eine fast kontinuierliche Aneinanderreihung von Ereignissen, während der die Kriegsgeschehnisse zwischen hitzigen Phasen und Eiseskälte hin- und hergependelt waren. Alle wussten, dass nur noch der Kosovo fehlte, um den Kreis zu schließen. Ein lokaler Streit, mehr nicht, die letzte Schlägerei, ehe die Jungs unwiderruflich genötigt waren, erwachsen zu werden. Die Welt, die alle kannten, war untergegangen, und etwas Neues entstand.

Aus Zufall oder vielleicht auch nicht befreiten die Politiker der siegreichen Demokratien den Kapitalismus gleichzeitig von seinen letzten Fesseln. Paolo und Francesca beobachteten mit Entsetzen, wie der Neoliberalismus das nach dem existierenden Sozialismus entstandene Vakuum füllte. Die neue Computertechnik machte es möglich: Das Kapital konnte sich bewegen, konnte bewegt werden, und zwar überall auf dem Erdball, an jeden Ort, selbst in den kleinsten Winkel. Seine Kraft war beachtlich, niemand blieb davon unberührt. Die Macht der Kapitalbesitzer war grenzenlos geworden. Das war der innerste Kern der Globalisierung.

Die Welt würde umgestaltet werden, und Paolo und Francesca wollten ein Wörtchen dabei mitreden. Für sie und für die Bewegung war der autonome Sozialismus die einzige Alternative. Er stellte nicht nur den Antipoden des Kapitalismus, sondern auch des Realsozialismus dar. Wie er visualisiert wurde, war nicht entscheidend, die Autonomia war nichts Festes, nichts Fixiertes. Sie war ein Experiment, etwas, was von Menschen in direkter Handlung geformt wurde. Aber auch wenn das Ziel offen war, entstand es doch nicht aus dem Nichts. Es musste geschaffen werden. Jemand musste die Führung übernehmen.

Wie also sah die Rolle der Avantgarde in der Revolution aus? Wie weit voraus sollte sie sein? Welche Form nahm das politische Bewusstsein an? Welche Taktik war angemessen? Wie sollte man zu Gewaltanwendung stehen?

Paolo und Francesca waren bei diesen Diskussionen nicht führend, aber sie verfolgten sie genau. Francesca leitete außerdem Debatten darüber im Radio Autonomia Bologna.

Die Vorstellung, dass die Aktivisten die Vortruppen der Revolution bildeten, war unerschütterlich, die große Frage betraf also die Gewalt. Die Stadtguerillaexperimente der Brigate Rosse und der Roten-Armee-Fraktion schreckten ab. Ihre Taktik war nicht nur missglückt, sie hatte auch eine unüberbrückbare Distanz zu den Massen geschaffen, die eigentlich geführt werden sollten. Die Forderung extremer Geheimhaltung bei allem, was die Aktivisten unternahmen, um überleben zu können, führte zu einer autoritären und damit patriarchalen Führung. Das verstieß in jeder Hinsicht gegen die Ideale der Autonomia.

An einem Ende des Spektrums befanden sich die Verfechter der Gewaltfreiheit auch in Verteidigungssituationen. Am anderen Ende standen die Befürworter der Gewalttaktik, für die diese Frage relativ war. Missglückte Gewalt war schlecht, geglückte war gut. Die Morde an den Vertretern des Staates der Brigate Rosse galten als Versagen, da sie nicht zum erwünschten Resultat führten. Misshandlungen von Faschisten waren gern gesehen, da sie als Machtdemonstrationen betrachtet wurden. Aus demselben Grunde sollte man Polizisten, die Demonstranten mit Schlagstöcken malträtierten, mit Steinen und Molotowcocktails begegnen. Und einen Schritt weiter: Sabotage und die Zerstörung der technischen Infrastruktur des Feindes waren geeignete Kampfmethoden.

Trotz Uneinigkeit zerfiel die Bewegung nicht. Alle waren Kameraden, die Aktivisten, die sich für die Rechte der Tiere einsetzten, die Globalisierungsgegner, die Rätekommunisten und die Anarchisten. Die Uneinigkeit trennte sie nicht. Gewalt stellte einen wesentlichen Bestandteil ihrer gemeinsamen Erfahrung dar. Sie durfte nach eigenem Gutdünken frei angewendet werden. In der Praxis siegten die Relativierenden. Gewalt wurde auf einer offenen Skala platziert und zur individuellen Angelegenheit. Gewalt war keine moralische Frage.

Paolo hatte anfänglich den Gewaltverzicht propagiert, während Francesca mehr zu dem Recht tendierte, gegen die Faschisten und die übermäßige Gewalt des Staates zurückzuschlagen. Während der Diskussionen ließen sie sich jedoch immer mehr davon überzeugen, dass sich die Befreiung nur erreichen ließ, wenn die Avantgarde zeigte, was nötig war, und zwar auch in Form von Gewalttaten. Es ging darum, etwas zu wagen. Straßenschlachten waren schließlich nicht nur eine Methode, ein Ziel zu erreichen, sie waren ein Teil dieses Zieles. Einige Momente lang gehörte die Straße ihnen, sie war von den Machtstrukturen des Staates befreit. Eine eingeschlagene Schaufensterscheibe bei McDonald's bedeutete eine kurzzeitige Befreiung vom Großkapital. Paolo und Francesca ließen sich vom politischen Charakter der Krawalle überzeugen. Ein Teil der Zukunft wurde auf der Straße bestimmt.

Eines Abends kam Francesca zu Paolo nach Hause. Es war Ende Mai 1997. Sie küsste ihn auf beide Wangen und nahm auf seinem Bett Platz. Er setzte sich neben sie.

»Du siehst blass aus«, sagte er.

»Schlechte Werte«, erwiderte sie und wischte weitere Fragen mit einer Handbewegung weg. »Was hast du heute gemacht?«

»Ich habe in der Bäckerei gearbeitet«, antwortete er. »Ich bin ziemlich müde.«

Er strich ihr übers Haar. Sie trug es inzwischen kurz. »Es ist so lange her«, sagte er.

Sie legte sich aufs Bett und drückte den Rücken durch. Sie schob ihre Daumen in den Bund und zog sich Hose und Slip gleichzeitig aus. Paolo befreite sein Glied aus seiner Hose und legte sich neben sie. Als er in sie eindrang, wusste er, dass er sich immer an diesen Augenblick erinnern würde.

Später am Abend machten sie Pläne, wie sie nach Amsterdam gelangen könnten. Die Proteste beim kommenden EU-Gipfeltreffen sollten sich gegen Arbeitslosigkeit und soziale Verelendung richten. Für Paolo und Francesca ging es um mehr, es ging darum, den Kampf anzuheizen. Für Paolo, den Lumpenintellektuellen, handelten die Parolen auch von ihm selbst.

9. Kapitel

Im Juni traten sie mit ganz kleinem Gepäck ihre Reise an. Francesca nahm ihren alten Rucksack, den sie bereits besessen hatte, als sie Paolo kennenlernte. Ein paar Kleider zum Wechseln und Toilettenartikel, das war alles. Paolo hatte einen eigenen Rucksack mit gleichem Inhalt und einem neuen Buch. Dieses Mal hatten sie sich entschlossen, den Zug zu nehmen und Fahrkarten zu kaufen. Andere Demonstranten wollten zusammen in billigen Bussen fahren, aber Paolo und Francesca fuhren lieber allein. Das Zusammensein mit den Kameraden konnte manchmal anstrengend sein.

Sie fuhren am Hauptbahnhof von Bologna ab. An der Fassade hing eine Gedenktafel mit den Namen der 85 Menschen, die von der Bombe siebzehn Jahre zuvor getötet worden waren. Seit jenem Tag verband Paolo diesen Bahnhof mit nahe bevorstehendem Tod, und er hatte lange versucht, ihn zu meiden.

In Mailand stiegen sie in den Nachtzug um, fanden ihre Sitzplätze und machten es sich für die lange Reise bequem. Sie hatten Plätze nebeneinander. Als sie durch den Gotthard-Tunnel fuhren, schlief Francesca mit dem Kopf an Paolos Schulter. Er war wach, und die Lichter des Tunnels wischten in rhythmischem Blinken am Zugfenster vorbei. Als sie den Tunnel auf der anderen Seite verließen, begann es zu dämmern.

Zürich, Basel, Karlsruhe, Mannheim, Bonn, Köln, Utrecht, die Städte Europas im Zwielicht der Sommernacht. Am Morgen stiegen sie in Amsterdam aus. Paolo war übernächtigt, Francesca noch etwas schläfrig. Sie hatten eine Adresse bekommen, ein Haus in der Nähe des Zentrums, das Vrankryk hieß und offenbar befreit war. Sie hofften, dass sie sich dort etwas ausruhen konnten. Am nächsten Tag würden die Demonstrationen beginnen.

Paolo und Francesca marschierten unter Spruchbändern in den Farben der Anarchie. Um sie herum waren meist junge Leute aus ganz Europa. Die Menge ließ sich kaum überblicken, Zehntausende von Demonstranten drängten sich in den Straßen zwischen den Häuserblocks. Die Stimmung war aufgeheizt von der widersprüchlichen Mischung aus Freude und Wut, Kampfeslust und Feierlaune.

Noch in der friedlichen Phase der Proteste wurden die Demonstranten in ihren eigenen Reihen von Polizisten in Zivil angegriffen. Gefangenenwagen wurden herangefahren, und die Beamten schritten mit massiver Gewalt zur Tat. Jede Festnahme wurde von einer übermächtigen Anzahl von Beamten durchgeführt. Paolo wurde von drei Männern zu Boden gerissen, auf den Bauch gerollt. Dann fesselte man ihm mit einem Plastikband die Hände auf den Rücken. Die Schmerzen in den Schultern waren unerträglich, als sie ihn an den Oberarmen hochhoben und in den Gefangenenwagen stießen. Francesca zerrte am Arm eines Beamten, wurde aber von zwei herbeieilenden Bereitschaftspolizisten überwältigt. Nachdem sie Paolo eingeschlossen hatten, zog einer der Polizisten eine Augenbinde aus der Tasche und streifte sie Francesca über den Kopf.

Zu Hunderten wurden die Demonstranten abgeführt. Auf einem Gefängnishof trennte man die Frauen von den Männern.

Paolo wurde in ein Untersuchungsgefängnis gesteckt und bezichtigt, einer illegalen Organisation anzugehören. »Und welcher?«, fragte er, ohne eine Antwort zu erhalten.

Francesca wurde in ein Frauengefängnis überstellt. Ebenfalls mit der Bezichtung der Teilhabe an einer illegalen Organisation. Auch sie erhielt keine Antwort.

Zwei Tage später, nachdem die EU-Toppolitiker nach Hause gefahren waren, wurden die Festgenommenen ohne Anklage freigelassen. Man setzte sie in Busse und schaffte sie aus Holland heraus. Paolo landete in einem Bus mit sechzig seiner Landsleute. Francesca war nicht unter ihnen. Vergeblich versuchte er herauszufinden, wo sie war. Niemand wusste es. Ein junges Mädchen in seinem Bus hatte eine Person, auf die Paolos Beschreibung von Francesca passte, am Tag ihrer Festnahme gesehen. Aber mehr wusste sie auch nicht.

Die ersten Tage zu Hause in Bologna waren quälendes Warten. Paolo blieb in seiner Wohnung. Dorthin würde Francesca kommen, wenn sie zurückkehrte, der einzige Ort, an dem sie ihn mit Sicherheit antreffen konnte. Unablässig ging er zum Fenster und schaute nach draußen, in der Hoffnung, sie unten auf der Straße zu sehen. Da fiel sein Blick auf einen Gegenstand in der Fensternische. Ein silberner Ring. Francesca musste ihn in der letzten Nacht in seinem Zimmer ausgezogen haben. Er umklammerte ihn mit der Hand.

Schließlich schienen ihn die Wände in seiner ohnmächtigen Einsamkeit zu erdrücken. Sie drohten ihn zu ersticken. Er floh auf die Straße und wanderte zwischen den Orten umher, an denen sich Francesca möglicherweise hätte aufhalten können, wenn alles so gewesen wäre wie immer. Er fragte alle, denen er begegnete. Niemand hatte sie gesehen.

Widerwillig beschloss Paolo, ihre Eltern aufzusuchen. In den fünf Jahren, die vergangen waren, seit er Francesca kennengelernt hatte, war er nie dort gewesen. Er hatte sie nie getroffen. Der Abstand zwischen seiner Wohnung und ihrem Haus betrug nur fünf Kilometer, aber sie lebten in einer anderen Welt. Er war sich nicht einmal sicher, ob sie wussten, wer er war.

Er stand vor der Tür einer großen Patriziervilla. Nach kurzem Zögern drückte er auf die Klingel. Eine ältere Frau, deren Kleidung darauf hindeutete, dass sie zu den Dienstboten gehörte, öffnete. Er nannte seinen Namen und fragte nach Francesca. Die Frau schüttelte den Kopf, es sei unmöglich, die junge *Signorina* zu treffen. Er verstand nicht. Warum? War sie zu Hause? Eine andere Frau erschien aus dem Inneren des Hauses. Paolo verstand sofort, wer sie war, ihr Aussehen ließ keine Zweifel zu: Sie war Francescas Mutter.

Paolo nannte ein weiteres Mal seinen Namen. Die Frau nickte schweigend. Ihr Gesicht war ausdruckslos, es zeigte keinerlei Gefühle. Dann sah sie die Aufwartefrau an und nickte erneut. Sie drehte sich um, ging in das Zimmer zurück, aus dem sie gekommen war, und schloss die Tür lautlos hinter sich.

»Wir haben gestern Nachricht über Francesca erhalten«, sagte die Zugehfrau. »Sie sagen, sie sei im Gefängnis ins Koma gefallen. Man habe sie nicht mehr rechtzeitig ins Krankenhaus bringen können.« Die Frau schluchzte, ein heftiges Schluchzen. »Francesca hatte Epilepsie. Sie fiel um und schlug mit dem Kopf auf dem Fußboden auf. Warum haben sie sie ihre Medizin nicht nehmen lassen? Warum? Oder haben sie sie geschlagen? Unsere geliebte kleine Francesca, unser Alles!«

Im Juni 1997 entfaltete sich in Bologna der Sommer mit voller Pracht. Die Vögel sangen, als die Polizeibehörde der Stadt die Mitteilung erhielt, Paolo sei in Amsterdam festgenommen worden und dann ohne weitere rechtliche Konsequenzen freigelassen worden. Die Mitteilung wurde in Paolos Mappe bei der Sicherheitsabteilung gelegt, die bereits mehr als daumendick war. Sie würde noch weiter wachsen und immer dicker werden, neue Einträge würden sich zu den alten gesellen, aber von diesem Tag an sah keiner der Polizeibeamten in Bologna Paolo mehr mit eigenen Augen.

ESPEN

10. Kapitel

Magensaft spritzte auf den Fußboden. Da er mit Spinat, Knoblauch und halbverdauten Bratenstücken vermischt war, hätte der Gestank kaum unangenehmer sein können.

Espen Krogh wischte sich mit dem Handrücken über den Mund. Er hatte schon oft einen Kater gehabt, öfter als er sich erinnern konnte oder wollte. Aber dieser hier verdiente einen Platz unter den Top Ten. Das Versprechen, nie mehr einen Tropfen anzurühren, würde er nicht abgeben, obwohl sein Körper vor Übelkeit und Elend zitterte und es ihm mit einer Dosis Selbstbetrug vielleicht etwas besser gegangen wäre.

Zwei Tage zuvor hatte sie ihn wieder verlassen. Simone. Zum dritten Mal, sie hatte geschworen, dass es dieses Mal endgültig war. Er solle sich zum Teufel scheren. Wie sehr er ihr auch beteuert hatte, dass er sie liebe – und das stimmte –, sie blieb unnachgiebig.

Er versuchte sich auf die Seite zu drehen, fiel aber stattdessen aus dem Bett. Der Fußboden war aus fleckigem, solidem Holz. Hart wie ein Schlag auf die Schnauze. Es war elf Uhr. Mittwoch, der Tag, an dem die Woche nicht wusste, ob sie gerade erst angefangen hatte oder schon bald wieder zu Ende gehen würde. Es gelang ihm, den Kopf zu schütteln, ohne dass sein Schädel zu dröhnen begann. Er erhob sich. Die Geruchssensationen des Fußbodens mischten sich mit seinen Alkohol- und Tabakausdünstungen. Das Einzige, was nicht an ihm haftete, war der Duft eines weiblichen Geschlechts. Diese Gunst hatte sie ihm nicht gewährt, nicht einmal ein letztes Mal, diese verdammte Zicke.

Er schwankte auf die Badezimmertür zu. Es war höchste Zeit, zur Arbeit zu gehen. Die hatte er immerhin noch. Einstweilen jedenfalls.

»Verdammt, Espen, schau dich an!«

Stellan Wall fixierte Espen mit den Augen, und dieser machte nicht die geringsten Anstalten, dem Wunsch seines Chefs zu entsprechen.

»Nein, danke«, antwortete er, »auf ein weiteres schockierendes Erlebnis lege ich keinen Wert. Simone hat mir vorgestern den Laufpass gegeben. Außerdem besitze ich keinen Spiegel.«

»Witze sind hier unangebracht. So kannst du ganz einfach nicht weitermachen. Du erscheinst erst mittags. Du bist immer so spät dran, dass dir gar nicht auffällt, dass alle anderen schon um neun Uhr angefangen haben. Du weißt schon, die Leute, die arbeiten? Und die Klamotten? Hast du in denen geschlafen oder sie aus der Altkleidersammlung gezogen? Und das mit Simone, das tut mir wirklich verdammt leid, aber das ist auch keine Entschuldigung, um wie ein Loch zu saufen. Sie hat dich verlassen, weil du säufst, begreifst du das denn nicht? Warum musst du nur so verdammt viel trinken?«

»Ja, warum säuft man?«, murmelte Espen. »Vielleicht, weil das Systembolaget jetzt auch wieder am Samstag geöffnet ist? Oder ist die EU an allem schuld?«

»Das hier ist deine letzte Chance, Espen. Die letzte, hörst du? Und die gewähre ich dir auch nur, weil du so gut bist, wenn du nüchtern bist, und nur die Götter wissen, wann das zuletzt der

Fall war. Morgen gehst du zum Arzt und kümmerst dich um eine Entziehungskur. Nein, nicht morgen. Heute!«

Espen Krogh sah Stellan Wall an. Was für ein seltsamer Name. Wer hatte sich diese Kombination einfallen lassen. Er bekam immer Lust zu reimen, wenn er diesen Namen hörte.

»Ich bin kein Alkoholiker. Ich gebe allerdings zu, dass ich mir alle Mühe gebe, einer zu sein, aber ich kann aufhören, wann immer ich will.«

»Dann hör einfach jetzt auf.«

»Aber ich will nicht. Ich habe nichts Besseres zu tun.«

»Heute, Espen. Jetzt. Sonst wirst du gefeuert.«

»Ein Angestellter kann nicht einfach so gefeuert werden. Das verbieten die Gesetze, die Verträge mit der Gewerkschaft und die UNO-Resolution. Außerdem würde das gegen deine eigenen Prinzipien verstoßen, falls du welche hättest. Du kannst mich also nicht feuern.«

»Heute!«

11. Kapitel

Espen Krogh war normalerweise nicht leicht zu überreden, aber als er die Tür des Suchttherapeuten hinter sich schloss, war er davon überzeugt, dass er mit dem Alkohol aufhören würde. Nach einem einzigen Besuch, das imponierte ihm, dieser Mann wusste wirklich, wie man jemanden zur Vernunft brachte! Mit Wissen, sachlicher Information, Direktheit. Da Espen fand, dass es keinen Sinn hatte, sich eine Lügengeschichte auszudenken, dass es besser war, ehrlich zu antworten oder gleich wieder zu gehen, hatte er seine Trinkgewohnheiten so genau wie möglich dargelegt. Dann sah er sich gezwungen, sich dem Urteil des Therapeuten zu beugen: Er erfüllte alle Kriterien, die für einen Vollalkoholiker galten. Nur in einem Punkt hatte er widersprochen, als es um den Schluck Alkohol ging, mit dem sich der Kater am nächsten Tag vertreiben ließ. Der Therapeut hatte mit einem schrägen Lächeln gefragt, ob er je aufgehört habe zu trinken? Diese Frage hatte Espen verneint, und der Therapeut hatte auch dort ein Kreuzchen gemacht.

Auf dem Weg zu seiner Wohnung am Karlavägen kam er an mehreren Lokalen vorbei, ohne überhaupt etwas trinken zu wollen. Zu Hause angelangt, ging er sofort zum Küchenschrank, nahm ein Wasserglas heraus, füllte es mit Wodka und trank es in einem Zug leer.

Er ließ sich auf einen Sessel sinken und sah sich um. Die Wohnung hatte mit seinem persönlichen Verfall nicht Schritt gehalten. Einstweilen hielt er sie noch in Ordnung. Vielleicht Simones wegen. Sie besaß zwar eine eigene Wohnung, hatte aber meist bei ihm übernachtet. Und so einer Frau konnte man keine Müllhalde zumuten.

Die Wärme des Wodkas breitete sich wie die Gluthitze eines Kaminfeuers in seinem Körper aus. Er hatte sich um die Frau, die er liebte, gesoffen. Sein Job war auch auf dem besten Weg, in den Alkoholschwaden zu verschwinden. Dann war es nur noch eine Frage der Zeit, bis die Wohnung zwangsversteigert wurde, das wusste er. Warum musste er nur so verdammt viel saufen? Diese Frage hatte ihm der Therapeut nicht einmal gestellt. »Warum auch immer Sie angefangen haben, spielt jetzt keine Rolle mehr.« Das hatte er gesagt. Der ursprüngliche Grund war gleichgültig. Jetzt ging es nur noch darum, sich um das, was übrig geblieben war, zu kümmern und aus einer zwanghaften Gewohnheit auszubrechen, einer Manie, einem angelernten Verhalten, das die Herrschaft über Espens Leben übernommen hatte und es vollkommen zu ruinieren drohte.

Aber selbst wenn der Therapeut ihn gefragt hätte, hätte Espen nicht antworten können. Nicht direkt jedenfalls. Er saß mit einem leeren Glas in der Hand auf dem Sessel und musste zugeben, dass er sich selbst ein Rätsel war. Wer war er? Ein neununddreißigjähriger Mann, der seinen Instinkten folgte, alles genetisch vorprogrammiert. Zu diesen Instinkten gehörte seine Maßlosigkeit. Immer alles sofort, denn im nächsten Augenblick konnte es schon wieder verschwunden sein. Gewalt zählte ebenfalls zu seinen Reflexen. Espen Krogh glaubte an Gewalt. Lange Zeit war seine Philosophie ganz einfach gewesen. Wenn Gewalt nicht reicht, dann wendet man einfach noch mehr Gewalt an. Er wusste nicht, ob er mit dieser Einstellung geboren worden war oder ob ihn seine Umgebung so geformt hatte. Aber er erinnerte sich an die erste praktische Umsetzung dieses Prinzips. Seine Mutter hatte schon wieder einen Neuen gehabt. Sie hatten damals in Helsingør gewohnt, Espen war zwölf und winzig wie eine Krabbe gewesen. Der Mann teilte ihm mit, er solle ihn zukünftig Papa nennen und tun, was er sage. Ungehorsam wurde nicht toleriert. Der Ernst dieser Mitteilung wurde mit einer Ohrfeige bei erstbester Gelegenheit unterstrichen.

Da Espen zu klein war, um zurückzuschlagen, und auch keine Lust hatte, abzuwarten, bis er groß genug war, ging er unmittelbar nach der Ohrfeige zur nächsten Tankstelle. Von seinem Taschengeld kaufte er einen Kanister Benzin, goss dieses über das Auto seines Stiefvaters und zündete es an. Das Feuer erleuchtete das ganze Stadtviertel, und in seinem Schein vollführte Espen einen Kriegstanz, wie es die Indianer in alten Western taten. Als der Freund seiner Mutter das sah, dachte er noch einmal gründlich nach. Er hob nie wieder die Hand gegen Espen, blieb aber auch nicht mehr lange in der Wohnung. Anschließend bestieg seine Mutter die Fähre nach Schweden, in einer Hand einen Koffer, an der anderen Espen, damit ihr das Sozialamt den Sohn nicht wegnahm.

In dem Stockholmer Vorort, in den Espen geriet und seine Jahre als Teenager durchlitt, hatte er dann oft Gelegenheit, seine Vorliebe für gewaltsame Lösungen unter Beweis zu stellen. Um sich doch noch in den Griff zu bekommen, wurde er schließlich Polizist. Damit wollte er seine Neigung zur Gewalt in geordnete, legale Bahnen lenken. So dachte er zumindest. Er begann seine Laufbahn als Gesetzeshüter bei einer Einsatzstreife in Norrmalm. Während seiner ersten sechs Jahre wurde er öfter als jeder andere Polizeibeamte in Schweden angezeigt. Einer muss schließlich der Schlimmste sein, meinte er zu seiner Verteidigung. Allein der Zusammenhalt unter den Polizeibeamten und die unzulänglichen internen Ermittlungen ermöglichten ihm, seinen Job zu behalten.

An einem Frühlingstag in seinem siebten Jahr wurde Espen Kroghs Streife in ein Wohnviertel im Süden der Stadt gerufen. Ein Mann hatte in seiner Wohnung im dritten Stock Frau und Kind als Geiseln genommen. Er drohte damit, sie zu erschießen. Espen kletterte über die Regenrinne auf den Balkon der Wohnung. Als er sich gerade über das Balkongeländer schwang, wurde die Balkontür geöffnet. Der Lauf einer Schrotflinte wurde auf seinen Bauch gerichtet. Da Espen kein Anfänger war, wusste er, dass es ernst war. Er erkannte es am Blick des Mannes und an seiner Hand, die nicht zitterte, und er entnahm es den wenigen Worten des Mannes. Dieser befand sich zwar in einer extremen Situation, war aber nicht verrückt. Espen sah sich einem Mann gegenüber, der mit derselben Überzeugung wie er selbst an Gewalt glaubte.

Eine gute Stunde später kam Espen nach unten. Er hatte einen Arm um den Mann gelegt, in der anderen Hand hielt er die Schrotflinte. Die Frau und das Kind konnten ohne körperliche Verletzungen zur Überwachung ins Krankenhaus gebracht werden. Bei der Nachbesprechung erzählte Espen, wie er mit dem Mann geredet und verhandelt und ihn schließlich zum Aufgeben bewegt habe.

»Und zwar wie?«, hatte der Polizeipsychologe wissen wollen.

»Ganz einfach«, antwortete Espen. »Ich habe über alles geredet, nur nicht über Gewalt und Drohungen.«

Dieses Erlebnis gab Espen Krogh zu denken. Er besuchte Kurse über Verhandlungstechnik in Extremsituationen. Nachdem er sich ein Jahr lang darüber geärgert hatte, dass man ihn nicht, wie er das wollte, freistellte, kündigte er bei der Polizei und begann an der Uni Psychologie zu studieren.

Vier Jahre und einige hunderttausend Kronen Studiendarlehen später rief ihn ein Mann an, der sich als Stellan Wall vorstellte. Er war Chef der skandinavischen Niederlassung der amerikanischen Firma Compton & Floyd. Dass diese Firma nicht allgemein bekannt war, lag daran, dass sie sich auf heikle Vermittleraufgaben spezialisiert hatte und es vorzog, im Stillen zu agieren. Die Kontakte zu den Kunden wurden sehr diskret behandelt.

»Was für Vermittleraufgaben?«, hatte Espen wissen wollen.

»Solche, bei denen es zwei Seiten gibt«, hatte Wall geantwortet, »und von denen zumindest eine Seite bereit ist zu zahlen.«

Die Arbeit lief auf eines hinaus: einen Konflikt auf eine Art zu lösen, die die Seite, die das Honorar zahlte, befriedigte. Die Firma war auf Situationen spezialisiert, in denen mit Gewalt zu rechnen war. Geiselnahmen, Entführungen, Drohungen und Erpressungen. Kein Auftrag war zu unbedeutend, solange nur genug Geld dabei heraussprang.

Wall sagte, er habe Espens Karriere mitverfolgt, und behauptete, sein »Profil« entspreche den Anforderungen des Jobs. Der Lohn war hoch.

Espen fasste sich ans Herz, etwa in der Höhe, in der seine Brieftasche in der Innentasche steckte, und nahm das Angebot nach etwa zwei Sekunden Bedenkzeit an.

In den fünf Jahren, die seither vergangen waren, war Espen ein Handlungsreisender in Sachen Konfliktlösung gewesen. Das Spektrum erstreckte sich von ehelichen Misshelligkeiten in den besseren Kreisen bis hin zu Kidnapping von Geschäftsleuten durch obskure lateinamerikanische Guerillagruppen. Er lernte, dass alle Konflikte auf der Unwilligkeit oder dem Unwillen, der Gegenseite die gleichen Rechte zuzugestehen, beruhten. Der Grund für diese Unfähigkeit konnte Egoismus, Gier, Bösartigkeit oder einfache reine Dummheit sein. Aber die moralische Seite dieser Sache kümmerte Espen eigentlich weniger.

Ihm ging es darum, das Problem zu analysieren und die beiden Seiten dann dazu zu bringen, ihre Standpunkte so weit zu modifizieren, dass eine Einigung möglich wurde. Oft war dazu Geld nötig, manchmal genügten Worte.

In mit Agressionen aufgeladenen Situationen war Diplomatie seine wichtigste Methode. Sachliche Argumentation war meist das Beste, aber Espen beherrschte alle Register: Schmeichelei, Beharrlichkeit und Ablenkungsmanöver. Wenn er damit nicht weiterkam, übertrieb er die Argumente der beiden Seiten. Wenn sie mit Gewalt drohten, schlug er Bomben und Massenmord vor. Damit zwang er sie dazu, die propagierten Mafiamethoden schließlich abzulehnen und ihren Konflikt selbst zu entschärfen. So ließ der Drang zum Faustrecht ganz von selbst nach.

In festgefahrenen Situationen galt es der Gegenseite die Augen zu öffnen oder die Perspektive umzukehren. Brutale Aufrichtigkeit war oft die beste Methode. Ging es um Geld, dann versuchte er die Streitenden dazu zu bringen, bessere Argumente für die Haltung der Gegenseite zu finden als die Gegenseite selbst. Es ging darum, die Streitenden davon zu überzeugen, dass auch dem Standpunkt der Gegenseite eine gewisse Logik nicht abzusprechen war.

Nach einigen Jahren war das Gerücht über Espens neue Karriere bis zu seinem alten Arbeitgeber, der Stockholmer Polizei, vorgedrungen. Man begann, ihn bei Geiselnahmen als Unterhändler einzusetzen. Er war der Mann, dem Dinge glückten, die anderen missglückten.

Der Mann, der früher immer sofort zu Gewalt bereit gewesen war, hatte sich verändert. In seinem Herzen war er jedoch immer noch derselbe. Die neuen Einsichten waren nur bis zu seinem Kopf vorgedrungen. Bald empfand er seine neue Rolle als eine Zwangsjacke. Die neue Rolle forderte ihren Preis.

Diese Schuld bezahlte Espen Krogh mit Alkohol ab, anfänglich eine ordentliche Dosis nach Feierabend, dann schon zum Frühstück, Mittagessen und zum Abendessen ohnehin. Aber die Schuld wuchs, und jetzt war die Kasse offenbar leer. Er grub nach seinen letzten Ersparnissen, bald würde er selbst in der Grube liegen.

Er saß in seinem Sessel und glaubte, ein gewisses Maß an Selbsterkenntnis gewonnen zu haben. Oder hatte ihm der Wodka einen Streich gespielt?

Er erhob sich, ging in die Diele und zog seine Wildlederjacke an. Es war halb neun Uhr abends, und die Sonne war vor mehreren Stunden untergegangen. Planlos und immer rastloser strich er durch die dunklen Straßen. Am Karlaplan nahm er die U-Bahn und fuhr mit der roten Linie zum Slussen. Die Füße trugen ihn fast automatisch in ein Lokal mit einem lustigen norwegischen Namen. An der Theke sagte er nichts, sondern deutete nur auf einen der Zapfhähne. Man stellte ihm das Glas hin, und er leerte es, ohne abzusetzen. Er bestellte sofort ein weiteres.

Ein Lachen veranlasste ihn, sich umzudrehen. Er kannte dieses Lachen nur zu gut. Es war Simones.

Unsere Schicksale sind auf ewig miteinander verwoben, dachte er, ehe er sie mit dem Blick erfasste.

Sie stand mitten im Lokal an einem runden Bartisch. Neben ihr stand ein Mann, den Espen nicht kannte. Er trank Bier, und sie hatte ein Weinglas in der Hand. Jetzt war der Mann mit dem Lachen an der Reihe. Es war ein einschmeichelndes Lachen.

Espen nahm sein Glas und trat auf sie zu.

»Was für eine Überraschung, dich hier zu sehen, Simone.«

»Das kann ich in deinem Fall leider nicht sagen, Espen«, erwiderte sie reserviert.

Schon wieder ein Eigentor, konstatierte Espen. Dann eben Angriff von der anderen Flanke.

»Wer ist das?« Er nickte zur Seite, ohne einen Blick in die Richtung des Unbekannten zu werfen.

»Ein Freund.«

»Ein Freund? In diesem Fall hat er guten Geschmack, was seinen Umgang angeht. Aber das kann man von dir wirklich nicht sagen. Du hast vollkommen den Stil verloren.«

Der Mann trat mit geballten Fäusten einen Schritt vor. Er wirkte sehr groß.

»Kümmer dich nicht um ihn, Sören«, sagte Simone und legte dem riesigen Kerl eine Hand auf den Arm. »Das hier ist nur ein abgehalfterter Alkoholiker.«

»Sören. Heißt er so?«, sagte Espen. »Er hat nicht nur guten Geschmack, er hat auch einen schönen Namen. Meine Mutter hatte einen Hund, der Sören hieß.«

Die Faust schoss über den Tisch. Sie traf Espen am Kinn, glücklicherweise nicht sehr präzise, denn dann wäre er kaum wieder aus der Bodenlage, die er recht ungraziös eingenommen hatte, hochgekommen. Er erhob sich und klopfte sich die Kleider ab.

»Dein Glück, dass ich Polizist bin«, log er. »Sonst hätte ich jetzt die Polizei rufen müssen. Aber ich finde, du solltest hier schleunigst verschwinden und irgendwo an einen Laternenpfahl pinkeln, falls du den Kleinen überhaupt findest.«

Der Mann, der Sören hieß, trat einen Schritt auf Espen zu, der alle, sich selbst eingeschlossen, dadurch in Erstaunen versetzte, dass er seinem Gegner elegant ein Bein stellte, wodurch dieser schwer zu Boden ging. Durch Aufbietung seiner äußersten mentalen Kräfte gelang es Espen, den Impuls niederzukämpfen, dem Mann das Gesicht einzutreten. Stattdessen drehte er sich um. Mit einem kurzen »Wuff« verabschiedete er sich und ging zur Tür.

12. Kapitel

In den folgenden Wochen versuchte Espen, sich zusammenzureißen. Das bedeutete, dass er nur noch abends trank. Er tauchte halbwegs pünktlich im Büro auf. Stellan Wall erzählte er, er habe aufgehört. Er ging zu dem Suchttherapeuten, der sich jedoch nicht so leicht hinters Licht führen ließ wie Wall. Aber der Therapeut hatte Schweigepflicht, und davon, dass Espen weiterhin trank, erfuhr sein Chef nichts.

An einem Dienstag erschien er spät zur Arbeit. Am Vorabend war er ungewöhnlich trinkfreudig gewesen. Er hoffte, Wall nicht zu begegnen, und legte einen Zettel auf seinen Schreibtisch: »Bin bei einer Besprechung.« Er nahm die U-Bahn, entfernte sich damit möglichst weit vom Büro, ging in einen Pub und bestellte ein großes Bier.

Zwei Stunden und etliche Gläser später klingelte sein Handy. Es war Wall. Espen nahm sich zusammen und versuchte, klar zu sprechen.

»Kripo Stockholm«, sagte Wall. »Geiselnahme. Du sollst hinfahren und sie unterstützen.«

»Worum geht es?«, fragte Espen.

»Die Forex-Wechselstube in der Innenstadt. Offenbar ein missglückter Raubüberfall. Jetzt hat der Täter zwei Kassiererinnen als Geiseln genommen und fordert freies Geleit.«

»Ich bin mitten in einer Besprechung …«, sagte Espen, aber Wall hörte nicht zu.

»Der Einsatzchef erwartet dich«, sagte er und legte auf.

Espen lutschte ein paar Pfefferminzbonbons gegen seine Alkoholfahne, zahlte und rief ein Taxi.

Die nähere Umgebung war abgesperrt, als er eintraf. Espen nannte einem uniformierten Polizisten seinen Namen, dieser führte ihn zu seinem Einsatzwagen, der offenbar als eine Art Verbindungszentrale diente. Espen kannte den Einsatzchef in Zivil, einen Inspektor namens Hörnfeldt, gut. Sie hatten in den guten alten Zeiten viele Nächte zusammengearbeitet.

»Espen«, sagte Hörnfeldt. »Gut. Wir brauchen dich.« Er gab Espen die Hand. Dann schien er zu zögern. »Alles okay?«

»Klar«, entgegnete Espen. »Alles in Ordnung. Ich habe heute nur schon sehr früh angefangen. Auch wir machen üble Jobs. Ich wollte gerade nach Hause fahren und mich umziehen, als mich Wall anrief. Gegen einen Kaffee hätte ich allerdings nichts einzuwenden.«

»Den besorgen wir«, sagte Hörnfeldt und gab seinen Wunsch an einen der Uniformierten weiter. »Der Typ da drin scheint ziemlich verwirrt zu sein. Ein Ausländer, der ein unverständliches Kauderwelsch spricht. Wir haben in Erfahrung gebracht, dass er aus einer ehemaligen Sowjetrepublik stammt und zuletzt in Dänemark gewohnt hat. Unser Unterhändler bekommt irgendwie keinen richtigen Kontakt zu ihm, aber du kannst ja Dänisch und bewältigst die Situation vielleicht besser.«

»Meine Muttersprache«, sagte Espen auf Dänisch. »Bitte?«, erwiderte Hörnfeldt, und Espen wiederholte das Ganze noch einmal auf Schwedisch. Hörnfeldt nickte. »Versuch es. Wir würden ihn gerne mit Reden da herausbringen. Aber sei vorsichtig, er hat eine Pistole.«

Eine Frau, die Espen nicht aus seiner Zeit bei der Polizei bekannt war, rüstete ihn mit einem Handy mit Freisprechfunktion aus. Espen kippte den Kaffee hinunter und folgte Hörnfeldt zum letzten sicheren Vorposten vor der Wechselstube.

»Die Tür zur Wechselstube steht offen«, sagte Hörnfeldt. »Er kann dich dort drinnen hören. Wir geben dir Deckung, falls er nach draußen rennt. Wir sind die ganze Zeit dabei.«

Hörnfeldt zog sich ein paar Schritte zurück. Espen war allein. Jetzt hing alles von ihm ab. Der Bürgersteig schien unter seinen Füßen zu schwanken. Das viele Bier ließ sich nicht mit einer Tasse Kaffee bekämpfen. Und schon vor dem Bier musste er ein paar Promille im Blut gehabt haben. Espen versuchte, einen klaren Gedanken zu fassen, aber er hatte das Gefühl, sein Gehirn sei gelähmt, und womöglich war es das auch.

»Hallo, hören Sie mich?«, rief er auf Dänisch. Keine Antwort. »Ich heiße Espen. Wie heißen Sie?« Stille. Espen wartete eine Weile. Dann begann er erneut zu rufen. Er meinte das Jammern einer der Gefangenen zu hören. »Wo kommen Sie her?«, fragte Espen laut. »Ich komme aus Helsingør. In Dänemark. Kennen Sie Helsingør?« Das Jammern hörte nicht auf, und obwohl es sehr leise war, gellte es Espen in den Ohren. Er keuchte, die Beine gaben fast unter ihm nach. Er versuchte freundlich, aber doch wie eine Respektsperson zu klingen, wie eine Person, die das Recht hatte, Beschlüsse zu fassen, wie jemand, der auch noch die aussichtslosesten Wünsche erfüllen konnte.

»Er antwortete nicht«, flüsterte Espen in sein Handy. »Mach weiter«, antwortete Hörnfeldt. »Wir müssen Geduld haben.«

Das Jammern veränderte sich im Ton und klang nun noch gequälter. Espen fragte sich, was da drin wohl los war. »Ich geh jetzt rein«, sagte er ins Telefon. »Ich muss da rein.«

»Nein«, hörte er Hörnfeldt sagen, aber Espen hatte bereits seinen Entschluss gefasst und war schon fast an der Tür angelangt. Er ging geradewegs hinein, auf alles gefasst. Sein Gewaltinstinkt hatte, ausgelöst von der leidenden Frauenstimme, die Oberhand gewonnen. Seine Vernunft war ausgeschaltet.

Als Erstes sah er die beiden Frauen, die mit Klebeband an ihre Stühle gefesselt waren. Beide waren mit Halstüchern geknebelt worden. Hinter einer der beiden Frauen stand der Täter mit wildem Blick. Trotz seines trunkenen Zustands begriff Espen, dass er Argumenten nicht zugänglich war. Zwischen ihm und dem Mann lagen zwei Meter. Espen warf sich nach vorn.

Hörnfeldt fasste sich ans Ohr, als der Schuss knallte. »Verdammt«, zischte er. »Hinein!«, rief er.

Zwölf Sekunden später war der Geiselnehmer überwältigt. Espen wurde von zwei Polizisten weggetragen. Einer Frau wurde der Knebel abgenommen. Sie schluchzte auf. Die andere Frau rührte sich nicht. Sie hatte ein Loch im Kopf.

Espen saß mit hängendem Kopf auf einem Stuhl. »Wir sind leider dazu gezwungen«, sagte Hörnfeldt. Eine weißgekleidete Frau betrat das Zimmer und stieß Espen eine Nadel in den Arm.

Zwei Tage später suchte Stellan Wall Espen in seiner Wohnung auf.

»2,8 Promille«, sagte er. »Du hast nicht nur den Auftrag angenommen, du hast auch noch versucht, den Geiselnehmer zu überwältigen. Es gibt Leute, die so etwas besser können, insbesondere in nüchternem Zustand.«

Wall stand in der Diele. Espen bat ihn nicht, Platz zu nehmen. »Du bekommst zwei Monatslöhne«, sagte Wall. »Und das ist noch verdammt nett von mir.« Er drehte sich um, um zu gehen. »Sie hatte offenbar eine kleine Tochter«, sagte er noch, ehe er die Tür hinter sich schloss.

Espen trat ans Fenster. Es war der erste Frühlingstag des Jahres, des dritten Jahres des neuen Jahrhunderts im neuen Jahrtausend. Wie er da am Fenster stand, kam ihm die Zukunft unendlich vor. Für ewige Zeiten würde die Schuld in seiner Brust wie ein schwarzes Loch in ihm weiterwachsen. Bodenlos, unmöglich auszufüllen. Nicht einmal aller Schnaps der Welt würde dafür ausreichen.

TAL

13. Kapitel

»Und ich will aufrichten meinen Bund zwischen mir und dir und deinen Nachkommen von Geschlecht zu Geschlecht, dass es ein ewiger Bund sei, so dass ich dein und deiner Nachkommen Gott bin. Und ich will dir und deinem Geschlecht nach dir das Land geben, darin du ein Fremdling bist, das ganze Land Kanaan, zu ewigem Besitz, und will ihr Gott sein.«

Der Mann kniete. Er beugte sich vor und küsste die Erde. Tränen liefen ihm über die Wangen. »Ich bin heimgekehrt«, sagte er, als könne das ganze Volk ihn hören. Immer wieder gingen ihm die Worte des achten Verses aus dem 17. Kapitel des Ersten Buch Mose durch den Kopf. »Ich will dir das ganze Land Kanaan zu ewigem Besitz geben …«

Hinter ihm stand seine Frau und neben dieser sein Sohn. Der Junge war gerade vierzehn geworden, und er schämte sich dafür, dass sich sein Vater vor allen, die aus der Tupolewmaschine aus Moskau stiegen, auf die Erde legte. Außerdem lag er allen im Weg, die die Treppe herunterkamen. Der Junge sah seine Mutter ängstlich an und hoffte, dass sie sich nicht ebenfalls auf diese Art lächerlich machen würde. Aber sie machte nicht die geringsten Anstalten, sich hinzuknien. Ganz im Gegenteil, es schien ihr ebenfalls peinlich zu sein.

Aber schließlich stammte sie auch nicht aus dem Geschlecht

Abrahams, und Abrahams Gott war nicht ihr Gott. Insofern war *Kanaan* eigentlich nicht ihr Land. Sie hatte ihre Gründe. Der Junge hatte den Diskussionen seiner Eltern zu Hause gelauscht und wusste, dass seine Mutter glaubte, dass es ihnen in Israel besser gehen würde. Das hatte sie gesagt. Sie war froh, ihr auseinanderfallendes und immer ärmer werdendes Heimatland verlassen zu können. Er selbst hatte nicht fahren wollen.

In einem Bus fuhren sie und eine große Gruppe anderer Neuankömmlinge vom Ben-Gurion-Flugplatz nach Jerusalem. Die ersten Wochen verbrachten sie in einem Übergangslager am Stadtrand. Viele Formulare müssten ausgefüllt werden, sagte der Vater. Der Junge hasste das Übergangslager. Es war Frühling, und er wusste, dass seine Freunde zu Hause in Swerdlowsk, an den Namen Jekaterinburg hatte er sich seit dem Namenswechsel zwei Jahre zuvor nicht gewöhnen können, auf der Wiese vor der Schule Fußball spielten.

Dann kam ein Mann zu Besuch. Er gehörte einer Organisation an, die ihre Alija, ihren Aufstieg, die Rückkehr aus der Diaspora nach Israel, organisiert hatte. Der Besucher teilte mit, dass sie das Übergangslager jetzt verlassen könnten. Die Familie sollte bei einer Frau untergebracht werden, deren Mann im Libanon gefallen war und die deswegen eine viel zu große Wohnung hatte. Sie würden zwei ihrer Zimmer mieten. Die Organisation bezahlte die ersten drei Monatsmieten. Innerhalb dieser Zeit würde es dem Vater sicher gelingen, eine Arbeit zu finden.

»Die Wohnung liegt genau außerhalb von Me'a She'arim, dem Viertel der Orthodoxen«, sagte der Mann. »Ihre Vermieterin ist nicht orthodox, und Sie werden mit ihr sicher zurechtkommen. Aber dort wohnen auch arme Menschen, und du, mein Junge, es ist auch nicht weit bis zu dem Araberviertel Jerusalems. Die Araber werfen seit 1987 Steine und Bomben auf uns. Das geht jetzt schon seit fünf Jahren so. Geh nicht dorthin, du könntest getötet werden.«

Der Junge sah seine Mutter an, und diese nahm ihn in den Arm.

»Wie heißt du?«, fragte der Mann.

Der Junge antwortete mit einem einzigen Wort, seinem russischen Vornamen.

»Ein Namenswechsel ist besser«, sagte der Mann. »Du bekommst einen hebräischen Vornamen, das vereinfacht die Dinge. Du solltest dich Tal nennen. Gefällt dir dieser Name?«

»Der passt gut«, sagte der Vater, als der Sohn nicht antwortete. »Tal«, sagte er und nickte dem Jungen anerkennend zu.

Ihre Vermieterin schien etwas jünger zu sein als Tals Mutter, und Tal fragte sich, warum sie nicht um ihren Mann trauerte, der im Krieg gefallen war. Vielleicht ist das ja schon lange her, dachte er.

Die Vermieterin trug weite Kleider und hatte breite Schenkel. Ihr Mund war groß, und sie lachte viel. Aber die Wohnung war klein, und Tal ging auf die Straße, sobald er aufgestanden war. Dort wanderte er herum und staunte darüber, dass die Menschen Waffen trugen. Überall Waffen. An den Straßenecken standen Mädchen, die nicht viel älter waren als er, in grüner Kleidung und mit einem Karabiner über der Schulter. Die Mädchen unterhielten sich die meiste Zeit miteinander. Sie aßen Chips, Nüsse und Süßigkeiten und tranken Limonade und zwar andauernd. Er wagte nicht, sie anzusprechen, aber oft stand er da und betrachtete sie. Sie standen oben auf dem Hügel am Anfang der Jaffastraße vor der alten Stadtmauer. Hinter die Mauer, in die Altstadt, wagte er sich noch nicht, da er Angst hatte, sich in den arabischen Gassen zu verirren.

Sein Vater schickte ihn zusammen mit anderen russischen

Jungen in eine Sprachschule. Hebräisch war schwer, aber Tal war fest entschlossen, die Sprache zu lernen. Er hatte eingesehen, dass er gezwungen sein würde, in diesem Land zu leben. Außerdem wollte er mit den grüngekleideten Mädchen sprechen können. Bereits nach zwei Monaten konnte er in den Läden einkaufen und einfache Sätze zu ihrer Vermieterin, die sich gerne Zeit für ihn nahm, sagen.

An einem Nachmittag, als seine Eltern unterwegs waren, kam die Vermieterin in das Zimmer des Jungen. Tal fand, dass sie sich anders benahm als sonst, sie lachte plötzlich und fragte ihn Dinge, die sie bereits wusste. Dann legte sie den Kopf zur Seite und lachte erneut. Er wurde verlegen und wusste nicht, was er sagen sollte. Die Vermieterin trat ein paar Schritte auf ihn zu und schob dann ihre Hand in seine Hose.

»Ich will mich nur vergewissern, dass du ein echter Jude bist«, sagte sie und lachte.

Er stand mit dem Rücken an der Wand und ließ es zu, dass ihre Hand etwas zu lange dort verweilte. Sie spürte noch seine Erregung, bevor er sich losmachte.

Er rannte aus der Wohnung. Hinter sich hörte er ihr Lachen.

Tal rannte, bis er die grüngekleideten Mädchen sah. Er blieb stehen und sah sie an. Sein Blick war getrübt, und er keuchte. Er stand lange dort, dann begann er eine lange, einsame Wanderung durch die Straßen. Sein Körper war wieder zur Ruhe gekommen. Er begann über die Worte der Vermieterin nachzudenken. Er spürte, wie sie sich in ihm festsetzten. Bist du ein echter Jude?

14. Kapitel

Ein Jahr später erzählte sein Vater, dass sie nach Ma'ale Adummim umziehen würden. Er hatte dort eine Arbeit in einem Restaurant gefunden und seine Mutter ebenfalls. Tal fragte, wo Ma'ale Adummim liege. »In Judäa«, antwortete der Vater. Daraufhin wollte Tal wissen, wo Judäa liege. »Das ist unsere biblische Heimat«, erwiderte der Vater. »Die Araber nennen Judäa und Samaria West Bank oder Palästina und behaupten, es gehöre ihnen, aber das ist nicht wahr. Wir wohnen jetzt dort. Wir haben Judäa aus einer menschenleeren Wüste erschaffen und aus Ma'ale Adummim eine blühende Stadt gemacht.« Ma'ale Adummim, *der rote Berg*.

Tal hatte davon gehört. Eine Siedlung. Sein Vater wollte ihn an einen Ort bringen, an dem er vor den Kugeln der Araber den Kopf einziehen musste. Zwar hieß es, dass es Frieden geben sollte, der Aufruhr war zu Ende und ein Vertrag war in Oslo geschlossen worden. Aber der Ausgang dieser Sache war äußerst ungewiss. Tal wollte in Jerusalem bleiben, Swerdlowsk geriet langsam in Vergessenheit. Hier gab es interessantere Dinge zu tun als draußen in einem Vorort auf einem Berggipfel. Er hatte in der Schule einen Freund gefunden, einen gleichaltrigen russischen Jungen, der genauso einsam gewesen war wie er selbst. Jetzt würde er weiterziehen müssen.

Einen Monat später bezogen sie eine Dreizimmerwohnung in der Derekh Kedem gegenüber von einem Großmarkt im Zentrum von Ma'ale Adummim. Tal bekam ein eigenes Zimmer. Immerhin etwas! Die Stadt war nichts anderes als ein aus den Fugen geratener Vorort von Jerusalem und so deprimierend, wie er befürchtet hatte. Sein Vater sprach von der schönen Aussicht. Als ob die irgendjemanden interessiert hätte!

Es dauerte eine Weile, bis er neue Freunde fand, aber schließlich lernte er Aron kennen, einen Amerikaner, der mit seinen Eltern nur ein halbes Jahr zuvor aus Brooklyn gekommen war. Tal konnte nur wenig Englisch, und Arons Hebräisch war schlecht. Tal beherrschte es inzwischen gut. Sie einigten sich darauf, sich gegenseitig zu unterrichten. Arons Eltern waren dankbar, dass ihr Sohn Hilfe beim Hebräischlernen bekam, sie selbst schlugen sich auf Englisch oder Jiddisch durch.

Die beiden jungen Männer verband ein großes Interesse: Mädchen. In ihren Diskussionen ging es vornehmlich darum, wie man sich diesen begehrenswerten Wesen nähern konnte. Sie waren sich einig, dass Geld dabei sehr nützlich sein würde. Tal schlug vor, dieses durch Einbrüche zu besorgen. Geschäfte nach Feierabend seien am ungefährlichsten. Sie wollten nur Bargeld stehlen, keine Gegenstände, die sie anschließend verkaufen mussten. Aron vermutete, dass die Ladeninhaber die Tageskasse abends mit nach Hause nahmen. Er schlug vor, mitten am Tag zuzuschlagen. Sie würden zusammenarbeiten: Er würde den Verkäufer in eine Ecke des Ladens locken, und Tal würde die Scheine zusammenraffen.

»Aber nicht alle, damit sie es nicht sofort merken«, sagte er.

»Hast du das schon mal gemacht?«, fragte Tal.

»Zu Hause. Unzählige Male«, antwortete Aron. »Ich bin nie erwischt worden. Man muss nur wissen, wie man die Kasse öffnet. Man muss den Laden vorher auskundschaften.«

Bereits am Tag darauf fuhren sie mit dem Bus nach Jerusalem, wo sie niemand kannte, zumindest kannte niemand Aron. Es war Freitag, und die Kassen würden vor dem Sabbat wohlgefüllt sein. Sie wählten die Seitenstraßen, in denen die Läden kleiner waren. Zweimal schlugen sie zu. Ihre Methode funktionierte ausgezeichnet. Tal und Aron hatten die Läden verlassen, noch ehe die Besitzer gemerkt hatten, dass etwas geschehen war. Sie erbeuteten über vierhundert Schekel. Gut gelaunt nahmen sie den Bus nach Ma'ale Adummim zurück.

Es erwies sich als schwieriger, die Gunst der Mädchen zu erwerben, als das Geld zu stehlen. Das meiste Geld gaben sie stattdessen für sich aus. In der Woche darauf fuhren sie wieder nach Jerusalem. Im ersten Laden ging alles wie geschmiert, zweihundertvierzig Schekel. Dann betraten sie ein kleines Elektrogeschäft. Ein schwarzgekleideter Mann mit dem Hut der Orthodoxen saß hinter dem Ladentisch, eine Registrierkasse gab es nicht. Tal vermutete, dass das Geld ganz einfach in einer Schublade verwahrt wurde. Aron ging ganz nach hinten in den Laden und rief den Verkäufer zu sich. Der schwarzgekleidete Mann war übergewichtig und bewegte sich langsam. Rasch verschwand Tal hinter dem Tresen und zog die oberste Schublade heraus. Dort lag, wie er richtig angenommen hatte, das Geld. Aber er zog die Schublade zu weit heraus und sie fiel zu Boden. Der Verkäufer bewegte sich zwar langsam, aber er begriff schnell. Mit seinem großen Körper blockierte er Aron den Fluchtweg und hielt ihn umklammert. Tal rannte nach draußen, aber Aron saß fest wie in einem Schraubstock.

Mit dem fünfzehnjährigen Aron hatte die Polizei leichtes Spiel. Im Verhör knickte er fast sofort ein und erzählte alles. Für Tal bedeutete das drei Monate in der Jugendanstalt. Für seine Eltern bedeutete dies in den engen Verhältnissen Ma'ale Adummims den sozialen Abstieg.

Das Urteil führte auch dazu, dass Tal eine Klasse wiederholen musste. Deswegen begann er seine Wehrpflicht erst mit beinahe zwanzig. Seine Vorstrafe schloss ihn von den begehrenswerten Waffengattungen aus. Im Jahre 1998 begann er als Schütze bei den Panzertruppen. Im Oktober 2000, nur drei Wochen nachdem der zweite Palästinenseraufstand, die Al-Aksa-Intifada, begonnen hatte, erschoss Tal einen achtzehnjährigen Studenten, der einen Molotowcocktail auf seinen Panzer geworfen hatte. Einen Monat später tötete er einen vierzehnjährigen Schuljungen, der bei der Siedlung Netzarim in Gaza Steine geworfen hatte. Um den ersten Toten kümmerte sich niemand, aber der zweite führte zu einer Ermittlung. Vor einigen Offizieren musste Tal seinen Beschluss rechtfertigen. Der Junge war auf den Panzer zugelaufen und hatte einen Stein geworfen. Als der Junge auch einen zweiten Stein geworfen hatte, hatte Tal den tödlichen Schuss abgefeuert. »Schließlich hätte es sich um eine Handgranate handeln können«, sagte er.

Gegen Ende des Jahres begann er freiwillig die Ausbildung zum Offizier. Tal hatte sich entschlossen, Berufssoldat zu werden.

Kurz darauf lernte er Gilah, eine Neunzehnjährige, die in Eretz an der Grenze zwischen Israel und Gaza ihren Wehrdienst leistete, kennen. Ein grüngekleidetes Mädchen. Sie schien ihn zu mögen. Vielleicht mochte sie ihn so sehr, dass sie ihn sogar heiraten würde.

Die Intifada wurde stärker, aber zum ersten Mal sah Tal mit Zuversicht in die Zukunft.

15. Kapitel

Tals Kaserne lag in Shizzafon in der südlichen Negevwüste. Die Ausbildung war hart, aber nach mehreren Jahren als Panzerschütze hatte er auch nichts anderes erwartet.

Wenn er Urlaub hatte, versuchte er Gilah so oft wie möglich zu treffen. Sie wohnte bei ihren Eltern im jüdischen Viertel in der Jerusalemer Altstadt. Wenn er sie besuchte, übernachtete er in seinem alten Zimmer bei seinen Eltern in Ma'ale Adummim.

Manchmal fuhr er stattdessen aber auch sechzig Kilometer weit nach Eilat zum Baden. Eines Abends, neun Monate nach Beginn seiner Ausbildung, besuchte er einen Nachtclub in Eilat. Das war im September 2001 kurz vor dem ersten Jahrestag der Intifada. Wie viele andere Offiziere trug er auch außerhalb der Kaserne eine Pistole. Gegen zwei Uhr nachts betraten drei Männer den Nachtclub. Tal kannte sie, denn sie hatten zu seinem Regiment in Gaza gehört. Die drei setzten sich in einiger Entfernung von ihm an einen Tisch. Tal nahm sein Glas und gesellte sich zu ihnen.

Was dann geschah, darüber gibt es unterschiedliche Auffassungen. Tal behauptete, einer der Männer habe sich abfällig über seine Freundin Gilah geäußert. Die beiden Freunde des Mannes behaupteten, es habe sich nur um einen harmlosen Scherz gehandelt, so wie Männer eben über Frauen reden. Eine erregte Diskussion entbrannte, und man bat die vier Männer, den Nachtclub zu verlassen. Der Streit wurde auf der Straße fortgesetzt. Tal behauptete, der andere hätte als Erster seine Pistole gezogen und auf ihn gezielt. Die beiden anderen konnten sich nicht erinnern, wer als Erster seine Waffe gezogen hatte.

Nur eines war sicher. Der Soldat lag, durch einen Schuss aus Tals Pistole getötet, auf der Straße. Tal behauptete, sich verteidigt und keinen tödlichen Schuss beabsichtigt zu haben.

Ein Militärgerichtshof sprach Tal von der Anklage des Totschlags frei. Die Unklarheiten dieses Vorfalls führten jedoch dazu, dass man ihm nahelegte, den Offizierslehrgang abzubrechen.

Tal kehrte nach Jerusalem zurück und fand Anstellung in einem kleinen Hotel. Wegen seiner zunehmenden Schlafstörungen war eine Nachtarbeit naheliegend. Einige Monate später brachte er das Thema Heirat zur Sprache. Gilah wollte weder ja noch nein antworten, sondern bat ihn, die Sache erst mit ihrem Vater zu besprechen. Auf sein Argument, dass das nur sie etwas angehe und nicht ihre Eltern, wollte sie nicht so recht hören. Einerseits gab sie ihm recht, wandte aber ein, sie wolle ihre tiefreligiösen Eltern nicht verletzen.

Am Abend darauf suchte Tal Gilahs Vater auf und erklärte, er wolle seine Tochter heiraten.

»Dein Vater«, sagte Gilahs Vater, »gehört zur mosaischen Gemeinde in Ma'ale Adummim. Das weiß ich. Aber wie ist es mit deiner Mutter?«

»Sie ist Russin«, antwortete Tal.

»Und welcher Glaubensgemeinschaft gehört sie an?«

»Der russisch-orthodoxen.«

»Wenn sie nicht zu Abrahams Stamm gehört«, sagte Gilahs

Vater, »dann gehörst auch du nicht dazu. Kein Rabbi kann euch trauen. Eine Ehe zwischen Gilah und dir ist unmöglich.«

Tal wandte sich an Gilah. »Wir können auf Zypern heiraten«, sagte er. »So machen es alle anderen Paare in unserer Situation.«

Gilah antwortete nicht. Ihr Vater stand auf, offenbar erzürnt, dass sich Tal ihm widersetzte.

»Ausgeschlossen! Gilah wird dich nicht heiraten. Niemals! Jetzt muss ich dich bitten, unser Haus zu verlassen.«

Am Tag darauf rief Tal Gilah an. Er wollte sie sehen. Sie antwortete, sie habe zu tun. Tal bestand darauf. Er würde sie um vier Uhr auf dem Zionplatz erwarten. »Das wird nicht leicht«, antwortete Gilah.

Tal traf bereits um Viertel vor vier auf dem Platz ein. Er konnte nicht stillstehen, er hatte zuviel Unruhe in den Gliedern. Er merkte, dass die Soldaten, die den Platz bewachten, in seine Richtung schielten, obwohl er ganz offensichtlich kein Palästinenser war.

Um halb sechs gab er auf. Langsam kehrte er in sein kleines Zimmer im Erdgeschoss des Hotels zurück. Die Worte der Vermieterin aus seinem ersten Jahr in Jerusalem hallten ihm im Kopf wider: »Bist du ein echter Jude?« War er denn nicht nach Israel gekommen und hatte die Landesgrenzen durch seine bloße Anwesenheit in der jüdischen Siedlung erweitert? Hatte er nicht in der Armee sein Leben aufs Spiel gesetzt? Hatte er nicht die Feinde des Landes Israel getötet? Er, Tal, hatte es nicht verdient, verstoßen zu werden.

VINCENT

16. Kapitel

Es wäre falsch zu behaupten, das Sommerhaus sei Vincent Paulsens teuerster Besitz. Am meisten liebte er seine beiden Töchter, die elfjährige Tilde und die neunjährige Anne. Aber sie liefen gewissermaßen außer Konkurrenz, sie stellten in seiner Welt unvergleichliche Größen dar. Es wäre einfach absurd gewesen, auch nur zu versuchen, die Frage zu beantworten, welcher Verlust ihn am meisten treffen würde. Der von Tilde, Anne oder des Sommerhauses?

Aber es entsprach schon der Wahrheit, dass ihm dieser Platz in Tisvildeleje sehr viel bedeutete. Er hegte ein besonderes Gefühl für das Haus und für das Grundstück, auf dem es stand. Bei den gegenwärtigen Immobilienpreisen hätte Vincent Paulsen es sich mit seinem Polizistengehalt nie leisten können. Früher war das anders gewesen. Seine Eltern hatten das Haus Anfang der 50er Jahre gekauft. Vincent Paulsen nannte Freunden und Verwandten auf Besuch manchmal den Kaufpreis, und alle waren verblüfft und beglückwünschten ihn neidisch. Manche mathematisch begabte Skeptiker versuchten den Preis der aktuellen Kaufkraft anzupassen, mussten dann aber auch konstatieren, dass er fast unverschämt niedrig gewesen war.

Das Haus war nichts Besonderes, zwei Schlafzimmer, ein Wohnzimmer und eine etwas altmodische Küche. Ein Stockwerk. Die Außenwände bestanden aus braun gebeizten, horizontalen Brettern, und selbst Vincent fand sie recht hässlich. Aber er veränderte nichts, ein bewusster Entschluss, obwohl oder vielleicht weil das Haus immer, Vincents ganzes Leben lang, so ausgesehen hatte. Es glich einem alten Freund, und die Wände waren das Erste, was er sah, wenn er mit seinem Auto aus Kopenhagen kam. Das Haus biederte sich bei ihm nicht an. Das hatte es nicht nötig. Die beiden gehörten zusammen.

Das Grundstück mit seinen niedrigen Nadelbäumen, Brombeerbüschen, Blumenbeeten und Steingärten war da schon wesentlich ansehnlicher. Er legte den Garten gemächlich an, in kleinen Etappen, nie zu große und einschneidende Veränderungen. Vincent Paulsen besaß einen grünen Daumen und kannte die Namen sämtlicher Pflanzen, die in seinem Garten wuchsen. Wenn er in Tisvildeleje war, hatte er das Gefühl, lebendig zu sein.

Vincent Paulsens Frau hieß Birthe und war genauso alt wie er. In diesem Frühjahr waren sie kein einziges Mal zusammen zum Sommerhaus gefahren. Vincent hatte entweder allein oder überhaupt nicht fahren wollen. Birthe hatte gemeinsame Ausflüge vorgeschlagen, aber jedes Mal nur eine ausweichende Antwort von ihrem Mann erhalten. Er sei zu müde, er habe ausgerechnet für dieses Wochenende Handwerker bestellt oder er müsse Überstunden machen. Er hatte es auch abwenden können, dass seine Frau und die Töchter ohne ihn dorthin fuhren.

Ihr Mann war neuerdings abweisend. Seine Frau verstand nicht, warum. Sie konnte sich auf ihn keinen Reim mehr machen, auf den Mann, von dem sie geglaubt hatte, dass sie ihn in- und auswendig kenne und dem sie keine verborgenen Abgründe zugetraut hatte. Einige Male hatte sie ein beunruhigender Gedanke gestreift. Doch sie hatte ihn als vollkommen absurd beiseitegewischt. Aber die Kummerspalten der Illustrierten und Wochenendbeilagen machten lautstark zum Thema, was sie dachte: »Großer Test – So finden Sie heraus, ob Ihr Partner Sie betrügt.«

Sie entschloss sich, ihn zur Rede zu stellen. Das nahm sie sich für einen der Tage Anfang Juni vor, einen Freitag, an dem die Mädchen bei ihrer Großmutter übernachteten. Falls es eine Szene geben sollte, dann würden ihre Töchter keine Angst bekommen. Birthe versuchte sich mental auf das, was kommen würde, vorzubereiten, aber es schmerzte sie, und sie wusste nicht, ob sie noch eine weitere Woche, genaugenommen noch weitere fünf Tage, würde schweigen können. Aber Freitagnachmittag, nur wenige Stunden vor dem entscheidenden Gespräch, kam Vincent lächelnd von der Arbeit nach Hause. Sie begrüßte ihn reserviert, als er sie umarmte und vorschlug, am nächsten Tag nach Tisvildeleje zu fahren. Er war wieder der Vincent, den sie kannte.

Etwas Unbekanntes hatte ihr Leben berührt. Sie wusste nicht, was es war, und hoffte nur, dass es nie wiederkehren würde.

17. Kapitel

Vincent Paulsen war ein friedfertiger Mann, wurde aber jeden Tag mit roher Gewalt konfrontiert. Misshandlungen mit Todesfolge, Vergewaltigungen, Morde und Brandstiftungen gehörten bei der Mordkommission der Kopenhagener Polizei zum Alltag. Die findige Bösartigkeit des Menschen verletzte ihn. Auch rein gefühlsmäßig konnte er die Gewalt nicht verstehen. Er konnte sie einfach nicht nachvollziehen, diese Art von Wut entstand nie in seinem Inneren. Hingegen fiel es ihm sehr leicht, sich in die Situation des Opfers hineinzuversetzen.

Im Alter von zweiundvierzig war er bereits Kriminalkommissar, ein Titel, der seinen schwedischen Kollegen mehr imponierte als seinen dänischen, da ein Kommissar in Dänemark nur in etwa einem Inspektor in Schweden entsprach. Aber Vincent kümmerte so etwas kaum. Er war mit seinem Leben zufrieden, und obwohl er Gewalt verabscheute, fand er seine Arbeit interessant. Sie entsprach seiner philosophischen Veranlagung. Seine Kollegen vom Dezernat fanden ihn etwas verträumt und zu gefühlvoll, aber auch sympathisch und effektiv. Er war ein Individualist, dessen unerwartete Einfälle und die Gabe, in einer Ermittlung auch die Sichtweise der Gegenseite verstehen zu können, geschätzt wurden. Vincent Paulsen war immer bereit, umzudenken, wenn neue Fakten auf den Tisch kamen.

Sein bester Freund im Dezernat war Preben Møller. Die beiden Männer waren äußerlich sehr unterschiedlich, Vincent groß und schmal, Møller wesentlich kleiner und recht kompakt, um nicht zu sagen, dicklich. Ein Vergleich mit Dick und Doof kam leicht auf, wenn man die beiden zusammen an einem Tatort beobachtete. Auch hinsichtlich ihrer Charaktere waren sie relativ gegensätzlich. Møller war bodenständig bis an die Grenze der Einfallslosigkeit, aber diesen Mangel glich er durch Beharrlichkeit bei der polizeilichen Arbeit aus. Preben Møller gab nie auf.

Sie ergänzten sich also sehr gut. Ihre begrenzten Möglichkeiten zeigten sich teilweise schon in der Wahl ihrer Tätigkeit. Wer glaubte, dass der Polizistenberuf die Hochbegabten anzog, hatte zu viele Kriminalromane gelesen. Berufliches Talent ergab sich durch Erfahrung, ein gutes Gedächtnis und erlernte Analysefähigkeit und nicht durch hohe Intelligenz.

In ihrem Büro im Präsidium am Polititorvet im Zentrum von Kopenhagen, nur einen Steinwurf vom Tivoli entfernt, saßen sie nebeneinander. Von der Straße aus wirkte das Präsidium wie eine uneinnehmbare Festung, ein Sinnbild des Starken, Maskulinen. Aber sein Innenhof offenbarte die dänische Begeisterung für runde, weibliche Formen. Inmitten des riesigen, viereckigen Gebäudes befand sich ein großer, kreisförmiger, offener Platz. Dänisch und auch wieder nicht: Die Form war dem maurischen Märchenpalast, der Alhambra, entlehnt, ein fremder Einfluss in einer Welt, die sich nicht mehr abschotten ließ.

Die Arbeitstage verliefen in gewohnheitsmäßigem Trott, selbst wenn sich die Verbrechen änderten und endlose Reihen von Tätergesichtern an ihnen vorbeizogen. So vergingen die Jahre und glichen einander bis zu diesem Frühjahr. Eines Tages rief Vincent Paulsens Schwester an.

Sie hieß Karoline und war fünf Jahre älter als er. Sie war seine große Schwester, nicht nur, was ihr Alter betraf. Sie war immer so etwas wie eine Ersatzmutter für ihn gewesen, sie hatte sich um ihn gekümmert, ihm aber auch einiges abgefordert. Vincent fiel es immer noch schwer, ihr etwas abzuschlagen.

Der Anruf kam an einem feuchtkalten Tag im Februar. »Ich habe ein Problem«, sagte Karoline. »Kannst du frei reden?«

Vincent erhob sich und schloss die Tür seines Büros.

»Jetzt schon«, antwortete er, als er wieder Platz genommen hatte.

Karoline schwieg einen Augenblick. »Nein«, meinte sie dann, »ich glaube, es ist besser, wenn du herkommst.«

»Nach Hornbæk?«

Dort wohnte seine Schwester.

»Bitte so schnell wie möglich.«

Es war kurz nach vier Uhr nachmittags, als Vincent auf der Straße vor dem viergeschossigen Ziegelhaus, in dem Karoline wohnte, einparkte. Seine Schwester hatte eine Zweizimmerwohnung. Seit der Scheidung vor einigen Jahren wohnte sie allein.

Sie wirkte ernst. »Was ist passiert?«, fragte Vincent, als er sich die Schuhe auszog. Sie antwortete nicht, sondern ging vor ihm her ins Wohnzimmer. Auf dem Sofa saß eine Frau, die er noch nie gesehen hatte. Sie erhob sich. Sie war groß und schlank und hatte glattes, dunkles Haar. Sie gaben sich die Hand. Ihre Stimme war dunkel, aber trotzdem kräftig:

»Lydia.«

»Lydia kommt aus Georgien«, sagte Karoline. »Aus Abchasien. Sie musste flüchten. Weswegen, erzähle ich dir später. Aber sie hatte sehr gute Gründe, das kann ich dir versichern. Wir haben ihre Angaben genau überprüft.«

»Wir?«, fragte Vincent.

»Das erkläre ich dir auch später. Setz dich.«

Vincent gehorchte, wie er das immer tat, wenn seine Schwester ihre Befehle erteilte. Auch Lydia setzte sich wieder. Vincent sah seine Schwester fragend an.

»Wie du selbst gut weißt, ist Dänemark mittlerweile ein sehr herzloses Land«, sagte Karoline.

Vincent wollte protestieren. Er besaß ein Herz. Er liebte seine Familie. Er versuchte, Gesetz und Ordnung aufrechtzuerhalten, damit sich die Mitbürger sicher fühlen konnten. Er betrachtete seine Mitmenschen mit Zuneigung, zugegebenermaßen in Abstufungen. Sogar die menschlichen Wracks, die regelmäßig angespült wurden und sich unfassbarer Grausamkeiten schuldig gemacht hatten. Er war nicht herzlos. Er war ein Teil Dänemarks. Aber seine Schwester fuhr, noch ehe er etwas dazu sagen konnte, fort.

»Unsere Asylbewerberpolitik ist unmenschlich geworden. Deswegen soll sie zurückgeschickt werden. Aber wir haben einen Entschluss gefasst. Das muss ein Ende haben. Wir werden ihr helfen.«

»Und wer sind wir?«, fragte Vincent.

»Wir, die wir diesen Entschluss gefasst haben. Das muss einstweilen reichen.«

»Karoline …«, begann Vincent.

Sie unterbrach ihn. »Lass mich erst zu Ende reden.«

Schweigend saß ihnen Lydia auf dem Sofa gegenüber. Aufmerksam verfolgte sie die Diskussion, obwohl Vincent davon ausging, dass sie kein einziges Wort von dem, was gesagt wurde, verstand. Er merkte, dass sie auf etwas anderes achtete: auf die Tonlage der Stimmen und die Körpersprache. Sie schien weder verängstigt noch besorgt zu sein. Sie wartete ab. Sie war ein Mensch, der viele und noch viel schlimmere Dinge erlebt hatte.

»Das Erbe«, sagte Karoline. »Tisvildeleje gehört uns gemeinsam, obwohl du das Haus benutzt. Aber jetzt brauche ich es. Nur eine Weile, nicht für lange. Eine Übergangszeit.«

»Du willst damit doch wohl nicht sagen, dass …«

»Es geht vielleicht nur um ein paar Wochen. Es könnte aber auch länger dauern.«

Vincent sprang, heftiger als beabsichtigt, auf.

»Du bist verrückt. Willst du sie etwa dort vergessen? Stellst du dir das so vor?«

»Setz dich!«

»Ich denke nicht daran, mich wieder hinzusetzen. Das kommt einfach nicht in Frage.«

»Wir müssen alle etwas von unserer Bequemlichkeit opfern. Das ist ein geringer Preis, um sich seine Menschlichkeit zu bewahren.«

»Ich bin Polizist!« Seine Stimme wurde laut. »Begreifst du, was das bedeutet? Es ist in diesem Land verboten, Flüchtlinge zu verstecken. Hier ist das nicht wie in Schweden. Das hier ist, verdammt noch mal, Dänemark.«

»Genau das habe ich eben gesagt«, erwiderte Karoline und lächelte. »Unmenschlich. Es ist ein Verbrechen, Menschen in Not zu helfen. Ist dir das so recht? Ist das *dein* Dänemark?«

Vincent schüttelte den Kopf. Er setzte sich wieder.

»Ist dir klar, dass die mich feuern, wenn ich eine Straftat begehe?«

»Du sollst sie ja auch gar nicht verstecken. Ich tue das. Du brauchst auch nichts zu wissen, du musst nur einfach Tisvildeleje eine Weile lang meiden. Ich nehme nur den rechtmäßigen Teil meines Erbes in Anspruch.«

»Nein«, sagte Vincent mit Nachdruck. »Nein!«

»Doch«, erwiderte Karoline. »Sie hat zwei Wochen lang bei mir gewohnt, aber das funktioniert nicht auf Dauer. Nicht bei zwei erwachsenen Frauen mit verschiedenen Gewohnheiten. Das Haus steht leer. Sie kann dort wohnen. Eine kurze Zeit, dann werden wir versuchen, ihr etwas anderes zu besorgen. Aber das kann einen Monat oder so dauern. Wir sind noch zu wenige, um alle Bedürfnisse erfüllen zu können.«

Vincent sah Lydia an. Wer war sie, diese Person, die plötzlich in sein Leben eingriff? Die sich das Recht nahm, ihre Probleme zu seinen zu machen?

Sie erwiderte seinen Blick, ohne ihm auszuweichen. Dann sagte sie plötzlich in gutem Englisch:

»Ich habe in Sachumi an der Universität Englisch und Französisch studiert. Aber der Krieg kam dazwischen. Anschließend bekam ich Schwierigkeiten, weil ich eine Frau bin.«

»Sie war beim Militär«, sagte Karoline. »Sie hat Dinge erlebt, von denen du lieber nichts hören willst.«

»Ich will niemandem zur Last fallen«, sagte Lydia und sah Vincent mit demselben festen Blick an, »aber ich habe keine Wahl.«

Keine Wahl. Vincent verfügte über diesen Luxus, er hatte eine Wahl. Er sah seine Schwester an.

»Die Sache ist somit entschieden«, sagte sie.

18. Kapitel

In den folgenden Monaten fuhr Vincent Paulsen dreimal allein zu dem Haus in Tisvildeleje. Das erste Mal, um Lydia zu erläutern, wie alles im Haus funktionierte und wie sie sich zu verhalten habe. Die Gegend war im Frühjahr meist unbewohnt, aber seine Nachbarn fuhren gelegentlich zu ihren Häusern, insbesondere an Wochenenden. Sie durfte das Haus unter keinen Umständen verlassen, wenn Autos vor den Nachbarhäusern standen.

Das zweite Mal ließ er sich von Karoline dazu überreden, mit zwei Tüten voll Lebensmittel und Kosmetikartikel dorthin zu fahren. »Wir« konnten einige Tage lang nicht fahren, und einige Dinge waren zur Neige gegangen. Entweder würde Lydia im Ort einkaufen müssen oder Vincent musste fahren. Das hatte seine Schwester gesagt. Er hatte geseufzt und das Gefühl gehabt, gefangen zu sein.

Vincent beschloss, nicht weiter danach zu fragen, wer »wir« waren. Auf diese Weise konnte er wiederum seine aktive Teilnahme leugnen. Er redete sich ein, dass sein Besuch ihn nicht zum Komplizen des Vorhabens seiner Schwester machte. Ob die dänische Justiz seine lächerlichen Ausflüchte gelten lassen würde, war eher zweifelhaft, dessen war er sich bewusst. Aber das sollte ihn später bekümmern, im Augenblick war Selbstbetrug angesagt.

Der zweite Besuch fiel länger als beabsichtigt aus. Lydia war einsam, die Besuche von Vincent oder von »wir« waren die einzigen Unterbrechungen eines Daseins, von dem er annahm, dass es ziemlich trostlos war. Ihre einzige Gesellschaft waren das dänische Fernsehen und die englischen Bücher, die Karoline ihr gegeben hatte. Aber Lydia ließ sich nicht entmutigen, das sah er, obwohl sie seit ihrer ersten Begegnung in der Wohnung seiner Schwester abgenommen hatte. Er weigerte sich, die juristischen Aspekte ihrer Lage zu besprechen. Zuhören, vielleicht, aber überlegen, Ratschläge erteilen: *nein*. Das ginge einen Schritt zu weit. Damit würde er sich unwiderruflich zum Komplizen machen, das Verstecken eines illegalen Flüchtlings verstieß gegen dänische Gesetze. Falls es rauskam, würde er seine Arbeit verlieren.

Lydia verstand sein Dilemma. Sie begann stattdessen vom Leben in Suchumi, einem Badeort am Schwarzen Meer, zu erzählen. Einmal war Suchumi ein Paradies gewesen, so hatte es zumindest geheißen. Dann verkam es zum Hinterhof des überreifen Realsozialismus. Es wurde ein Paradies, in dem die Äpfel an den Zweigen verfaulten. Nach der Auflösung der Sowjetunion verwandelte es sich in einen Schauplatz für die Streitenden, in dem im tödlichen Kampf um die Macht ständig die Messer gewetzt wurden. Wie die Sache ausgehen würde, wusste immer noch niemand.

Lydia war in den Strudel der Ereignisse hineingezogen worden. Sie hatte einen Zug von Soldatinnen angeführt. Vincent hatte den Eindruck, dass ihr Alltag stärker von Gewalt geprägt gewesen war als der seinige. Schließlich war sie von georgischen Regierungstruppen gefangen genommen worden. Dieser Teil der Erzählung fiel sehr vage aus. Vincent las jedoch genug in ihrem Gesicht und fragte nicht nach Details. Er fragte auch nicht, wie ihr die Flucht geglückt war.

Es war früher Abend, als er sie verließ. Er ertappte sich dabei, dass er auf dem Weg nach Hause nach Kopenhagen an sie dachte. Er dachte auch noch an sie, als er am nächsten Morgen neben seiner Frau erwachte. Anschließend vermied er es recht lange, nach Tisvildeleje zu fahren. Seiner Schwester teilte er mit, das »Wir« müsse sich in Zukunft um alle praktischen Dinge kümmern und Lydia müsse das Haus vor dem Sommer verlassen haben. In den Sommerferien würden sich Tilde und Anne nicht mehr fernhalten lassen. Karoline versprach es ihm.

An einem der letzten Maitage fuhr er wieder hin, ein drittes Mal. Er hatte eigentlich keinen Grund. Nur, dass Lydia einsam war. Sich selbst gegenüber rechtfertigte er den Besuch als Akt der Menschenliebe.

19. Kapitel

Anfang Juni rief Karoline an. In der Sache hatte sich nichts Neues ergeben. Lydias Zukunft war genauso unsicher wie zuvor. »Wir« hatten mittels Anwalt so nachdrücklich wie möglich gehandelt. Aber seine Schwester hielt, was sie versprochen hatte. Nun würde Lydia in ein neues Versteck umziehen. Das »Wir« hatte ein Zimmer in einer Wohnung in einer kleineren Stadt besorgt.

»Sie zieht nach Korsør«, sagte Karoline.

»Das will ich nicht wissen«, antwortete Vincent, obwohl es schon zu spät war.

»Danke«, sagte Karoline.

»Es gibt nichts zu danken«, erwiderte Vincent. »Überhaupt nichts. Das hier hatte nichts mit mir zu tun. Das ist deine Angelegenheit, nicht meine. Du, nicht ich. Bitte kein weiteres Mal.«

Am selben Abend umarmte er seine Frau und schlug vor, dass sie, Tilde, Anne und er endlich am Wochenende nach Tisvildeleje fahren würden. Er klang dabei, als wäre nichts gewesen. Seine Frau sah ungemein froh aus, fast erlöst.

In der Nacht lag er wach. Korsør. Die Stadt am Ende der langen Brücke zwischen Seeland und Fünen, die Verbindung der Inseln über den Großen Belt. Die Brücke, die Menschen verband. Die Stadt, in der die Dänische Volkspartei, die politische Kraft, die Menschen wie Lydia loswerden wollte, in den Parlamentswahlen am besten abgeschnitten hatte.

Korsør. Vincent Paulsen wollte das nicht wissen.

2. TEIL: DIE BESETZUNG

20. Kapitel

Einige Leute schrien immer noch, als Vincent Paulsen das Flatterband am H.C. Andersens Boulevard anhob und den eigentlichen Tatort mit dem Opfer betrat. Er hatte schon viel gesehen, aber bereits auf diese Distanz wusste er, dass sich das hier unausweichlich in seiner Erinnerung festsetzen würde.

Die Blaulichter der Einsatzfahrzeuge rotierten, drängelnde Neugierige stießen mit den Menschen zusammen, die versuchten, hier wegzukommen. Uniformierte taten ihr Möglichstes, Ordnung in das Chaos zu bringen. Es war ihnen nur gelungen, einen kleineren Teil des Rådhuspladsen abzusperren. Innerhalb der Absperrung befand sich auch noch eine größere Anzahl Journalisten und Fotografen von *Ekstrabladet* und Politiken, die sofort aus ihren Redaktionsräumen gestürzt waren, die praktischerweise direkt neben dem Schauplatz der Ereignisse lagen.

»Es muss Panik ausgebrochen sein«, sagte Paulsen und wandte sich an seinen Kollegen Preben Møller. »Es könnte schwer werden, gute Zeugen zu finden.«

Vincent Paulsen schaute auf die Reste dessen hinab, was einmal ein Mensch gewesen war. Von unten nach oben: an den Füßen Joggingschuhe. Die Beine in blauen Jeans, der Oberkörper in einem T-Shirt, das einmal grün gewesen war. An den Armen war zu erkennen, dass es sich um einen weißen Mann handelte. Aber diese endeten in Stümpfen, beide Hände fehlten. Ebenso das Gesicht. Nur der Hinterkopf steckte noch im Kragen. Die Haarfarbe war nicht mehr zu bestimmen.

»Was ist da wohl geschehen?«, fragte Møller.

»Das wüsste ich auch gerne«, entgegnete Paulsen, »aber ich bezweifle, dass es sich hier um einen Selbstmord handelt.«

»Vielleicht unummantelte Scharfschützenmunition«, meinte Møller.

»Sieht eher nach einer Bombe aus«, sagte Paulsen. »Aber wie es sich zugetragen hat, kann ich nicht beurteilen.«

Er drehte sich um und erblickte seinen Chef Bjarne Skov mit fünf weiteren Kollegen vom Morddezernat der Kopenhagener Polizei im Anmarsch. Skov nickte Paulsen und Møller fast unmerklich zu und betrachtete dann die Leiche, die seltsam verkrümmt auf dem Pflaster lag.

»Schon etwas in Erfahrung gebracht?«, fragte er.

»Wir sind gerade erst eingetroffen«, antwortete Paulsen.

Skov ließ den Blick über die Absperrung gleiten. »Befragt die Leute, die dort drüben stehen, und versucht, Zeugen ausfindig zu machen«, wies er seine Leute an. »Paulsen, du bleibst hier.« Skov wandte sich an einen Mann, der sich auf ein Knie gestützt über die Leiche beugte. »Sind Sie der Arzt aus dem Rettungswagen?«, fragte er. Der Mann hob den Kopf und schaute hoch.

»Jørgensen«, erwiderte er.

»Okay, Herr Jørgensen«, sagte Skov, »Wir lassen ihn jetzt wegbringen, falls Ihnen nicht noch eine Wunderkur einfällt.«

»So etwas habe ich noch nie gesehen«, meinte Jørgensen kopfschüttelnd.

»Ein Kriminaltechniker soll noch ein paar Fotos machen. Paulsen, ruf in der Gerichtsmedizin an und sieh zu, dass du einen Gerichtsmediziner erwischst. Sag, ich will eine Obduktion durchführen lassen, sobald wir im Institut sind.«

Als der Fotograf fertig war, traten zwei Leichenträger heran. Der eine der beiden, der den Oberkörper anheben musste, verzog angewidert das Gesicht.

Im zweiten Stock des Präsidiums versammelten sich Skov, Paulsen, Møller und über ein Dutzend weitere Ermittler des Dezernats zu einer ersten Besprechung. Gut drei Stunden waren seit dem Alarm anlässlich des höchst ungewöhnlichen Todesfalles auf dem Rådhuspladsen vergangen.

»Wir haben ein kleines Problem«, begann Bjarne Skov. Er hatte Platz genommen und sprach sitzend zu seinen Mitarbeitern, die um ihn herumstanden. »Wir haben keine Ahnung, wer der Verstorbene ist. Er hatte keine Brieftasche bei sich. Seine Taschen waren, bis auf einen einzigen Gegenstand, einen kleinen Schlüssel, leer. Dieser steckte in der linken Hosentasche. Wozu er gehört, wissen wir nicht. Die Techniker werden Kopien anfertigen und wollen versuchen, herauszufinden, um was für eine Art von Schloss es sich handelt. Leider hat der Schlüssel einen Griff, der nur aus einem schmalen Ring noch dazu mit abgerundeten Kanten besteht. Die Möglichkeit, dort einen vollständigen Fingerabdruck zu finden, ist also gleich null. Aber vielleicht lässt sich dort wenigstens ein Teilabdruck des Daumens und des Zeigefingers sichern.«

Skov drehte sich um und nahm einen Umschlag von einem Schreibtisch. »Alle Zeugen erwähnen eine Explosion. Auch der Gerichtsmediziner glaubt, dass es sich um eine Bombe gehandelt hat. Die Wundränder ließen darauf schließen, sagte er. Eine Analyse des Körpergewebes und der Kleider wird diese Frage wohl klären.«

Er hob seine Hände. »Da das Gesicht und die Hände das

meiste abbekommen haben, muss er die Bombe selbst in Kopfhöhe gehalten haben.«

»Vielleicht doch ein Selbstmord«, flüsterte Møller Paulsen zu.

»Wir haben einen Zeugen aufgetrieben, der etwas mehr gesehen hat«, sagte Skov. »Ein japanischer Tourist, der sich mit einer Gruppe auf dem Rådhuspladsen befand. Ihr Führer erklärte sich bereit, als Dolmetscher einzuspringen. Der Zeuge glaubte, gesehen zu haben, wie eine Frau dem Opfer genau vor dem Knall einen Fotoapparat übergab. Paulsen hat zu dieser Sache eine Theorie.«

Vincent Paulsen, der auf einer Schreibtischkante gesessen hatte, stand auf, reckte sich und verschränkte die Arme auf dem Rücken. Ein selbsternannter Experte in Sachen Gebärdensprache aus seinem Bekanntenkreis hatte ihn einmal darauf aufmerksam gemacht, dass er das sehr häufig tat. Das lasse auf ein ausgeprägtes Gefühl der Sicherheit schließen, behauptete der Körpersprachenexperte, da Paulsen nicht das Bedürfnis habe, die Hände vor seinem Körper zu halten, um sich jederzeit verteidigen zu können. Paulsen hatte auf diese Analyse spontan damit reagiert, die Arme vor der Brust zu verschränken, vermutlich um sich gegen weitere Deutungen seines Verhaltens zu wehren.

»Das könnte eine ungewöhnlich schlaue Methode sein, um die Identität des Opfers zu verschleiern«, sagte er. »Ihn zu veranlassen, den Auslöser einer Kamera zu betätigen, in der sich eine Bombe befindet.« Paulsen tat, als hebe er einen Fotoapparat vor das Gesicht, und drückte dann mit dem Zeigefinger in die Luft. »Finger und Zähne fliegen in alle Richtungen. Auch die Augen, in letzter Zeit hat man ja mancherorts begonnen, die Iris statt der üblichen Fingerabdrücke zu verwenden.«

Er lehnte sich wieder gegen die Schreibtischkante. Er war

kein Mann vieler Worte. Einige seiner Kollegen nickten. Seine Schlussfolgerung hatte offenbar Zustimmung gefunden.

»Eine DNA erhalten wir natürlich mit der Zeit, aber die Wahrscheinlichkeit, dass irgendwo Vergleichsmaterial auftaucht, ist statistisch gesehen gering«, sagte Skov. »Wir haben im Übrigen alles beschlagnahmt, was diese japanische Gruppe fotografiert hat, sowohl Filme als auch digitale Fotos. Diese dreißig Touristen hatten insgesamt zwölf gewöhnliche Fotoapparate, 27 Digitalkameras und 22 Videokameras dabei. Damit haben sie wirklich allen unseren Klischeevorstellungen entsprochen, und dafür können wir dankbar sein. Mit etwas Glück hat einer von ihnen Opfer und Mörder fotografiert.«

»Also, was wissen wir?«, ließ sich eine Stimme weiter hinten im Raum vernehmen.

»Ein Mann«, sagte Skov, »Anfang dreißig, etwa 180 cm groß, normalgewichtig, sogar ziemlich durchtrainiert. Dunkelhaarig, weiße Hautfarbe, Schuhgröße 43.«

»Ist das alles?«, fragte die Stimme.

»Vermutlich Linkshänder«, sagte Paulsen, »das heißt, als er noch Hände hatte.«

Skov nickte. »Wir machen einen Test. Wer von euch ist Linkshänder?«

Zwei linke Hände wurden gehoben. »Was habt ihr in der linken Hosentasche?«, fragte Skov.

Beide Linkshänder fischten einen Haustürschlüssel aus der Tasche. »Und in der rechten Hosentasche?«, fuhr Skov fort.

Ein Autoschlüssel und ein Fahrradschlüssel. Skov stellte den Rechtshändern dieselbe Frage. Alle außer einem hatten sowohl Haustür- als auch Autoschlüssel in der rechten Hosentasche.

»Auto- und Fahrradschlösser sind gewöhnlich rechts angebracht«, sagte Paulsen. »Deswegen benutzen auch Linkshänder die rechte Tasche. Die Tür zu Hause, Koffer und anderes schließt man mit seiner geschickteren Hand auf. Unser Mann hatte den Schlüssel in der linken Hosentasche.«

Eine Weile lang wurde es still. Alle schienen über die Linkshändigkeit des Opfers nachzudenken und darüber, dass sie sonst überhaupt nichts über den Mann wussten. Ein kopfloser Linkshänder mit Schuhgröße 43 und einem Schlüssel in der Tasche. Für eine Mordermittlung war das nicht gerade ein Start mit wehenden Fahnen.

»Mr. Key«, ließ sich eine Stimme aus den hinteren Reihen vernehmen.

Dieser Name ist so gut wie jeder andere, dachte Vincent Paulsen.

»Okay«, sagte Skov. »Ich habe vor, diese Ermittlung persönlich zu leiten. Ich habe die Genehmigung des Polizeidirektors, von den anderen Dezernaten dreißig Mann abzuziehen, das hier wird also eine recht große Operation.« Er machte eine ausholende Handbewegung über seine Mitarbeiter hinweg und hielt bei Paulsen inne.

»Du, Vincent, bist mein Stellvertreter«, sagte er.

Vincent Paulsen zog leicht die Brauen hoch. »Wieso?«, fragte er. »Es gibt doch schon einen.«

»Carsten ist noch eine Weile krankgeschrieben. Das ist nichts auf Dauer, Vincent, nur für diese Ermittlung. Du bekommst auch nicht mehr bezahlt, sondern hast einfach nur mehr Arbeit.«

Dann begann Skov die Aufgaben zu verteilen. Es musste herausgefunden werden, woher die Kleider des Leichnams stammten. Ein retuschiertes Foto des Toten in Kleidern sollte angefertigt werden, um herauszufinden, wie das Opfer zum Schlachtplatz gelangt war. Mit Interpol, Europol und der Sicherheitspolizei PET musste Kontakt aufgenommen werden, um zu klären, ob diese originelle Mordmethode früher schon einmal angewandt worden war. Die Videos und Fotos mussten analysiert werden. Alle, die auf dem Rådhuspladsen gewesen waren und deren Personalien sie aufgenommen hatten, mussten eingehend vernommen werden. Fingerabdrucks- und DNA-Register mussten abgeglichen werden. Skov würde persönlich nach oben Bericht erstatten und sich dann den Journalisten bei einer Pressekonferenz stellen. Bei dieser Gelegenheit würde er sich auch an die Öffentlichkeit wenden und eventuelle weitere Zeugen bitten, sich zu melden. Møller würde mit ein paar Kollegen zusammen versuchen, das Schloss aufzuspüren, zu dem der Schlüssel passte, *viel Glück*! Paulsen würde Skov bei der Koordination helfen, aber auch bei der praktischen Arbeit mitmachen.

Die Ermittlungsmaschinerie setzte sich reibungslos und ohne Knirschen in Bewegung.

21. Kapitel

Wie angenommen waren die Fingerabdrücke auf dem Schlüssel unzureichend. Auf der rechten Seite des Griffes ließ sich ein etwa fünf Millimeter langer und einen Millimeter breiter Abdruck sichern. Er bestand aus etwa 15 schräg stehenden Papillarlinien, die nur eine kleine Eigenheit in Form eines Hakens aufwiesen, der ein Schlangenmuster andeutete. Vielleicht würde der Abdruck etwas zur Identifizierung beitragen können.

»Wahrscheinlich sein linker Daumen«, sagte der Kriminaltechniker Jens Carlshøj. »Mit diesem kleinen, begrenzten Abdruck ist keine Suche in den Registern möglich. Wir brauchen erst einen Namen und dazu einen vollständigen Abdruck, um dann vergleichen zu können.«

»Aber dann wissen wir ja schon, wer es ist.« Møller seufzte. »Und der Schlüssel?«

»Klassisch«, meinte Carlshøj lächelnd. Møller fand dieses Lächeln unnötig zynisch, sagte aber nichts. »Der kann wirklich zu jedem erdenklichen Schloss passen.«

Møller sah Carlshøj fragend an.

»Es kann sich um ein Bankschließfach oder vielleicht auch um ein anderes Schließfach handeln«, meinte der Techniker. »In einem Hotel, auf einem Bahnhof, einem Busbahnhof, auf einem Flughafen, in einer Schwimmhalle, in einer Turnhalle, in Schulen, in Umkleiden irgendwelcher Betriebe. Solche Schlösser gibt es überall in unzähligen Städten in allen möglichen Ländern.«

»Kannst du das nicht etwas präzisieren?«

»Leider nicht. Ihr müsst halt suchen. Du und deine Kollegen.«

»Warum steht da dann keine Nummer drauf? Haben Schlüssel zu Schließfächern nicht immer eine Nummer?«

Carlshøj zuckte mit den Achseln. »Wenn ich du wäre, würde ich mich zuerst um Banken und Hotels kümmern. Wenn du Glück hast, findest du dann nicht nur das Schließfach, sondern bekommst auch einen Namen.«

»Danke«, sagte Møller düster. Er nahm die Schlüsselkopien an sich, insgesamt zehn Stück, trat auf den Korridor und wählte Paulsens Handynummer. »Fangt mit Kastrup und dem Hauptbahnhof an, und kümmert euch dann um die Banken und die Hotels«, sagte Paulsen.

Vincent Paulsen saß in einem Zimmer mit zugezogenen Gardinen und sah sich die Videos an. Inzwischen wusste er, wie japanische Touristen das Rathaus bei Gegenlicht aufnahmen. Er wusste auch, dass sie ein Faible für Gruppenbilder hatten. Er stellte fest, dass die Menschen besser waren als man so dachte, sie waren alle sehr höflich und vermieden es, sich zwischen den Fotografen und sein Objekt zu drängen. Vincent Paulsen war so altmodisch, dass er Höflichkeit zu schätzen wusste, aber dieses Mal fand er sie verfehlt. Er hoffte, einen unhöflichen Mörder auf den Bildern zu entdecken, schließlich war ein Mord eine ziemlich unhöfliche Handlung. Er hoffte, dass er sich mit einer Bombe vor der Kamera eines japanischen Touristen aufbauen würde, aber Fehlanzeige.

Hingegen ließen die Filme keinen Zweifel daran, dass eine Bombe das Leben von Mr. Key beendet hatte. Drei Videokameras hatten zu dem Zeitpunkt gefilmt, als die Bombe explodiert war, was jedoch leider außerhalb des Bildausschnitts geschehen war. Die drei Leute mit der Kamera waren bei der Explosion heftig zusammengezuckt und möglicherweise auch von der Druckwelle beiseitegestoßen worden. Zwei Kameras waren anschließend ausgeschaltet worden, was unverständlich war, denn warum stellte jemand seine Kamera ab, wenn wirklich mal was los war? Die dritte Kamera hatte während der Flucht vom Schauplatz weitergefilmt, aber es waren nur rennende Füße auf Straßenpflaster und dann, als der Läufer stehen geblieben war, herumirrende Bilder zu Tode erschrockener Leute an einer Straßenkreuzung zu sehen. Anschließend war auch diese Kamera abgestellt worden. Vincent Paulsen konnte in keiner Filmsequenz jemanden entdecken, der der Täter hätte sein können, und zwar weder vor noch nach dem Knall. Die Frau mit der Kamerabombe, die der japanische Tourist beschrieben hatte, besaß wohl nicht die Freundlichkeit, in einer der Filmsequenzen aufzutauchen.

Alle Menschen auf den Bildern schienen entweder Touristen zu sein, die in aller Ruhe auf dem Platz flanierten, oder Dänen, die ganz legitim irgendwo etwas zu erledigen hatten. Aber wer wusste schon sicher, wie ein Mörder aussah? Vielleicht würden die Verhöre mit den Zeugen Hinweise darauf geben, wie die Fotos auszuwerten waren.

Paulsen wurde vom Klingeln seines Handys aus den Gedanken gerissen. Auf dem Display sah er, dass es Skov war. »Kannst du kommen?«, hörte er Skov sagen. »Wir treffen die Leute von der PET. Sie wissen offenbar etwas über den Modus operandi.«

Einer der Beamten des Politiets Etterretningstjeneste, des polizeilichen Nachrichtendienstes PET, war etwas älter als der zweiundvierzigjährige Paulsen, aber jünger als Skov, der unlängst eine Torte mit 49 Kerzen von seinem Teenagernachwuchs erhalten hatte. Der andere Beamte des PET war bedeutend jünger, kaum älter als dreißig. Beide trugen trotz des warmen Sommertages Jackett und Krawatte, was Paulsen beeindruckte. Wer freiwillig und für die Etikette schwitzte, hatte fast einen Orden verdient. Er selbst trug ein weißes, kurzärmeliges Baumwollhemd mit geöffnetem Kragen.

Sie saßen sich an einem Tisch gegenüber. Den älteren PET-Beamten namens Terfig kannten sie gut. Er war Abteilungsleiter und befand sich in der internen Hierarchie auf derselben Ebene wie Skov. Der andere stellte sich nur mit seinem Vornamen vor: Christian.

»Christian arbeitet bei uns als internationaler Analytiker«, sagte Terfig. »Die Mordmethode ist ungewöhnlich und ausgesprochen undänisch, es besteht also Veranlassung zu dem Verdacht, dass Ausländer in diese Geschichte verwickelt sind.«

Terfig wandte sich an Christian, der einen Notizblock aus der Tasche zog. Er blätterte eine Weile und ergriff dann das Wort.

»Eine Bombe als Mordwaffe deutet auf eine Abrechnung in politischen oder kriminellen Kreisen hin«, sagte er. »Eine Bombe erfordert Vorbereitungen und Planung. Bereits das macht die Methode ungewöhnlich. Wie ihr natürlich wisst, handelt es sich bei den meisten Morden um recht banale Geschichten. Saufkumpane, die eine Schlägerei anfangen, Männer, die ihre Frauen, Exfrauen oder Freundinnen zu Tode misshandeln, oder gestörte gewaltbereite Jugendliche, die sich nicht zu beherrschen wissen. So etwas geschieht aus einem Impuls heraus. Die häufigsten Mordwaffen in diesen Fällen sind Messer, schwere Gegenstände oder einfach auch nur Hände und Füße. Stechen, würgen, schlagen, treten, also mit dem töten, was gerade zur Hand ist, wenn der Täter in Zorn gerät.

Außerdem gibt es etliche Morde mit Schusswaffen«, fuhr

Christian fort. »Nicht so viele wie in den USA, aber das auch nur, weil es in dänischen Haushalten weniger Waffen gibt als in amerikanischen. Das ist auch eine Frage der Kultur. Wir verbinden unsere persönliche Sicherheit nicht mit Schusswaffen. Wenn wir uns bedroht fühlen, greifen wir nicht sofort zur Flinte, selbst wenn wir eine im Haus haben. Wenn also in Dänemark jemand erschossen wird, so geht dem in der Regel eine gewisse Planung voraus. Beispielsweise bei Raubüberfällen. Dort wird die Waffe meist mitgeführt, um jemanden zu bedrohen, aber manchmal endet die Sache dann damit, dass irgendein armer Mensch sein Leben lassen muss.«

Paulsen sah Skov an. Er vermutete, dass dieser gerade dachte: Erzähl uns was, was wir nicht schon wissen. Vergeude unsere Zeit nicht mit Selbstverständlichkeiten. Sag endlich was *Internationales*.

»Bomben sind noch avancierter«, fuhr Christian fort. »Im Unterschied zu Schusswaffen, die sich relativ leicht beschaffen lassen und technisch unkompliziert sind, erfordern Bomben Spezialanfertigungen für einen bestimmten Zweck. Und dann muss es einem auch noch glücken, mit der Sprengladung in die Nähe des Opfers zu gelangen. Das heißt, dass eine bedeutend umfangreichere Planung erforderlich ist.«

Selbst Terfig sah langsam ungeduldig aus. Dieser Christian ohne Nachnamen schien jedoch der Meinung zu sein, dass eine ausführliche Darstellung eine Tugend sei.

»Es gibt mehrere Typen von Bomben. Sie werden bei politischem Terrorismus, bei Racheakten und bei Abrechnungen in der Unterwelt eingesetzt. Beispiele für Racheakte sind Menschen, die sich gekränkt fühlen und von Hass auf ihre Opfer angetrieben werden. Jemand fühlt sich vielleicht von einer Behörde schlecht behandelt. Der Grund, dass gerade dann Bomben verwendet werden, ist, dass der Täter sozusagen laut schreien will. Er will, dass der Mord nicht unbemerkt bleibt. Er will einen großen Schaden verursachen und zeigen, wie gefährlich er ist. Er will Eindruck schinden oder verängstigen. So kann es gehen, wenn man mir dumm kommt! Aus demselben Grunde werden auch Bomben von Kriminellen verwendet, die ihre Konkurrenten aus dem Weg räumen wollen.«

Terfig mischte sich ein: »Und was Terroristen betrifft, sind sie an Massenmord interessiert, und der lässt sich mit einem Küchenmesser nicht bewerkstelligen. Du hast eine Theorie, Christian?«

»Ja, das kann man vielleicht sagen.« Christian lächelte seinen Chef an. »Ich habe nach Morden gesucht, die diesem ähneln. Hier handelt es sich um einen Mörder, der die Bombe seinem Opfer übergibt und dem es dann gelingt, dieses dazu zu bringen, sie auch noch freiwillig auszulösen. In diesem Punkt erinnert die Bombe an eine Briefbombe, aber bei dieser befindet sich der Täter auf Abstand und kann den Verlauf der Ereignisse nicht beeinflussen.«

Er machte eine kurze Pause. Jetzt würde die Pointe kommen.

»Ich habe keine genaue Entsprechung gefunden, aber es gibt drei Beispiele, die gewisse Ähnlichkeiten aufweisen. Zum einen der israelische Handymord von 1996.«

Paulsen nickte. Daran hatte er auch schon gedacht. Christian fuhr fort:

»Unseren Kollegen in Shin Bet gelang es vor zehn Jahren, einem Mann namens …«, Christian schaute auf seine Notizen, »… Yehiyeh Ayyash ein Mobiltelefon zu geben, in dem sich eine Sprengladung verbarg. Man könnte sagen, dass er seine eigene Arznei zu schmecken bekam, da er der führende Bombenexperte der Hamas in Gaza war. Die Folgen dieses Telefongesprächs könnt ihr euch vorstellen, und es blieb nicht bei Taubheit.«

Christian blätterte zur nächsten Seite seines Blocks weiter.

»Der zweite Mord im Jahre 2004 ist ebenfalls ein Werk der Israelis. Wieder war ein Hamasführer das Ziel. Er trug den imposanten Namen Izz el-Din Scheich Khalil. Er wurde in Damaskus umgebracht, und wieder wurde ein Handy verwendet. Khalil erhielt einen Anruf, der die Bombe auslöste, die sich in seinem Auto befand.«

Außerhalb der Grenzen Israels, dachte Vincent.

»Die Strahlung von Handys kann also durchaus gefährlich sein!«, bemerkte Christian.

»Beim dritten Beispiel handelt es sich um zwei Agenten der Taliban, die sich als Fernsehjournalisten ausgaben und Ahmed Shah Massoud, einen der wichtigsten Führer der Nordallianz in Afghanistan, in die Luft sprengten und zwar zwei Tage vor dem 11. September, falls ihr euch noch erinnert.«

Paulsen hoffte inständig, dass Christian jetzt nicht auch noch etwas über Revolverjournalismus erzählen würde, aber dieser fuhr in seinen Überlegungen fort:

»Die technische Seite jener Fälle erinnert deutlich an den Rådhuspladsen. Im ersten Fall gelang es den Israelis, den Gegner dazu zu bringen, seinen eigenen Kopf in die Luft zu sprengen. Auch im zweiten Fall löste das Mordopfer die Sprengladung selbst aus, noch dazu in einem anderen Land. Bei der Taliban-Geschichte verbarg sich die Bombe genau wie hier in einer Kamera.«

»Und sämtliche Morde wurden aus politischen Beweggründen verübt, die mit arabischem Terrorismus zusammenhingen«, sagte Terfig.

»Die Afghanen sind keine Araber«, meinte Paulsen friedlich.

»Aber ihr versteht, was ich meine«, sagte Terfig, ohne sich provozieren zu lassen.

»Konflikte in diesem Teil der Welt. Selbst wenn die Verbindungen zu unserem Fall nicht unbedingt auf der Hand liegen, sind sie doch recht beunruhigend.«

Skov hatte schweigend zugehört.

»Wenn ihr recht habt, wer könnte Mr. Key dann sein?«, fragte er.

»Mr. Key?«, fragte Terfig.

»Wir nennen ihn so. Der Schlüssel in seiner Tasche.«

Terfig und Christian lehnten sich zurück. »Jemand, der Kontakte zu einer Terrororganisation hatte«, meinte Terfig. »Diese Sache ist zu avanciert, als dass es sich um normale Kriminelle handeln könnte. Allein der Umstand, dass der Mord seine Identität verschleiert. So raffiniert sind unsere jungen Leute mit den Motorrädern nicht.«

»Und wer hat ihn in diesem Fall auf dem Gewissen?«, fragte Skov.

»Jemand, der ihn aufgespürt hatte und es vorzog, ihn unschädlich zu machen, bevor er festgenommen wurde.«

»Und wer?«

»Eigentlich dürfte ich so etwas gar nicht sagen«, meinte Terfig. »Aber heutzutage vertraue ich unseren Freunden nicht mehr.«

»Also jeder beliebige Geheim- und Nachrichtendienst?«

»Wohl kaum die schwedische Säpo«, meinte Terfig und lächelte schwach.

»Amerikaner, Engländer, Israelis, Deutsche, Russen, wer?«

»Amerikaner und Israelis wären am naheliegendsten. Sie pflegen sich nicht übermäßig an Grenzen und internationale Konventionen zu halten.«

»Aber warum? Warum durften wir ihn nicht festnehmen?« Christian beugte sich vor.

»Er verfügte vielleicht über Informationen, die für die Person, die ihn ermordet hat, wichtig waren. Vielleicht sollte der

Mord auch eine Mitteilung an jemanden sein, der diese zu deuten wusste.«

»Ein lauter Schrei«, sagte Paulsen.

»Es bahnt sich also etwas an?«, meinte Skov.

Terfig zuckte mit den Schultern. »Eigentlich sitzen wir nur hier und stellen Mutmaßungen an. Aber wie gesagt, beunruhigend ist es schon.«

22. Kapitel

Auf die Entfernung wirkte es wie eine Fata Morgana, ein weißes Schiff, das langsam durchs Meer pflügte. Kam man näher, sah man, dass es sich um einen weißen Bauernhof in einem blaublühenden Flachsfeld handelte. Die Gebäude waren um einen rechteckigen Innenhof angeordnet, Stallungen, Garage und Werkstatt flankierten das Wohnhaus. Auch in den Stallungen befand sich mittlerweile eine Garage. Die Tiere waren mit dem Bauern verschwunden. Neben dem Stall gab es stattdessen einen neuen Taubenschlag mit 32 Felsentauben.

Der Mann, der jetzt in dem Haus wohnte, fütterte sie mit Erbsen und Mais. Er sorgte dafür, dass sie Spurenelemente und frisches Wasser bekamen. Sie waren seine einzige Gesellschaft, er wohnte allein und hatte keinen Besuch erhalten, seit er vor fünf Monaten in das Haus eingezogen war.

Die Miete hatte er bereits bei Einzug bar und für ein halbes Jahr im Voraus bezahlt. Der Vermieter, der älteste Sohn des verstorbenen Bauern, war erstaunt gewesen, hatte aber gegen Vorauszahlung nichts einzuwenden gehabt. Das Geld hatte auch seine Neugier hinsichtlich der Pläne des Unbekannten und warum er an einem Ort wohnen wollte, an dem er ganz offensichtlich nicht zu Hause war, gedämpft. Es waren keine Fragen gestellt worden. Ein paar Erklärungen zur Ölheizung und zur Wasserpumpe, dann war der Schlüssel übergeben worden.

Das nächste Nachbarhaus lag über einen Kilometer entfernt und war nur über einen unbefestigten Weg zu erreichen, der am Hof vorbeiführte. Alle in der Gegend hatten natürlich bemerkt, dass jemand zugezogen war, aber niemand versuchte, die Bekanntschaft des neuen Nachbarn zu machen. Niemand hatte Grund zu Klagen, der Mann lebte zurückgezogen und erregte keinerlei Aufsehen.

Er trug kurzgeschnittenes Haar, und die Bügel seiner Sonnenbrille hatten helle Streifen um seine Augen hinterlassen. Die Augen waren hellbraun und die Zähne weiß. Er war nicht groß, aber seine Muskeln zeichneten sich unter dem T-Shirt ab, wenn er sich bewegte. Viele Frauen fanden ihn zwar recht attraktiv, aber zu schweigsam und reserviert, fast misstrauisch. Jene, die mit ihm ins Bett gingen, überkam danach ein Frösteln.

Einmal in der Woche fuhr er mit seinem alten Opel ins Dorf, um Lebensmittel zu kaufen. Gelegentlich kam es vor, dass er etwas benötigte, was es in den Geschäften des Dorfes nicht gab. Dann fuhr er dreißig Kilometer in die nächste große Stadt, nach Malmö. Dort hatte er auch einige Male Leute getroffen, die er kannte. Sie hatten stundenlang diskutiert und die gemeinsamen Angelegenheiten erörtert. Dann hatten sie sich getrennt, und er war allein zum Hof zurückgekehrt.

Einige Male unternahm er längere Ausflüge. Er fuhr Richtung Malmö, dann aber über die Brücke auf die dänische Seite. Er legte noch weitere hundert Kilometer zurück, bis er sein Ziel erreichte, eine kleinere Stadt an einer Brücke. Die Stadt hieß Korsør. Er wohnte im Hotel Kong Frederik und ging auf den Straßen spazieren. Mit seiner Videokamera nahm er das Straßennetz und die wichtigen Gebäude auf. Dann fuhr er mit seinem Auto durch die nähere Umgebung der Stadt. Nach drei

Besuchen war er sämtliche Straßen in einem Umkreis von fünfzehn Kilometern abgefahren und sein Notizbuch war vollgeschrieben.

Wieder zu Hause breitete er Landkarten auf einem Tisch in einem der kleineren Zimmer im Hauptgebäude aus. Er studierte sie genau, maß Abstände mit einem Lineal und rechnete je nach Maßstab der Karten die Entfernungen aus. Dann sah er sich seine Videos an. Schließlich war er zufrieden.

Die Sonne stand hoch am Himmel. Der Mann stand auf dem Vorplatz neben seinem Taubenschlag. Obwohl es relativ weit bis zur asphaltierten Landstraße war, bemerkte er sofort die kleine Staubwolke, die am Anfang des unbefestigten Weges an der Kreuzung aufstieg. Ein Auto war in Richtung seines Hauses abgebogen. Dieser Weg wurde nur selten befahren, aber es lagen noch etwa ein halbes Dutzend Häuser hinter dem seinen. Die meisten Autos fuhren an der Abfahrt zu seinem Hof vorbei, ohne die Geschwindigkeit zu drosseln. Nur der Briefträger hatte einige Male angehalten, um Werbung in seinen Briefkasten einzuwerfen. Der Mann verfolgte die Staubwolke mit dem Blick, ohne sich zu bewegen. Das Fahrzeug näherte sich. Vorne saßen zwei Personen. Der Fahrer bremste und bog zu seinem Haus ab. Vor dem Garagentor des Seitenflügels kam das Auto zum Stehen. Die Person auf dem Beifahrersitz, eine Frau, stieg aus. Der Mann am Taubenschlag betrachtete sie einen Augenblick und ging dann auf das Garagentor zu und öffnete es. Der Fahrer fuhr in die Garage. Anschließend betraten die beiden Männer und die Frau das Wohnhaus. Sie drehten den Schlüssel in der Tür zweimal um.

An diesem Abend klingelte das Telefon des diensthabenden Beamten des Cityreviers am Halmtorvet in Kopenhagen. Er lauschte und machte ein paar Einträge. »Bringen Sie ihn ins Fundamt«, sagte er in den Telefonhörer.

Er legte auf und sah dann die Kollegin an, die ihm gegenübersaß. »Ein Kinderwagen«, sagte er. »Stand seit gestern vor einem Laden in der Viktoriagade. Was man nicht alles verlieren kann.«

23. Kapitel

Drei Tage später traten die Ermittler immer noch auf der Stelle. Die Fortschritte waren minimal. Sie hatten über zweihundert Zeugen verhört. Drei Personen meinten, den Mann in der Jeans und in dem grünen T-Shirt bemerkt zu haben. Vor dem Tivoli, an der Ampel am H.C. Andersens Boulevard und auf dem Rådhuspladsen. Alle beschrieben ihn als dunkelhaarig und um die dreißig, an mehr konnten sie sich aber nicht erinnern. Nichts an dem Mann war auffällig gewesen. Sie hatten ihn nur flüchtig betrachtet, wie man das bei Leuten tut, an denen man auf der Straße vorbeigeht. Eine Zeugin hatte ihn als recht gutaussehend beschrieben. Sie meinte, er habe braune Augen gehabt.

Wenn sie also den richtigen Mann gesehen hatten, aber nicht einmal das war sicher, dann war dieser aus Südwesten aus der Vesterbrogade gekommen. In dieser Richtung lag hinter dem Tivoli der Hauptbahnhof. Aber bislang waren alle Versuche gescheitert, jemanden zu finden, der ihn vor oder im Bahnhof gesehen hatte.

Unauffälliges Aussehen. Eventuell braunäugig. Zu Fuß aus Richtung Tivoli kommend. Das war alles. Sie konnten sich zu dem Resultat, das dreißig Leute in drei Tagen erzielt hatten, nur gratulieren. Skov raufte sich die Haare.

Die Ermittler zerbrachen sich auch über den Umstand den

Kopf, dass der Tote keine Brieftasche bei sich hatte. Auch eine Razzia bei den aktenkundigen Taschendieben ergab nichts. Skov ließ durch die Zeitungen mitteilen, man suche nach der Brieftasche des Opfers. Ein Dieb hatte vielleicht die Wertsachen aus der Brieftasche genommen und diese dann weggeworfen. Das Opfer konnte sie aber auch verloren haben. Der Aufruf resultierte in einem Berg leerer Brieftaschen, die zum großen Teil jedoch schon lange vor dem Mord gefunden worden waren. Eine Dame aus Rødovre gab eine Brieftasche ab, die sie als Kind auf dem Schulhof beim Fangenspielen gefunden hatte. Inzwischen war sie achtzig Jahre alt und hoffte, sie ihrem rechtmäßigen Besitzer zurückgeben zu können. Skov überlegte, ob er sie zurückschicken oder dem Polizeimuseum überlassen sollte.

Einige der Brieftaschen hätten rein theoretisch aufgrund ihres Fundorts dem Opfer gehört haben können. Aber keine enthielt etwas, was zur Identifizierung ihres Besitzers dienlich gewesen wäre. Sie wurden zur Sicherung der Fingerabdrücke an die Kriminaltechniker weitergeleitet.

Møller hatte fünf Mann zur Verfügung, um Schließfächer in Augenschein zu nehmen. Den Hauptbahnhof, Kastrup und die Busterminals, sämtliche Banken und fast alle Hotels hatten sie bereits untersucht. Aber zu einem Sesam-öffne-dich war es noch nicht gekommen.

Vincent Paulsen beteiligte sich nicht an der Schlüssellochsuche. Stattdessen nahm er sich die Autovermietungen vor. War das Opfer mit einem Mietwagen unterwegs gewesen, so war er vermutlich nicht zurückgegeben worden. Ohne Hände und Augen war das schließlich nur schwer zu bewerkstelligen. Einem Autoverleih musste also inzwischen ein Fahrzeug fehlen. Zwei Fahrzeuge fehlten tatsächlich, aber Paulsen stellte rasch fest, dass sie ganz einfach gestohlen worden waren. Die beiden

Leute, die sie gemietet hatten, lebten noch, zumindest waren sie telefonisch zu erreichen.

In diesen Tagen hatte Vincent dreimal in Korsør angerufen. Gut zwei Monate waren vergangen, seit Lydia umgezogen war, genauer gesagt, seit man ihr zu einem neuen Quartier verholfen hatte und sie aus dem Sommerhaus in Tisvildeleje ausgezogen war. Karoline und »Wir« kümmerten sich um die Logistik ihres Aufenthalts im neuen Versteck. Damit hatte Vincent nichts zu tun. Man konnte ihn höchstens der Deckung von Straftätern, also seiner Schwester und ihrer ihm unbekannten Gruppe, bezichtigen. Er wusste nicht einmal, wo genau Lydia sich aufhielt. Vincent redete sich ein, Repressalien zu entgehen, falls die Sache ruchbar wurde. Er rief Lydia ab und zu auf dem Handy an, das sie von Karoline bekommen hatte. Lydia brauchte Kontakt zu Menschen, und Vincent fand, dass er sich wie ein netter Mitmensch benahm. Er unterhielt sich gerne mit Lydia. Ein Mensch wie sie war ihm noch nie begegnet.

Am vierten Tag nach dem Mord meldete sich Jens Carlshøj, der Kriminaltechniker, der den Schlüssel untersucht hatte. Da Skov unterwegs war, nahm sein Stellvertreter Paulsen das Gespräch entgegen.

»Da ist etwas, das du dir anschauen musst«, sagte Carlshøj.

Wenige Minuten später stand Vincent im Labor.

»Wir haben den gesamten Rådhuspladsen unter die Lupe genommen«, sagte Carlshøj. »Wir haben darum kämpfen müssen, die Absperrungen belassen zu dürfen. Nicht alle haben zu schätzen gewusst, dass wir mitten in der Hauptsaison das ganze Zentrum abgesperrt haben. Besonders die Wurstbudenbesitzer haben sich beklagt. Sie fordern Schadensersatz.«

»Ich weiß«, sagte Paulsen. »Aber das ist nur Gejammer. Sie sollen mal schön die Kirche im Dorf lassen. Ein Mensch wird in die Luft gesprengt, und sie können nur an den Verkauf ihrer Würstchen denken. Was gibt's?«

Carlshøj hielt ihm eine durchsichtige Plastiktüte hin. »Den hier haben wir heute gefunden.« Paulsen beugte sich vor und betrachtete den Gegenstand näher. »Nimm ihn«, sagte Carlshøj und überreichte ihm die Tüte.

»Sieht aus wie ein Ring«, sagte Vincent.

»Das ist es auch, allerdings mit einem leichten Explosionsschaden. Du darfst ihn nicht anfassen. Wir suchen noch nach Spuren von der Explosion.«

Der Ring war in der Mitte gesprungen und verdreht, er sah aus wie ein kleines Kunstobjekt.

»Silber«, sagte Carlshøj. »Das Interessanteste ist die Gravur.«

Paulsen hielt die Tüte näher vors Gesicht und kniff die Augen zusammen. »Was steht da?«, fragte er.

»Vier Namen«, sagte Carlshøj. »Wenn man an der Bruchstelle zu lesen beginnt, von links nach rechts, dann steht da Vittoria, Donata, Sophia, Frances.«

»Klingt italienisch, oder?«

»Ja, so italienisch wie Pizza, Salami, Parmesan und Mozzarella, vielleicht mit Ausnahme von Frances.«

»Falls es sich um einen Ehering handelt, dann hatte unser Mr. Key vier Frauen. Dann ist er ein italienischer Mohammedaner.«

»Oder er hatte viermal geheiratet und war zu arm, um jedes Mal einen neuen Ring zu kaufen.«

»Gibt es irgendwo einen Stempel oder ein Datum?«

»Nein. Da stehen nur die Namen, sonst nichts.«

Vincent betrachtete den Ring erneut.

»Irre ich mich, oder ist der Stil der Gravur bei jedem Namen anders?«

»Das siehst du ganz richtig.«

»Hm. Wir sollten einen Juwelier bitten, sich den Ring näher anzusehen. Kannst du eine genaue Abschrift der Namen anfertigen, durch Reiben möglicherweise, bevor er die chemisch-technische Analyse durchläuft?«

»Nein. Das ist doch klar, dass das nicht geht.«

Vincent verstand das zwar nicht, aber er ging davon aus, dass Carlshøj wusste, wovon er sprach. »Vielleicht könntest du ja versuchen, die Gravur abzumalen?«, schlug er stattdessen vor.

»Warum? Ich kann die Namen doch einfach abfotografieren.«

»Mach dich nicht über mich lustig«, meinte Vincent und gab ihm die Tüte zurück. »Mach es einfach. Am besten sofort, danke. Mehrere Kopien.« Er drehte sich um und ging zur Tür.

»Hast du nicht was vergessen?«, fragte Carlshøj.

»Was?«

»Die Oberflächen der Bruchstelle. Solltest du nicht fragen, ob die auch zusammenpassen?«

Vincent Paulsen nickte. »Okay«, sagte er. »Dann frage ich halt. Passen die Oberflächen der Bruchstelle zusammen?«

»Nein«, antwortete Carlshøj.

»Ein Stück des Rings fehlt also. Wissen wir, wie groß dieses Stück ist?«

»Nein, da kein Teil der Oberfläche der Bruchstelle mit der anderen übereinstimmt und da wir auch nicht wissen, wie dick die Finger des Verblichenen waren. Aber da er im Übrigen recht schmächtig war, ist nicht davon auszugehen, dass er sonderlich dicke Finger hatte.«

»Wie viel von dem Ring fehlt also schätzungsweise?«

»Kaum mehr als ein paar Millimeter.«

»Genug, dass noch ein weiterer Name Platz hätte?«

»In diesem Fall ein kurzer Name. Höchstens zwei oder drei Buchstaben.«

Vincent Paulsen kannte keinen Juwelier, aber er erinnerte sich an einen älteren Mann, dessen Laden in einer Seitenstraße bei der Vor Frue Kirke vor einigen Jahren überfallen worden war. Man hatte ihn brutal niedergeschlagen. Von einem Insiderjob hatte nicht die Rede sein können. Vincent hatte versucht, den Fall zu lösen, jedoch ohne Erfolg. Er erinnerte sich, dass ihm die Art, wie der Juwelier mit diesem Vorfall umgegangen war, imponiert hatte. Er hatte ihn als kleineres Missgeschick betrachtet, und ließ sich dadurch nicht weiter aus der Ruhe bringen. Nicht einmal die Tatsache, dass der Täter davongekommen war, hatte ihm weiter zu schaffen gemacht. Stattdessen hatte er sich bei der Polizei überschwänglich für ihre Bemühungen bedankt. Später hatte Vincent erfahren, dass der Mann Birkenau überlebt hatte. Allem Bösen dieser Welt war der alte Mann bereits ausgesetzt worden, und nichts hatte ihm noch etwas anhaben können.

Vincent schaute im Branchenverzeichnis nach. Das Geschäft gab es noch. Der Inhaber hieß Simon Herschfeld. Paulsen wählte die Nummer. Herschfeld war sofort am Apparat. Er sei jederzeit willkommen.

Es war kein Laden, in den sich die Kunden zufällig verirrten. Das Schaufenster war winzig, und die Tür war verschlossen. Vincent klopfte an das Glasfenster in der Tür und hörte nach ein paar Sekunden ein leises Knacken im Schloss. Er trat ein und fand den alten Juwelier mit einer Lupe vor dem einen Auge über einen Tisch gebeugt. In der einen Hand hielt er einen Ohrring, in der anderen eine winzige Zange. Eine Lampe beleuchtete seinen Arbeitsplatz.

»Einen Augenblick«, sagte der Juwelier hochkonzentriert. Vincent Paulsen betrachtete seinen Charakterkopf von der Seite. Sicherlich war er über achtzig.

»Sehr schön«, sagte der Juwelier und legte den Ohrring beiseite. »Willkommen, mein lieber Paulsen. Was kann ich für Sie tun?«

Vincent Paulsen schaute zur Tür. »Ist das zur Sicherheit?«

»Ja«, erwiderte der Mann. »Meine Kopfverletzung ist verheilt, und die Versicherung sorgte dafür, dass der materielle Verlust nicht allzu groß war, aber es wäre dumm gewesen, das Schicksal wieder herauszufordern. In Zukunft will ich wissen, wen ich hereinlasse.«

»Sie arbeiten noch immer?«

»Ach ja. Meine geliebte Ruth ist vor fünfzehn Jahren gestorben, gerade als wir uns auf ein einfaches, heiteres Rentnerdasein freuten. Der Laden war mir eine Zuflucht in der Einsamkeit. Ich verkaufe nicht mehr sonderlich viel, aber ich kann mich hier mit schönen Gegenständen umgeben, und dann komme ich mir auch nicht so unnütz vor. Es kommen zwar kaum neue Kunden dazu, aber meine alten sind mir treu. Und es wäre nicht richtig, sie im Stich zu lassen, nicht wahr?«

Er wartete die Antwort nicht ab, sondern schaute zur Decke und sagte: »Ich habe eine kleine Wohnung über dem Laden und kann kommen und gehen, wann es mir gefällt. In letzter Zeit öffne ich nur noch nachmittags zwischen zwei und sechs. Aber Sie sind nicht hier, um über mich zu sprechen. Womit kann ich Ihnen dienen?«

»Es geht um einen Ring«, sagte Vincent. »Ich habe leider nur Fotos. Was können Sie mir über diesen Ring und über die Gravuren sagen?« Er reichte dem Juwelier einen Stoß Aufnahmen.

Der Juwelier betrachtete die Fotos eingehend, eines nach dem anderen. »Leider kein Stempel. Aber es handelt sich doch wohl um Silber?«

»Ja«, antwortete Paulsen.

»Ein einfacher Ring, auf der Außenseite recht schlicht. Obwohl er alt ist, kann er nicht sonderlich teuer gewesen sein.«

Herschfeld verfiel wieder in Schweigen und betrachtete abwechselnd einige der Detailaufnahmen. »Die Gravur scheint zwei Pfeiler darzustellen, man hätte über diese Gravur vielleicht mehr erfahren können, aber leider sind die Details mit den Jahren durch Abnutzung verloren gegangen.«

Er griff zum nächsten Foto, den Gravuren auf der Innenseite des Rings. »Bei den ersten Namen handelt es sich um italienische Namen, aber das ist Ihnen sicher auch schon aufgefallen.«

»Handelt es sich nicht bei allen um italienische Namen?«

»Sophia ist ursprünglich ein griechischer Name und Frances ist französisch«, sagte Simon Herschfeld. »Aber vermutlich gibt es diese Namen mittlerweile überall im Westen.«

Er sah sich die Namen näher an. »Sie sind bei vier verschiedenen Gelegenheiten eingraviert worden, das lässt sich an der Tiefe und am Stil der Gravuren erkennen. Jeder Graveur hat seinen eigenen Stil.«

»Wie können Sie die Tiefe auf der Fotografie erkennen?«

»Das ist nicht schwer, mein lieber Paulsen. Das sieht man an den Schatten. Und der Stil. Vittoria ist in einem Stil graviert, der Ende des 19. Jahrhunderts beliebt war. Der Name Donata ist neuer, er wurde von einer anderen Hand eingraviert, die mit dem Stichel tiefer arbeitete. Und Sophia, das geht aus dem Namen hervor, ist nach dem Zweiten Weltkrieg eingraviert worden.«

Er hob den Kopf und lächelte unergründlich. In diesem Lächeln lagen Erfahrungen, die Vincent nicht einmal annäherungsweise erahnen konnte. »Und bei Frances«, meinte der Mann. »Da ist die Schrift modern. Das sieht sicher auch ein ungeübtes Auge.«

»Also, was glauben Sie?«

»Ein Ring, der von einer Generation zur nächsten weitervererbt wurde. Von den Müttern. Ein schöner Gedanke.«

»Aber so ein schlichter Ring«, wandte Vincent ein.

»In der Absicht liegt die Schönheit, und ihr Wert lässt sich nicht ermessen. Vielleicht war die erste Geberin arm.« Der Juwelier betrachtete die Fotos erneut. »Vittorias Eltern waren sicher nicht reich, aber ich kann mir durchaus vorstellen, dass sie ein Wunschkind war.«

Vincent Paulsen hatte keine weiteren Fragen mehr. Er bedankte sich, und der alte Mann begleitete ihn zur Tür.

»Kann ich die Fotos behalten?«, fragte der Juwelier. »Wissen Sie, dieses Geheimnis betrachte ich als Herausforderung.«

»Ich habe Ihnen doch noch nicht einmal verraten, worum es geht«, meinte Vincent.

»Das macht es noch interessanter.«

»Es handelt sich um Material von einer laufenden Ermittlung. Wir haben natürlich noch weitere Abzüge, aber die Namen … ihre mögliche Bedeutung … das unterliegt natürlich der Geheimhaltung. Wir wollen nicht, dass der Täter erfährt, was wir wissen. Das verstehen Sie doch?«

»Das Muster, die Gravur«, meinte der Juwelier. »Vielleicht kann ich das Rätsel ja für Sie lösen.«

Vincent Paulsen lächelte. Nach kurzem Zögern gab er dem Juwelier die Fotos und machte sich nicht einmal die Mühe, ihn zu ermahnen, sie niemand anderem zu zeigen.

Am Tag darauf fanden die Kriminaltechniker heraus, dass der Ring mit Sprengstoff in Berührung gekommen war. Mr. Key hatte ihn ohne jeden Zweifel an einem seiner Finger getragen. Skov und Paulsen diskutierten die Schlussfolgerungen des alten Juweliers.

»Das ergibt keinen Sinn«, meinte Skov. »Ein Familienring, der von der Mutter auf die Tochter vererbt wird. Wieso trug er ihn?«

»Vielleicht hatte er ihn von seiner Mutter bekommen«, meinte Paulsen.

»Trotzdem ergibt es keinen Sinn. Unser Mann kam vermutlich in den Siebzigern zur Welt. Wenn dein Juwelier recht hat, dann müsste Sophia seine Mutter sein. Aber wer ist dann Frances?«

»Möglicherweise seine Schwester?«, meinte Vincent. »Sie starb vielleicht, und er war der Jüngste? Er ist der Einzige, der ihn an die nächste Generation, an eine Tochter, weitergeben kann.«

»Vielleicht hat er ihn einfach auf einem Flohmarkt gekauft«, meinte Skov skeptisch.

»Und was machen wir jetzt?«

Skov zuckte mit den Achseln. »Abwarten«, sagte er. »Vier Namen. Wie zum Teufel sollen wir diese Familie in Italien ausfindig machen? Falls er nun wirklich von dort kam. Wie viele italienische Familien leben in den USA? Oder in Schweden. Wir benötigen weitere Anhaltspunkte. Wir müssen uns ihm nähern.«

24. Kapitel

Die Frau an der Rezeption schaute auf und lächelte. »Willkommen in unserem Tagungshotel«, sagte sie auf Englisch. Sie strahlte Energie und Optimismus aus, sehr passend für ihren Beruf. Am Revers ihres schlichten Kostüms steckte ein Namensschild: Doris Lund.

»Ich bin überzeugt davon, dass es Ihnen bei uns gefallen wird«, sagte Doris Lund und lächelte erneut. Nicht einschmeichelnd, sondern herzlich. Sie wusste genau, welche Mimik angemessen war.

»Da bin ich mir sicher«, antwortete der Mann, der ihr gegenüber auf der anderen Seite des Tresens stand. Er war nicht unfreundlich, aber er machte so wenige Worte wie möglich, was nicht gerade dazu einlud, das Gespräch fortzusetzen.

Offenbar war er der Leiter. Hinter ihm standen mindestens zwei Dutzend weitere Männer, schweigend. Doris lächelte auch den übrigen Anwesenden in der Lobby zu. Dieses Lächeln war zwar einstudiert, aber auch etwas erstaunt. Sie hatte die Buchung gesehen: *Institute for Social Studies*, und keine so homogene Gruppe erwartet. Alle Teilnehmer waren Männer zwischen fünfundzwanzig und fünfunddreißig. Institut, das ließ auf Akademiker schließen, die akademische Welt war zwar männerdominiert, aber doch wohl kaum so sehr. Die normale

Klientel des Tagungshotels war viel gemischter. Firmengruppen, Ältere und Jüngere, Männer und Frauen. Kollegen, die mit allem, was dazugehörte, konferierten.

Die Buchung war eindeutig gewesen: 44 Doppelzimmer, mit anderen Worten das gesamte Tagungshotel. Weitere Informationen hatte diese Buchung nicht enthalten. Eine Kontaktperson mit einem englischen Namen, das war alles gewesen. Doris hätte gerne gefragt, in welchem Land das Institut liege und wie die anderen Gäste hießen, aber die Rechnung war im Voraus bezahlt worden, es gab also keinen ersichtlichen Grund für Kontrollfragen. Stattdessen fragte sie: »Hatten Sie eine angenehme Reise?«

»Danke, sehr angenehm«, antwortete der Mann so kurz angebunden wie zuvor. »Wo können wir unsere Fahrzeuge parken? Wir haben zwei Minibusse.«

Doris erklärte es ihm. »Wann kommen die anderen?«, fragte sie dann. »Morgen«, erwiderte der Mann. Sie begann, die Zimmerschlüssel zu verteilen. Die Männer nahmen sie entgegen, ohne ein Wort zu sagen. Doris lächelte jedes Mal, aber von den Männern bekam sie nur ein immergleiches Lächeln zurück. Wie die Sphinxen, dachte sie.

Sie informierte sie über das Abendessen später am Abend. »Herzlich willkommen«, sagte sie erneut. Die Männer nahmen ihr Gepäck und gingen zu ihren Zimmern. Alle hatten große Sporttaschen. Die Hälfte von ihnen trugen Trainingsanzüge. Vermutlich irgendwelche Sportler, dachte Doris. Aber woher? Südeuropa? Vielleicht Osteuropäer? Sie wollte nicht direkt fragen, manche Gäste schätzten das nicht, es galt, bei Neuankömmlingen zurückhaltend zu sein. Und eines hatte sie ja bereits feststellen dürfen: Redselig war diese Gruppe nicht.

Aber sie war neugierig. Die Buchung war recht ungewöhnlich: das ganze Hotel für eine Woche. Das war noch nie vorgekommen. Und über den Preis war auch nicht verhandelt worden, das Angebot hatte man ohne die geringsten Einwände angenommen. Sie hätte wirklich gerne gewusst, wer diese Leute waren. Das ganze Personal hatte in der vergangenen Woche über nichts anderes gesprochen.

Das Tagungshotel war groß und modern und verfügte über mehrere Säle in verschiedenen Größen. Es gab alles erdenkliche technische Equipment und natürlich auch Internet. Vollpension wurde angeboten, und auch eine eigene Küche war vorhanden. Das Hotel lag sehr idyllisch an der Küste in einigem Abstand von der Landstraße und mit einer »bezaubernden Aussicht über den Großen Belt«. Da August war, waren die Wassertemperaturen außerdem recht angenehm. In der Umgebung gab es schöne Gegenden zum Spazierengehen. Es handelte sich, kurz gesagt, »um das perfekte Hotel für Sie und Ihr Unternehmen, um eine Tagung in idyllischer Umgebung durchzuführen«.

All das stand in der Broschüre des Hotels. Wer das wollte, konnte wochenlang bleiben, ohne das Haus zu verlassen. Für alles war gesorgt, um alles kümmerte sich das kompetente und engagierte Personal. Wenn man sich einmal amüsieren wollte, dann waren es nur etwa hundert Kilometer bis nach Kopenhagen. Über die Brücke nach Odense war es näher. Die idyllische Kleinstadt Slagelse war mit dem Linienbus zu erreichen, und ins Zentrum von Korsør gelangte der Besucher, der gegen ein wenig Bewegung nichts einzuwenden hatte, sogar mit dem Fahrrad.

25. Kapitel

Der Stapel mit den Vernehmungsprotokollen wuchs an. Da die Aussagen derjenigen, die sich nahe dem Zentrum des Geschehens auf dem Rådhuspladsen befunden hatten, nichts ergeben hatten, wurden die Untersuchungen Richtung Peripherie verlagert. Aber wie alle Ermittler wussten, verschlechterten sich ihre Chancen mit zunehmendem Abstand und je mehr Zeit verstrich.

Beinahe eine Woche war vergangen. Dem Morddezernat war es immer noch nicht gelungen, die wichtigste Frage zu klären: Wer war das Opfer? Møller und sein Schlüsselteam versuchten es jetzt auch außerhalb von Kopenhagen, fanden aber kein passendes Schließfach. Die Kleider waren bis zur kleinsten Faser analysiert worden, ohne Ergebnis. Die DNA-Spuren konnten keiner aktenkundigen Person zugeordnet werden. Gekrümmt wie ein Fragezeichen lag der Ring bei den Kriminaltechnikern.

Skov ärgerte sich über sich selbst und seine Untergebenen, aber fast am meisten über Vincent Paulsen, den Mann, den er sonst so schätzte. Paulsen schien das nicht zu bekümmern. Was ging in ihm vor? Er hatte zwar immer schon einen Hang zur Tagträumerei gehabt, aber Skov hatte sich in letzter Zeit immer häufiger gefragt, was eigentlich mit ihm los war und ob Paulsen nicht allmählich alles entglitt.

»Gibt's was Neues?«, fragte Skov verärgert. Paulsen, der ihm am Schreibtisch gegenübersaß, hob den Blick, der auf irgendwelchen Papieren geruht hatte. »Irgendetwas muss sich doch ergeben haben. Es ist langsam an der Zeit«, sagte Skov noch verdrossener. »Ein Szenario, eine neue Idee. Dafür bezahlen wir dich. Verdammt, irgendwas!«

Vincent lächelte schwach. Sein Gesichtsausdruck bestätigte nur Skovs Verdacht, dass Paulsen nicht auf der Höhe war. Das Telefon klingelte.

»Entschuldige«, sagte Vincent und griff zum Hörer.

Skov betrachtete Paulsen eingehend während des Gesprächs. Im Übrigen handelte es sich um kein richtiges Telefonat. Paulsen hörte zu, und der andere erzählte. Unsinn vermutlich. Diese Ermittlung hatte bislang nur Unsinn ergeben. Paulsen legte auf. »Entschuldige«, sagte er erneut und lächelte. »Aber ich muss weg.«

Skov folgte ihm mit dem Blick, als er das Zimmer verließ.

Vincent beschloss, zu Fuß zu gehen. Vom Präsidium zur Vor Frue Kirke war es nicht weit. Der Morgen war angenehm und lud zur Kontemplation ein.

Simon Herschfeld stand in der Tür, als Vincent seinen Laden erreichte. Er brauchte also nicht zu klopfen. Man konnte sofort merken, dass der alte Juwelier gute Laune hatte. »Mein lieber Paulsen«, begrüßte er den Beamten, »wie nett, Sie wiederzusehen.«

Die Tür wurde hinter Vincent geschlossen. »Darf ich Ihnen etwas Kaltes zu trinken anbieten? Der Sommer hat es mit der Wärme ja wirklich gut mit uns gemeint.« Vincent willigte natürlich ein. Schließlich trieb man einen alten Mann nicht zur Eile an. Herschfeld würde ihm schon früh genug erzählen, was es gab.

Sie nahmen im Laden Platz, Herschfeld auf seinem Arbeitsstuhl und Paulsen in einem ausladenden Besuchersessel, der mit seiner Größe nur schlecht in den kleinen Laden passte. Vincent vermutete, dass er für die Männer vorgesehen war, während sich ihre Frauen Schmuck aussuchten.

»Dieser Tag hat nicht gut begonnen«, sagte Herschfeld. »Sie haben doch wohl die Zeitung gelesen? Der neueste Vorschlag dieser armen Frau und ihrer schamlosen Partei.«

Vincent hatte die Zeitung gelesen. Herschfeld meinte die Dansk Folkeparti, die sich wieder gegen die nicht in Dänemark geborenen Bevölkerungsgruppen gewandt hatte.

»Wissen Sie«, sagte Herschfeld, »diese seltsame Angst vor dem Fremden. Ich glaube, dass es sich bei der Xenophobie in unserem Land eigentlich um die Angst vor dem Tod handelt. Ohne frisches Blut werden wir und ganz Europa langsam aussterben, da wir nicht mehr genügend eigene Kinder bekommen. Das wissen alle. Aber statt unsere Retter willkommen zu heißen, machen wir die Tür vor ihrer Nase zu. Wir verleugnen unser Schicksal und glauben, wir seien unsterblich. Ein richtiger Däne stirbt nicht! Wie töricht!«

Vincent hörte geduldig zu. Er dachte über diese Fragen nicht sonderlich viel nach. »Da ist sicher was dran«, meinte er. Dann wartete er wieder.

»Sie fragen sich sicherlich, warum ich Sie hierhergebeten habe«, sagte der Juwelier. »Ich habe am Telefon sicher etwas geheimnisvoll geklungen. Das war natürlich beabsichtigt. Sie müssen das einem alten Mann nachsehen, wir haben nicht mehr so viel Vergnügen im Leben.«

Der Juwelier erwartete keine Antwort, denn es war keine nötig.

»Ich dachte, dass meine Analyse Sie vielleicht interessieren könnte.«

»Ihre Analyse«, erwiderte Paulsen, »interessiert mich in höchstem Maße.« Er passte sich intuitiv der Sprache des alten Mannes an. Der Laden lud zu einem vertraulichen Gesprächston ein. Es fiel ihm schwer, seine Neugier zu zügeln. Vielleicht ging es ja nur darum, dass ein einsamer Mann etwas Gesellschaft brauchte, aber das glaubte Paulsen nicht. Herschfeld hatte etwas entdeckt.

»Sehen Sie sich noch einmal diese Fotos an.« Der Juwelier hielt drei Aufnahmen des Ringes hoch. Vincent beugte sich vor. »Die Pfeiler«, meinte Herschfeld. »Bei Ihrem letzten Besuch ist mir das nicht aufgefallen. Schauen Sie genau hin. Was sehen Sie?«

Paulsen merkte, dass ihre Unterhaltung Zeit kosten würde, aber er spielte gerne mit. »Ist es etwas, was auch ich als Nicht-Fachmann sehen kann?«

»Natürlich. Was sehen Sie, lieber Paulsen?«

»Pfeiler, sagen Sie. Ja, sie sind gleich breit … der eine ist länger als der andere. Und sie liegen etwas schräg auf dem Ring.«

»Ganz ausgezeichnet! Und was sagt uns das?«

»Keine Ahnung.« Paulsen wagte nicht, die Vermutung zu äußern, dass einem schielenden Silberschmied sein Werkstück etwas schief geraten war.

»Es handelt sich tatsächlich um eine sehr saubere Arbeit, und Sie müssen entschuldigen, wenn ich mich beim letzten Mal vielleicht etwas herablassend geäußert habe«, meinte Herschfeld. »Wir hatten Glück!«, sagte er dann eifrig. »Der Ring ist genau zwischen den Pfeilern zerbrochen, so dass sich beide in ihrer vollen Länge messen lassen.«

Der alte Mann griff zu einem Blatt Papier, auf das er Maßstäbe gezeichnet hatte. »Sehen Sie, lieber Paulsen. Der eine Pfeiler ist zwei Zentimeter lang, der andere einen Zentimeter. Der eine ist also doppelt so lang wie der andere. Außerdem sind sie geneigt und zwar alle beide!«

»Interessant«, meinte Paulsen. »Aber leider tappe ich immer noch im Dunkeln. Klären Sie mich auf!«

Herschfeld lächelte seinen Gast höflich an. »Mir ist klar, dass es nicht einfach ist. Wir müssen die italienische Provenienz berücksichtigen. Die schiefen Türme! Natürlich!«

»In Pisa? Aber dort steht doch nur einer?«

Der Juwelier wedelte ungeduldig mit der Hand. »Nein, nein! Nicht in Pisa. Zwei Türme. Bologna! Die schiefen Türme in Bologna!«

»Stehen denn überall in Italien die Türme schief?«

»Lieber Paulsen, verzeihen Sie einem alten Mann etwas Unterricht in Geschichte. Im Jahre 1109 begann Asinelli den Bau eines 97 Meter hohen Turms, der sich leider bedenklich neigte. Anschließend baute Garisenda einen Turm genau daneben. Aber das Erdreich gab nach, und dieser Turm neigte sich noch mehr und zwar so sehr, dass man sich bereits im 14. Jahrhundert gezwungen sah, ihn auf eine Höhe von 48 Meter zu kappen. Diese beiden berühmten Türme sind bis heute nicht umgestürzt, sondern stehen immer noch an der Piazza Vittorio Emmanuele in Bologna. Haben Sie sie wirklich noch nie gesehen?«

»Vittorio? Wie in Vittoria?«

»Nein, gar nicht! Die Ähnlichkeit der Namen ist reiner Zufall. Die Pfeiler auf dem Ring neigen sich, so wie es die Türme in Bologna tun. Das Größenverhältnis ist 1:2, genau wie in Wirklichkeit. Und obwohl der Ring recht abgenutzt ist, sieht man, dass die Türme wie die in Bologna quadratisch sind! Was wir vor uns haben, ist die etwa hundert Jahre alte Entsprechung der heutigen Souvenirs, die bei jeder Sehenswürdigkeit verkauft werden. Schlüsselringe mit dem Empire State Building, der Eiffelturm oder die Kleine Meerjungfrau. Allerdings handelt es sich hier um einen Silberring, der von einem richtigen Silberschmied angefertigt wurde.«

Vincent betrachtete die Fotos und dann die Skizze des alten Juweliers. Dann sah er Herschfeld bewundernd an. Er lächelte. »Ein Ring aus Bologna«, sagte Paulsen. »Ja, vielleicht.«

Herschfeld begleitete Paulsen zur Tür. »Kommen Sie wieder mal vorbei, lieber Paulsen. Machen Sie einem alten Mann die Freude, ihm die ganze Geschichte zu erzählen, wenn das Rätsel gelöst ist.«

»Das tue ich. Ich wünschte mir, ich könnte Sie ins Vertrauen ziehen, aber das wäre gegen die Vorschriften.«

»Natürlich. Aber wenn ich noch etwas für Sie tun kann, tue ich das gerne. Diese schreckliche Tat auf dem Rådhuspladsen muss doch aufgeklärt werden.«

Vincent Paulsen sah den Juwelier verblüfft an. Natürlich, auch das hatte er sich zusammengereimt. Vincent gab ihm die Hand und verabschiedete sich rasch. Der alte Juwelier schloss die Ladentür hinter ihm ab.

Bologna. Die Heimatstadt von Vittoria, Donata, Sophia und Frances? Angst vor dem Tod, Fremdenfeindlichkeit. In Gedanken vertieft ging Paulsen zum Präsidium zurück. Ziemlich bald hatte Lydia jede Windung seines Gehirns erfüllt.

26. Kapitel

Am Tag darauf traf eine weitere große Gruppe junger Männer im Tagungshotel bei Korsør ein. Da es sich jetzt um nahezu siebzig Personen handelte, mussten sich fast fünfzig von ihnen ein Zimmer teilen. Doris erklärte die Situation und legte die Schlüssel auf den Empfangstresen. Alle schienen darauf eingestellt gewesen zu sein, und niemand hatte irgendwelche Einwände. Alle nahmen ihre Schlüssel, niemanden schien es zu kümmern, mit wem er sein Zimmer würde teilen müssen. Bei den beiden Letzten, die an den Tresen traten, handelte es sich zu Doris' Erstaunen um Frauen. »Wir würden uns gerne ein Zimmer teilen«, sagte die eine auf Englisch, eine Frau mit olivfarbener Haut und kurzgeschnittenem, dunklem Haar. Doris suchte bei den übrig gebliebenen Schlüsseln, fand aber kein Paar mehr, das zum selben Zimmer gehörte.

»Leider«, sagte sie. »Aber das lässt sich sicher einrichten.« Sie nahm zwei Schlüssel und verließ den Empfang. Die Frau mit dem dunklen Haar stellte sich ihr in den Weg. »Nein«, sagte sie. »Geben Sie uns die Schlüssel. Wir kümmern uns selbst um den Tausch.« Der Ton war entschieden, aber nicht unfreundlich. Doris gab ihr sofort die Schlüssel.

Im weiteren Verlauf des Tages sah sie immer mal wieder Gäste in kleinen Gruppen, die Köpfe zusammengesteckt, in eine

Unterhaltung vertieft. Es fanden in den allen zugänglichen Räumlichkeiten keine weiteren Aktivitäten statt. Die meisten Gäste blieben unsichtbar und schienen sich auf ihren Zimmern aufzuhalten. Soweit sie sehen konnte, verließ niemand das Gebäude. Einmal, gegen fünf Uhr nachmittags, trat Doris auf drei Männer zu, die am Fenster des großen Saals, dem Mittelpunkt der Hotelanlage, standen. Sie schlug ihnen vor, am Strand und auf den Dünen am Großen Belt spazieren zu gehen, da ein so ungewöhnlich schöner Tag sei. »Es ist ein so weiter Himmel«, sagte sie. Sie bekam nur ein schwaches Lächeln und ein »vielleicht später« zur Antwort.

Doris fragte auch an diesem Tag nicht, woher die Gruppe eigentlich kam. Die Neuankömmlinge waren ebenso zugeknöpft wie jene Männer, die als Erste eingetroffen waren. Sie konnte kein einziges Wort verstehen, wenn sie sich miteinander unterhielten und wusste auch nicht, welche Sprache sie eigentlich sprachen. Englisch? Diejenigen, die sich mit ihr und ihren Kollegen unterhalten hatten, hatten gutes Englisch gesprochen. Doris kannte sich jedoch nicht gut genug aus, um entscheiden zu können, ob sie irgendeinen Akzent hatten oder einen englischen Dialekt sprachen. Das Schweigen wurde immer durchdringender. Auch bei der späten Mahlzeit waren nur wenige, leise Unterhaltungen zu hören. Man hatte das Gefühl, als hätte sich eine Decke über das Tagungshotel gelegt. Keiner aus der Gruppe bestellte Wein oder Bier zum Essen. Man trank nur Coca-Cola und Wasser. Alle behandelten die Kellner und Kellnerinnen höflich. An ihrem Benehmen war nicht das Geringste auszusetzen. Doris' routiniertes Lächeln wurde trotzdem immer angestrengter. Diese Leute waren anders als alle Gäste, mit denen sie es bislang zu tun gehabt hatte. Es gelang ihr nicht, irgendeinen von ihnen bei einer menschlichen Regung zu ertappen.

Am nächsten Morgen verließ etwa die Hälfte der Gruppe in ihren Minibussen die Anlage. Sie waren pünktlich zum Mittagessen um halb eins wieder da. Am Nachmittag fuhr die andere Hälfte der Besucher weg und kehrte vier Stunden später wieder zurück. Nach dem Abendessen trafen die Gäste in einigen Konferenzräumen zusammen und baten darum, nicht gestört zu werden. Doris erwog, an der Tür eines der Räume zu lauschen, aber das hätte gegen die Regeln des Hauses verstoßen. Außerdem wagte sie es nicht. Ein Unbehagen, fast ein Gefühl der Gefahr, hatte sie erfasst.

Als sie gegen zehn Uhr abends nach Hause kam, lag die Augustdunkelheit schwer über ihrem Reihenhaus in Korsør. Sie erzählte ihrem Mann von den ungewöhnlichen Gästen. Dieser antwortete einsilbig und konzentrierte sich dann wieder auf den englischen Fernsehkrimi, bei dem sie ihn gestört hatte. Doris erhob sich vom Sofa im Wohnzimmer und ging die Treppe hoch zum Zimmer ihres Sohnes. Der Junge lag auf dem Rücken und schlief friedlich. Er war gerade sieben Jahre alt geworden und hieß Jens. Doris beugte sich über ihn und küsste ihn vorsichtig auf den Kopf. »Schlaf, mein kleiner Prinz«, flüsterte sie. »Dir soll nichts Böses zustoßen.«

27. Kapitel

»Bologna?«

Bjarne Skov betrachtete die Fotos des Rings. »Ja, möglicherweise. Sonst haben wir nichts in der Hand.«

Er nahm an seinem Schreibtisch Platz. »Was könnte uns wohl voranbringen, Vincent?«

Paulsen stand, die Hände hinter dem Rücken, vor ihm. Er wippte etwas vor und zurück, wie eine Fahnenstange bei Sturm. »Erst müssen wir uns bei unseren Kollegen in Bologna erkundigen, ob bei ihnen ein Mann in entsprechendem Alter vermisst gemeldet worden ist. Falls das nicht glückt … Vittoria, Donata, Sophia und Frances. Mit etwas Glück finden wir eine Familie mit diesem Stammbaum in Bologna.«

»Falls es sich wirklich um einen Stammbaum handelt«, meinte Skov. »Und falls der Ring wirklich aus Bologna stammt. Wenn dem so ist, bedeutet das auch nur, dass Vittoria aus Bologna stammt. Die Familie kann am Tag darauf irgendwohin verzogen sein. Oder das Ganze ist ohnehin nur ein Zufall. Hatte dein Juwelier nicht von einem Souvenir gesprochen? Vielleicht waren Vittorias Eltern mit ihrem Neugeborenen auf der Durchreise? Touristen. Die hat es wohl im 19. Jahrhundert auch schon gegeben.«

Vincent wippte weiter vor und zurück. »Es ist, wie du selbst sagst. Mehr haben wir nicht in der Hand.«

»Vermutlich bleibt uns nichts anderes übrig, auch wenn es teuer wird. Sprichst du Italienisch?«

Vincent schüttelte den Kopf.

»Ich möchte trotzdem, dass du hinfährst«, sagte Skov. »Bitte jemanden, sich um die Formalitäten bei den Italienern zu kümmern, und überlege dir, was du dort unten ausrichten kannst. Ich versuche unter den Kollegen jemanden aufzutreiben, der diese Operettensprache beherrscht und mitfahren kann.«

Am nächsten Abend saß Vincent Paulsen in einer Maschine nach Mailand. In der Tasche hatte er den Ring. Einen Schlüssel und einen Ring, das war alles, was der unbekannte Tote hinterlassen hatte. Nur Rätsel, sonst nichts. Møller suchte den Schrank, der sich mit dem Schlüssel öffnen lassen würde. Der Ring war ebenfalls ein Schlüssel, der die Geheimnisse eines Menschen erschloss. Hinter den Namen verbarg sich ein Zusammenhang, verbargen sich über hundert Jahre menschlicher Erfahrungen, Liebe, Hass, Krieg, Freude, Arbeit und Streben nach einem menschenwürdigen Dasein. Jeder Name in diesem Ring war ein eigenes Universum, vor der Geburt und nach dem Tod gab es nichts. Für den Mann vom Rådhuspladsen hatte die Welt im Augenblick der Explosion aufgehört zu existieren.

Vincent würde nie verstehen, wie man einem Menschen alles nehmen konnte, was er hatte, das einzige Unersetzliche, das er besaß. Das ließ sich nicht ungeschehen machen. Mord war unwiderruflich. Aber war der Tote auch ein Mörder, vielleicht gar ein Terrorist gewesen? Ein Mann, der es für sein Recht hielt, das Leben anderer auszulöschen? Deutete nicht die extreme Gewalt, der er ausgesetzt gewesen war, darauf hin? Diese Möglichkeit hatten Christian und sein Chef Terfig von der Sicherheitspolizei durchaus in Betracht gezogen.

Christian saß auf dem Platz neben Paulsen. Vincent war etwas erstaunt gewesen, dass die Wahl auf den jungen Kollegen von der Sicherheitspolizei gefallen war. Normalerweise rekrutierte man Assistenten vom eigenen Dezernat. Vermutlich war die Auswahl an Kollegen, die Italienisch beherrschten, nicht sonderlich groß gewesen.

»Du sprichst also Italienisch?«, fragte Vincent und versuchte sich bequemer hinzusetzen, ohne seinem Vordermann seine Knie in den Rücken zu rammen.

»Ich habe drei Jahre in Rom gewohnt«, antwortete Christian.

Vincent nickte. »Sprichst du auch noch andere Sprachen?«

»Ja. Spanisch, Englisch, Deutsch, Französisch und ganz brauchbar Hebräisch. Und dann noch ein paar weitere so zum Durchschlagen.«

»Ein paar weitere zum Durchschlagen«, murmelte Vincent.

Christian lächelte ihn an. »Das hat sich so ergeben. Mein Vater ist Diplomat. Wir sind ziemlich oft umgezogen. Die Sprachen gab es gratis.«

»Mein Vater hatte einen Eisenwarenladen«, sagte Paulsen. »Er hatte schon mit Schwedisch Schwierigkeiten. Aber er kannte seine Grundtvig.«

Christian wechselte das Thema. »Und, die Planung, wie sieht die aus?«

»Ein Kollege namens Gaetano Gandini ist unser Kontaktmann. Er spricht offenbar Englisch, so dass ich mich hoffentlich auch mit jemandem verständigen kann. Einen Vermissten, der in Frage gekommen wäre, gab es nicht, Gandini hat mir versprochen, dass wir uns morgen mit einem Ahnenforscher unterhalten dürfen. Danach … reine Improvisation.«

Die zweihundert Kilometer gen Süden nach Bologna legten sie in einem Mietwagen zurück. Gegen Mitternacht trafen sie dort ein. Vincent fragte sich, wo ihre Reise enden würde.

Es war erst neun Uhr morgens, aber schon sehr warm, als Vincent und Christian das Hauptquartier der Carabinieri in Bologna aufsuchten. Beide trugen einen Anzug. Für Christian war das selbstverständlich, sein Anzug sah maßgeschneidert aus und war es vermutlich auch. Er gehörte zu den Männern, die in jeder Kleidung lässig wirkten. Vincent hatte mit Krawatte immer das Gefühl, erdrosselt zu werden.

Das Hauptquartier der Carabinieri lag unmittelbar südlich der Altstadt mit ihren neun Stadttoren und erinnerte mehr an eine Kaserne. Die Carabinieri gehörten zum Verteidigungsministerium im Unterschied zur Polizia, die dem Innenministerium unterstand. Ihr Kontaktmann Gaetano Gandini hatte auch einen militärischen Rang, er war *Capitano*.

Paulsen schnappte einige wesentliche Begriffe auf, als Christian sie vorstellte und ihr Anliegen erläuterte, gefolgt von einem *Grazie* und einem höflichen Lächeln. Der Beamte im Schilderhäuschen griff zum Telefon, und eine Minute später erschien ein ziemlich kleiner Mann in Vincents Alter, um sie abzuholen. Gaetano Gandini strahlte Kraft aus, eine Warnung an seine Umgebung, ihn nicht zu unterschätzen. Vincent fiel auf, dass Gandini sein Uniformhemd offen trug, und er sehnte sich danach, sich seines Schlipses entledigen zu können. Nachdem sie sich begrüßt hatten, führte Gandini Paulsen und Christian in ein enges und einfach möbliertes Besprechungszimmer. An der Wand hing ein Plakat. Ein lächelndes Mädchen auf einer Vespa. Auf dem Tisch standen drei Espressotassen.

»Meine Herren!«, sagte Gaetano Gandini, nachdem sie Platz genommen hatten. »Sie sind in einer wichtigen und eiligen Angelegenheit hier, *importante e urgente*. Ich schlage also vor, dass wir sofort zur Sache kommen. Als ich vorgestern Ihre Anfrage erhielt, habe ich sofort Signor Franchetti in die Sache eingeschaltet. Er ist einer der bekanntesten Ahnenforscher des Landes und wohnt glücklicherweise in Bologna. Außerdem ist er Chef unseres Stadtarchivs. Wir haben schon früher von seinen großen Kenntnissen profitieren können. Ich habe vor einer halben Stunde mit Signor Franchetti gesprochen. Er kann uns sofort empfangen.«

Gaetano Gandini leerte seinen Espresso in einem Zug und erhob sich. »Lassen Sie uns keine Zeit vergeuden«, sagte er und deutete mit der Hand zum Ausgang, die Tür, durch die sie eben erst gekommen waren.

Das Stadtarchiv lag am anderen Ende der Stadt, und Vincent Paulsen meinte in einen neorealistischen Schwarzweißfilm aus den 40er Jahren geraten zu sein, leider spielte Anna Magnani nicht mit. Signor Franchetti verstärkte diesen Eindruck noch. Er schien geradewegs der Vergangenheit entsprungen zu sein, erfüllt von großen Kenntnissen und stundenlangen Mahlzeiten im Kreise der Familie. Er sprach langsam und nur Italienisch. Paulsen überlegte sich, ob Christian seine sprachliche Überlegenheit wohl dazu verwenden würde, ihn außen vor zu halten. Es gab Leute, die das taten. Aber sobald der Small Talk vorüber war, übersetzte Christian alles, was gesagt wurde. Er überließ es auch Vincent, ihr Anliegen vorzubringen.

»Wir hoffen, eine Familie in Bologna zu finden, in der diese vier Frauennamen vorkommen«, sagte Vincent und überreichte Signor Franchetti einen Stapel Fotos. »Falls wir diese Familie ausfindig machen, erfahren wir vielleicht, wer den Ring getragen hat.«

»Haben Sie den Ring dabei?«, mischte sich Gaetano Gandini ein.

»Ja«, antwortete Vincent.

»Und der Mann, der den Ring getragen hat, ist tot? Ermordet?«

»Ja.«

»Da wir nicht wissen, wer er ist«, meinte Gandini, »wissen wir auch nicht, ob seine Familie weiß, dass er tot ist. Das habe ich doch richtig verstanden?«

»Leider ja.«

»Es könnte also eine recht heikle Angelegenheit sein«, meinte Signor Franchetti. »Ich beneide Sie nicht darum. Aber ich tue natürlich, was ich kann.«

»*Tante grazie*«, sagte Christian.

»Signor Gandini hatte die Freundlichkeit, mir die vier Namen schon gestern zu geben«, sagte Signor Franchetti. »Mit Hilfe eines Assistenten, eines Mannes, der schon länger hier ist als ich, habe ich einige Nachforschungen angestellt. Wie Sie sich vorstellen können, wäre eine umfassende Recherche recht aufwendig. Sie würde erfordern, dass wir jede Vittoria, die hier Ende des 19. Jahrhunderts ansässig war, und ihre Nachkommen unter die Lupe nähmen.«

»Das ist uns klar«, meinte Paulsen. »Wir hoffen, dass sich dieses Verfahren irgendwie abkürzen lässt.«

Signor Franchetti erhob sich etwas mühsam und trat auf einen Wagen, ein rollendes Archivregal, zu. Auf diesem standen fünf dicke Lederbände. Er zog den Wagen an seinen Sessel heran und setzte sich wieder.

»Bei diesen Bänden handelt es sich um ›La Famiglia Bolognese‹, ein imponierendes Werk, das von einigen meiner Vorgänger im Dienste der Stadt geschaffen wurde. Es enthält Biografien aller herausragenden Familien der Stadt sowie deren Stammbäume. Wie Sie sicher wissen, ist Bologna eine Stadt mit einer weit zurückreichenden Vergangenheit. Hier liegt die älteste Universität Europas. Haben Sie sich eigentlich schon unsere Altstadt angesehen?«

»Leider nicht, aber wenn wir die Zeit dazu finden, werden wir das sehr gerne tun«, erwiderte Christian.

»Sie wird Ihnen sicher gefallen. Wie auch immer, diese Bücher stellen die Abkürzung dar, die Sie im Sinn haben. Einer meiner engsten Mitarbeiter, der sich seinerseits wieder von einigen Mitarbeitern helfen ließ, hat die Bände bereits durchgesehen.«

Signor Franchetti zog ein handbeschriebenes Blatt Papier aus der Tasche. »Da die Stammbäume in diesen Büchern nur bis 1955 im ersten und bis 1962 im fünften Band reichen, könnte der letzte Name Ihrer Namensfolge fehlen. Habe ich das richtig verstanden?«

»Ja«, antwortete Vincent. »Wir gehen davon aus, dass die dritte Frau, Sophia, nach dem Krieg zur Welt gekommen ist. Frances kann also frühestens 1962 geboren worden sein.«

»Zu diesem Schluss kam ich auch, nachdem ich mit Capitano Gandini gesprochen hatte. Vittoria, Donata und Sophia sind bei uns sehr häufige Frauennamen. In den Büchern haben wir 92 Familien mit dieser Namenskombination gefunden.«

Signor Franchetti überreichte Paulsen einige Papiere. »Hier sind die Familiennamen mit den Seitenverweisen«, sagte er. »Alles Weitere lässt sich sicher mit Hilfe der Meldebehörde klären. Ich bin mir sicher, dass Ihnen Signor Gandini dabei behilflich sein kann.«

Vincent sah sich die Liste an. »Gibt es die Melderegister auf EDV?«, fragte er an Capitano Gandini gewandt.

»Ja. Obwohl es so viele Namen sind, sollte es kein Problem geben. Aber das setzt natürlich voraus, dass es sich nicht um Personen einfacherer Herkunft handelt, weil diese in diesen Bänden nicht vorkommen.«

Ein Silberring, ein einfaches Souvenir, am Finger eines Mitglieds der feineren Kreise Bolognas? Vincent fand das nicht sonderlich wahrscheinlich. Aber die Antworten auf Rätsel waren oft überraschend.

Paulsen und Christian erhoben sich und dankten. Der schwergewichtige Stadtarchivar begleitete sie zur Tür.

Sechs Stunden später waren von 92 Familien nur noch zwei übrig. Es gab nur zwei Stammbäume, in denen die Namen Vittoria, Donata, Sophia und Frances vorkamen. Beide Urgroßmütter waren bereits verstorben, aber eine Donata, Jahrgang 1922, war noch am Leben. »Es ist doch vermutlich eine gute Idee, dass ich Sie begleite, wenn wir sie aufsuchen?«, meinte Gandini.

»Wir sind für jede Hilfe dankbar«, erwiderte Paulsen.

Weitere drei Stunden später saßen die drei Männer in Gandinis Büro. Sie hatten eine Frances und eine Sophia aus zwei verschiedenen Familien getroffen. Keine der beiden Frauen vermisste einen Ring oder einen Angehörigen.

»Darf ich mir den Ring noch einmal ansehen?«, fragte Gandini.

Paulsen reichte ihm die Schachtel mit dem verbogenen Ring. Gandini nahm ihn in die Hand und betrachtete ihn genau. »Vielleicht lautet der Name ja ganz anders.«

»Und wie?«, fragte Vincent.

»Der Ring ist ja zerbrochen und zwar genau hinter dem letzten Buchstaben. Es gibt einen anderen Mädchennamen, der Frances sehr ähnlich ist. Francesca. Das ist ein sehr häufiger italienischer Name, ganz im Unterschied zu Frances, der eingeführt ist. Fehlt nicht überhaupt ein Stück des Rings?«

Vincent beugte sich auf seinem Stuhl vor. »Ja. Unser Kriminaltechniker sagt, dass die beiden Enden nicht zusammenpassen. Also fehlt ein Stück.«

»Francesca«, sagte Gandini und ging mit dem Finger den Ausdruck der Meldebehörde durch. »Es gibt vier Familien mit der Namenfolge Vittoria, Donata, Sophia und Francesca. Das könnte einen Versuch wert sein.«

Paulsen lächelte schwach. »Natürlich.«

»Aber das muss bis morgen warten«, sagte Gandini und schaute auf die Uhr. »Es ist Freitagabend und ich empfehle den Herren, eine echte Pasta Bolognese zu essen und dazu eine Flasche Lambrusco zu trinken. Dann sehen wir uns morgen um neun Uhr wieder hier. *Buona sera.*«

28. Kapitel

An diesem Samstag hatte Doris eigentlich frei, aber ihre Kollegin war krank geworden. Bereits um fünf vor acht fand sie sich im Tagungshotel ein. Nur wenige Minuten später betraten einige der Gäste das Foyer. Sie hatten ihre Sporttaschen dabei und trugen dünne Jacken. Wenig später gesellte sich eine größere Gruppe zu ihnen. Die Männer sprachen nicht miteinander. Niemand wünschte Doris einen guten Morgen. Einer nach dem anderen gingen sie zum Parkplatz. Durchs Fenster sah sie, dass sie sich vor ihren Minibussen versammelten. Mindestens die Hälfte der Gäste waren nun dort, sicher an die vierzig Männer. Sie wirkten wie Sportler auf dem Weg zum Training oder zu einem Wettkampf. Doris überlegte, wo sie wohl hinfahren würden, aber die Stille war so mit Händen zu greifen, dass sie nicht zu fragen wagte.

Die Männer luden ihre Taschen in die Kofferräume und fuhren weg. Sie folgte den Fahrzeugen mit ihrem Blick.

Einige Minuten später kamen zwei der im Hotel verbliebenen Männer rasch auf sie zu. »Es ist etwas sehr Ernstes geschehen«, sagte der eine auf Englisch. »Einer unserer Kollegen ist mit dem Messer verletzt worden. Er ist schwer verletzt und liegt im Bett auf seinem Zimmer. Wir haben den Täter gestellt. Es ist sein Zimmergenosse.«

»Wie schrecklich«, rief Doris. »Ich rufe sofort die Polizei.« Sie streckte die Hand nach dem Telefon aus. Sie wählte, aber verwählte sich und musste erneut wählen. Als sich die Notrufzentrale meldete, wiederholte sie, was die Männer zu ihr gesagt hatten.

»Aus Korsør kommt ein Krankenwagen. Die Polizei kommt aus Slagelse«, sagte sie und legte auf. Die Männer standen schweigend vor ihr. »Ich muss meinen Chef anrufen«, sagte sie und streckte die Hand wieder nach dem Telefonhörer aus.

»Warten Sie, bis die Polizei da ist«, sagte der eine Mann. »Die entscheiden immer, wer informiert werden soll.«

Doris zog die Hand zurück, ohne richtig zu verstehen, warum sie gehorchte. Sie zitterte am ganzen Körper. Sie versuchte zu berechnen, wie lange der Krankenwagen brauchen würde. Sieben bis acht Minuten? Eine Messerstecherei … das war noch nie vorgekommen. Es fiel ihr schwer, einfach nur dazustehen und zu warten. Warum musste das ausgerechnet heute passieren, an einem Tag, an dem sie eigentlich mit Jens hätte zu Hause sein sollen. Sie hatte mit ihm an den Strand gehen wollen. Ein Messer … was waren das eigentlich für Männer? Sie wirkten nicht einmal sonderlich entsetzt. Sie standen ganz ruhig da und warteten.

Endlich hörte sie die Sirenen. Zwei Sanitäter mit einer Trage betraten rasch die Lobby. Doris deutete auf einen der Männer vor dem Tresen. »Ich gehe mit aufs Zimmer«, sagte er auf Englisch. Der andere Mann blieb stehen.

Etliche Minuten vergingen. Doris fiel es schwer, still zu stehen, ihre Hände waren ständig in Bewegung. Sie ließ einen Kugelschreiber kreisen, schob ein paar Papiere hin und her und schielte aufs Telefon. Sie schaute aus dem Fenster. »Wo bleibt die Polizei?«, sagte sie zu dem Mann, der vor ihr stand, erhielt aber keine Antwort. »Warum haben sie den Verletzten noch nicht nach draußen getragen?«

Hinter ihr kamen weitere vier Männer aus ihren Zimmern. Alle hatten ihre Taschen in der Hand. Sie stellten sich an den Eingang. »Wissen Sie, was geschehen ist?«, fragte Doris. Der Mann vor ihr schüttelte den Kopf. »Sollten wir es ihnen nicht …«

Sie betrachtete die vier Männer am Eingang. Sie standen vollkommen reglos da, nur einer wippte auf den Füßen vor und zurück. Die Szene kam Doris unwirklich vor. »Ich rufe noch einmal an«, sagte sie und griff zum Telefonhörer. Der Mann am Tresen kam ihr jedoch zuvor. Er legte seine Hand schwer auf das Telefon. »Warten Sie!«, befahl er.

Genau in diesem Augenblick dachte Doris an ihren Sohn. Eine Sirene riss sie aus ihren Gedanken. Ein Streifenwagen hielt hinter dem Krankenwagen. Zwei Beamte stiegen aus und kamen durch das Entree auf Doris zu. Sie wollte ihnen gerade erklären, was geschehen war, da sah sie, dass sich die vier Männer am Eingang vorbeugten und längliche Gegenstände aus ihren Taschen nahmen. Sie fuchtelte wie zur Warnung mit einer Hand in der Luft, aber weiter kam sie nicht. Der Mann, der ihr am nächsten stand, schoss dem einen Polizisten in den Rücken. Der Mann wurde von dem Geschoss nach vorne geschleudert, und Doris wich instinktiv mehrere Schritte zurück. Der Polizist krachte gegen den Empfangstresen und fiel dann seitlich zu Boden.

Der andere Polizist machte Anstalten, sich zu seinem Kollegen herunterzubeugen, warf sich dann aber zur Seite, um zu entkommen. Einer der Männer am Eingang schoss ihm eine Salve vor die Füße. Der Polizist stürzte und versuchte im Liegen, seine Pistole zu ziehen. Mit raschen Schritten kamen die vier Männer mit erhobenen Waffen auf ihn zu. Doris hörte seine Todesangst, kurze, jammernde Laute entrannen seinem Mund. Sie stand ganz still und konnte sich nicht bewegen. Ehe der Polizist noch seine Pistole aus dem Holster genestelt hatte, wurde schon eine Waffe auf seinen Kopf gerichtet. Doris wartete auf den Schuss, aber er kam nicht. Stattdessen drückte einer der anderen Männer dem Polizisten seine Waffe in den Rücken und zwang ihn, aufzustehen. Er wurde in Richtung des Zimmers getrieben, in dem angeblich die Messerstecherei stattgefunden hatte.

Doris folgte ihnen mit dem Blick. Dort waren auch die Sanitäter. Sie wagte nicht daran zu denken, was geschehen würde. Sie schaute den Mann, der immer noch vor ihr am Tresen stand, aus den Augenwinkeln an. Er beugte sich zu dem angeschossenen Polizisten herunter und sie konnte ihn einen Augenblick lang nicht sehen.

Plötzlich bemerkte Doris einen Schmerz im Mund. Sie fasste sich mit der Hand an die Lippen. Als sie sie betrachtete, war sie voller Blut. Sie fuhr sich mit der Zungenspitze durch den Mund und bemerkte eine große Wunde auf der Innenseite der Wange. Sie hatte sich selbst in die Wange gebissen, ohne es zu bemerken.

Der Geschmack von Blut weckte sie aus ihrer Erstarrung. Zwei der bewaffneten Männer standen immer noch in der Lobby, aber keiner von ihnen richtete seine Waffe auf sie. Sie ging rasch um den Tresen herum und kniete sich neben den Polizisten. »Wir müssen ihm helfen!«, schrie sie. »Wir müssen …«, rief sie, aber begriff dann, wie unsinnig das war. Die Männer hatten geschossen, um zu töten. Alles war geplant. Wer waren diese Männer? Was würden sie mit ihr machen? Sie erhob sich abrupt und wich zurück. Sie dachte an ihren Sohn.

29. Kapitel

Das Erste Panzerbataillon des Gardehusregiments hatte sich auf der Ebene bei Slagelse südlich der E 20 ausgebreitet. Niedrige Gebäude, die von der nächsten öffentlichen Straße kaum zu sehen waren. Büros, Kantine, Ausbildungsräume, Übungsgelände und Kasernen für die Wehrpflichtigen. Garagen für Panzerwagen, Lastwagen und Schützenpanzer. Der Leopard, ein schlagkräftiger Panzer auf dem Schlachtfeld, wurde seit 1963 in Deutschland hergestellt und von etlichen Armeen in Europa benutzt. In Slagelse standen fünfzig Leopardpanzer in ihren Käfigen.

An diesem Samstagmorgen herrschte nicht sonderlich viel Verkehr auf der Autobahn. Um 8.42 Uhr verließen fünf schwarze Minibusse die E 20 in südlicher Richtung an der Abfahrt 39. Einige Minuten später hielten sie vor dem Schilderhäuschen bei dem umzäunten Gebiet mit den Garagen. Die Busse hielten wie ein Festzug hintereinander an. Drei Männer stiegen aus dem ersten Fahrzeug und gingen auf die Wache zu. In den Händen hielten sie ihre Sporttaschen. Der erste Mann wurde bis zum Wachhäuschen vorgelassen, die anderen beiden warteten vor dem verschlossenen Tor.

»Ja bitte?«, sagte der Wache schiebende, junge Wehrpflichtige. Der Mann bei dem Wachhäuschen beugte sich zu seiner

Tasche hinunter, nahm ein Sturmgewehr heraus und entsicherte es. Schweigend richtete er es auf den Wachhabenden. Dieser rollte auf seinem Bürostuhl reflexhaft einige Zentimeter rückwärts.

»Was zum …«, hob er an. Der Mann in dem Wachhäuschen zeigte keine Regung. Langsam hob der Wachhabende die Hände über den Kopf.

»*Open*«, sagte der Mann mit ausdrucksloser Stimme.

»*The lock …*«, antwortete der Wachsoldat rasch. »*A key, I have to use the key.*«

Der Mann machte mit seiner Waffe eine rasche Bewegung Richtung Tor. Der Wachsoldat drehte sich langsam mit seinem Stuhl zu einem Schrank um und nahm einen Schlüssel von einem Haken. Er bewegte sich wie in Zeitlupe, den Blick unablässig auf den Mann draußen gerichtet. Der Gewehrlauf folgte dem Wachmann aus dem Wachhäuschen bis zum Tor. Er entfernte das Vorhängeschloss und dann die schwere Kette. Das Tor glitt ein kleines Stück auf. Die zwei Männer auf der anderen Seite öffneten es rasch ganz. Dann nahmen sie jeder ebenfalls einen Karabiner aus ihren Taschen und stellten sich, den Blick auf die Straße gerichtet, auf die Einfahrt. Die fünf schwarzen Minibusse fuhren auf das Gelände. Der Wehrpflichtige stand mit der Kette in der Hand da.

»T*o the side*«, sagte der Mann, der ihn bedroht hatte. »*Lie down.*«

»*Don't shoot*«, flehte der Wachsoldat und legte sich neben der Einfahrt auf die Wiese.

Rasch fuhren die fünf Fahrzeuge auf den Garagenplatz. Sie hielten zwischen zwei Garagen, und vierzig Mann sprangen heraus. Einer von ihnen ging auf eine Tür zu und steckte einen Schlüssel ins Schloss. Drei Minuten später erschien er wieder mit einer Tasche mit Schlüsseln, die er austeilte. Die Männer öffneten daraufhin ein Garagentor nach dem anderen. Hinter jedem Tor stand ein Panzer. Die Männer kletterten auf die Panzer, öffneten die Luke auf dem Turm und verschwanden in den Bäuchen der Ungeheuer.

Das Dröhnen lag über der Schmerzgrenze, als zehn Leopardpanzer angelassen wurden und auf den Garagenvorplatz fuhren. Die anderen Männer öffneten die übrigen Panzergaragen. Dann gingen sie von einem Panzer zum nächsten und gossen Benzin ins Cockpit. Auf ein Signal hin entzündeten sie ein Tuch, das mit Petroleum getränkt war, und warfen es in die Panzer. Die Panzer verwandelten sich in heftig brennende Vulkane.

Die Männer rannten zu den dröhnenden Leopardpanzern auf dem Garagenvorplatz, auf denen die Fahrer bereits die Maschinengewehre montiert hatten. Dann nahmen sie ihre Plätze in den Panzern ein, den des Fahrers, des Richtschützen, des Ladeschützen und des Kommandanten. Hintereinander fuhren die zehn Kampfwagen zum Tor, gefolgt von den fünf schwarzen Minibussen. Der Wachsoldat hob den Kopf ein wenig und schaute auf. Er blickte direkt in ein Sturmgewehr. Der Mann mit der Waffe beugte sich über den wimmernden Wachsoldaten. Er versetzte ihm einen leichten Schlag auf den Kopf, drehte sich um und ging dann rasch zu dem wartenden Minibus.

30. Kapitel

Gaetano Gandini bremste mit seinem Fiat vor einem großen Haus. Es war halb elf Uhr am Samstagvormittag. Gandini, Vincent und Christian hatten bereits einen Hausbesuch hinter sich. Die Francesca dieser Familie war 32 Jahre alt gewesen. Sie hatte den Ring noch nie gesehen, wollte aber sicherheitshalber ihre Mutter Sophia noch einmal fragen. Diese machte allerdings mit ihrem neuen Mann in Mexiko Urlaub. Ein Handy hatte die Mutter nicht dabei, und die Tochter wusste auch nicht, in welchem Hotel das Paar wohnte. Francesca vermisste auch keinen Verwandten, der diesen Ring möglicherweise getragen haben könnte.

Gandini hatte die gesamte Unterhaltung geführt. Christian hatte sich kein einziges Mal eingemischt. Christian hatte Vincent eine Zusammenfassung des Gespräches gegeben, Vincent hatte jedoch nichts hinzuzufügen gehabt. Die Sache war recht offensichtlich: Diese Francesca hier war die falsche.

Die drei Männer stiegen aus dem Auto. »Das hier ist die Villa von Signor Brambini«, sagte Capitano Gandini.

Vincent hatte so etwas noch nie gesehen. Die Villa glich einem kleinen Palast. Sie lag in den Bergen südlich der Stadt am Ende einiger Serpentinen. Der grüne Park gab einem das Gefühl von ländlicher Abgeschiedenheit, obwohl die Altstadt mit ihren Pflastersteinen weniger als einen Kilometer entfernt war.

»Signor Brambini stammt aus einer alteingesessenen Bankiersfamilie«, sagte Gandini. »Sein Urgroßvater gründete eine Bank, die armen Weinbauern aus der Emilia-Romagna vorteilhafte Kredite gewährte. So kam seine Bank zu treuen und immer wohlhabenderen Kunden und die Familie Brambini sowohl zu Reichtum als auch zu einem guten Ruf. Die Bank existiert nicht mehr als selbständiges Unternehmen, sie ist natürlich schon lange aufgekauft worden. Aber der jetzige Signor Brambini ist Chef mehrerer Banken hier in der Region, deren Miteigentümer er ist. Sophia Brambini ist seine Frau und Francesca ist ihre Tochter. War, um genau zu sein. Laut Einwohnermeldeamt ist sie nicht mehr im Land gemeldet.«

»Was heißt das?«, fragte Vincent.

»Weggezogen oder verstorben«, antwortete Gandini. Er deutete auf die Villa. »Meine Herren«, sagte er und sah Vincent und Christian an. »Wollen wir?«

Sie gingen die Treppen zum Haus hinauf. Vincent zählte 36 Stufen. Eine Frau öffnete, und Gandini bat, nachdem er sich vorgestellt hatte, darum, mit Signor Brambini sprechen zu dürfen. Die Frau bat sie, vor der Tür zu warten. Nach einer Weile kehrte sie zurück und bat sie, einzutreten. Sie führte sie in einen Saal mit Möbeln, die teuer und unbequem aussahen. Zehn Minuten später erschien ein ergrauter Herr. Er trug einen Morgenmantel aus einem glänzenden Stoff und ein Halstuch. Die drei Beamten erhoben sich, um ihn zu begrüßen, aber der Mann streckte seine Hand nicht aus, sondern blieb in einigem Abstand stehen.

»Entschuldigen Sie, dass Sie warten mussten«, sagte er. »Womit kann ich Ihnen helfen?«

Gandini wandte sich an Vincent, und dieser zog die Schachtel mit dem Ring aus der Tasche. Er reichte Brambini den Reif. »Gehört dieser Ring Ihrer Familie?«, fragte er auf Englisch.

Brambini betrachtete lange das verbogene Schmuckstück und gab es dann wieder Paulsen. »Entschuldigen Sie mich einen Augenblick«, sagte er und ließ sie in dem Saal allein. Er kehrte mit einer Frau Mitte fünfzig zurück. Sophia, dachte Vincent. Die Frau war eine Schönheit, aber ihr Gesicht wirkte wie versteinert, als würde sie nie lächeln.

»Das ist Signora Brambini, meine Frau Sophia«, sagte Brambini. »Würden Sie so freundlich sein und ihr den Ring zeigen?«

Vincent reichte ihr das Schächtelchen. Die Frau nahm den Ring heraus. Vincent folgte ihrem Blick, als sie die Inschrift las.

»Der Ring gehört Francesca«, sagte Sophia Brambini, ohne dabei ein Gefühl zu zeigen. »Wo haben Sie ihn gefunden?«

»Und er hat früher Ihnen gehört, Signora Brambini?«, fragte Capitano Gandini.

»Ich habe ihn Francesca geschenkt und ich habe ihn von meiner Mutter Donata bekommen. Vittoria war ihre Mutter, meine Großmutter. Wo haben Sie den Ring gefunden?«

Gandini sah Vincent an. Dieser nickte. »Meine dänischen Kollegen haben ihn in Kopenhagen gefunden«, sagte Gandini. »Er wurde von einem Mann getragen, der eines gewaltsamen Todes gestorben ist.«

»Wir wissen nicht, wer dieser Mann ist«, mischte sich Christian ein. »Vielleicht können Sie uns helfen.«

Signor Brambini wandte sich an Christian. »Sie sprechen also Italienisch?«

Christian nickte leicht. »Der Ring gehörte Ihrer Tochter.« Er zögerte kurz. »Können wir …«

»Sie ist tot«, sagte Sophia Brambini. »Sie starb in Polizeigewahrsam.«

Ihre Miene veränderte sich nicht, aber ihre Stimme war wie

ein scharf geschliffenes Messer. Vincent versteckte sich hinter seinen sprachlichen Unkenntnissen und schwieg. Christian, der so unvorsichtig gewesen war, sich zu seinen Italienischkenntnissen zu bekennen, senkte den Kopf und drückte mit dieser Geste sein Bedauern aus. Gaetano Gandini blieb jedoch unbeeindruckt. »Das tut mir ungemein leid«, sagte er. »Wenn sich die Polizei Bolognas etwas hat zuschulden kommen lassen, dann bin ich der Erste, der das bedauert.«

»Es geschah in Holland«, erklärte Sophia Brambini, »vor acht Jahren und zwei Monaten.« Ihr Ton war unversöhnlich.

Vincent trat einen Schritt vor. »Signora Brambini«, sagte er auf Englisch. »Wir brauchen Ihre Hilfe. Wer kann der Mann gewesen sein, der den Ring Ihrer Tochter trug?«

»Paolo«, antwortete sie. »Paolo. Francesca war mit ihm auf der Reise nach Holland zusammen. Er kam anschließend hierher. Mehr weiß ich nicht.«

Eine Stunde später verließen sie die palastähnliche Villa. Sophia Brambini hatte nicht weitersprechen wollen, aber ihr Gatte hatte versucht, ihre Fragen zu beantworten. Sie hatten ein gutes Bild von Francesca Brambini gewonnen, der geliebten Tochter, die studiert hatte, politisch aktiv gewesen war und nach der Festnahme bei einer Demonstration gestorben war. Die Tochter reicher Eltern, die die Welt ihres Vaters, aber nicht ihn selbst und seine Familie abgelehnt hatte. Francesca war das Licht im Leben ihrer Mutter gewesen und ausgelöscht worden.

Über Paolo wusste Signor Brambini nichts. Er hatte ihn nur ein einziges Mal vor der Villa gesehen, einige Tage nach der Katastrophe.

Und die Namen im Ring … der alte Juwelier Simon Herschfeld hatte richtig geraten. Vittoria erhielt den einfachen Schmuck von ihrem Vater bei ihrer Geburt 1898. Sie vererbte ihn an ihre Tochter Donata weiter, die später einen Weinbauern heiratete. Dieser Weinbauer lieh sich Geld von Brambinis Großvater und vermehrte dieses. Donata und ihr Mann gehörten am Ende des Krieges zu den Partisanen und konnten später bezeugen, dass die Brambinis den antifaschistischen Widerstand finanziell unterstützt hatten. Beide Familien zählten zu den Siegern. Die Bande zwischen den Familien wurden schließlich durch die Heirat des jungen Brambini mit Donatas Tochter Sophia noch enger geknüpft. Francesca war die einzige Frucht dieser Liebe gewesen.

Signor Brambini hatte gefragt, ob er den Ring behalten könne. Paulsen versprach, ihn zurückzugeben, wenn die Ermittlungen abgeschlossen seien.

Als sie mit dem Auto von der Villa wegfuhren, drehte sich Vincent Paulsen noch einmal zum Haus Brambini um. So groß und doch nicht geräumig genug für die enorme Trauer.

Als sie zur Wache zurückkehrten, lag dort eine Nachricht für Vincent Paulsen. Sie war von Bjarne Skov: »Ruf mich an und dann deine Familie, in dieser Reihenfolge.« Vincent überkam eine beklemmende Unruhe. Er hatte mit seiner Frau Birthe noch am Vorabend telefoniert. Alles war in schönster Ordnung gewesen. Er erwog, sie als Erstes anzurufen, beschloss dann aber, dem Rat seines Chefs zu folgen.

Skov war nach dem ersten Klingeln am Apparat. Sie wechselten erst ein paar Worte, dann hörte Vincent einfach nur noch zu. Korsør … seine Lippen bewegten sich lautlos. Unfreiwillig dachte er an Lydia. Dann sagte er laut: »Warum ausgerechnet Korsør?«

Christian stand neben Vincent und lauschte seinen Fragen. Schließlich legte Vincent auf. Er wandte sich an Christian.

»Heute Morgen«, sagte er, »ist eine große Anzahl Männer

in die Kaserne des Panzerregiments in Slagelse eingedrungen. Sie haben zehn Leopardpanzer gestohlen und die restlichen in Flammen aufgehen lassen. Dann sind sie mit den Panzern über die Autobahn nach Korsør gefahren und haben die Stadt offenbar besetzt.«

Er schüttelte den Kopf. »Wie … wie ist so was möglich?«

»Warum?«, fragte Christian. »Was wollen die?«

»Skov wusste es nicht. Ich bin mir auch nicht sicher, ob es überhaupt jemand weiß. Das Ganze ist vollkommen irre. Sie haben Geiseln genommen. Viele Menschen. Sie drohen damit, beim geringsten Gegenangriff ihre Gefangenen zu töten. Sie … haben auf einen Kollegen geschossen, um das zu unterstreichen … erst dreißig Jahre alt. Er wurde in seinem Fahrzeug auf einer Nebenstraße bei Korsør gefunden, nachdem …«

Vincent versagte die Stimme.

»Tot?«, fragte Christian.

Vincent nickte. »Ich muss zu Hause anrufen«, sagte er und zog sein Handy aus der Tasche. Christian wartete, bis er das Telefongespräch beendet hatte.

»Dort ist alles in Ordnung«, sagte Paulsen. »Birthe sagt, alle stünden unter Schock. Alles ist zum Erliegen gekommen. Die Straßen in Kopenhagen sind leer. Niemand verlässt das Haus. Im Radio ist vom Ausnahmezustand für das ganze Land die Rede.«

»Paolo«, sagte Christian. »Sein Tod, das kann kein Zufall sein.«

»Skov hat das mit Terfig diskutiert. Sie sind ebenfalls zu diesem Schluss gekommen. Sowohl Skov als auch Terfig glauben, dass der Bombenanschlag auf dem Rådhuspladsen mit dem zu tun hat, was jetzt geschieht.«

»Was sollen wir tun? Du und ich?«

»Hierbleiben. Du hast doch gehört, dass ich Skov erzählt habe, dass wir einen Namen in Erfahrung gebracht haben. Wir werden alles über Paolo herausfinden. Skov findet das wichtiger denn je.«

»Ich muss Terfig anrufen«, sagte Christian. »Kannst du unseren Gastgeber nicht von der veränderten Lage unterrichten?« Er machte eine Kopfbewegung in die Richtung von Gandini. Gaetano Gandini saß an einem Computer und schien die Erregung seiner dänischen Kollegen nicht bemerkt zu haben.

»Capitano Gandini«, sagte Vincent. »Es ist etwas Unglaubliches passiert.«

Gandini hörte ihm zu, ohne ihn zu unterbrechen. Dann fragte er, wie es Paulsens und Christians Familien gehe und was jetzt geschehen solle. Vincent bat um größtmögliche Hilfe von der italienischen Polizei, um herauszufinden, wer Paolo war und welche Kontakte er gepflegt hatte.

Gaetano Gandini nickte. »Schauen Sie hier, Kommissar Paulsen«, sagte er und drehte sich zum Computer um. Vincent stellte sich hinter Gandini.

»Ich habe nach Francesca Brambini in unseren eigenen Registern gesucht«, erklärte Gandini. »Anarchistin, Hausbesetzerin, beteiligt an unzähligen Aktionen der Autonomen. Dieses reiche Mädchen war also eine *punkabbestia*, wie einige meiner Kollegen die Hausbesetzer nennen. Da sie tot ist, will ich davon Abstand nehmen, den Ausdruck zu übersetzen. Francesca Brambini wurde als Überwachungsobjekt im Juni 1997 gestrichen.«

Er scrollte auf dem Bildschirm nach unten und deutete auf einen Namen. »Da haben wir ihn.«

Vincent beugte sich vor. *Paolo Rocca*. Aufgeführt als Francesca Brambinis Partner mit den vollständigen Personenangaben plus Verweis auf eine eigene Akte. Gandini druckte sämtliche Informationen über Francesca aus und gab dann die Aktennummer von Paolo Rocca ein.

»Leider«, sagte er, nachdem die Suche abgeschlossen war, »gibt es hier keine weiteren Informationen über den guten Paolo. Die Akte ist nach Mailand gegangen. Warum, weiß ich nicht. Ich habe keinen Zugriff darauf.«

Er erhob sich von seinem Schreibtisch. »Warten Sie hier. Ich sehe mal, was ich tun kann.« Er verließ das Zimmer. Einige Minuten später war er zurück. »Ich habe mit meinem Chef gesprochen. Er kümmert sich um die Kontakte zu den anderen Polizeibehörden. Es ist noch nichts entschieden, aber es wäre vermutlich klug, wenn wir uns darauf vorbereiten würden, so bald wie möglich nach Mailand zu fahren.«

31. Kapitel

Die Aktion verlief reibungslos. Am Rand der Kaserne warteten zwei Lastwagen. Die Leopardpanzer rollten auf ihren Ketten heran und wurden mit Granaten und MP-Munition beladen. Dann ging es auf die Landstraße zur Autobahnauffahrt und auf die E 20. Die meisten Autos, die den Panzern in den Weg kamen, konnten ausweichen. Nur drei Personenwagen kollidierten mit den Stahlkolossen.

Mit einer Geschwindigkeit von fast 70 Stundenkilometern erreichten sie den Stadtrand von Korsør in weniger als einer Viertelstunde. Die Geschwindigkeit hatte sich auch deswegen halten lassen, weil die Panzerfahrer den Verkehrsregeln in einem Punkt folgten: Sie fuhren rechts in Fahrtrichtung und nicht gegen den Verkehr.

Aus der Luft oder auf einer Landkarte sah Korsør aus wie ein Schweineschädel im Profil. Ein Ober- und Unterkiefer in Form zweier Landzungen Richtung Westen. Dazwischen das Maul dieses Schädels, ein großer runder See, Korsør Nor. Abgesehen von ein paar kleinen Straßen auf der Nordseite gab es nur zwei große Zufahrtsstraßen aus östlicher Richtung in die Stadt. Die E 20 auf der Nordseite, der Oberkiefer, der Skovvej von der Südseite, der Unterkiefer. Sonst war die Stadt nur über das Wasser zu erreichen, von der Musholm Bugt im Norden, vom Großen Belt im Westen und Süden und außerdem von der Belt-Brücke, die wie ein Schwert aus dem Rüssel des Schweins herausragte.

Die ersten Panzer bogen etwa fünf Kilometer vor Korsør von der E 20 ab auf eine kleinere Landstraße in südwestlicher Richtung. Der erste Panzer hielt nach drei Kilometern an und beherrschte aus dieser Position die offenen Felder und Wiesen Richtung Osten. Der zweite Panzer hielt an der Kreuzung zum Skovvej und fuhr dann auf eine Anhöhe bei einer Berufsschule. Der Kommandant öffnete die Luke und schob seinen Oberkörper heraus. Von diesem Punkt aus kontrollierte sein Panzer alle Einfahrten in den südlichen Teil Korsørs.

Zwei weitere Panzer hielten drei Kilometer weiter auf der E 20. Sie nahmen ihre Positionen bei Tjæreby ein, einer kleinen Ansammlung von Häusern in der Nähe eines Windkraftwerks. Ihre Geschütztürme versperrten effektiv die nördliche Einfahrt nach Korsør.

Drei Panzer fuhren weiter zu einem strategischen Knotenpunkt, dem Ende der Belt-Brücke. Sie nahmen eine Position ein, von der sie nicht nur die Brücke beherrschten, sondern auch den Verkehr auf dem Großen Belt in nördlicher Richtung.

Ein vierter Panzer bezog dazwischen auf der Autobahn bei einer Abfahrt Stellung, an der die eigentliche Stadt begann. Er richtete seine Kanone direkt nach Norden auf den Bahnhof Korsørs und auf die Musholm Bugt.

Ein Panzer fuhr durch das Zentrum Korsørs zur Marina. Damit befand sich auch der gesamte Schiffsverkehr südlich der Brücke in Schussweite.

Der letzte Panzer drang ins Zentrum der Stadt ein. Erstaunt starrten die Bewohner der Stadt, die bereits früh unterwegs waren, auf den ungewöhnlichen Besucher. Alle glaubten, es handele sich um ein Manöver. Diese irrige Annahme wurde jedoch wenig später von dem Schützen revidiert, der mit zwei gezielten Schüssen ein Loch durch das weiße Gebäude des Polizeipräsidiums blies. Dieses war zum Verdruss der Bürger samstags geschlossen. Der Mangel an polizeilichen Dienstleistungen rettete wahrscheinlich einigen Beamten das Leben.

Nach den Schüssen flohen die Menschen in Panik. Die Fußgängerzone wurde anschließend von drei Männern geräumt, die bewaffnet mit Sturmgewehren durchs Zentrum Korsørs marschierten. Mit einem Megaphon forderten sie die Bewohner der Stadt dazu auf, ihre Häuser nicht zu verlassen.

Hinter den Gardinen standen die Menschen und starrten auf die Straße. Sie verstanden nicht, was in ihrer kleinen Stadt geschah. Die Telefonleitungen vibrierten von den vielen Gesprächen, das Mobilfunknetz war bald überlastet. Im Radio lief immer noch Musik, als sei nichts geschehen.

Von einem Fenster im dritten Stock eines Hauses gegenüber dem Polizeipräsidium schaute eine Frau mit kurzem schwarzen Haar auf die Straße. Der Panzer hatte vor ihr gehalten, er wirkte wie ein Fremdkörper inmitten der Stadt. Sie wusste nicht, warum er dort war und warum er eine Granate auf das Präsidium abgefeuert hatte. Sie hatte die Männer mit den Sturmgewehren gesehen und ihre Aufforderung auf Englisch aus dem Megaphon gehört. Sie wusste nicht, wer genau sie waren, aber sie kannte sie doch: Es waren Männer, die eine tödliche Gefahr für sie und alle anderen darstellten.

Lydia ging vom Fenster weg und setzte sich auf einen Sessel. In ihr regte sich ein Wunsch, den sie vorher noch nicht verspürt hatte: Sie wollte Vincent Paulsen anrufen. Er würde ihr erklären können, was los war. Aber sie hatte seine Telefonnummer nicht. Man hatte ihr eingeschärft, niemanden anzurufen und nur Anrufe mit Kennworten entgegenzunehmen. Lydia war klar, dass sie gezwungen sein würde, abzuwarten, bis er sie anrief.

Als die Panzer am Brückenende Position bezogen hatten, steuerten die beiden Lastwagen auf die Fahrbahn und blockierten diese.

Die fünf schwarzen Minibusse fuhren zu dem großen Hotel am alten Hafen. Es hieß Hotel Kong Frederik und lag mitten in der Stadt an dem schmalen Sund, der Korsør zweiteilte, also ungefähr dort, wo die Schneidezähne im Unterkiefer des Schweins lagen. Mit entsicherten Sturmgewehren stürmten die Männer das Hotel.

Einer der Hotelgäste hieß George Woods. Er hatte gerade im Restaurant gefrühstückt und war in sein Zimmer im vierten Stock zurückgekehrt.

George Woods war amerikanischer Staatsbürger, 56 Jahre alt und nur vorübergehend auf Besuch in Korsør. Er hörte die Schüsse des Panzers, verstand aber nicht, woher sie kamen oder worum es sich handelte. Er hörte auch nicht die Schreie von der Rezeption, als die schwer bewaffneten Männer in das Hotel eindrangen und alle Ein- und Ausgänge blockierten.

In aller Ruhe erledigte Woods seine Morgentoilette. Anschließend wollte er im Zentrum einige Erledigungen machen und dann den Kilometer zum Golfplatz laufen.

32. Kapitel

Doris saß auf einem Bett in einem der Zimmer des Tagungshotels. Sie war allein und überlegte, wo sich wohl das Küchenpersonal aufhielt. Waren die Kolleginnen ebenfalls gefangen genommen worden, oder war ihnen die Flucht gelungen? Warum hielten sie sie nur gefangen? Wusste eigentlich überhaupt jemand, was los war? Wusste ihr Mann Bescheid? Ihr Sohn?

Ihre Hände waren mit Klebeband auf den Rücken gefesselt. Sie bewegte ihren rechten Arm. Dieser lag vollkommen gefühllos auf dem linken. Es erschien ihr unmöglich, sich befreien zu können.

Über ihren Augen saß eine Binde. Mit dem linken Auge konnte sie etwas Licht ahnen.

Die Männer hatten sie nicht brutal behandelt. Sie hatten nicht einmal bedrohlich geklungen, als sie ihr die Befehle erteilt hatten: »*Go! Sit! Hands on your back!*«

Warum hatten sie den Polizisten erschossen? Doris hätte weinen können, über ihn und über ihre eigene Situation. Aber nach den ersten Schluchzern beherrschte sie sich. Sie musste einen kühlen Kopf bewahren, das war ihre einzige Chance zu überleben. Überleben? Der Gedanke überwältigte sie. Würden sie sie ebenfalls erschießen? Wer waren sie? Was wollten sie? Warum, *warum*?

33. Kapitel

Der Ministerpräsident pflegte normalerweise stets die Ruhe zu bewahren, aber jetzt konnte er weder stillstehen noch stillsitzen. Im Raum befanden sich sechs weitere Personen, die alle telefonierten. Vier Männer und zwei Frauen. Der Ministerpräsident ging auf und ab. Er ertrug es nicht, nichts zu wissen.

»Knud, verdammt, was ist los?«

»Einen Augenblick«, sagte der Mann, der Knud hieß, und machte eine abwehrende Handbewegung. »Gleich!« Er versuchte, sich auf sein Gespräch zu konzentrieren.

Einige Minuten später beendete er das Telefonat mit dem abhörsicheren Handy und wandte sich an seinen Chef. »Niemand weiß es. Diese Leute haben bislang, abgesehen von der Mitteilung über Megaphon, nichts verlauten lassen. Wir wissen nicht, was sie wollen.«

»Und die Waffen?«

»Der Oberbefehlshaber weiß nicht, wo genau sich alle Leopardpanzer befinden, sagt aber, dass einige am Brückenende stehen. Und mindestens ein Panzer steht an der E 20 östlich von Korsør. Dieser hat einen Warnschuss auf einen Streifenwagen abgegeben, der Richtung Stadt unterwegs war.«

»Was für ein Geschoss?«

»Eine Granate. Sie schlug zwanzig Meter vor dem Fahrzeug

in die Fahrbahn ein. Blechschaden. Den Polizisten ist aber nichts passiert.«

Ministerpräsident Rasmus Falck Pedersen schüttelte den Kopf. »Herrgott! Sie verfügen also auch über scharfe Munition. Wie ist das möglich? Die darf es doch beim Regiment gar nicht geben!«

»Nein … der Oberbefehlshaber weiß es auch nicht. Sie haben auch eine Granate aufs Polizeipräsidium in Korsør abgefeuert. Bei der Polizei in Slagelse ist der Anruf eines Zeugen eingegangen.«

Der Ministerpräsident schaute auf die Uhr. »Und was passiert jetzt?«

»Sehr viel mehr weiß ich nicht, außer dass man gerade versucht, die Fahrzeuge von der Brücke zu schaffen. Einige Autos fuhren auf die Brücke, bevor jemand von den Ereignissen wusste und die Brücke auf der Fünenseite gesperrt wurde. Jetzt stehen offenbar Hunderte von Fahrzeugen auf der Brücke, die sich vom Brückenende in Korsør zurückstauen. Einigen der letzten Fahrzeuge ist es gelungen zu wenden und zurückzufahren, aber nach den ersten Nachrichten im Radio verließen die Leute in Panik ihre Fahrzeuge und flohen zu Fuß.«

»Die Brücke ist also gesperrt, weil sie mit stehen gelassenen Fahrzeugen zugestellt ist?«

»Tja, nur eine Fahrbahn. Die andere ist leer.«

»Haben sie vor, sie zu sprengen?«

Staatssekretär Knud Halsberg starrte auf die Tischplatte. Er sah unglücklich aus.

Der Ministerpräsident schielte wieder auf die Uhr. »Beruft die Sicherheitsdelegation ein. In zwei Stunden, um zwölf Uhr, das müsste gehen. Und seht zu, dass uns bis dahin ausführliche Berichte vorliegen.«

»Herr Ministerpräsident …« Eine der Frauen im Raum legte eine Hand über die Sprechmuschel und sah Rasmus Falck Pedersen an. »Einer der Panzer hat einen Hubschrauber vom *Ekstrabladet* mit einem Journalisten und einem Fotografen an Bord abgeschossen.«

»Haben sie überlebt?«

Die Frau schüttelte den Kopf.

»Das ist ja wie in Bagdad da draußen«, murmelte Falck Pedersen.

Um zehn nach zwölf hatten sich alle im Sicherheitssaal der Regierungskanzlei eingefunden. Der Chef der Reichspolizei, der Oberbefehlshaber, der Verteidigungsminister, der Justizminister, mehrere Vorsitzende der im Folketing vertretenen Parteien und die Chefs der polizeilichen und militärischen Sicherheitsdienste. Der Ministerpräsident traf gemeinsam mit Knud Halsberg als Letzter ein.

Rasmus Falck Pedersen wandte sich an den Reichspolizeichef. »Könnten Sie bitte die Lage zusammenfassen.«

Thord Henning, der Reichspolizeichef, fuhr sich mit der Hand durchs Haar, ehe er begann. Was diese einfache Geste zu bedeuten hatte, war allen am Tisch klar: Die Lage war verzweifelt und vollkommen außer Kontrolle. Nicht einmal der Reichspolizeichef wusste, was zu unternehmen war.

»Gegen halb neun heute Morgen wurde das Panzerbataillon in Slagelse von einer großen, unbekannten Anzahl Männer überfallen«, sagte er. »Sie stahlen ein Dutzend Leopardpanzer und ließen den Rest in Flammen aufgehen. Der Oberbefehlshaber kann sich sicher selbst besser über die militärischen Verluste äußern.«

Er drehte sich ein wenig in Richtung des Oberbefehlshabers, holte kurz Luft und fuhr dann fort:

»Es hat den Anschein, als sei es ihnen dann gelungen, eine

regelrechte Besetzung Korsørs durchzuführen. Die Panzer stehen an allen Zufahrtsstraßen und im Zentrum von Korsør. Ziele in der Stadt sind mit Granaten beschossen worden. Im Augenblick gibt es keine Polizei vor Ort, die der Bevölkerung beistehen oder uns berichten könnte. Wir sind gezwungen, uns auf telefonische Berichte der Bevölkerung zu verlassen. Alle unsere Telefonzentralen sind überlastet, und es fällt uns nicht leicht, uns ein Bild des Hergangs zu verschaffen. Auch die Notrufnummer ist überlastet, und allein das stellt ein großes Problem dar.«

Er trocknete sich die Stirn mit dem Handrücken.

»Seit die Nachricht von der Besetzung über Radio bekanntgeworden ist, scheint sich niemand mehr auf den Straßen zu bewegen. Die Bewohner der umliegenden Dörfer sind geflohen, und es gibt Informationen, dass Leute aus ihren Häusern am Stadtrand von Korsør zu Fuß fliehen. Soweit wir wissen, sind im Hotel Kong Frederik im Zentrum der Stadt Geiseln genommen worden. Außerdem scheint man einen Streifenbeamten und zwei Sanitäter gefangen genommen oder schlimmstenfalls sogar ermordet zu haben, kurz bevor das Panzerbataillon überfallen wurde. Sie waren zu einem Tagungshotel südlich von Korsør gerufen worden. Ein Kollege, der dreißigjährige Streifenbeamte Olof Hansen, wurde heute Morgen erschossen in seinem Wagen aufgefunden. Das ist fürchterlich. Wir sehen einen Zusammenhang zwischen diesem Vorfall und der Besetzung von Korsør.«

Thord Henning schaute zu Boden. Die Mitteilung über den toten Kollegen bedrückte ihn.

»Ein Hubschrauber wurde abgeschossen«, sagte der Ministerpräsident, stellte dann aber keine Frage dazu.

»Es ist uns nicht gelungen, die Personen an Bord zu bergen«, erklärte der Reichspolizeichef. »Den Piloten und zwei Angestellte von *Ekstrabladet*. Der Hubschrauber liegt in Schussweite der Panzer auf einem Acker. Er explodierte nach einem Treffer in der Luft. Ich kann mir nicht vorstellen, dass jemand überlebt hat.«

»Diesen Männern fehlt jeglicher Respekt vor dem menschlichen Leben«, sagte der Ministerpräsident. »Was wollen sie?«

»Bislang wissen wir weder, wer sie sind, noch, was sie wollen. Sie haben uns weder Botschaften zukommen lassen noch Forderungen gestellt. Meine Ermittler glauben, dass es einen Zusammenhang mit dem Mord auf dem Rådhuspladsen geben könnte, aber der wurde bislang nicht aufgeklärt.«

»Und was machen wir jetzt?«

»Momantan betrachten wir das Ganze noch als einen verbrecherischen Akt und nicht als einen Angriff auf die Sicherheit des Reiches. Es handelt sich also um eine Angelegenheit, für die die Polizei zuständig ist und nicht das Militär. Aber bevor wir agieren, benötigen wir ein klareres Bild der Lage.«

Der Ministerpräsident wandte sich an den Oberbefehlshaber Hans Enhørning.

»Was wissen Sie?«

»Sie haben zehn Stück Leopard Modell 1 erobert mit 105-Millimeter-Kanonen«, sagte der Oberbefehlshaber und warf einen Blick auf den Reichspolizeichef. »Zehn, kein Dutzend. Sie haben also eine ganze Staffel zur Verfügung. Probleme mit Treibstoff haben sie nicht, denn man kann einen Leopard an einer normalen Tankstelle betanken. Es hat den Anschein, als sei es ihnen außerdem gelungen, die Panzer mit Maschinengewehren zu bestücken. Unsere Maschinengewehre Modell 762 werden normalerweise in Waffenschränken verwahrt. Aber zehn Stück fehlen, und die Schränke stehen offen. Jeder Panzer lässt sich mit 55 Granaten und 5500 Maschinengewehrpatronen bestücken.«

Am Tisch war es ganz still. Die Zuhörer multiplizierten die Zahlen mit zehn, um sich ein Bild der Feuerkraft der Besetzer zu machen.

»Die Munition wird in Munitionsbunkern außerhalb des Regiments an einem geheimen Ort verwahrt. Wie es ihnen gelungen ist, sich diese Munition zu beschaffen, wissen wir noch nicht. Aber der gesamte Ablauf lässt darauf schließen, dass sie über detaillierte Insiderinformationen verfügt haben.«

»Die wer geliefert hat?«, fragte der Ministerpräsident.

»Unser Sicherheitsdienst hat die Anweisung erhalten, alle Angestellten zu überprüfen«, sagte der Oberbefehlshaber. »Wir müssen überprüfen, wer überhaupt die nötigen Informationen besaß und Zugang zu den Schlüsseln hatte, um einen solchen Coup durchzuführen. Beim Regiment gibt es verschiedene Schlüssel zu den Garagen der Leopardpanzer und zu den Schränken mit den Maschinengewehren.«

»Haben sie bei dem Angriff Widerstand geleistet?«

Der Oberbefehlshaber schüttelte den Kopf. »Da es Samstagmorgen war, war kaum jemand von der Stammmannschaft vor Ort. Die meisten Wehrpflichtigen waren im Wochenendurlaub. Hätte der Angriff zu einem anderen Zeitpunkt stattgefunden, dann hätten wir das Regiment mit Waffen verteidigt.«

»Zehn Panzer, möglicherweise voll beladen mit Granaten und Maschinengewehrmunition«, stellte der Ministerpräsident fest. »Wir haben es also mit einer richtigen Armee zu tun. Was bedeutet das?«

»Die Leoparden sind genauso gefährlich, wie ihr Name schon andeutet«, sagte der Oberbefehlshaber. »Die Reichweite der Kanone ist beachtlich, vier Kilometer. Die Reichweite des Maschinengewehrs beträgt 1600 Meter.«

»Diese Männer. Haben sie Erfahrung mit Panzerwagen?«

Die Frage war sehr berechtigt. Leopardpanzer erforderten

eine bis zu sechs Monate lange Ausbildung. Eine gut ausgebildete Besatzung eines Leopard war ein ernstzunehmender Feind. Eine schlechter ausgebildete Besatzung würde sich eher unschädlich machen lassen.

»Leider ja«, sagte der Oberbefehlshaber. »Sie wissen, was sie tun.«

»Wie ist das möglich?«, fragte der Reichspolizeichef.

»Wir haben gerade ein Luftbild von Korsør erhalten, das aus über viertausend Meter Höhe aufgenommen worden ist, also aus Sicherheitsabstand. Wir haben im Übrigen den Luftraum über der Region gesperrt. Dem Luftbild ist zu entnehmen, dass die Panzer strategisch richtig auf Anhöhen und freien Plätzen aufgestellt wurden. So ist kaum an sie ranzukommen.«

»Das Panzerregiment hat doch auch Kriegssituationen erlebt«, mischte sich Staatssekretär Knud Halsberg ein. »Bei der UNO in Bosnien und in Afghanistan. Sie wissen, wie der Feind agiert, um Panzer zu bekämpfen. Jetzt ist die Situation jedoch die umgekehrte. Was tun Sie, wenn Sie sich zum militärischen Gegenangriff gezwungen sehen?«

»Es gibt drei Arten, um Leopardpanzer in Verteidigungsstellung unschädlich zu machen. Man kann sie mit anderen Panzern angreifen, aber da braucht man dann schon ein Verhältnis von drei zu eins. Drei angreifende Panzer gegen einen verteidigenden.«

»Wäre das machbar?«, fragte der Staatssekretär.

Der Oberbefehlshaber schüttelte erneut den Kopf.

»Im Augenblick nicht. Sie haben alle vierzig Leopardpanzer eingeäschert, die sich noch im Regiment befanden. Wir besitzen noch weitere, aber alle in Jütland. Über die Brücke zu fahren wäre zu riskant. Denn dann würde man für sie eine ideale Zielscheibe abgeben. Wir werden die Panzer verschiffen müssen. Das dauert und erfordert ein großes Ausweichmanöver.«

»Rechnen Sie aus, wie lange das dauert«, sagte der Ministerpräsident. »Welche weiteren Methoden gibt es?«

»Eine andere Methode ist der Angriff mit Hubschraubern. Aber das ist ebenfalls sehr riskant. Sie sehen uns, noch bevor wir sie in Schussweite haben. Ein Panzerschütze, der weiß, was er tut, kann problemlos einen Hubschrauber abschießen. Dass sie dazu fähig sind, haben sie ja leider bereits bewiesen. Außerdem verfügen wir nicht über diese Kampferfahrung, keiner unserer Hubschrauberverbände ist je solche Angriffe geflogen. Ich kann die Verantwortung für einen solchen Angriff nicht übernehmen. Tatsache ist, dass wir nicht einmal über die nötigen Waffen verfügen, wir müssten uns mit solchen Waffen ausgerüstete Hubschrauber leihen.«

»Und die dritte Methode?«, fragte Knud Halsberg.

»Die Panzerfaust, die von einem einzelnen Soldaten abgefeuert wird. Die Reichweite von Panzerfäusten beträgt aber nur 800 Meter. Und der ideale Abstand beträgt nur 500 Meter.«

»Aber das muss doch wohl möglich sein!«, meinte der Chef einer der Oppositionsparteien. »Ein Mann kann sich doch wohl ziemlich nahe heranschleichen.«

»Deswegen stehen die Panzer ja so frei. Ihre Maschinengewehre erledigen einen Soldaten auf einen Abstand von 1600 Metern.«

»Und nachts?«, wandte der Parteichef ein.

»Dann benötigen wir Nachtsichtgeräte«, antwortete der Oberbefehlshaber, »und sie sehen uns trotzdem.«

Der Parteichef verstand das nicht richtig, ging aber davon aus, dass der Oberbefehlshaber wusste, wovon er sprach.

»Es gibt noch eine vierte Methode«, meinte der Oberbefehlshaber. »Wir können sie mit Hilfe von AWACS bombardieren. Unsere Kampfflugzeuge können so was. Mit Hilfe der AWACS lässt sich der genaue Standort des Panzers bestimmen. Aber dann müssten wir in dicht besiedelten Gegenden und in der Nähe der Brücke Bomben abwerfen. Die Intelligenz der smarten Bomben wird leider immer übertrieben.«

»Und worin besteht ihre Schwäche, militärisch gesehen?«, fragte der Ministerpräsident.

»Dass sie so verstreut sind. Sie würden an jeder Position mindestens drei Leopardpanzer benötigen, um sich relativ sicher fühlen zu können.«

»Warum haben sie dann nicht mehr Panzer mitgenommen, als sie die Gelegenheit dazu hatten?«

Der Oberbefehlshaber zuckte mit den Achseln. »Für jeden Panzer braucht es vier Mann Besatzung. Vielleicht hatten sie nicht genügend ausgebildete Leute, um mehr als zehn Panzer bedienen zu können.«

»Können wir sie nicht einfach hinhalten?«, meinte Knud Halsberg. »Sie müssen schließlich schlafen, essen, sch… ja, beliebig lang können sie einfach nicht durchhalten.«

»Stimmt«, sagte der Oberbefehlshaber, »aber wir wissen immer noch nicht, wie viele es sind oder welche Pläne sie haben.«

»Das Fazit lautet also, dass sie uns in der Hand haben?«, sagte der Ministerpräsident.

Der Oberbefehlshaber kratzte sich am Ohr. »Das ist natürlich alles nur eine Zeitfrage. Sie kommen damit auf Dauer nicht durch.«

»Und bis dahin?«

»Rücken wir mit unseren Eliteeinheiten an, den Fallschirmjägern und den Kampfschwimmern. Die sollen zum richtigen Zeitpunkt angreifen.«

»Einen Augenblick«, meinte Reichspolizeichef Thord Henning. »Wie gesagt ist das hier eine polizeiliche Angelegenheit. Wir haben unsere eigene Elitetruppe. Wir nehmen gerne Ihre

Hilfe in Anspruch, aber das muss unter unserer Leitung geschehen.«

»Mit Verlaub«, sagte der Oberbefehlshaber. »Aber die Polizei ist doch wohl kaum im Kampf mit Panzerwagen ausgebildet?«

»Wie gesagt, wir nehmen Ihre Hilfe gerne in Anspruch.«

Der Ministerpräsident hob die Hände. »Das hier ist nicht der richtige Zeitpunkt, um über Formalitäten zu streiten. Henning hat sicher recht, aber das gilt nur für die Lage jetzt. Ehe wir uns über die Befehlshierarchie einigen, müssen wir herausfinden, worum es überhaupt geht. Wie stellen wir das an?«

Am Tisch wurde es still. Die ohnehin schon große Verwirrung nahm noch weiter zu.

34. Kapitel

Vincent war mit Ausnahme des Linate-Flughafens zwei Tage zuvor nie in Mailand gewesen. Obwohl Samstagnachmittag war, herrschte dichter Verkehr. »Santa Maria Nascente«, sagte Gaetano Gandini. »Das hier ist das Zentrum«, fuhr er fort.

Sie fuhren durch einfachere Stadtviertel, bogen in eine Seitenstraße ein und hielten vor einem Tor, das so massiv war wie die Tür eines Geldschranks. Gandini sagte ein paar Worte in eine Wechselsprechanlage, und das Tor hob sich lautlos. Gandini fuhr eine Tiefgaragenrampe hinunter. Zwei Stockwerke unter der Erde stiegen sie aus. Eine Frau und ein Mann, beide Anfang vierzig, erwarteten sie. Die Frau führte sie in ein Büro.

»Wir haben uns sagen lassen, dass Sie ein Kollege vom Sicherheitsdienst sind«, sagte die Frau auf Englisch an Christian gewandt. Obwohl sie nicht lächelte, waren ihre spitzen Eckzähne zu sehen.

»Das stimmt«, antwortete Christian. »Ich gehöre zum PET. Kommissar Paulsen kommt von der Kriminalpolizei. Wir arbeiten beide in Kopenhagen.«

»Ich heiße Maria Morale. Ich bin Capitano der ROS, der *Raggruppamento Operativo Speciale* hier in Mailand. Die ROS ist die Abteilung der *Carabinieri*, die den Terrorismus bekämpft. Das hier ist Maresciallo Carlis, mein nächster Mitarbeiter.«

»Wir haben die bemerkenswerte Entwicklung in Dänemark heute im Verlauf des Tages verfolgt«, fuhr Maria Morale fort. »Was diese Vorfälle angeht, haben wir im Augenblick nichts zu sagen. Aber der Chef der Kriminalpolizei in Bologna meinte, dass wir Ihnen trotzdem behilflich sein könnten. Offenbar geht es um die Rolle von Paolo Rocca in dieser Angelegenheit.«

»Wir sind dankbar für alle Informationen, die wir bekommen können«, sagte Christian.

Maria Morale drehte sich mit ihrem Bürostuhl und nahm eine Mappe von dem Schreibtisch hinter ihr. Die Mappe war sehr dick.

»Das hier ist Paolo Roccas Akte, einschließlich der Ausdrucke des neueren Materials, das sich in den Datenbanken befindet. So viel lässt sich gleich sagen, Rocca ist ein Mann, den wir gerne fassen würden. Wir können uns also vielleicht gegenseitig helfen.«

»Möglicherweise befindet er sich bereits in sicherem Gewahrsam«, meinte Vincent. »Im Leichenschauhaus. Wir hegen nämlich den Verdacht, dass er in Kopenhagen ermordet worden ist.«

»Ach so«, meinte Maria Morale. »Sie sind sich aber nicht sicher?«

»Das Mordopfer ist bislang nicht identifiziert«, sagte Vincent und berichtete von dem bei einer Explosion ums Leben gekommenen Mann. Morale und Carlis hörten zu, ohne bei den blutigen Details auch nur eine Miene zu verziehen.

»Wir würden den Mord gerne aufklären, aber dazu müssen wir natürlich erst einmal die Identität des Mordopfers ermitteln«, fuhr Paulsen fort. »Außerdem glauben wir, dass der Mord mit den momentanen Ereignissen in Korsør zusammenhängt. Diese Behauptung können wir zwar nicht beweisen, aber die Gewalt und die Methode, Sie verstehen schon.«

»Wenn man bedenkt, wer Paolo Rocca ist oder genauer gesagt, wer er war, falls er jetzt tot sein sollte, klingt das nicht ganz unwahrscheinlich«, meinte Maria Morale. »Die Methode lässt wirklich an ein Terrorattentat denken. Maresciallo Carlis ist der verantwortliche Ermittler. Er soll Ihnen den Fall Rocca erläutern.«

Sie reichte ihrem Kollegen die Mappe. Carlis war ein kleiner Mann mit dicken runden Brillengläsern. Die Linsen vergrößerten seine Augen auf groteske Art. »Wir sammeln jetzt seit fünfzehn Jahren Informationen über Paolo Rocca«, sagte er in ausgezeichnetem Englisch. »Vor einem guten Jahr riss dann aber der Kontakt zu ihm vollkommen ab. Das geschah unter Umständen, die unser Interesse nur noch verstärkt haben.«

Fünfzehn Jahre. Paulsen schien auf eine Goldgrube gestoßen zu sein.

»Rocca war wahrscheinlich Chef einer Organisation, die wir lange infiltrieren wollten. Schließlich gelang uns das auch«, fuhr Maresciallo Carlis fort. »Ich sage wahrscheinlich, weil wir nie nahe genug an ihn herangekommen sind. Die Organisation besteht aus kleinen Zellen aus fünf Personen, die untereinander keinen Kontakt haben. Nur der Chef der Zelle hat einen Kontakt nach oben. Unser Mann wurde ein untergeordnetes Mitglied einer Zelle hier in Mailand.«

Maresciallo Carlis deutete auf die Mappe.

»Ein großer Teil der Informationen stammt von unserem Mann. Vor einem Jahr jedoch verschwand er auf einer Reise im Nahen Osten. Wir glauben, dass er auf Befehl von Paolo Rocca ermordet wurde. Sie können also verstehen, dass wir dieses Subjekt, das uns immer wieder entkommen ist, endlich zu fassen kriegen wollen.«

»Um was für eine Organisation handelt es sich?«, fragte Vincent.

»Ich will ganz am Anfang beginnen«, sagte Maresciallo Carlis. »Paolo Rocca gehörte während eines großen Teils der 90er Jahre zum anarchistischen Zweig der autonomen Bewegung in Bologna. Sie stänkerten ein wenig, waren aber im Großen und Ganzen harmlos. Junge Leute, die Häuser besetzten, und anderer Unfug. Dann erfolgte eine rasche Radikalisierung eines Teils der Autonomen. Das wissen Sie natürlich alles: Steinewerfen und Randale bei politischen und wirtschaftlichen Gipfeltreffen. Göteborg, Genua und so weiter. Für uns hat das nur mehr Arbeit bedeutet, mehr Observation und Infiltration. Wir haben vermutlich genauso gearbeitet wie Sie, um diesen Gewalttätern Einhalt zu gebieten.«

Er verstummte einen Augenblick. »Bei Paolo Rocca verhält es sich aber noch etwas anders«, meinte er dann. »Rocca gehörte auch zu diesem fahrenden Volk, das dafür sorgt, dass den Glasern die Arbeit nicht ausgeht. Er hatte aber auch eine andere Agenda, wenn Sie mir diesen neumodischen Ausdruck verzeihen wollen. Er begnügte sich nicht damit, militanter Aktivist zu sein. Er veränderte sich. Es ist schwer zu sagen, weswegen, aber das entscheidende Ereignis scheint der Tod seiner Verlobten Francesca Brambini bei einer Aktion 1997 gewesen zu sein. Es handelte sich zwar nur um einen Unfall, aber anschließend …«

Maresciallo Carlis erhob sich von seinem Stuhl, und Vincent machte sich auf einen längeren Vortrag gefasst. Carlis konnte die Geschichte offenbar auswendig, denn die Mappe lag immer noch ungeöffnet auf einem Stuhl.

»Es begann damit, dass Rocca Bologna verließ, wo er sein ganzes Leben lang gewohnt hatte. Kurz nach dem Tod des Mädchens, er war damals sechsundzwanzig Jahre alt, zog er nach Mailand und wohnte in den Wohnungen verschiedener Aktivisten. Wir haben seinen Fall von unseren Kollegen in Bologna übernommen, aber anfänglich kümmerten wir uns nicht weiter um ihn. Er war einfach einer von vielen. Aber dann bemerkten wir, dass er aktiver wurde. Er reiste mehr, traf verschiedene Leute. Unsere Verbindungsleute wussten zu berichten, dass er immer radikaler wurde. Wir hegten die Befürchtung, dass er den Schritt gehen würde.«

»Welchen Schritt? Wohin?«, fragte Christian.

»Den zum Terrorismus. Der Verdacht war nie konkret, wir wussten nicht, was er plante, und konnten deswegen nicht eingreifen. Im Nachhinein finden wir, dass wir hätten handeln müssen. Dann hätten wir ihn vielleicht stoppen können. So begann er mit einer Serie Banküberfälle. Vielleicht sollte ich mich korrekt ausdrücken: Wir glauben, dass er dahintersteckte. Ein Mann, von dem wir annahmen, es handele sich um Paolo Rocca, führte eine Anzahl Überfälle, die ihm und seinen Freunden recht viel Geld einbrachten, durch oder organisierte diese zumindest. Anschließend tauchte Rocca unter.«

»Und das Geld?«, fragte Vincent. »Diente es dazu …«

Carlis antwortete, noch ehe Paulsen die Frage ganz ausgesprochen hatte. »Das Geld wurde mit größter Wahrscheinlichkeit dazu verwendet, die Terrorzellen zu gründen. Diese Art von Aktivität kostet viel Geld. Es ist teuer, unterzutauchen. Rocca gelang es, etliche seiner autonomen Freunde anzuwerben. Diejenigen, denen es nicht schnell genug ging und die auch vor extremer Gewalt nicht zurückschrecken. Die Leute, die bei den Gipfeltreffen ganz vorne mitmischen und alles hassen, was Polizei und Gesellschaft repräsentieren.«

Er öffnete die Mappe und blätterte in den Papieren. Etwas weiter unten lag eine Fotokopie mit acht Porträtfotos.

»Alle in Roccas Umfeld sind Einwanderer der zweiten Generation oder Kinder von Migranten aus Süditalien wie Rocca selbst. Die meisten haben an der Uni studiert. Einige sind im Berufsleben gescheitert. Viele machen den Fehler, sie einfach als Schläger abzutun und sie dem Abschaum zuzuordnen, der bei Fußballspielen Randale macht. Aber das ist falsch. Diese Leute sind politisch. Sie haben eine durchdachte Ideologie. Sie wissen, was sie tun und warum. Wir haben es mit enttäuschten, aber zielbewussten jungen Männern zu tun, die bereit sind, an ihre Grenzen zu gehen.«

Maria Morale unterbrach den Monolog. »Anfänglich hatte Rocca mit dem Rekrutieren nicht viel Erfolg. Aber nach den Angriffen in New York erlebte der Terrorismus auf der Welt eine Renaissance. Offenbar gibt es viele, die glauben, dass sich Terror lohnt, insbesondere nach den Bomben in Madrid. Sie führten schließlich zum Regierungswechsel in Spanien und zum Abzug der spanischen Truppen aus dem Irak. Der Irak-Krieg hat ihr Weltbild einer neuen imperialistischen, von der Rüstungsindustrie gesteuerten Weltordnung verfestigt. Die USA stellen den Feind, das neue Rom.«

Sie verzog den Mund. »Rom, das ist etwas, worauf wir Italiener uns verstehen. Die Macht des Imperiums. Es ist nicht weiter merkwürdig, dass unser Land am Krieg im Irak teilnimmt.«

»Roccas Gruppe nennt sich ›Revolution jetzt‹, hat aber noch nicht sonderlich viel Schaden angerichtet. Kein Vergleich zur Brigate Rosse und der deutschen Roten-Armee-Fraktion in den 70er und 80er Jahren«, sagte Maresciallo Carlis. »Bislang zwei Morde, wenn man den Bekennerschreiben Glauben schenken kann. Ein Neonaziführer auf Provinzniveau 2001 und ein Beamter, der mit neuen Gesetzen zur Überwachung befasst war, 2003. Das ist alles und für eine Terroristengruppe, die diesen Namen verdient hat, nicht sonderlich viel. Uns macht Sorge, was noch kommen könnte.«

Vincent sah die beiden italienischen Sicherheitspolizisten an. »Korsør«, sagte er. »Vielleicht sollte ja Korsør kommen?«

»Aber Paolo Rocca durfte dann also selbst nicht mehr daran teilnehmen, falls Sie mit seinem plötzlichen Ableben recht haben sollten«, meinte Maria Morale. »Das ist interessant. Das wirft eine Reihe neuer Fragen auf. Warum glauben Sie, dass der Tote in Kopenhagen Rocca ist?«

Vincent erzählte von dem Ring, den sie auf dem Rådhuspladsen gefunden hatten und dass dieser sie nach Bologna geführt hätte.

»Aber sicher können wir uns nicht sein«, meinte Vincent. »Seine Identität ist noch nicht mit Sicherheit geklärt.«

»Wir haben seine Fingerabdrücke«, meinte Carlis, »aber da die Hände des Opfers fehlen …«

»Wir haben noch einen Teil des Abdrucks von seinem linken Daumen. Den haben wir von einem Schlüssel abgenommen, der in der Hosentasche des Opfers lag«, sagte Vincent. »Haben Sie denn kein DNA-Material?«

»Nein«, sagte Carlis. »Doch das lässt sich beschaffen. Aber das wird nicht sonderlich erfreulich.«

Vincent zog die Brauen hoch.

»Seine Mutter«, sagte Carlis. »Soweit wir wissen, wohnt sie noch in Bologna. Wir müssen sie um eine Blutprobe bitten.«

Paulsen wandte sich an Christian.

»Wir wären uns in der Frage der Identität gerne sicher, bevor wir mit den Angehörigen sprechen«, meinte Vincent.

»Das verstehe ich«, erwiderte Maria Morale. »Ich schlage vor, dass wir die Fingerabdrücke sofort an Ihre Kriminaltechniker schicken, damit sie sie mit Ihrem Fragment vergleichen können. Sollen wir das tun und unsere Unterhaltung dann fortsetzen? Es gibt noch mehr zu erzählen.«

35. Kapitel

Mitten in der Fußgängerzone im Zentrum von Korsør befindet sich die Touristeninformation. Das Personal überreicht den Besuchern gerne eine Broschüre mit dem ebenso einfachen wie erhellenden Titel »Korsør«. Gleich im ersten Satz wird kundgetan, man befinde sich in einer *gemütlichen* Stadt. Einer Stadt am Wasser. Einer Stadt zum Wohlfühlen. Einer Stadt, die man besuchen oder in der man gut wohnen könne. In der es sich leben ließe.

Korsør: etwa 20 000 Einwohner, eine etwa 600 Jahre alte Stadt auf der Westseite der dänischen Hauptinsel Seeland, in früheren Zeiten geprägt vom Fährverkehr zu den Nachbarinseln Fünen und Langeland und zur deutschen Stadt Kiel auf dem europäischen Festland. Inzwischen geht ein Großteil des Verkehrs über die Verbindung über den Großen Belt, die aus zwei Brücken und einem Tunnel besteht, Gesamtlänge 18 Kilometer. Das längste Brückensegment ist 6790 Meter lang und hat eine Höhe von 65 Metern, damit der Schiffsverkehr durch den Sund nicht behindert wird. Die Brückenverbin-dung verknüpft die beiden Hauptregionen Dänemarks, Jütland-Fünen im Westen und Seeland-Lolland-Falster im Osten. Mit Fertigstellung der Brückenverbindung 1998 verwandelte sich ein gigantisches, hochkompliziertes Bauprojekt in eine Selbstverständlichkeit, ohne die niemand mehr leben wollte.

Die Bewohner Korsørs integrierten die Brücke rasch in ihren Alltag, ihr Erwerbsleben und den Tourismus. Korsør wurde eins mit seiner Brücke. Hier lebten gute Bürger, die ein ordentliches Leben führten. Das Fremdenverkehrsamt verriet jedoch nicht, dass eine große Gruppe, fast jeder Fünfte, bei den Folketing-Wahlen wählerisch war, wenn es darum ging, Menschen in der gemütlichen Kleinstadt willkommen zu heißen. Auf Einwanderer, insbesondere Moslems, konnte man hier verzichten. Für diejenigen, die Dansk Folkeparti wählten, gab es auf der Brücke für alles Nicht-Dänische nur eine Richtung: weg.

Korsør war in dieser Beziehung eine in jeder Hinsicht normale, dänische Stadt, wenn man von den Panzerwagen, die an allen Zufahrtsstraßen aufgestellt waren, einmal absah.

Doris saß hinten in dem schwarzen Minibus. Ihre Hände waren immer noch auf dem Rücken gefesselt, aber aus einem Grund, den sie nicht kannte, hatte ihr ihr Wächter die Augenbinde abgenommen. Neben ihr saßen die beiden Sanitäter, und hinter ihr saß der Streifenbeamte, der überlebt hatte. Dieser trug sowohl eine Augenbinde als auch Klebeband vor dem Mund. Als sich Doris umdrehte, sah sie, dass einer ihrer ehemaligen Gäste, ein Mann Mitte dreißig, eine Waffe in den Händen hielt. Sie sah fürchterlich groß aus.

Sie fuhren eine Straße entlang, die Doris viele Male mit ihrem eigenen Auto gefahren war. Sie nahmen den Skovvej ins Zentrum der Stadt. Ihr Minibus bog jedoch nicht vor der Fußgängerzone ab, sondern fuhr geradeaus weiter.

Sie sah hinaus. Keine Menschenseele. Als hätte eine Neutronenbombe alle außer ihr und den anderen in dem schwarzen, rollenden Sarg ausgelöscht.

Als sie über den Markt fuhren, sah sie das Monstrum mit schräg nach oben gerichteter Kanone. Sie sah das Loch in der Wand des Polizeipräsidiums und wollte schon den Polizisten hinter sich fragen, konnte sich aber noch rechtzeitig beherrschen. Sie versuchte, klar zu denken, begriff aber nicht, was eigentlich vorging.

Der Minibus bog nach rechts zum alten Hafen am schmalen Sund zwischen den beiden Stadthälften ab. Er hielt vor dem Hotel Kong Frederik. Der Mann auf dem Beifahrersitz vor ihr stieg aus und öffnete die seitliche Schiebetür. Er hielt ein Sturmgewehr in den Händen. Wortlos bedeutete er ihr auszusteigen. Dann zog er die Sanitäter und den Polizisten an den Armen. Die vier Gefangenen wurden an mehreren bewaffneten Männern vorbei ins Hotel geführt. Im Foyer standen weitere Männer, ebenfalls mit Waffen in den Händen. Die vier wurden mehrere Treppen hinaufgetrieben und dann in verschiedene Zimmer gebracht. Nachdem die Tür hinter ihr geschlossen worden war, war Doris allein.

Sie setzte sich aufs Bett. Nach einigen Minuten kam sie zu dem Schluss, dass sie zumindest nicht jetzt gleich ermordet werden würde. Sie stand auf und trat ans Fenster. Der einzige Mensch, den sie sah, hielt eine Waffe in der Hand. Er stand an der alten Brücke und hatte eine Zigarette zwischen den Lippen.

Neben dem Bett stand ein ein kleiner Nachttisch mit einem Telefon. Doris beugte sich vor und stieß den Hörer mit der Nase von der Gabel. Mit der Nasenspitze gelang es ihr, die Neun zu wählen. Es kam aber kein Freizeichen. Sie ließ sich auf das Bett sinken. Plötzlich kamen die Gefühle in ihr hoch. Sie spürte ihre Verzweiflung. Sie legte sich hin und versuchte, nicht zu weinen. Ihr Sohn … sie erinnerte sich an das letzte Mal, als sie im Sund gebadet hatten. Er hatte zum ersten Mal einen Kopfsprung vom Steg gemacht, und sie hatte sich das immer wieder ansehen sollen.

Durch die Wand hörte sie Stimmen. Sie richtete sich auf und rückte näher an die Wand. Obwohl sie ihr Ohr auf die Tapete legte, konnte sie nicht hören, worüber gesprochen wurde. Der Ton klang jedoch erregt.

George Woods saß auf einem Stuhl mitten im Zimmer. Sein Rücken war an der Rückenlehne festgezurrt und seine Arme waren an die Armlehnen gefesselt. Die beiden Männer vor ihm hatten ihm gerade das Klebeband abgerissen, das seit über zwei Stunden vor seinem Mund geklebt hatte. George Woods protestierte gegen diese Behandlung. Das gestatteten sie ihm ohne Einwände. Als er schließlich verstummte, erhob sich der eine Mann und schlug ihm mit aller Kraft auf den Mund. Woods spuckte Blut.

Der Mann, der dunkle Brauen und eine schmale Nase hatte, setzte sich wieder gegenüber von Woods. »Jetzt werden Sie unsere Fragen beantworten«, sagte er auf Englisch. Woods nickte schweigend.

»Sie sind George Woods, 56 Jahre alt und amerikanischer Staatsbürger«, sagte der Mann, der einen geöffneten Pass in der Hand hielt. »Stimmt das?«

»Ja«, antwortete Woods mit schwacher Stimme.

»Was machen Sie hier?«

»Warum …« Woods verstummte, als er die rasche Bewegung mit der Faust sah, die der Mann kaum merklich vollführte. »Ich habe Ferien. Ich bin zum Golfspielen hier.«

»Wo ist Ihre Frau?«

»Woher wissen Sie, dass ich eine Frau habe?«, sagte Woods.

»Warum ist sie nicht bei Ihnen im Hotel?«

»Sie besucht ihre Verwandten in Wisconsin.«

»Sie spielen Golf. Ist das alles?«

»Ja. Fünf Tage lang. Ich fahre jedes Jahr an andere Golfplätze. An Orte, die ich sonst nie besuche. Das ist mein Hobby. Korsør schien eine nette Stadt zu sein, irgendwie anders.«

»Sie haben keine Aufträge hier?«

»Nein.«

Der Mann stand auf und schlug Woods ins Gesicht. »Ich warne Sie. Hier wird nicht gelogen«, sagte er.

»Nein, nein«, stöhnte Woods. »Ich lüge nicht. Ich bin zum Golfspielen hier.«

Die beiden Männer verließen das Zimmer und ließen den blutenden Woods allein an den Stuhl gefesselt zurück.

Von ihrem Fenster im dritten Stock schaute Lydia auf den Panzerwagen hinunter. Sie fragte sich, warum sie noch keiner der Leute, die sie versteckt hatten, angerufen hatte. Sie hatte im Radio den Sender BBC reinbekommen und gehört, was passiert war. Unbekannte hatten die Stadt eingenommen. Niemand wusste, warum.

Unten auf der Straße gingen ein paar bewaffnete Männer. Sie waren aus dem Inneren des Panzers geklettert. Die Besatzung wollte sich etwas Bewegung verschaffen. Sie rauchten, schienen sich aber nicht zu unterhalten. Diese Männer gehörten der Stille.

Plötzlich hob einer der Männer den Kopf. Er sah zu Lydias Haus hoch. Sein Blick fiel auf ihr Fenster, als hätte er gemerkt, dass ihn jemand von dort oben beobachtete. Ihre Blicke begegneten sich. Sie blieb eine Weile stehen und schaute ihm ins Gesicht. Dann zog sie den Vorhang vor und trat vom Fenster zurück.

Vier Männer kamen aus dem Hotel Kong Frederik und gingen zu dem schwarzen Minibus. Sie stiegen ein und fuhren rasch über die kleine Brücke zwischen den beiden Stadthälften und von dort in nördlicher Richtung auf den Tårnborgsvej. Vor einem roten Wohnhaus hielten sie an, stiegen aus und drangen in das Haus ein. Als sie wieder ins Freie kamen, trieben sie einen dicklichen Mann mittleren Alters mit leicht gelichtetem Haar vor sich her. Der Lauf eines Sturmgewehrs war auf seinen Rücken gerichtet.

Eine knappe Stunde später kehrten die Männer mit dem Minibus zu dem Hotel zurück. Der dickliche Mann mittleren Alters mit dem etwas lichten Haar wurde jetzt von einem schon älteren Mann mit gepflegtem Bart und von einem jüngeren Mann in Shorts begleitet. Alle drei zwang man mit vorgehaltener Waffe, das Hotel zu betreten.

Der Mann mit der schmalen Nase stand im Hotelfoyer. Er wählte eine Nummer auf seinem Handy. Am anderen Ende antwortete ein Mann mit zwei Worten und nicht mehr:

»One moment.«

Er war der Verbindungsmann der Besetzer. Er befand sich in ständiger Bewegung, und seine Handys sollten sich nicht lokalisieren lassen. Er wählte eine Telefonnummer auf einem anderen Handy. Es klingelte bei dem Mann mit dem kurzgeschnittenen Haar in dem weißgestrichenen Bauernhof in Schonen. Als der Mittelsmann hörte, dass geantwortet wurde, hielt er die beiden Telefone aneinander und brachte die beiden Männer so miteinander in Verbindung.

»Alles ist planmäßig verlaufen«, sagte der Mann mit der schmalen Nase. »Keine Verluste. Es war fast zu einfach.«

»Ausgezeichnet«, antwortete der Mann mit dem kurzgeschnittenen Haar. Er saß am Küchentisch. »Und die Geiseln?«

»Die Hotelgäste und ein paar Leute aus dem Tagungshotel, unter anderem einen Polizisten. Dann haben wir die drei abgeholt, für die wir uns im Voraus entschieden hatten. Außerdem hatten wir Glück, unter den Gästen ist ein Amerikaner. Er heißt George Herman Woods, ist 56 Jahre alt und wohnt in Kansas City. Er ist zum Golfspielen hier.«

»Ich will sehen, was sich über ihn in Erfahrung bringen lässt.«

»Neue Anweisungen?«, fragte der Mann mit der schmalen Nase.

»Im Augenblick nicht.«

»Dann rufe ich zum vereinbarten Zeitpunkt wieder an.«

Alle vier Telefone wurden abgestellt. Der Verbindungsmann setzte sich wieder in seinen Wagen und fuhr weiter.

36. Kapitel

Die Antwort von der kriminaltechnischen Abteilung der Kopenhagener Polizei kam fast sofort. Der Abdruck auf dem Schlüssel sei zu klein, um beim Vergleich mit Paolo Roccas Fingerabdrücken ein eindeutiges Resulat zu erzielen. Die fünfzehn Papillarlinien auf dem Schlüssel stimmten jedoch mit einem kleinen Ausschnitt des übersandten linken Daumenabdruckes überein. Die Folgerung sei, dass der Tote durchaus Paolo Rocca sein könne, dass eine definitive Identifizierung jedoch immer noch nicht möglich sei.

»Es hat ganz den Anschein, als müssten wir die Mutter aufsuchen«, sagte Paulsen und seufzte.

»Ein DNA-Test dauert«, bemerkte Christian. »Bis auf weiteres sollten wir davon ausgehen, dass es Rocca ist. Der Ring, der Fingerabdruck, sein militanter Hintergrund. Alles deutet darauf hin, dass es der Richtige ist. Oder was meinst du?«

»Ich rede mit Skov«, meinte Vincent. »Kannst du mich einen Augenblick entschuldigen?«

Christian verließ das Zimmer, das ihnen Maria Morale im Gebäude des Sicherheitsdienstes überlassen hatte, und ließ ihn allein. Vincent wählte Skovs Nummer auf dem Handy und erreichte ihn sofort.

»Hier herrscht absolutes Chaos«, sagte Skov. Seine laute

Stimme klang aufgeregt. »Eine fast hysterische Stimmung. Niemand kann es fassen. Die Regierung hält eine Krisensitzung ab, das Militär weiß nicht, was es tun soll. Thord Henning findet, dass es einstweilen noch eine Frage für die Polizei ist, aber weiß auch nicht, wie wir mit der Situation umgehen sollen. Fernsehen und Radio haben alle Sendungen unterbrochen und senden live aus der Gegend von Korsør, so nahe sie sich hinwagen. Sogenannte Experten bevölkern die Studios und streiten über die angemessene Taktik. Alle möglichen Analysen schwirren nur so durch die Luft. Die Flüchtlinge sind schockiert und verängstigt. Eben erst habe ich gehört, dass diese Typen in der Stadt herumfahren und Leute aus ihren Häusern mitnehmen. Niemand weiß, was sie wollen. Chaos, nichts anderes. Warte … danke … Vincent? Ich habe gerade eine Nachricht erhalten.«

Paulsen hörte Skov mit einem Papier rascheln.

»Die erste Nachricht der Besetzer: Sie verbieten den Bewohnern Korsørs, auf die Straße zu gehen. Im Hotel Kong Frederik haben sie vierzig Geiseln genommen. Beim kleinsten Gegenangriff werden diese Geiseln getötet. Alle Fahrzeuge und alle Personen, die sich der Stadt nähern, gelten als legitime Ziele und werden beschossen.«

»Mein Gott«, meinte Vincent. »Sagen sie denn nicht, was sie wollen oder wer sie sind?«

»Das hier ist alles«, sagte Skov. »Aber du kannst ja vielleicht von deiner Warte aus etwas Licht auf die Situation werfen. Unsere Kriminaltechniker haben die Fingerabdrücke ja verglichen. Unser Opfer scheint dieser Rocca zu sein. Aber wie hängt das alles zusammen?«

»Paolo Rocca scheint ein Anarchist gewesen zu sein, der sich in einen Terroristen verwandelt hat, zumindest haben er oder seine Gruppe einige Menschen aus politischen Gründen ermordet. Aber warum er selbst ermordet wurde, darauf weiß auch ich keine Antwort. Die Kollegen hier vom Sicherheitsdienst wollen uns noch weitere Informationen liefern. Ich hoffe, dass es dabei auch um Roccas Kontakte geht. Vielleicht wird das Bild dann etwas klarer.«

»Berichte, sobald du mehr weißt«, sagte Skov. »Ruf sofort an.«

»Chef«, sagte Paulsen. »Im Hinblick auf die Situation bei euch würde ich gerne nach Hause zu meiner Familie. Am liebsten morgen.«

»Falls das geht, Paulsen. Falls das überhaupt geht.«

»Christian kann länger bleiben, falls das nötig sein sollte.«

»Mal sehen. Ruf an, wenn du mehr weißt.«

Paulsen blieb mit dem Mobiltelefon in der Hand sitzen. Er hatte seine Familie allein gelassen, als alles zusammengebrochen war. Nicht dass sie sich in direkter Gefahr befunden hätten, aber das konnten seine Kinder schließlich nicht wissen. Er wählte eine Nummer. Birthe war sofort am Apparat. Sie beruhigte ihn etwas.

Nach dem Gespräch mit seiner Frau dachte er nach. Er zögerte. Dann wählte er die Nummer der Frau in Korsør.

Lydia antwortete nach dem zweiten Klingeln. Sie klang aufgeregt. Vincent vermutete, dass sie sich danach sehnte, mit jemandem zu sprechen, vielleicht nicht unbedingt mit ihm, aber mit jemandem, der sich um sie sorgte. Er sah einen Menschen vor sich, der sich allein und verlassen fühlte. Er war sich nicht sicher, wie viel sie über das wusste, was um sie herum vorging, wie viel sie davon sehen konnte.

Er war verblüfft, als sie von dem vor ihrem Fenster geparkten Panzer erzählte. Ein Leopard, sagte sie. Sie kannte das Modell.

Ich kenne eine Frau, die einen Panzerwagen meint, wenn sie von einem Leoparden spricht, und nicht einen Webpelz, dachte Vincent.

Das Gespräch dauerte länger, als er geplant hatte. Ihm fiel auf, wie sachlich sie war. Der Krieg war in die idyllische Kleinstadt gekommen. Vielleicht war das in Lydias Leben die Normalität? Sie erzählte, und er hörte zu. Sie wollte das Gespräch nicht beenden. Er versprach ihr, sie bald wieder anzurufen.

Anschließend erwog er, Skov Lydias Telefonnummer zu geben. Vermutlich kannte sie sich besser als jede andere Person in Korsør mit Belagerungen aus, zumindest mit solchen, die nach dem Zweiten Weltkrieg stattgefunden hatten. Er unterließ es dann aber. Es würde zu schwierig sein, Skov den Zusammenhang zu erklären.

Er erhob sich und trat auf den Korridor. Er war leer. Ein paar Türen weiter klopfte er an. Dort saß Christian zusammen mit Maria Morale und Maresciallo Carlis. Vincent überlegte sich, wie Carlis wohl mit Vornamen hieß, unterließ es dann aber zu fragen.

»Es scheint Paolo Rocca zu sein, der in Kopenhagen gefallen ist«, sagte Maria Morale ohne die geringste Ironie.

Hier hat man Respekt vor seinen Feinden, dachte Vincent. Gut. Man soll seine Gegner nicht verachten. Das führt nur zu Selbstüberschätzung.

»Wir müssen das aber noch mit Hilfe der DNA bestätigen lassen«, gab Paulsen zu bedenken. »Aber alles, was wir bislang wissen, deutet darauf hin.«

»Dann stellt sich die Frage«, sagte Morale, »warum er ermordet wurde? Da weder Sie noch wir das Motiv kennen, schlage ich vor, dass wir unser Material gemeinsam durchgehen. Lassen Sie uns den Magnetismus suchen.«

Vincent fragte sich, was sie meinte. Morale sah seinen Blick und beantwortete seine unausgesprochene Frage.

»Anziehung. Wer wird von wem angezogen? Wie sehen die Kraftfelder aus? Wann wurde der Kontakt etabliert? Wie lässt es sich erklären, dass sich ein Pol um 180 Grad dreht und Abstoßung entsteht?«

»Sie setzen voraus, dass er von seinen Genossen ermordet wurde«, wandte Christian ein. »Könnten es nicht unsere Kollegen gewesen sein, die seinem Treiben Einhalt gebieten wollten?«

»Wie meinen Sie das?«, fragte Morale. »Könnten Sie das bitte näher erklären.«

»Sie sagten, Rocca sei im Nahen Osten gewesen. Unsere Freunde aus Israel haben schon früher Talent für pyrotechnische Effekte bewiesen.«

Maria Morale sah Maresciallo Carlis an. Sie nickte ihm leicht zu.

»Viele Informationen über Rocca stammten in den vergangenen Jahren vom Shin Bet. Sie waren uns dabei behilflich, uns einen Überblick über seine Kontakte im Nahen Osten zu verschaffen. Ich weiß recht wenig darüber, wie die Israelis dabei vorgegangen sind, und das Wenige, was ich weiß, darf ich leider nicht preisgeben. Aber ich bezweifle sehr, dass sie uns erst dabei hätten behilflich sein wollen, ihn festzunehmen, um ihn dann in Dänemark, in einem ihnen freundlich gesinnten Land, zu ermorden. So etwas macht man in Syrien, aber nicht in Kopenhagen. Das wäre ungemein riskant, und es fällt mir selbst als Hypothese schwer, mir vorzustellen, warum die Israelis es nicht vorgezogen hätten …«

Carlis machte eine Kopfbewegung in Christians Richtung: »… dass Sie ihn festnehmen.« Carlis klang zum ersten Mal während ihrer Unterhaltung etwas ungnädig.

»Wir können es uns nicht erlauben, von vornherein irgendwelche Möglichkeiten auszuschließen«, meinte Paulsen, »auch wenn es um Kollegen geht.«

Christian sah Paulsen an. Dieser Mann hatte offenbar nicht vor, klein beizugeben.

»Natürlich nicht«, erwiderte Maria Morale. »Aber lassen Sie uns realistisch sein. Dieses Szenario ist wenig wahrscheinlich, wie Maresciallo Carlis bereits ausgeführt hat. Also, wollen wir anfangen?«

Carlis begann mit einem langen Monolog über Paolo Roccas Irrfahrt in den eigenen Untergang. Er unterbrach ihn nur, um irgendwelche Dokumente, teils auf Italienisch, teils in anderen Sprachen, vorzuführen. Maria Morale schwieg. Sie saß aufrecht und hielt die Hände im Schoß.

Der Bericht führte sie in die Bergregionen des türkischen Teils Kurdistans, nach Syrien und nach Pakistan. Paolo Rocca war ständig unter falscher Flagge unterwegs gewesen, mit Pässen verschiedener Länder. Die Namen wechselten. Er war als Australier italienischer Abstammung aufgetreten, als Deutscher oder Spanier. Schritt für Schritt hatte er seine Kreise erweitert. Ein erster Kontakt zum internationalen Bund des Terrorismus war sein Ausgangspunkt gewesen, die beiden Morde in Italien seine Eintrittskarte. Er hatte politisch Gleichgesinnte kennengelernt, war in immer trüberes Fahrwasser geraten und es war ihm gelungen, seine Netze immer weiter auszuwerfen.

Verschiedene Bündnisse war er eingegangen. Mit gottesfürchtigen Eleven aus Koranschulen, die beim weltumspannenden Terrornetz Al-Qaida zu Massenmördern geworden waren, und mit den urbanen, linksradikalen Lumpenintellektuellen Europas. Mit palästinensischen Nationalisten und verrohten Angehörigen privater Sicherheitsfirmen aus dem Irak, den neuen Hunden des Krieges. Die Berührungen waren oft undeutlich. Ein Treffen hier, ein Geldtransfer dort, Waffen, die auf Abwege geraten waren, verschlüsselte E-Mails. Aber aus den fragmentarischen Informationen kristallisierte sich ein Muster heraus. Der islamistisch-fundamentalistische Terror vereinigte sich langsam mit den extremen Globalisierungsgegnern.

Sie hatten zwar nicht dasselbe Endziel, aber sie hatten einen gemeinsamen Weg: Es ging erst einmal um die Zerstörung des jetzigen, von der USA dominierten Weltkapitalismus.

Irgendwo in dieser Bewegung hatte sich Paolo Rocca befunden. Ob am Rand oder im Zentrum, konnte Maresciallo Carlis nicht sagen. Rocca war ihnen stets entwischt, wie ein Zug, den man gerade ganz knapp am Bahnhof verpasst hat. Die Informationen über seine Reisen waren immer zu spät eingegangen.

Vor einem Jahr hatte Carlis geglaubt, Rocca endlich eingeholt zu haben. Der Mann, den er eingeschleust hatte, erhielt die Anweisung, wahrscheinlich von Rocca selbst, aber übermittelt durch den Chef der geschlossenen Zelle, er solle sich mit einigen Saudis treffen, die namentlich nicht näher benannt waren. Carlis hegte den Verdacht, dass sie die Geldgeber Roccas waren. Jetzt würde endlich ein Kontakt enttarnt werden. Der eingeschleuste Mann hatte ein Flugticket nach Nicosia auf Zypern erhalten. Dort würde er ein neues Ticket und einen neuen Pass bekommen. Der Mann reiste weiter und ward nie wieder gesehen.

Carlis zog einen Umschlag aus Paolos Mappe. Er nahm den Inhalt heraus und reichte ihn Vincent Paulsen. Es handelte sich um fünf Fotos. Eine Bildserie, die aus relativ großem Abstand aufgenommen worden war. Ein Mann bewegte sich auf einer gepflasterten Straße auf die Kamera zu. Nach der Architektur und den Passanten zu urteilen, waren die Fotos in einem arabischen Land aufgenommen worden. Auf der vierten Aufnahme blieb der Mann vor einem Haus stehen. Auf dem fünften Bild betrat er dieses Haus.

»Diese Aufnahmen wurden von den Israelis vor sechs Monaten aufgenommen«, sagte Carlis. »Paolo Rocca in Damaskus. Das Haus, das er betritt, wird von Fawas Abu Ghassan genutzt. Dieser Mann ist inzwischen vom Regime in Syrien wegen seiner Kontakte zur Al-Qaida inhaftiert worden. Wir haben die syrischen Anklagen gegen Abu Ghassan geprüft und sind zu dem Schluss gekommen, dass sie korrekt sind. Das ist unser deutlichster Beweis dafür, dass sich Paolo Rocca zwischen dem europäischen und dem islamischen Terrorismus bewegt.«

»Darf ich mir die Fotos auch ansehen«, sagte Christian und streckte die Hand aus. Vincent reichte ihm die Bilder. Christian betrachtete sie eingehend, während Maria Morale das Wort ergriff:

»Wir werden alle Namen und Angaben zusammenstellen, die Ihnen bei der Suche nach Paolo Roccas Mörder nützlich sein könnten«, sagte sie. »Vielleicht können sie auch dazu beitragen, Verbindungen zu den momentanen Ereignissen in Dänemark aufzudecken.«

Es war halb neun Uhr am Samstagabend, als Paulsen und Christian ihren Wagen in der Hotelgarage im Zentrum von Mailand abstellten. Paulsen hatte nun eine Liste mit Namen mit summarischen Personenangaben. Sie stammten aus der Akte Paolo Roccas. Maresciallo Carlis hatte sie mit der Hand abgeschrieben, während Paulsen und Christian gewartet hatten. Maria Morale hatte das ungewöhnliche Verfahren gestattet, da die Situation in Dänemark so ernst war und unter der Bedingung, dass alle Informationen verschlüsselt und ohne Angabe der Quelle nach Dänemark übermittelt wurden.

Christian begann sofort damit, alle Informationen zu kryptieren und war fast fertig damit, als sie das Hotel erreichten. Nach Beendigung dieser Arbeit wandte er sich an Vincent, der inzwischen mit einem Glas Whisky auf seinem Hotelbett saß und den Fernseher eingeschaltet hatte, weil er hoffte, Bilder aus Korsør zu sehen.

»Jetzt schicke ich das Ganze los«, sagte Christian.

»Tu das«, erwiderte Vincent.

Christian wandte sich wieder seinem Computer zu. »Etwas merkwürdig ist das schon«, sagte er mit dem Rücken zu Paulsen.

»Was?«

»Das mit den Fotos.«

»Was meinst du? Rocca in Damaskus? Unerwartet, aber nicht sonderlich merkwürdig. Der Terrorismus schafft neue Freundschaften.«

»Ich habe sie umgedreht«, sagte Christian. »Sie hatten Aufkleber auf der Rückseite.«

»Und?«

»Mit hebräischer Schrift.«

»Carlis sagte doch, er hätte sie vom Shin Bet bekommen«, sagte Vincent. »Vermutlich handelte es sich um irgendwelche Aktenzeichen oder eine einfachere Bildlegende.«

Paulsen wandte sich vom Fernseher ab und Christian zu. »Du kannst Hebräisch lesen, das wolltest du damit sagen?«

»Damit hatten sie vermutlich nicht gerechnet«, meinte Christian.

»Was stand da?«

»Dass der mit einem australischen Pass auf den Namen Sean Gino Bettany reisende Paolo Rocca sieben Minuten nach Anatolij Kagan in Fawas Abu Ghassans Haus in Damaskus eingetroffen sei.«

»Anatolij Kagan? Das klingt wie ein russischer Name.«

»Das ist er auch, aber mehr als das, es ist ein russisch-jüdischer Name. Noch dazu in Damaskus. Schon allein das ist bemerkenswert. In Carlis' und Morales Darlegung kam Kagan aber nicht vor.«

Paulsen erhob sich und betrachtete die handgeschriebene Namensliste.

»Vielleicht ist er nicht so wichtig«, meinte Vincent.

»Carlis sagte, die Fotos seien sein wichtigster Beweis für Roccas Kontakte im Nahen Osten. Kagan war gleichzeitig dort. Unsere italienischen Freunde wollten also offenbar seinen Namen schützen.«

»Vielleicht handelt es sich ja um den Mann, den sie eingeschleust haben?«

»Wohl kaum«, erwiderte Christian. »In diesem Fall wäre der Name nicht auf dem Foto aufgetaucht.«

Paulsen ging im Hotelzimmer auf und ab und dachte nach. »Anatolij Kagan«, sagte er. »Kryptiere diesen Namen ebenfalls und übermittele ihn zusammen mit den anderen Namen.«

37. Kapitel

Zu Hause bei Espen klingelte das Telefon. Es war eine Stimme aus der Vergangenheit.

»Krogh?«, sagte diese Stimme.

»Ja«, antwortete Espen.

»Hier ist Wall. Ich müsste mit dir sprechen.«

»Sprich nur. Ich lege auf, wenn es mir zu viel wird.«

»Kannst du herkommen? Wir haben immer noch dasselbe Büro.«

»Was willst du?«, fragte Espen.

»Dass du herkommst.«

Espen dachte einen Augenblick lang nach.

»Krogh? Bist du noch dran?«, fragte Wall.

»Wann?«

»Sofort. Nimm ein Taxi. Wir zahlen.«

Stellan Wall erwartete ihn im Treppenhaus.

»Schön, dass du …«, begann Wall, unterbrach sich dann aber.

»Nüchtern aussiehst? Begrüßungsfloskeln waren noch nie deine starke Seite, Wall.«

Schweigend gingen sie die Treppen hoch. Wall ließ Espen den Vortritt in sein Chefbüro. Sie nahmen einander gegenüber am Schreibtisch Platz.

»Es ist ein Weilchen her«, meinte Wall.

»Über zwei Jahre. Ich kann nicht behaupten, dass du mir sonderlich gefehlt hättest.«

»Das beruht auf Gegenseitigkeit, Krogh. Gegenseitigkeit. Ich will sofort zur Sache kommen. Hätte ich entscheiden dürfen, dann würdest du jetzt nicht hier sitzen.«

»Ich verstehe, was du meinst«, meinte Espen. »Die Stühle sind wirklich unbequem, totaler Schrott. Du solltest sie austauschen. Aber wo ich jetzt schon einmal sitze, könntest du vielleicht zur Sache kommen?«

Wall erhob sich und ging im Zimmer auf und ab.

»Das werde ich«, sagte er. »Gleich. Nicht, dass es eine Rolle spielt, aber trinkst du immer noch?«

»Für mich spielt das eine verdammt große Rolle«, sagte Espen. »Ich habe an dem Tag aufgehört, an dem Janina Martinsson gestorben ist.«

»Wer ist das?«

Janina Martinsson. Die Frau in der Forex-Wechselstube. Die sechsundzwanzigjährige Tochter eines bosnischen Flüchtlings, die einen Schweden geheiratet, eine kleine Tochter bekommen und sich ein akzeptables Dasein geschaffen hatte. Bis zu dem Tag, als Espen in ihr Leben stolperte und dazu beitrug, dass es mindestens fünfzig Jahre zu früh zu Ende gegangen war. Espen war Walls Blick bislang ausgewichen, aber jetzt sah er seinen ehemaligen Chef an.

»Wenn du nicht weißt, wer Janina Martinsson ist, dann hat es auch keinen Sinn, dass ich dir etwas erzähle«, sagte er angewidert.

»Du bist also inzwischen nüchterner Alkoholiker?«, fragte Wall.

»Und du bist sehr neugierig«, erwiderte Espen.

»Wie gesagt, ist das hier nicht meine Idee, aber ich habe einen Kunden, der darauf besteht, dass nur du diesen Auftrag ausführst.«

Espen Krogh zog die eine Braue hoch. Dass er auf dem Arbeitsmarkt noch gefragt war, überraschte ihn. Die letzten beiden Jahre hatte er sich aushilfsweise als Taxifahrer durchgeschlagen. Die Wohnung am Karlavägen hatte er verkauft. Der Gewinn daraus war aufgebraucht. Im Augenblick wohnte er in einer Zweizimmerwohnung in Tullinge.

»Und wer ist dieser ungewöhnlich hellsichtige Kunde?«, wollte Espen wissen.

»Der Auftrag kommt aus den USA, via Hauptverwaltung.«

»Du sagst also, dass sich jemand an die Zentrale von Compton & Floyd in Chicago gewandt und verlangt hat, dass ich einen speziellen Auftrag übernehme?«

»Unser CEO hat mich zehn Minuten vor meinem Anruf bei dir angerufen.«

Espen Krogh stieß einen leisen Pfiff aus. Langsam gefiel ihm die Sache immer besser.

»Und … worum geht es?«

»Um George Woods. Falls du dich erinnerst.«

Espen Krogh erinnerte sich. George Woods war Aufsichtsratsvorsitzender bei einem der größten Waffenhersteller der USA. Espen hatte zu einer Gruppe gehört, die drei Angestellte des Unternehmens aus den Händen von Guerillas in Kolumbien befreit hatte. Einer der Gekidnappten war Woods' Schwiegersohn. Die Lösegeldforderung war astronomisch gewesen. Die Kidnapper waren so weit gegangen, damit zu drohen, dem Schwiegersohn eine Hand abzuhacken, um den Ernst ihrer Drohung zu untersteichen. Espen hatte ihnen dies ausreden können. »Stellt euch vor, er verblutet euch«, hatte er gesagt. »Wir wollen ihn dann zwar immer noch zurück, aber für eine Leiche bezahlen wir nur zehn Prozent.«

Espen hatte Woods anschließend kennengelernt. Ein Mann, den er eher für den Baseball-Trainer der Jungs aus dem Viertel als für einen eiskalten Waffenhändler gehalten hätte. Er war Espen sehr dankbar gewesen. »Wir werden Sie immer in unser Gebet einschließen«, hatte Woods gesagt.

»Ist dem Schwiegersohn wieder etwas zugestoßen?« Espen war ernst geworden. Zynismus auf Kosten der Opfer gestattete er sich nach dem, was Janina Martinsson zugestoßen war, nicht mehr.

»Es geht um Woods selbst. Man hat ihn in Korsør als Geisel genommen.«

»Du machst wohl Witze? Hat man ihn in Dänemark gekidnappt?«

Stellan Wall sah Espen lächelnd an.

»Du willst doch nicht im Ernst behaupten, dass du nicht weißt, was heute passiert ist?«, sagte er.

Das wusste Espen Krogh tatsächlich nicht. Er hatte den ganzen Tag in seiner Zweizimmerwohnung in Tullinge weder Radio noch Fernseher eingeschaltet.

Wall berichtete. Espen dachte, dass die Sitten in seiner alten Heimat bedeutend rauer geworden waren, seit er vor dreißig Jahren den Volvo in Brand gesteckt hatte.

»Was tut oder tat ein Mann wie Woods in Korsør?«, wollte Espen wissen.

»Er hat Golf gespielt.«

»Golf gespielt. Das erklärt alles.«

»Man will, dass du dich nach Korsør begibst und ihn befreist«, sagte Wall. »Ich habe zu unserem CEO gesagt, dass Dänemark nicht Kolumbien ist, dass es dort Gesetze und Regeln gibt und Behörden, die es nicht sonderlich schätzen, dass sich Leute wie wir einmischen. Dass wir eine Genehmigung brauchen. Ich sagte auch, dass du nicht mehr für uns arbeitest. Ich sagte, ich hätte dich vor einigen Jahren nach einem katastrophalen Einsatz rausgeschmissen und dass auf dich kein Verlass sei.«

»Ungemein liebenswürdig«, meinte Espen. »Ich glaube, ich sollte dich zu meinem Manager machen. Das Gehalt würde dann allerdings eher bescheiden ausfallen.«

»Ich bin dem Unternehmen und nicht dir gegenüber loyal, Krogh.«

»Aber das hat dir offenbar nichts genützt, sonst säße ich jetzt nicht hier. Blöd gelaufen, was, Wall?«

»Mein CEO nannte eine Summe. Diese Summe will der Auftraggeber dafür bezahlen, dass wir dich hinschicken. Nur dich.«

»*Money talks, bullshit walks*«, sagte Espen und lächelte breit. »Funktioniert überall. *So let's talk money*. Was kriege ich?«

»Was willst du?«

»Dänemark scheint ein gefährliches Land geworden zu sein«, meinte Espen, »mit aggressiven Behörden, die nicht davor zurückschrecken, harmlosen Leuten wie mir ein Bein zu stellen. Eine stattliche Summe will ich also durchaus.«

Stellan Wall seufzte. »Hunderttausend garantiert. Eine Million bei Erfolg.«

»Eine Million?« Espen fiel nichts Besseres ein, als die Summe wie ein Junge, dem man gerade das erste Taschengeld versprochen hat, zu wiederholen.

»Ja«, sagte Wall. »Eine Million. Dollar.«

»Dollar?«, wiederholte Espen. Er erinnerte sich an den Vorabend. Er war bis zwei Uhr nachts Taxi gefahren. Ein angeheiterter, gutmütiger Kunde hatte ihm fünfzig Kronen Trinkgeld gegeben. Er hatte diese fünfzig Kronen gebraucht.

»Ich hatte natürlich auf Euro gehofft«, meinte er dann. »Besserer Wechselkurs. Aber Dollar ist okay. Doch in diesem Fall muss ich darauf bestehen, dass du auch für die Spesen aufkommst.«

Wall nahm einen Umschlag vom Schreibtisch. »Hier ist das Flugticket nach Kopenhagen. Deine Maschine geht heute Abend. Auf einem Zettel steht die Adresse eines Hotels. Bleib dort den morgigen Tag über, geh nicht weg. Man wird mit dir Kontakt aufnehmen. In dem Umschlag finden sich zudem zehntausend schwedische Kronen, zwanzigtausend dänische Kronen und fünfzigtausend Dollar für eventuelle Ausgaben.«

Espen nahm den Umschlag in Empfang.

»Die Fremdwährungen kommen von Forex«, sagte Stellan Wall. »Bring das bitte glatt über die Bühne.«

38. Kapitel

Lydia konnte nicht still sitzen. Immer wieder trat sie ans Fenster und schaute auf den Panzerwagen, der auf dem leeren Platz stand. Sie hatte einige Male gehört, dass der Motor angelassen worden war und dass sich die Ketten rasselnd auf den Pflastersteinen bewegt hatten. Der Fahrer war ein paar Meter gefahren und hatte seine Position verändert. Lydia vermutete, dass er alle daran erinnern wollte, dass sie noch da und allzeit bereit waren. *Jederzeit kann geschossen werden.* Einige Male tauchten bewaffnete Männer immer in Dreiergruppen neben dem Panzer auf. Manchmal fuhren Minibusse mit Lautsprechern vorbei. Allen, die sich im Freien zeigten, wurde der Tod angedroht. Einige Male hörte sie Schüsse, ein scharfes Knallen. Ein Geräusch, das sie kannte. Es kam von automatischen Waffen.

Es begann zu dämmern. Ein Samstagabend … jetzt wohnte sie schon seit drei Monaten in der Stadt. Immer öfter hatte sie sich auf die Straßen Korsørs gewagt. Zweimal war sie mit den Leuten, die sie versteckten, ihren Wohltätern, ins Restaurant gegangen. Man konnte einfach nicht tagaus, tagein eingesperrt und eine Gefangene von Vorurteilen und unmenschlichen Gesetzen sein. Sie versuchte, geistigen Widerstand zu leisten. Sie wollte sich nicht als Jüdin im Warschauer Ghetto sehen, als Frau in einem Paschtunen-Haushalt oder als Palästinenserin hinter den Mauern von Qalqilya. Sie war ein freier Mensch, und das war ihre wahre Natur. Nur die Umstände schränkten ihre Bewegungsfreiheit ein. Vorsicht, aber nie Unterwerfung. Dieser Art waren ihre Gedanken.

Und jetzt ... was in der Stadt geschah, verstand sie nicht. Gewalt. Männer, die sich entschlossen hatten, etwas zu nehmen. Solche Männer kannte sie nur zu gut. Sie hatte am eigenen Körper erfahren, wozu sie fähig waren.

Sie schaute aus dem Fenster. Es war erstaunlich still. Sie hatte den ganzen Tag BBC gehört und sich im dänischen Fernsehen die Bilder angesehen. Sie wusste, dass Menschen getötet und in einem Hotel in der Nähe Geiseln genommen worden waren. In den Berichten hieß es, die dänische Regierung sei wie gelähmt. Niemand schien zu wissen, was zu tun war.

Für sie selbst wäre es das Beste gewesen, einfach abzuwarten, das sah sie ein. Früher oder später würde die Erstarrung ein Ende haben. Was dann geschehen würde, konnte sie sich nicht recht vorstellen. Würde es werden wie in Abchasien, Tschetschenien oder Nordossetien, in ihrer kaukasischen Heimat, in der russische Sicherheitstruppen jede Geiselnahme mit wahlloser Gewalt beantworteten? Wie in Beslan?

Lydia wusste nicht, wie sich die Dänen in solchen Situationen verhielten. Sie schaute wieder nach draußen und auf die Straße. Sie fühlte sich rastlos. Die Passivität der letzten Monate hatte sie angegriffen, ihr Dasein war unmenschlich. Sie lebte in der Illegalität, aber der Beschluss zur Flucht war immerhin ihr eigener gewesen. Jetzt stand ein Panzer vor ihrer Haustür. Was dort draußen geschah, ging sie an, war eine dunkle und lockende Kraft.

Sie ging in die Küche und zog eine Schublade heraus. Dort lag ein Messer aus gehärtetem Stahl. Ohne nachzudenken nahm sie es heraus und ging in die Diele. Sie zog Joggingschuhe und eine dünne Jacke an. Das Messer steckte sie in die Jackentasche. Sie öffnete die Wohnungstür und trat ins Treppenhaus. Dann ging sie ins Erdgeschoss und durch die Hintertür auf den Hof. Hier konnten die Männer im Panzerwagen sie nicht sehen.

Rasch und lautlos ging sie an den Mauern entlang. Nirgends war eine Menschenseele zu sehen. Einmal entdeckte sie jemanden an einem Fenster, ein Schatten, der eilig zurückwich, als sie sich umdrehte. In den Häusern brannte kein Licht, nur das blaue Flackern der Fernseher war hinter den vorgezogenen Gardinen zu sehen.

Die Stadt gefiel ihr in ihrer Stille. Jetzt gab es niemanden, der sie sehen konnte, die Flüchtlingsfrau, den unwillkommenen Gast. Dieses Gefühl war stark und fremd. Die Straßen gehörten einen schwindelerregenden Augenblick lang ihr. Sie ging in Richtung des schmalen Sundes zwischen dem südlichen und nördlichen Teil Korsørs. Dann blieb sie abrupt stehen. Auf dem Kai waren wie Schatten in dem schwachen Abendlicht Menschen in dunkler Kleidung zu sehen. Lydia glitt rasch hinter die Schmalseite eines Hauses. Sie drehte sich um, um sich zu vergewissern, dass hinter ihr keine Sackgasse lag. Dann spähte sie vorsichtig um die Ecke. Drei Männer mit großen Maschinenpistolen patrouillierten auf dem Kai.

Sie kamen immer näher. Sie sah, dass sie Mützen mit Löchern für Augen und Mund über das Gesicht gezogen hatten, sie sahen aus wie schwarze Totenköpfe. Sie vermutete, dass die Masken eher Angst verbreiten als die Identität der Männer verschleiern sollten.

Die Männer blieben an der Kaikante stehen. Sie waren nicht mehr als fünfzig Meter von ihr entfernt. Zwei von ihnen schauten auf den Sund, öffneten den Reißverschluss ihrer Hosen und urinierten ins Wasser. Der dritte Mann ging einige Schritte von ihnen weg. In ihre Richtung.

Lydia erkannte mit einem Mal, dass sie zu lange stehen geblieben war. Sie war von den ruhigen Schritten des Mannes gebannt gewesen. Wenn sie in die entgegengesetzte Richtung floh, dann würde sie vielleicht entkommen können, aber nicht, wenn der Mann beschloss zu schießen. Sie drückte sich in einen Hauseingang und betätigte die Klinke. Es war nicht abgeschlossen. So vorsichtig wie möglich öffnete sie die Tür und schlich ins Haus. Dann schloss sie sie langsam, aber nicht ganz. Durch den Türspalt verfolgte sie den schwarzen Totenkopf mit dem Blick. Jetzt trennten sie nur noch wenige Meter.

Warum, wusste sie nicht. Es kam fast automatisch. »Pst«, zischte sie durch den Türspalt. Der Mann blieb sofort stehen. Sie sah, wie er erstarrte. Langsam wandte der Totenkopf seine Augenlöcher dem Geräusch zu. Sie drückte sich tiefer in die Dunkelheit. Der Schwarzgekleidete machte ein paar Schritte nach vorne, öffnete die Tür und trat ein. Das Treppenhaus war dunkel. Er hielt seine Waffe nach vorne gerichtet. Er atmete durch den Mund. Dann blieb er eine Sekunde lang reglos stehen. Sie griff nach seiner Mütze und zog sie nach hinten. Mit derselben Bewegung ließ sie das Messer seinen Hals entlanggleiten. Widerstandslos, die Klinge auf der Haut. Blut spritzte, und der Mann stürzte auf den Steinfußboden. Seine ausgestreckten Beine zuckten noch ein paarmal, dann war es vorbei. Lydia blieb noch einen Augenblick stehen, die Mütze in der einen, das Messer in der anderen Hand. Dann beugte sie sich rasch vor und zog die Maschinenpistole unter der Leiche hervor. Sie schaute durch die Tür. Die anderen Männer waren nicht zu sehen. Sie vermutete, dass sie noch auf dem Kai standen. Es war nur eine Frage der Zeit, bis ihnen auffiel, dass ihr Kamerad verschwunden war.

Lydia überzeugte sich, dass die Waffe entsichert war. Es handelte sich um eine Kalaschnikow, eine AK 47, das überraschte sie nicht, da sie ursprünglich für Panzersoldaten konstruiert worden war und von den Guerillasoldaten der Welt fleißig verwendet wurde. Es war also naheliegend, dass diese Waffe sich in den Händen eines Terroristen wiederfinden würde. Auch sie hatte eine solche Waffe schon verwendet. Dreißig Schuss im Magazin, vierhundert Meter Reichweite. Hervorragend für den Nahkampf geeignet.

Sie zog die Mütze über den Kopf, trat auf die Straße und ging rasch auf den Kai zu. Die zwei Männer standen ihr zugewandt da. Einer von ihnen sagte etwas, als sie sich näherte. Es klang wie ein Name. Als es nur noch etwa zehn Meter waren, senkte sie die Waffe und feuerte vier Schüsse in rascher Folge ab. Der eine Mann wurde rückwärts ins Wasser geschleudert, der andere stürzte auf die Kaikante. Sie rannte auf ihn zu, riss ihm die Waffe aus der Hand und kippte die Leiche anschließend ins Wasser. Sie sah sich um. Der Kai war menschenleer. Mit raschen Schritten kehrte sie in ihre Wohnung zurück.

39. Kapitel

»Sieht runtergekommen aus.«

Christian schaute die Fassade hoch. »Sehr runtergekommen.«

»Sie wohnt im sechsten Stock«, bemerkte Gaetano Gandini und rückte seine Krawatte zurecht.

»Bringen wir's hinter uns«, sagte Vincent Paulsen.

Hinter ihnen donnerte ein vollbeladener Güterzug Richtung Norden. Ausgedörrte Grasbüschel standen zwischen den Häusern. Die Balkonverkleidungen aus Beton waren nicht angestrichen. Das Haus war genauso trist wie Paulsens Stimmung. Es graute ihm vor der Unterhaltung, und er hoffte, dass Frau Rocca nur Italienisch konnte, so dass er sich nicht mit ihr unterhalten musste. Das Dolmetschen federte die Gefühle ab.

Sie hörten ihre Schritte hinter der Tür, aber es dauerte eine Weile, bis sie öffnete. Vincent vermutete, dass sie sie zuerst noch durch den Spion beobachtet hatte.

Die Frau vor ihnen war übergewichtig. Ihre Kleider waren sauber, wirkten jedoch abgetragen. Sie passt hierher, in ein altes Haus mit einer heruntergekommenen Fassade, dachte Vincent.

Gandini stellte sich mit seinem Polizeirang des *Capitano* vor.

Die Frau erwiderte ein paar knappe Worte. Paulsen verstand nicht, was sie sagte, aber er sah ihre Miene und kam zu dem Schluss, dass Paolo Roccas Mutter wohl kaum zu den Freunden der Polizei gehörte. Hier würden sie um jede Unterstützung kämpfen müssen. Gandini ließ sich jedoch nichts anmerken, stellte ebenso höflich seine dänischen Kollegen vor und bat dann darum, eintreten zu dürfen. Die Frau trat einen Schritt auf sie zu und machte sich in der Tür noch breiter. Sie stemmte die Hände in die Hüften, und ihre Ellbogen erinnerten an zwei Flügel. Dann kam eine Auslassung, die Vincent als eine längere Version dessen deutete, was sie gerade vorher gesagt hatte. Nachdem sie zu Ende gesprochen hatte, wiederholte Gandini friedlich und höflich ihre Bitte, eintreten zu dürfen.

»Es geht um Ihren Sohn«, meinte er noch. Christian übersetzte Vincent flüsternd diesen Satz.

Der Gesichtsausdruck der Frau veränderte sich. Aus Wut wurde Erstaunen und aus Erstaunen schließlich Trauer.

»Paolo?«, sagte sie leise. »Was ist mit ihm? Er hat mich schon seit vielen Jahren nicht mehr besucht.«

Gandini machte eine leichte Kopfbewegung in Richtung der Diele. Frau Rocca trat ein paar Schritte zurück und ließ die drei Beamten eintreten. Sie nahmen auf einer Couchgarnitur in einem Zimmer Platz, in dem leise der Fernseher lief. Vincent kannte die Sendung, weil es sie auch im dänischen Privatfernsehen gab: eine Quizsendung mit einem schrill lachenden Studiopublikum. Gandini griff zur Fernbedienung und stellte resolut den Fernseher ab.

»Frau Rocca«, sagte Gandini. »Wir müssen Ihnen eine traurige Nachricht überbringen. Wir befürchten, dass Ihr Sohn Paolo tot ist.«

Er gab ihr etwas Zeit, seine Worte zu verarbeiten, und fuhr dann fort: »Wir benötigen jedoch Ihre Hilfe, um uns ganz sicher sein zu können, dass es wirklich Ihr Sohn ist.«

»Wo ist er?«, fragte die Frau. Die Nachricht schien sie nicht merkbar erschüttert zu haben.«

»In Dänemark«, sagte Gandini. »Der Mann, den wir für Ihren Sohn halten, wurde ermordet.«

»Das waren die Araber!«, sagte sie laut. »Diese gottlosen Schlächter! Jesus Maria!«

Sie stand auf und begann wild zu gestikulieren. Ein Wortschwall ergoss sich aus ihrem Mund. Gandini versuchte behutsam, diesen Schwall einzudämmen. Als ihm das schließlich gelungen war, fragte er, welche Araber sie meine. Das führte zu neuen verbalen Attacken. Mitten in einem Satz brach sie ab und begann Klagelaute auszustoßen. Sie schlug sich mit den Fäusten auf die Brust, ihre Augen füllten sich mit Tränen, die Rufe wurden immer lauter. Vincent befürchtete, sie würde zusammenbrechen. Aber bevor ihre Klagen weiter zunahmen, gelang es Gandini, sie zu beruhigen.

Drei Stunden später ließ sich Paolo Roccas Mutter eine DNA-Probe in einer Klinik am Stadtrand von Bologna abnehmen. Gandini wollte sie nach Hause fahren. Er brachte die Frau, die jetzt vollkommen allein auf der Welt war, zu seinem Wagen und forderte seine dänischen Kollegen auf, sich ein Taxi zu nehmen.

»Ich will noch eine Weile bei ihr sitzen«, sagte er zu Vincent und Christian.

»Araber«, sagte Vincent. »Hat sie etwas Bestimmtes damit gemeint?«

»Ich werde sie fragen. Aber ich glaube es nicht. Sie gab ihren Nachbarn die Schuld.«

Gaetano Gandini gab ihnen zum Abschied die Hand. »Die Ärmste«, meinte er. »Der Mann tot und die Tochter. Paolo war offenbar der Letzte, den sie noch hatte.«

Am nächsten Morgen um neun Uhr stand Vincent Paulsen auf dem Mailänder Flughafen. Er war auf dem Weg nach Hause nach Kopenhagen. Vincent hatte bei seinem letzten Gespräch mit Skov darauf bestanden. Er wollte nach Hause. Christian war einverstanden gewesen, sich allein um die weiteren Kontakte mit der italienischen Polizei zu kümmern.

Im Handgepäck hatte Paulsen die Probe. Biologisches Material, die genetische Verbindung von Mutter und Sohn. In der Tasche hatte er auch ein Foto von Paolo Rocca, es war eine mehrere Jahre alte Aufnahme eines Mannes mit einem verzagten Mund und großen Augen. Vincent hatte vergeblich nach Hass in seinem Blick gesucht.

40. Kapitel

Es war ein Sonntagvormittag, der wie geschaffen war dafür, mit einer Zeitung und einer dampfenden Tasse Kaffee in aller Ruhe zu frühstücken. Ein Morgen, an dem die Kinder noch geborgen in ihren Betten schliefen und an dem der Mensch, mit dem man sein Leben verbringen wollte, gute Laune hatte. Ein Morgen, an dem man anschließend in die taufeuchte Spätsommerluft seines Gartens hinaustrat und den feuchten Rasen unter den Füßen spürte.

Im Konferenzraum des Polizeipräsidiums klingelte unablässig das Telefon. Plastikbecher mit kaltem Kaffee und Zigarettenkippen standen überall herum. Die Luft war in etwa so frisch wie in einer Umkleide nach dem Sportunterricht. Männer und Frauen eilten herein und wieder hinaus, und die Stimmung war aufgeheizt. Das hier war das Krisenzentrum, die Führungszentrale, der Ort, an dem alle Informationen gesammelt und alle Maßnahmen koordiniert werden sollten.

Reichspolizeichef Thord Henning hatte in einem Nebenzimmer einen kleineren Führungsstab um sich versammelt. Er hatte beim Ministerpräsidenten seinen Willen durchgesetzt, dass der Angriff einstweilen als polizeiliches Problem zu betrachten sei. Oberbefehlshaber Hans Enhørning hatte nachgeben müssen: Bis auf weiteres führte der Reichspolizeichef den Befehl.

Henning würde in den Augen aller als Held dastehen, wenn er Erfolg hatte, oder bei Misserfolg ewige Schande auf sich ziehen.

Der Führungsstab bestand aus Leuten, die für den Einsatz verantwortlich waren, und aus Experten. Von den Politikern nahmen der Staatssekretär des Ministerpräsidenten Knud Halsberg und der Staatssekretär des Justizministeriums Jørn Baastrup teil. Beide hatten je einen Assistenten an ihrer Seite und standen in fast unentwegtem Kontakt mit ihren Chefs. Von Seiten des Militärs waren der Oberbefehlshaber und der Chef des Nachrichtendienstes, ein Mann, der für seine analytischen Gaben berühmt war, vertreten. Dazu kamen vier Polizisten, unter anderem der Chef des PET sowie ein Mann, der über sehr viel Erfahrung bei Verhandlungen mit Geiselnehmern verfügte. Ein weiterer Teilnehmer war der Terrorismusexperte eines renommierten internationalen Instituts. Am anderen Ende des Tisches vom Vorsitzenden Thord Henning aus gesehen, saßen zwei Leute von der Presseabteilung, die strikte Anweisungen darüber erhielten, was nach außen dringen durfte.

Alle im Raum waren sehr auf ihre Aufgaben konzentriert, fühlten sich aber erschöpft und frustriert. Die letzte Besprechung hatte um zwei Uhr nachts stattgefunden. Thord Henning hatte nur wenige Stunden geschlafen, diese waren aber nötig gewesen, um sich überhaupt wieder konzentrieren zu können. Seine Mitarbeiter hatten durchgearbeitet. Jetzt hatte Henning die Anweisung erteilt, sie abzulösen. Er hatte einen Stabschef ernannt, der ein neues Team zusammenstellen sollte.

»Alle Versuche der Kontaktaufnahme mit den Männern, die Korsør in ihrer Gewalt haben, sind bislang gescheitert«, begann Thord Henning. »Sie scheinen ihr Hauptquartier im Hotel Kong Frederik aufgeschlagen zu haben. Wir rufen dort in regelmäßigen Abständen an, erhalten aber keine Antwort. Wir haben einige der Gespräche, die sie untereinander per Handy führen, aufgefangen, und daraufhin auch ihre Handys angerufen. Aber bislang wollten sie nicht mit uns sprechen.«

Als niemand eine Frage stellte, fuhr Henning fort:

»Inzwischen haben wir uns ein besseres, aber immer noch unvollständiges Bild über die Lage gemacht. Die Besetzer, wir wollen sie jetzt einmal so nennen, haben, wie alle wissen, zehn Panzerwagen, Modell Leopard, erbeutet. Satellitenbilder und andere Beobachtungen zeigen, dass diese Panzer auch heute Morgen noch an sämtlichen strategisch wichtigen Punkten Korsørs in Position stehen.«

Eine Karte wurde auf die Wand hinter ihm projiziert. Mit einem Powerpoint-Programm führte der Reichspolizeichef diese Punkte vor.

»Korsør lässt sich von seiner Lage her militärisch relativ leicht beherrschen. Die Besetzer scheinen sich die Stadt sorgfältig ausgesucht zu haben. Wir gehen also davon aus, dass sie wissen, was sie tun und dass sie sich in der Taktik des Panzerkampfs auskennen. Die Panzer werden ab und zu bewegt, aber immer nur kurze Strecken. Wir wissen nicht recht, warum, aber vielleicht wollen sie damit unterstreichen, dass sie rund um die Uhr bemannt sind. Vielleicht wollen sie auch nicht, dass wir ihre genaue Position im Voraus kennen. Vielleicht wollen sie aber auch ein größeres Areal überwachen.«

Er deutete auf das Hotel Kong Frederik.

»Hier halten sie die Geiseln gefangen. Einige Geiseln haben wir identifiziert, aber nicht alle. Soweit wir wissen, handelt es sich um etwa vierzig Personen, es können aber auch mehr sein. Beim Kontakt mit den Medien sollten wir ihre Zahl nicht übertreiben.«

Thord Henning warf einen Blick auf die beiden Kollegen von der Presseabteilung, einen Mann und eine Frau Mitte vierzig.

»Erinnert euch, wie die russischen Behörden in Beslan alles versiebt haben. Wir werden nichts behaupten, dessen wir uns nicht vollkommen sicher sind.«

Er deutete auf das Tagungshotel.

»Hier scheinen sich die Besatzer aufgehalten zu haben, ehe sie zugeschlagen haben. Wir wissen nicht, ob noch welche von ihnen dort sind. Aber zwei Köchinnen, die von dort entkommen konnten, berichteten, wie einige Männer gestern dort den Polizeiassistenten Hansen erschossen haben. Wir gehen davon aus, dass sie seinen Kollegen als Geisel genommen haben. Außerdem haben sie zwei Sanitäter und wahrscheinlich auch noch eine Angestellte des Tagungshotels, die gestern dort arbeitete, gefangen genommen. Ihr Mann sagt, es sei ihm seit gestern nicht mehr geglückt, mit ihr Kontakt aufzunehmen. Außerdem sind andere, beunruhigende Dinge geschehen.«

Henning wandte sich an einen Mitarbeiter, der neben ihm saß und unablässig seinen Schnurrbart zwirbelte.

»Bewaffnete und maskierte Männer sind in Privathäuser eingedrungen und haben mindestens drei Personen entführt«, erklärte der Mitarbeiter.

»Die Informationen stammen von ihren Angehörigen. Alle drei sind Politiker und bekleiden führende Posten im lokalen Kreis der Dansk Folkeparti.«

»Also ein offensichtlich politisch motivierter Akt«, meinte Thord Henning. »Aber etwas schwer zu begreifen. Zehn Panzer und einige unbedeutende Kommunalpolitiker. Im Gesamtzusammenhang unbedeutend, meine ich. Die ganze Sache wird immer unbegreiflicher. Wir wissen immer noch nicht, wer diese Terroristen sind oder um wie viele genau es sich eigentlich handelt. Wir schätzen, dass es mindestens siebzig Mann sein müssen, aber weniger als hundert. Wir wissen auch nicht, was sie wollen oder worauf die Aktion hinauslaufen soll. Ohne klare Forderungen fällt es uns schwer, eine Taktik zu entwickeln. Sie verständigen sich wie gesagt mit Handys. Wir haben beschlossen, ihre Gespräche abzuhören, statt ihnen die Anschlüsse zu sperren. Das gibt uns die Möglichkeit, etwas über ihre Denkungsart zu erfahren. Sie sprechen Englisch. Wir versuchen, mit Hilfe ihrer Akzente ihre Herkunft zu lokalisieren. Wie sie einreisen konnten, ohne dass jemandem etwas aufgefallen wäre, ist uns immer noch ein Rätsel, aber diese Frage wird später zu klären sein.«

»Vielleicht sind einige von ihnen ja Dänen«, meinte der Terrorexperte. »Einheimische Terroristen. Du hast selbst davor gewarnt, denselben Fehler zu machen wie die Russen in Beslan. Dort hat man behauptet, es würde sich um Araber handeln, obwohl es Kaukasier unterschiedlicher Nationalität waren. Hauptsächlich Inguschen.«

»Nichts deutet darauf hin«, sagte der PET-Chef. »Ich halte es für unwahrscheinlich, dass es sich um Dänen handelt.«

»Irgendjemand muss Däne sein«, sagte der Terrorexperte. »Ohne einen Insider hätten sie weder die Panzer erbeuten noch die Munition beschaffen können.«

»Es hat keinen Sinn, Hypothesen aufzustellen«, warf Thord Henning ein. »Wir werden es schon früh genug erfahren.«

Er blätterte in seinen Berichten und fuhr dann fort:

»Die Lage spitzt sich zu, weil immer mehr Menschen, vorwiegend aus den Außenbezirken, versuchen, Korsør zu Fuß zu verlassen. Die allgemeine Panik erschwert uns die systematische Arbeit.«

»Was haben Sie vor?«, fragte der Oberbefehlshaber.

»Demnächst werden sich zwei Beobachter von dem Sondereinsatzkommando in die Stadt begeben. Sie haben den Befehl, zu schießen, falls sie bedroht werden. Wir haben vor, uns ein detailliertes Bild darüber zu machen, wie wir diese Terroristen, falls nötig mit Gewalt, unschädlich machen können. Sobald unsere Männer zurück sind und Bericht erstattet haben, werden wir versuchen, Kontakt zum Anführer der Terroristen aufzunehmen, und ihnen Verhandlungen anbieten.«

»Und warum ist das bisher noch nicht geschehen?«, fragte der Oberbefehlshaber. Seine Fragen waren genauso kurz wie sein Ton barsch.

»Wir müssen uns erst einmal ein Bild von unserem Feind machen«, sagte der Reichspolizeichef. »Wir wollen wissen, wo seine Stärken liegen. Außerdem wissen wir nicht, mit wem wir sprechen sollen.«

»Zehn Panzer und vierzig Geiseln«, sagte der Oberbefehlshaber. »Was müssen Sie sonst noch wissen?«

»Beispielsweise, ob sie über Reservebesatzungen für ihre Panzer verfügen. Das entscheidet darüber, wie lange sie durchhalten können. Nicht wahr, Enhørning?«

Letztere Bemerkung klang etwas giftig. Dem Oberbefehlshaber reichte es:

»Henning«, sagte er. »Was Sie da sagen, sind Selbstverständlichkeiten. Hier geht es um etwas ganz anderes.«

»Und zwar worum?«, wollte Thord Henning wissen.

»Es geht darum, dass wir uns im Krieg befinden. Es handelt sich nicht um eine kleine Ordnungswidrigkeit. Wir sind mitten in den Krieg gegen den Terror geraten. Wir werden angegriffen. Ich möchte an die Rede des Vizepräsidenten der USA, Dick Cheney, in Des Moines während des letzten Wahlkampfes erinnern. Er sagte, es wäre verheerend, wenn wir wieder zur selben Einstellung zum Terrorismus zurückkehren würden wie vor dem 11. September, nämlich Terrorangriffe als kriminelle Handlungen zu betrachten, wenn es sich in Wirklichkeit um Krieg handelt.«

»Wir danken für diesen Hinweis«, unterbrach ihn Staatssekretär Knud Halsberg. »Aber jetzt sollten wir uns auf die zu ergreifenden Maßnahmen konzentrieren.«

»Wir bereiten uns auf alle Eventualitäten vor«, sagte Thord Henning, um rasch die Oberhand zurückzugewinnen. »Wir haben den Luftraum in einem Umkreis von hundert Kilometern gesperrt und alle Flughäfen auf den Inseln mit Ausnahme von Kastrup geschlossen. Jeglicher Schiffsverkehr im Großen Belt und im Smålandshavet zwischen Lolland-Falster und Seeland ist untersagt. Im gesamten südwestlichen Seeland sind die Straßen gesperrt und zwar in einem Halbkreis von Drøsselbjerg und Havrebjerg im Norden, Slagelse im Westen und Skælsør im Süden.«

Er deutete auf der Landkarte auf die genannten Orte.

»Der Oberbefehlshaber bereitet ja die Verschiffung von Panzerwagen aus Jütland vor«, fuhr er fort und sah Hans Enhørning an. »Anfang nächster Woche sind sie hier. Wir planen, sie an den Straßensperren zu postieren, falls es den Besetzern einfallen sollte, ihre Positionen zu verlassen und irgendwo anders anzugreifen.«

»Die Situation ist sehr gefährlich, sehr gefährlich«, sagte Oberbefehlshaber Hans Enhørning mit verbissener Miene.

»Schlimmstenfalls läuft es auf eine Panzerschlacht hinaus«, sagte Thord Henning.

Knud Halsberg beugte sich vor, was bedeutete, dass er etwas sagen wollte. Thord Henning wandte sich ihm zu.

»Was machen wir, wenn sie plötzlich beginnen, die Geiseln zu töten?«, fragte Halsberg. »Sie halten zwar nur eine überschaubare Anzahl Menschen gefangen, haben aber eine fast unerschöpfliche Reserve an Opfern. Die gesamte Stadt befindet sich in ihrer Gewalt.«

Im Raum wurde es still.

»Für diesen Fall müssten wir uns auf einen raschen Gegenangriff vorbereiten«, fuhr er fort. »Vielleicht bleibt uns nicht einmal Zeit für Verhandlungen. Wir sind alle an einer friedlichen Lösung interessiert, aber in einer bestimmten Situation müssen wir mit Härte zurückschlagen. Ich spreche von einem Gegenangriff von maximaler Kraft.«

»Wir werden die Pläne ausarbeiten, sobald unsere Beobachter zurück sind«, sagte Henning.

»Sind alle denkbaren Einheiten einsatzbereit?«, fragte Halsberg.

»Das Problem ist nur, dass wir immer noch kein klares Bild haben«, sagte Henning.

»Ich glaube, dass sich der Ministerpräsident eine maximale Handlungsfreiheit wünscht«, sagte Halsberg. »Heute um 13 Uhr werden wir den Oberbefehlshaber der NATO informieren. Bis dahin wünsche ich vollständige Informationen über die Lage und über die Planung.«

Sowohl Thord Henning als auch Hans Enhørning verstanden die Botschaft. Wenn sie die Situation nicht meisterten, würde der Ministerpräsident Hilfe von außen anfordern.

41. Kapitel

Espen Krogh hatte keine Ahnung, wie er es anstellen sollte, überhaupt nur einen Kontakt zum Feind zu etablieren. Er saß in seinem Hotel in Kopenhagen und hielt die ganze Idee für immer schwachsinniger. Über zwei Jahre waren vergangen, seit er etwas unternommen hatte, was nur annäherungsweise so schwierig war wie diese Aktion. Bei seinem letzten Einsatz hatte er auf ganzer Linie versagt. Seine eigene Sicherheit kümmerte ihn nicht sonderlich. Es hatte in den letzten beiden Jahren Augenblicke gegeben, in denen er gerne mit Janina Martinsson getauscht hätte, wenn er nur die Möglichkeit gehabt hätte. Seine größte Angst war, wieder den Tod anderer Menschen zu verschulden. Dass er nüchtern war, war keine Garantie.

Die Zeitungen waren voll von Fakten über die Besetzung und Schilderungen von Augenzeugen. Obwohl kaum von Schüssen die Rede war, war es offenbar lebensgefährlich, sich in die Stadt zu begeben. Der Abschuss des Hubschraubers mit den Journalisten am Vortag zeigte mit größter Deutlichkeit, dass er sich genauso gut gleich in seinem Hotelzimmer aufhängen konnte, statt nach Korsør zu fahren. Außerdem hatte die dänische Polizei alle Straßen gesperrt.

Eine denkbare Alternative war die Kontaktaufnahme von

außen. Im Hotel zu bleiben und zu versuchen, George Woods freizukaufen. Aber wie? George Woods hatte im Hotel Kong Frederik gewohnt. In den Zeitungen stand, dass die Terroristen dort ihre Geiseln gefangen hielten. Wahrscheinlich war es einfach nur ein dummer Zufall gewesen, dass Woods ihnen ins Netz gegangen war. Espen konnte natürlich das Hotel anrufen, hoffen, dass jemand an den Apparat ging, und dann versuchen zu verhandeln. Und dann? Die Telefone wurden natürlich von der dänischen Polizei abgehört. Im Handumdrehen würde eine Polizeistreife vor seinem Hotelzimmer stehen. Vielleicht konnte er ja von einem Handy telefonieren und die ganze Zeit in Bewegung bleiben, um nicht festgenommen zu werden? Die Leute, die das Gespräch abhörten, würden es unterbrechen, sobald ihnen klar war, worum es ging. Eine E-Mail an das Hotel? Aber würde sie gelesen werden?

Es blieb ihm also nur eine Möglichkeit: Er musste sich zu Fuß in die Stadt begeben. Taxi nach Slagelse, dort befand sich die erste Straßensperre, dann über die Äcker. Das würde einige Stunden dauern und war äußerst riskant. Die Terroristen hatten eine Ausgangssperre verhängt. Wahrscheinlich würde das mit seiner Erschießung oder Geiselnahme enden. Blieb ihm etwas anderes übrig?

Stellan Wall hatte mitgeteilt, man würde mit ihm Kontakt aufnehmen. Espen schaute auf die Uhr. Es war halb elf. Er fragte sich, wann die Kontaktaufnahme erfolgen würde.

Er stand auf und ging ins Badezimmer. Die Zahnbürste lag auf dem Waschbecken. Er steckte sie in die Brusttasche seines Hemds. Jetzt war alles gepackt.

Genau in diesem Moment klopfte es. Als Espen öffnete, standen ihm zwei Männer in Anzügen gegenüber. Einer der Männer trug eine Tasche.

»Mr. Krogh, may we come in?«, sagte der eine und trat ein,

ohne eine Antwort abzuwarten. Die beiden Männer nahmen auf den beiden Stühlen im Zimmer Platz.

»Wir vertreten eine amerikanische Interessengruppe«, fuhr der Mann fort. »Unser gemeinsames Interesse ist Mr. George Woods. Nehmen Sie doch bitte auf dem Bett Platz, Mr. Krogh.«

»Ich bleibe lieber stehen«, sagte Espen. »Und dann wüsste ich auch gerne, wie meine Gäste heißen.«

»Ich bin Mr. Smith, und das hier ist Mr. Jones.«

»Natürlich«, erwiderte Espen.

»Lassen Sie uns sofort zur Sache kommen«, sagte der Mann, der sich Mr. Smith nannte. »Mr. Woods ist für uns sehr wertvoll. *Very valuable.* Sie sind mit der Aufgabe betraut worden, ihn zu befreien. Sie bekommen freie Hand und zehn Millionen Dollar, mit denen Sie verhandeln können. Gelingt es Ihnen, zu einer Einigung zu kommen, dann wird das Geld auf ein Konto eingezahlt, das die Kidnapper nennen. Nachher werden wir Sie an einen Ort bringen, von dem aus Sie versuchen können, nach Korsør zu gelangen. Von diesem Ort aus werden Sie sich allein durchschlagen müssen. Wir erwarten, dass Sie so bald wie möglich mit den Personen Kontakt aufnehmen, die Mr. Woods als Geisel genommen haben. Aber die Situation in der Stadt ist kompliziert, und der Auftrag ist sehr riskant. Deswegen wollen wir eine Maßnahme ergreifen, um uns abzusichern.«

»Und die wäre?«

Der andere Mann, Mr. Jones, stellte seine Tasche aufs Bett. »Wir werden Ihnen einen kleinen Sender unter die Haut einsetzen«, sagte er. »Das Einzige, was auf der Haut zu sehen sein wird, ist ein winziges Mikro, nicht größer als ein Stecknadelkopf. Mit dessen Hilfe werden wir alle Ihre Bewegungen verfolgen und alles hören können, was von Ihnen und den Kidnappern gesagt wird.«

»Und welche Hautpartie gedachten Sie dafür zu benutzen?«, fragte Espen.

»Die an der Schläfe am Haaransatz.«

»Kann das gesund sein? Was das Strahlenschutzinstitut wohl dazu sagt?«

»Seien Sie bitte so freundlich, sich aufs Bett zu legen«, sagte Mr. Jones. »Ich werde die Hautpartie mit einem Spray betäuben. Der Eingriff dauert nicht länger als fünf Minuten.«

Er begann Gegenstände aus seiner Tasche zu packen. Espen blieb stehen und sah ihm zu.

»Mr. Krogh, *please*«, sagte Mr. Smith. »Das erhöht nur Ihre Sicherheit.«

Espen zuckte mit den Achseln und legte sich dann auf die Seite. »Ich hätte es gerne auf dieser Seite«, meinte er und deutete auf seine linke Schläfe. »Auf dieser Seite bin ich sowieso hässlicher.«

Zwei Stunden später setzten ihn die beiden Amerikaner auf einer kleinen Straße einige Kilometer südlich von Slagelse ab.

»Dreihundert Meter von hier entfernt befindet sich eine Straßensperre«, sagte Mr. Smith und reichte ihm eine Landkarte des westlichen Seeland mit Korsør. »Umgehen Sie sie auf der Südseite. Dann sind es noch etwa zehn Kilometer bis Korsør. An der südlichen Hauptzufahrt steht ein feindlicher Panzerwagen, weichen Sie ihm aus.«

»Danke für den Tipp«, bemerkte Espen.

»Und denken Sie daran«, sagte Mr. Smith. »Sobald Sie Mr. Woods lokalisiert haben, spucken Sie es aus. Wir werden alles hören können. Genaue Angaben. Zimmernummer, Stockwerk, eventuelle Bewegungen. Ob er gefesselt ist, in diesem Falle womit, ob andere Menschen in seiner Nähe sind. Alle Details. Aktualisieren Sie die Informationen so oft wie möglich. Das ist sehr wichtig. Haben Sie das verstanden?«

»Und wo sind Sie?«

»In der Nähe. Gehen Sie jetzt.«

Espen schaute über den Acker. Zehn Kilometer nach Korsør. Er begann zu gehen. Jetzt musste er allein zurechtkommen.

42. Kapitel

Es fiel Birthe Paulsen schwer, stillzustehen. Die Maschine aus Mailand war verspätet. Ihre beiden Töchter hielten sie an der Hand, sie hingen an ihr und benutzten sie als Wippschaukel. Als endlich das Wort »landed« auf der Anzeigetafel auftauchte, empfand sie eine große Erleichterung, als hätte ihr Mann in Gefahr geschwebt.

Vincent Paulsen kehrte in ein anderes Land zurück als das, das er verlassen hatte, in ein Dänemark, in dem Soldaten und Polizisten mit kugelsicheren Westen und schweren Waffen auf dem Flughafen Kastrup patrouillierten, in ein Land, in dem die allgemeine Stimmung zwischen Hysterie und Verzweiflung pendelte.

Das Wiedersehen mit der Familie fiel gefühlvoller aus als sonst nach einer Abwesenheit von wenigen Tagen. Im Auto auf dem Weg nach Kopenhagen hörte er sich die Geschichten seiner Töchter an und spürte ihre Angst. Wut packte ihn über die Männer, die sich das Recht herausgenommen hatten, das geborgene Dasein seiner Kinder zu stören.

Seine Frau wollte nach Hause fahren, die Tür zumachen und das Haus erst dann wieder verlassen, wenn all das Schreckliche vorüber war. Vincent strich ihr leicht über die Wange und sagte, er habe wichtiges Material in seiner Tasche, das die Polizei so schnell wie möglich analysieren müsse. Birthe Paulsen sah ein, dass Einwände keinen Sinn hatten. Sie umarmte Vincent fest, bevor sie ihn auf dem Polititorvet aus dem Wagen ließ.

Bjarne Skov saß im zweiten Stockwerk in seinem Chefbüro. Er war seit Samstagmorgen nicht mehr zu Hause gewesen. Sein Hemd war zerknittert, und er roch nach Schweiß. Vincent überlegte, was er wohl in all diesen Stunden getan hatte, fragte aber nicht.

Ein Kriminaltechniker erwartete bereits Vincents Ankunft. Vincent übergab ihm die DNA-Probe und das Foto Paolo Roccas. Man versprach ihm umgehend einige erstklassige Abzüge. Wenige Minuten später kam der Kriminaltechniker bereits mit diesen zurück.

Skov betrachtete das Porträt von Paolo Rocca lange.

»Das ist er also«, sagte Skov.

»Vermutlich«, erwiderte Paulsen.

Skov beugte sich vor und griff zum Telefon. Wenig später trat Preben Møller ein und begrüßte Vincent. Skov gab ihm die restlichen Abzüge.

»Leg los«, sagte Skov zu Møller, der bereits wieder den Raum verließ.

»Es ist Møller nicht gelungen, den Schrank, zu dem der Schlüssel passt, zu finden«, sagte Skov. »Ich habe ihm von dem Foto unseres mutmaßlichen Mordopfers berichtet, und jetzt ziehen er und seine Truppe noch einmal los und zwar an alle Orte, an denen sie schon einmal waren. Kastrup, Hauptbahnhof, Busbahnhöfe und Hotels. Mit etwas Glück erkennt ihn jemand. Vielleicht finden wir ja so heraus, wo sich Paolo Rocca aufhielt, bevor er auf dem Rådhuspladsen den Tod fand.«

»Und die Namen der terroristischen Kontakte Roccas? Die Christian geschickt hat?«

»Die bearbeiten wir noch. Die meisten sind Interpol und Europol bekannt, ohne dass von direkten Verbindungen nach Dänemark etwas bekannt wäre. Aber wir stellen alle verfügbaren Informationen über diese Typen zusammen, Fingerabdrücke, Fotos, Geldbewegungen, Reisen, alles.«

Skov erhob sich und ging mit müden Schritten im Büro auf und ab.

»Die anderen sollen herausfinden, ob einige von denen zu den Typen gehören, die Korsør besetzt halten«, sagte er. »Wir konzentrieren uns auf den Mord. Ich habe Thord Henning darüber informiert, was du herausgefunden hast, obwohl ich mir nicht sicher bin, dass er begreift, dass ein Zusammenhang zwischen der Besetzung und unserem Mord bestehen könnte. Henning scheint etwas gestresst zu sein, wenn du verstehst, was ich meine.«

»Und ich?«, fragte Vincent.

»Fahr nach Hause zu deiner Familie. Komm morgen wieder. Dann ist auch noch genug zu tun.«

Vincent Paulsen erhob sich und ging zur Tür.

»Christian war hervorragend«, sagte er und wandte sich an seinen Chef. »Klug. Er war sehr hilfreich, nicht nur in sprachlicher Hinsicht.«

»Sieh mal an«, erwiderte Skov.

»Auf einen Namen hat er reagiert«, sagte Vincent. »Er stand auf der Rückseite eines Fotos, das Rocca in Damaskus zeigt. Der Name stand dort in hebräischen Buchstaben. Die Italiener haben diesen Namen nicht erwähnt, aber Christian konnte ihn lesen. Anatolij Kagan.«

Skov blätterte in einigen Papieren auf seinem Schreibtisch.

»Kagan, Kagan«, murmelte er. »Das ist der letzte Name auf Christians Liste. Richtig. Bei diesem Namen gab es keinen Treffer, weder bei Interpol noch bei Europol. Aber wir behalten ihn im Auge.«

43. Kapitel

Das Klingeln des Telefons unterbrach die Stille. Draußen war der Flachs bereits verblüht. Die Tauben gurrten im Taubenschlag. Keine neuen Besucher waren auf den Hof gekommen. Der Mann, der im Haus wohnte, hatte diese Woche darauf verzichtet, im Dorf einzukaufen.

Er schaltete sein Handy ein und lauschte. Ab und zu stellte er kurze Fragen.

»Seid aufmerksamer«, sagte er schließlich. »Reagiert, wie für eine solche Lage vereinbart. Und zwar jetzt ohne Zögern.«

Er legte sein Handy beiseite und wandte sich seinem Computer zu. Dieser war über Modem ständig mit dem Netz verbunden. Auf dem Monitor waren eine Menge Zahlen zu sehen. Er trug die Adresse einer Homepage ein und begann zu lesen. Es handelte sich um die Artikel über die Besetzung im Wirtschaftsteil der *Financial Times*. Dann las er die politischen Kommentare. In einer Stunde sollte er dem *Konsortium* Bericht erstatten. Er wusste, dass alle acht Mitglieder des Konsortiums nervös waren. Schließlich gab es kein Zurück mehr. Es stand viel auf dem Spiel, die Einsätze waren enorm. Der Gewinn waren Macht und Geld.

Er hatte selbst die ersten Kontakte etabliert. Er hatte zwei Libanesen aufgesucht und sie von seiner Idee überzeugt. Diese Männer, die zu den Falangisten gehörten, hatten während des Bürgerkriegs in ihrem Land große Summen verdient. Jetzt hatten sie ihre Geschäfte ausgeweitet. Sie besaßen Kontakte, die alle anderen weit übertrafen. Sie hatten Geschäfte über alle bisherigen Grenzen hinweg gemacht, mit den Amerikanern, den Russen, den Israelis und den Pakistani, mit allen, die mit Öl, Waffen und mit politischem Einfluss handelten. Mit Personen, die große wirtschaftliche Interessen im Nahen Osten vertraten. Mit Geschäftsleuten, die davon profitieren würden, wenn sich das Zentrum der Weltökonomie von der westlichen Welt in den rasch an Bedeutung gewinnenden Fernen Osten und in ihre eigene Interessensphäre verschieben würde. Männer, die von einer Instabilität der herrschenden Weltordnung profitieren würden.

Er und seine beiden libanesischen Kompagnons hatten bei einer kleineren Gruppe von Investoren angerufen, die früher schon bereit gewesen waren, extrem hohe Risiken einzugehen. Ein Plan wurde erarbeitet und Kontakte wurden hergestellt. Das Echo war größer gewesen, als sie zu hoffen gewagt hatten.

Dann die nötigen Fußsoldaten zu finden, war kein Problem gewesen. Das Problem hatte eher darin bestanden, Leute aufzuspüren, die das richtige ethnische Profil besaßen, Leute, die nicht sofort Verdacht erregten und sich unbehindert in der EU bewegen konnten. Er hatte Paolo Rocca in Damaskus kennengelernt. Er war der Schlüssel zur Rekrutierung der Europäer.

Dass sich diese Verbindung dann als Sackgasse erwiesen hatte, war eine unangenehme Fehlkalkulation gewesen. Er konnte nur hoffen, dass der entstandene Schaden nicht größer war, als er glaubte. Trotzdem, im Großen und Ganzen hatten seine Berechnungen bislang standgehalten. Jetzt galt es nur noch, das Wichtigste zu tun.

Doris war hungrig. Sie hatte noch nichts zu essen bekommen, obwohl über vierundzwanzig Stunden vergangen waren. Sie fragte sich, was das zu bedeuten hatte. Vielleicht machte es ja keinen Sinn, diejenigen, die man ohnehin töten wollte, auch noch zu füttern? Dachten sie etwa so? Oder hatten sie vergessen, dass sie da war? War sie bloß ein unwesentliches Detail in einem größeren Spiel?

Sie setzte sich aufs Bett. Niemand hatte sich die ganze Zeit um sie gekümmert. Sie hatten sie in das Zimmer geschoben und waren dann weggegangen. Manchmal schaute sie auf die Straße und sah die Männer dort unten mit ihren Schusswaffen. Am Vorabend hatte sie mehrere Schüsse gehört. Sie hatte sich nicht ans Fenster gewagt, sondern sich auf dem Bett zusammengekauert. Sie wusste nicht, was geschah. Sie wusste nicht, warum sie gefangen gehalten wurde. Alles war genauso verwirrend wie erschreckend.

Ihre Arme schmerzten. Die Versuche, sich vom Klebeband zu befreien, waren erfolglos gewesen. Ihre Hände waren immer noch fest auf dem Rücken gefesselt. Glücklicherweise war es ihr gelungen, den Wasserhahn im Bad aufzudrehen, so dass sie hatte trinken können. Solange sie Wasser hatte, würde sie durchkommen. Ich sollte das als Diät betrachten, hatte sie gedacht, um nicht den Mut zu verlieren. Einen Augenblick später hatte sie zu weinen begonnen.

Am früheren Morgen hatte sie Bewegungen auf dem Korridor gehört. Sie hatte angenommen, dass es die Schritte der Gewalttäter waren. Aber jetzt war es erstaunlich still. Sie hatte abwechselnd gehofft und gefürchtet, dass die Polizei das Hotel stürmen und sie und die anderen, die offenbar ebenfalls dort gefangen gehalten wurden, befreien würde. Wenn der Angriff kam, wollte sie sich zwischen das Bett und die Außenwand des Zimmers auf den Fußboden legen, hatte sie sich vorgenommen.

Jetzt hörte sie erneut Schritte auf dem Korridor. Sie näherten sich. Die Angst bereitete ihr körperliche Schmerzen. Sie bewegte die Lippen wie im Gebet. Aber die Schritte gingen an ihrer Tür vorbei, und sie atmete auf. Eine Tür etwas weiter weg wurde geöffnet, es war nicht die des Nachbarzimmers. Sie hörte jemanden schreien, einen Mann, dann Geräusche von Körpern, die herumgestoßen wurden. Die Schritte waren wieder zu hören, wieder ging es an ihrer Tür vorbei, dann verklangen sie.

Wenig später neue Geräusche, die zu ihr heraufdrangen, ein Schuss, gefolgt von zwei weiteren, dann wurden zwei Fahrzeuge angelassen. Doris bekämpfte den Impuls, ans Fenster zu treten und hinauszuschauen. Sie hörte, wie die Fahrzeuge wegfuhren. Dann wurde wieder alles still. Allein saß sie auf dem Bett, alleingelassen mit ihren Fragen und der Angst, die jede Zelle ihres Körpers erfüllte.

44. Kapitel

Reichspolizeichef Thord Henning stand mindestens eine Minute lang schweigend da, nachdem er die Nachricht gelesen hatte. Die anderen im Raum fragten sich, was er da wohl las. Ein Beamter war mit einem Zettel in der Hand hereingekommen, hatte Henning ein paar Worte ins Ohr geflüstert und war wieder gegangen.

Staatssekretär Knud Halsberg dachte ungewollt an den Präsidenten der USA, George W. Bush, als dieser die Nachricht vom Angriff auf das World Trade Center erhalten hatte. Bush, von Kindern umgeben in einem Klassenzimmer, hatte nicht fassen können, was ihm zu Ohren gekommen war.

»Ein Auto wurde bis auf einige hundert Meter an die Straßensperre auf der E 20 herangefahren«, sagte Henning, »mit drei Toten. Genickschüsse, eine demonstrative Hinrichtung.«

Er schüttelte den Kopf. »In dem Auto lag eine Nachricht«, sagte er und ließ den Blick auf das Papier sinken. »›Wir haben das Blut unserer drei Märtyrer gerächt. Tod dem rassistischen Dänemark!‹ So steht es da. Auf Englisch. Die drei Toten sind die drei Mitglieder der Dansk Folkeparti, die gestern aus ihren Häusern abgeholt wurden.«

»Schrecklich«, sagte Knud Halsberg. »Und gleichzeitig ein

politisches Statement. Wir sind Rassisten? Ist das der Grund für all das?«

»Wahnsinn«, sagte Oberbefehlshaber Hans Enhørning. »Das kann doch nicht möglich sein. Es muss um etwas ganz anderes gehen. Aber was können sie mit ›unseren drei Märtyrern‹ meinen?«

»Klingt nach Moslems«, sagte der Chef des PET. »Islamistischer Sprachgebrauch, so nennen sie ihre Selbstmordattentäter. Islamistischer Terror, darum geht es offenbar genau wie in Madrid und an anderen Orten. Aber der Grund … ich halte es für wahrscheinlicher, dass es sich um eine Art Abstrafung für unsere Teilnahme am Irak-Krieg statt einen Protest gegen unsere Ausländerpolitik handelt.«

»Ich lese nur vor«, sagte Thord Henning. »›Tod dem rassistischen Dänemark.‹ Und dann drei tote Vertreter einer Partei, die von der ausländischen Presse als rassistisch bezeichnet wird.«

»Aber welche drei Märtyrer sind gemeint?«, sagte Enhørning.

»Vielleicht Leute, die ihrer Ansicht nach unseren Soldaten im Irak zum Opfer gefallen sind«, meinte der Staatssekretär des Justizministeriums Jørn Baastrup. »Ich werde jemanden damit beauftragen, herauszufinden, ob es einen Fall gibt, bei dem der Feind von drei Märtyrern sprechen könnte.«

»Langsam ist es an der Zeit für einen Gegenangriff«, sagte Hans Enhørning. »Die Situation ist unhaltbar.«

»Wie Sie wissen, bereiten wir uns gerade in jeder Hinsicht vor«, sagte Henning. »Aber solange Ihre neuen Panzer nicht in Position stehen, halte ich es für undenkbar, ein Risiko einzugehen.«

45. Kapitel

Die Information über die drei ermordeten Geiseln gelangte bereits innerhalb einer Stunde an die Presse. Dieses Mal war von Rücksichtnahme auf die Angehörigen der Toten nicht mehr die Rede. Man hielt die Nachricht für so wichtig, dass man mit ihrer Veröffentlichung nicht warten wollte. Eine neue Phase der Besetzung hatte begonnen. Der Charakter der Gewalt hatte sich verändert.

Immer mehr Leute versuchten, aus Korsør zu entkommen. Im Fernsehen waren Bilder von Menschen zu sehen, die über die Felder rannten. Niemand wusste genau, wie vielen die Flucht aus der Stadt gelang. Die Schätzungen beliefen sich auf zwischen fünf- und achttausend Menschen während der ersten vierundzwanzig Stunden. Es wurde immer schwieriger, alle Flüchtlinge unterzubringen. Provisorische Sammellager wurden in Schulen und Kirchen in Slagelse und in den Nachbarstädten Sorø, Ringsted und Næstved eingerichtet. Die Bevölkerung wurde aufgefordert, die Opfer bei sich zu Hause unterzubringen. Seeland hatte sich in ein Flüchtlingslager verwandelt.

An die achttausend Menschen auf der Flucht, das bedeutete, dass sich um die zwölftausend Menschen immer noch in der Stadt befanden. Am schwersten war es für die, die in der Innenstadt wohnten. Dort wagte niemand, auf die Straße zu gehen. Ein jüngerer Mann erzählte am Telefon, dass die Panzer inzwischen unablässig auf den Straßen im Zentrum patrouillierten. Mehrmals habe er Schüsse gehört.

Vincent Paulsen verfolgte zusammen mit seiner Frau die Berichterstattung im Radio und Fernsehen. Am Nachmittag trat ein Pressesprecher der Polizeiführung auf und berichtete von der Mitteilung der Besetzer. Auch Vincent wusste die Worte über die drei Märtyrer nicht zu deuten. Er diskutierte die Situation mit Birthe, aber beiden gelang es nicht, sich tiefer in das Geschehen einzudenken, und die Unterhaltung bewegte sich an der Oberfläche.

»Ich muss mich mit einem Bekannten unterhalten«, sagte Vincent. »Entschuldigst du, wenn ich für ein paar Stunden das Haus verlasse?«

»Wer?«, fragte Birthe.

»Er heißt Herschfeld«, erwiderte Vincent, »und ist Juwelier.«

Simon Herschfeld öffnete die Tür und bat Vincent sofort herein. Sie nahmen im Laden Platz und zwar auf denselben Plätzen wie beim vorherigen Mal. Paulsen berichtete von den Entdeckungen, die er dank des Ringes in Bologna und Mailand gemacht hatte. Herschfeld nickte versonnen mit seinem schweren Kopf.

»Es ist immer so«, sagte er. »Die Toten lassen Spuren zurück. Niemand wandelt auf unserer Erde, ohne sein Zeichen zu setzen. Sogar unsere Gesten und Gewohnheiten leben in unseren Nachkommen weiter, noch lange nachdem wir tot und vergessen sind. Es heißt, das Flattern von Schmetterlingsflügeln würde sich über die Erde fortpflanzen und alles andere Lebendige beeinflussen. Wenn das kein Trost ist?«

»Doch«, erwiderte Vincent. »Aber wir Polizisten suchen

nach handfesteren Spuren. Er geht darum, kleinste Zeichen zu finden und diese zu deuten.«

»Und das haben Sie getan, lieber Paulsen, das haben Sie wirklich. Und jetzt fragen Sie sich natürlich, wie das alles mit dem Schrecklichen zusammenhängt, das sich gerade auf unserer Insel ereignet.«

»Ja, in der Tat.«

Er hatte aufgehört sich darüber zu wundern, dass Herschfeld scheinbar seine Gedanken lesen konnte.

»Ich bin im Laufe meines Lebens sehr viel mit Terror und Rassismus konfrontiert worden«, sagte Herschfeld. »Mehr, als einem Menschen zumutbar ist. Ich verfolge, was in Korsør geschieht, und es schmerzt mich.«

»Wie soll man das verstehen?«, fragte Vincent. »Was treibt sie dazu?«

»Was diese Menschen wollen, das weiß ich genauso wenig wie Sie, Paulsen. Aber spielt das denn überhaupt eine Rolle?«

»Wie meinen Sie das?«

»Das sind Menschen, die sich das Recht herausnehmen, *unser* Leben für *ihre* Sache zu opfern. So ist es in allen Kriegen gewesen. Jemand steht hinter der Bühne und schickt uns für das, woran er glaubt, in den Tod. Der Mann hinter der Bühne gibt irgendwelche Gründe für seinen Beschluss an, aber meist geht es darum, dass er sich selbst oder seine Ideen begünstigt. So ist es auch mit all diesen Terroristen. Sie opfern Unschuldige für sich. Der Unterschied zwischen Terroristen und Generälen oder Politikern ist nur, dass die Terroristen auch ihr eigenes Leben aufs Spiel setzen. Aber das tun sie ihres eigenen Genusses wegen, daher ist es auch nicht weiter bewundernswert.«

»Genuss?«

»Lieber Paulsen, ein terroristischer Akt ist die ultimative Revanche. Er vermittelt ein ausgesprochen intensives Lebensgefühl. Klingt das unmenschlich?«

»Ja, allerdings.«

»Es ist unmenschlich, aber es sind trotzdem Menschen, die diese Taten begehen, und nicht Tiere.«

»Eine Revanche wofür?«

»Dafür, dass man dem Menschen seinen rechtmäßigen Platz verweigert. Er kann Armut und Not ertragen, daran hat er sich über Jahrtausende gewöhnt. Sich abzumühen ist das Los aller. Wir kommen nie an, ständig gibt es neue Ziele. Aber wenn sich uns jemand in den Weg stellt, dann protestieren wir. Und wenn das immer wieder geschieht, dann verändert sich der Mensch. Die meisten verlieren ihren Glauben an ein besseres Leben und geben auf. Andere versuchen verzweifelt, das Hindernis zu überwinden. Wieder andere geben denen die Schuld, die in Sichtweite auf der anderen Seite stehen. Dort stehen Sie und ich, Paulsen. Leute wie wir werden zu Zielscheiben ihres unersättlichen Rachebedürfnisses. Und wenn ausreichend durchtriebene Menschen sich dieses Rachebedürfnis zu Nutze machen, dann können unaussprechliche Grausamkeiten begangen werden, im Namen Gottes, im Namen der Befreiung oder im Namen der Nation. Das ist der ewige Kreislauf der Gewalt, der immer in einem Blutbad endet.«

»Die Besetzer sprechen von ihren Märtyrern«, sagte Vincent. »Was sagt uns das? Handelt es sich um radikale Islamisten?«

Simon Herschfeld lächelte.

»Ich habe im Radio die Schlussfolgerung gehört, es müsse sich um Islamisten handeln. So eine unbedarfte Theorie. Die Märtyrer sind Leute, die um ihres Glaubens willen ihr Blut vergießen. Die Märtyrerlegenden stammen von den Christen, der Tod reinigte sie von den Sünden und sie kamen in den Himmel. Der Islam hat diese Tradition einfach nur vom Christentum übernommen. Dort spricht man von *Shahid*. Der erste Märtyrer gehörte übrigens meinem Glauben an, er starb bereits 160 Jahre vor Christus. Wer von Märtyrern spricht, kann also Jude, Christ oder Moslem sein.«

»Aber heutzutage … sind es da nicht die Islamisten, die dieses Wort politisch verwenden?«

»Sie meinen, dass die Christen ihr Leben nicht mehr ihrem Glauben opfern? Damit könnten Sie recht haben, mein lieber Paulsen. Und die Juden? Wir sprechen immer noch von Märtyrern auch in Zusammenhängen, in denen es mehr um Politik als um Glauben geht. Wir missbrauchen das Wort ebenso sehr wie die Islamisten.«

»Und der Rassismus?«, meinte Vincent.

»Sie wissen, was ich von der Xenophobie in unserem Land halte«, sagte Herschfeld. »Wir begnügen uns nicht damit, niemanden in unser Land zu lassen, wir demütigen auch die, die bereits hier sind. Das ist die europäische Einfalt, Paulsen. Wenn die Franzosen den Schleier, den *Hijab*, in den Schulen verbieten, dann wird das Private politisch. Ist es da so verwunderlich, dass der Islam damit antwortet, zu politisieren?«

Vincent Paulsen ging zum Schaufenster und nahm einen Ring heraus. Er drehte ihn hin und her und betrachtete den Stempel auf der Innenseite.

»Was, glauben Sie, wollen diese Rächer in Korsør?«

»Vielleicht wollen sie uns nur herausfordern, uns kleingläubige, selbstgerechte Westeuropäer«, erwiderte Herschfeld. »Darauf läuft es hinaus.«

Paulsen legte den Ring wieder ins Schaufenster.

»Danke für das Gespräch«, sagte er. »Ich gehe jetzt.«

»Kommen Sie wieder, lieber Paulsen. Sie sind immer willkommen.«

46. Kapitel

Espen zählte schon gar nicht mehr die Fliehenden, die ihm auf den Äckern bei Korsør entgegenkamen. Die Umrisse der Menschen zeichneten sich über dem hohen Getreide ab. Er hielt einige Personen an und fragte nach einem sicheren Weg in die Stadt, aber bekam meist nur ein »Sie sind ja verrückt, Mann« zur Antwort, ehe sie weitereilten, um sich möglichst weit von dem Wahnsinn zu entfernen, dem sie gerade entkommen waren. Ein Mädchen versuchte stammelnd zu beschreiben, was sie gesehen und gehört hatte. Daraus wurde Espen auch nicht viel klüger. Ein Mann ermahnte ihn, das Zentrum zu meiden, aber genau dorthin war Espen unterwegs.

Espen formulierte seine Fragen jetzt anders: Welchen Weg haben Sie genommen? Wurden Sie beschossen? Haben Sie Panzer oder bewaffnete Männer gesehen? Wenn ja, was taten die? Er bat darum, ihm die kritischen Punkte auf dem Stadtplan zu zeigen, er markierte ihre Fluchtwege mit einer Linie und schrieb die Zeiten dazu.

Auf diese Art gewann er schließlich ein Bild der Positionen des Feindes, von seinen bisherigen Bewegungen und von seinen Aktionen. Die Gewalt schien bislang recht begrenzt gewesen zu sein. Die Anwesenheit der Besatzer glich mehr einer Gewitterwolke über der Stadt. Das Unwetter hatte noch nicht begonnen.

Er begab sich weiter nach Süden, um dem Panzer an der Kreuzung Skovveien und Slagelse Landevej auszuweichen. Er kam zu einem Wald. Auf der Karte sah er, dass er ganz einfach »Korsør Skov« hieß. Direkt dahinter begannen die Häuser. Noch fünfhundert Meter, und er war in der Stadt.

Mit Hilfe des Stadtplans begab er sich auf die mit Wohnhäusern gesäumten Straßen. Er stieß nur noch auf vereinzelte Flüchtlinge, die mit leerem Blick an ihm vorbeihasteten. Auf halbem Weg ins Zentrum waren die Straßen schließlich verwaist. Irgendwelche Feinde hatte er bislang weder gesehen noch gehört.

Ein mildes Lüftchen wehte vom Großen Belt. Es roch frisch nach Salz und Meer. Die Sonne leuchtete über ihm. Die Illusion von Stille war groß.

Deswegen wirkte das Geräusch des Panzerwagens fast unanständig. Der Lärm war eher störend als bedrohlich. Er hörte das Dröhnen, ehe er den großen Stahlkoloss sah. Wie ein unwillkommener Gast tauchte er plötzlich an einer Kreuzung auf. Der Panzer bog in seine Richtung ein und fuhr geradewegs auf ihn zu. Espen sah einen Kopf und ein paar Schultern aus dem Geschützturm herausragen. Er zog sich in den Schutz eines Gartens zurück und hoffte, dass er nicht gesehen worden war. Eine Salve aus einer Maschinenpistole zerschmetterte das letzte Restchen Idylle. Espen rannte, um sich hinter einem Haus zu verstecken. Es gelang ihm gerade noch zu entkommen, da schlug die Salve in der Mauer hinter ihm ein. Rennend umrundete er die nächste Hausecke. Dort donnerte der Panzerwagen auf der Straße vorbei. Der Kommandant im Geschützturm hatte ihn offenbar für einen verirrten Flüchtling gehalten und es war ihm nicht wichtig genug gewesen, ihn zwischen den Häusern zu verfolgen.

Mit zitternden Knien ging Espen weiter Richtung Zentrum.

»Ich lebe. Ich bin unverletzt«, berichtete er seinen anonymen Bewachern Mr. Smith und Mr. Jones über den Sender in seiner Schläfe.

Es dauerte nur eine gute halbe Stunde, bis er den schmalen Sund zwischen der südlichen und der nördlichen Stadthälfte von Korsør erreicht hatte. An einer Straßenecke stand ein Briefkasten, dahinter war eine Buchsbaumhecke. Espen zog den Umschlag mit dem Geld aus der Tasche und nahm fünfundzwanzigtausend Dollar heraus. Die Geldscheine steckte er in seine Gesäßtasche. Den Umschlag mit dem restlichen Geld versteckte er in der Hecke.

Espen ging ein paar Straßen weiter und befand sich jetzt nur noch ein paar hundert Meter vom Hotel Kong Frederik entfernt. Er blieb eine Weile zögernd stehen, aber da war es schon zu spät. Leute mit schwarz vermummten Gesichtern kamen ihm entgegen. Espen hob die Arme in die Luft und rief, so laut er konnte: *»Don't shoot, don't shoot! Negotiator, negotiator!«*

Die drei Männer richteten ihre Waffen auf ihn. Espen erwartete, dass ihn ein Geschoss zerreißen würde, aber stattdessen kamen die Männer in breiter Front langsam auf ihn zu. Espen gab sich Mühe, ganz still zu stehen. Plötzlich spürte er, dass seine Nasenspitze zu jucken begann. Es wurde immer schlimmer und war fast unerträglich. Tränen traten ihm in die Augen. Er begann ganz leise zu singen, um seine Angst und das penetrante Jucken in Schach zu halten: »She loves you, yeah, yeah, yeah …«

Die Männer waren sehr schnell bei ihm. Ihr Schweißgeruch schlug ihm entgegen. Sie drückten ihm zwei Läufe ihrer Maschinenpistolen gegen die Brust und einen gegen die Schläfe. *»Down«*, befahl der Mann, der auf seinen Kopf zielte. Espen ließ sich auf die Knie sinken. Die Waffen folgten seiner Bewegung. Einer der Männer suchte ihn mit den Händen ab. *»Up.«*

Espen gehorchte sofort und versuchte, rasch wieder auf die Beine zu kommen. Einer der Männer zog Espens Jacke halb nach unten, so dass seine Arme an den Oberkörper gepresst wurden. Ein anderer drückte ihm seine Waffe in den Rücken und zwang ihn Richtung Hotel. Espens Herz schlug etwas langsamer. Er hatte die erste, kritische Phase überlebt.

Weitere bewaffnete Männer standen vor dem Hotel und andere in der Lobby. Espen zählte vierzehn Männer einschließlich der drei, die ihn vor sich her stießen. Man zwang ihn zwei Treppen hoch zu gehen. Dann schob man ihn in ein Zimmer. Einer der Männer fesselte ihm die Hände mit Klebeband hinter dem Rücken und setzte ihn auf einen Stuhl. Zwei Männer bewachten ihn, während der dritte das Zimmer verließ. Espen war erstaunt, dass sie sich nicht gewalttätiger oder bedrohlicher verhalten hatten. Alles, was er an Geiselnahmen erlebt oder darüber gelesen hatte, ging um große physische oder verbale Gewalt selbst den hilflosesten Opfern gegenüber, damit diese sich schnellstmöglich unterwarfen. Er hatte erwartet, körperlich misshandelt zu werden, selbst wenn es ihm gelungen wäre, sie davon zu überzeugen, dass er ein Unterhändler war.

Es vergingen mehrere Stunden, bevor wieder jemand ins Zimmer kam. Es war ein dunkelhaariger, dunkeläugiger, relativ kleiner Mann um Mitte dreißig. Espen vermutete, dass es sich um einen Araber handelte, war sich aber nicht sicher. Der Blick des Mannes war ausdruckslos. Seine Gefühle ließen sich nicht erkennen.

Mit raschen Schritten ging er auf Espen zu und schlug ihm fest ins Gesicht. Espen hatte dies erwartet und gab dem Hieb nach, wodurch dieser abgeschwächt wurde. Sobald er sich wieder gefangen hatte, fixierte er den Mann mit seinem Blick. Dieser beugte sich vor und schob sein Gesicht zehn Zentimeter an Espens heran. War es Janina Martinsson ebenso ergangen?

Espen gewann einen blitzschnellen Einblick in die Hölle. Die vollkommene Machtlosigkeit, der Willkür anderer ausgeliefert zu sein. Bedrohung, unberechenbare Brutalität, die Methode des Gewalttäters, alle Versuche des Widerstands zu ersticken und die Geisel in ein willenloses Opfer zu verwandeln. Wenigen Menschen gelang es, sich psychisch wieder zu stabilisieren, nachdem Angst und Erniedrigung alles zerstört hatten.

»Wer sind Sie?«, fragte der Mann auf Englisch.

»Ich heiße Espen Krogh und bin hier, um mit Ihnen zu verhandeln«, erwiderte Espen.

»Wen vertreten Sie?«

»Es geht um einen Ihrer Gefangenen«, sagte Espen.

Der Mann schlug nochmals zu, was Espen dieses Mal nicht erwartet hatte.

»Beantworten Sie die Frage«, sagte der Mann. »Sonst nichts. Wen vertreten Sie?«

»Ich vertrete das Unternehmen Compton & Floyd, das seinerseits Mr. George Woods vertritt«, erklärte Espen und bemühte sich, sich genau auszudrücken. Er legte keinen Wert auf weitere Schläge.

»Sind Sie Amerikaner?«

»Nein. Ich bin Schwede und in Dänemark geboren.«

Der Mann hob seine Hand in die Höhe von Espens Gesicht. »Ich rate Ihnen davon ab, zu lügen«, sagte er, jedoch ohne zuzuschlagen.

»In der Jackentasche«, sagte Espen, »liegt mein Pass.«

Der Mann steckte die Hand in Espens Jacke und nahm den Pass heraus. Er begann zu blättern. »Beweisen Sie, dass es um den Amerikaner geht«, sagte er dann.

»Gesäßtasche«, sagte Espen und drehte sich etwas zur Seite. »Dort befindet sich der Beweis.«

»Stehen Sie auf«, sagte der Mann und steckte die Hand in die

Gesäßtasche, als Espen wieder auf die Beine gekommen war. Das Dollarbündel war recht dick.

»Fünfundzwanzigtausend Dollar«, sagte Espen. »Das ist der Vorschuss. Können wir jetzt das Geschäftliche besprechen?«

»Vielleicht.«

»Ich möchte aber erst die Ware in Augenschein nehmen.«

Der Mann blätterte in dem Dollarbündel.

»Wie viel ist er Ihnen wert?«, fragte er dann.

»Bedeutend mehr als das«, sagte Espen.

Eine Faust tauchte vor seinen Augen auf.

»Sorry«, sagte Espen. »Verhandlungen sind wie ein Kartenspiel. Man zeigt seine Hand nicht.«

»Ich spiele nicht Karten«, erwiderte der Mann. Aber er ließ seine Faust sinken und nickte den beiden Wachen zu.

Sie führten ihn zwei Treppen nach oben und dann einen Korridor entlang. Espen merkte sich die Zimmernummer: 411. Einer der Aufpasser öffnete die Tür. Ein Mann saß an einen Stuhl festgebunden. Sein Kopf hing nach vorne, als schliefe er oder sei tot. Eine weiße Augenbinde war im Nacken zugeknotet. Der Aufpasser ging zu dem Mann und stieß ihn mit dem Gewehrkolben an. Der Mann auf dem Stuhl zuckte zusammen und hob den Kopf.

»Darf ich mit ihm sprechen?«, fragte Espen mit leiser Stimme.

»Nur kurze, einfache Fragen«, sagte der Mann, der der Anführer der Gruppe war.

»Mr. George Woods«, sagte Espen. »Sind Sie das?«

Der Mann auf dem Stuhl machte eine unruhige Kopfbewegung. Die Stimme klang brüchig, sein Kehlkopf schien ausgetrocknet zu sein.

»Wer sind Sie?«, sagte er, statt zu antworten. »Warum werde ich gefangen gehalten?«

»Ich bin hier, um Ihnen zu helfen«, sagte Espen. »Sind Sie George Woods?«

»Ja. Können Sie mich hier rausholen?«

»Wir haben nicht viel Zeit, Mr. Woods. Konzentrieren Sie sich darauf, meine Fragen zu beantworten. Wie geht es Ihnen, rein körperlich?«

»Man hat mich geschlagen, und ich habe Schmerzen. Meine Arme schmerzen.« Er verstummte eine Weile. »Aber ich glaube nicht, dass ich schwer verletzt bin«, sagte er dann, etwas gefasster. »Helfen Sie mir!«

Der Anführer der Gruppe schob Espen aus dem Zimmer, noch ehe er eine weitere Frage stellen konnte. Er wurde in das zweite Stockwerk zurückgebracht. Espen wurde in ein Zimmer eingeschlossen. Man ließ ihn allein. Er wusste nicht, ob er jetzt selbst eine Geisel war oder ob die Kidnapper über Woods verhandeln wollten. Das hing von ihren eigentlichen Zielen ab.

»Woods, Zimmer 411 im vierten Stock. Ich sitze in Zimmer 207 im zweiten Stock«, sagte er und hoffte, dass seine Worte gehört und notiert wurden.

47. Kapitel

Preben Møller und seine vier Kollegen vom Morddezernat hatten müde Beine.

»Jetzt geben wir auf«, sagte einer von ihnen. »Es ist fünf vor zehn. Wir sind jetzt über acht Stunden herumgelaufen.«

Møller nickte. Er hatte außerdem Rückenschmerzen. Sie hatten den Samstagnachmittag und -abend damit zugebracht, sämtliche Hotels in der Stadt abzuklappern und sich in jedem Laden im Hauptbahnhof sowie auf Kastrup und auf den Busbahnhöfen nach Paolo zu erkundigen. Sie hatten sein Foto vorgezeigt und immer wieder dieselbe Frage gestellt: »Haben Sie diesen Mann schon einmal gesehen?«

Das Ergebnis war niederschmetternd. Sie waren Niederlagen gewohnt, aber das hier war schlimmer als sonst. Eine einzige Person hatte geglaubt, Paolo wiederzuerkennen. Eine Verkäuferin in einem Laden auf dem Hauptbahnhof, die sich an seine Augen erinnern konnte. Eine Überprüfung zeigte, dass sie wirklich an jenem Tag gearbeitet hatte, an dem der Mord auf dem Rådhuspladsen verübt worden war. Bestenfalls stärkte das die Hypothese, dass Paolo Rocca am selben Tag mit dem Zug am Hauptbahnhof eingetroffen war, an dem man ihn ermordet hatte. Aber woher war er gekommen? Møller sah ein, dass er mit jedem Schaffner sprechen musste, der an diesem Nachmittag gearbeitet hatte. Paolo Rocca war Italiener gewesen. Also war er vielleicht mit dem Zug von Süden her eingetroffen. Es gab unendlich viele Möglichkeiten. Møller wurde von einem Gefühl der Mutlosigkeit erfasst.

Er saß in seinem Büro im zweiten Stock des Polizeipräsidiums. Es war nach elf Uhr abends, und seine Kollegen waren nach Hause gegangen. Nicht einmal Skov war noch da. Møller war unverheiratet und fühlte sich in seiner Junggesellenwohnung wohl. Aber an diesem Abend wollte er nicht aufhören zu arbeiten. Er sann über effektive Methoden, anhand derer sich das Leben Paolo Roccas zurückverfolgen ließe, nach, um so herauszufinden, weswegen er ermordet worden war. Møller verließ sich nicht auf seine Intuition, er glaubte an beharrliche Arbeit. Je mehr Zeit er auf einen Fall verwendete, desto einfacher würde er zu lösen sein oder desto mehr würde er zu seiner Lösung beitragen können. Aber ausnahmsweise gestattete er sich, dabei auf sein Gefühl zu hören und sich nicht nur auf die harten Fakten zu verlassen: Rocca war wegen des Schrankinhalts ermordet worden. Kein Ermittlungsergebnis belegte dies. Aber wenn der Schlüssel nicht zu irgendeinem Schrank in Kopenhagen passte, dann gehörte er zu einem Schrank in dem Ort, in dem Rocca in den Zug eingestiegen war. Das war die Ortschaft, die er finden musste.

Seine Überlegungen wurden vom Klingeln des Telefons unterbrochen. »Ja?«, sagte er nur, nachdem er zum Hörer gegriffen hatte.

»Ich hätte gerne Bjarne Skov gesprochen«, sagte jemand am anderen Ende.

»Skov liegt zu Hause und schläft, und das sollte ich ebenfalls tun«, sagte Møller unwirsch. Er war zu müde, um um diese Tageszeit noch den Telefondienst zu übernehmen.

»Hier ist Polizeiassistent Berndtsen. Mit wem spreche ich bitte?«

Ein Kollege. Møller wurde etwas umgänglicher.

»Møller. Ich bin als Einziger noch hier. Womit kann ich dir helfen?«

»Ich arbeite bei der Citywache am Halmtorvet«, sagte Berndtsen. »Ich bin neu hier, also als Polizist. Ich habe im Frühjahr Examen gemacht. Ich weiß nicht, ob das hier etwas ist …«

»Was denn?«

»Wir haben einen Kinderwagen reinbekommen, den jemand vor einem Geschäft in der Viktoriagade am Tag nach dem Mord auf dem Rådhuspladsen hatte stehen lassen.«

Møller drückte den Hörer etwas fester ans Ohr. »Und?«, sagte er auffordernd.

»Der hatte vierundzwanzig Stunden vor dem Laden gestanden, also nach dem Mord. Ich dachte, dass er vielleicht etwas damit zu tun hat. Bist du mit dem Fall befasst?«

»Ja«, sagte Møller. »Warum hat uns das niemand früher erzählt?«

»Es hat vermutlich keiner daran gedacht. Ich bisher auch nicht. Erst eben. Das kam mir einfach in den Sinn. Ich habe mich erkundigt, ob der Kinderwagen noch da ist. Das ist er. Niemand hat ihn abgeholt.«

»Wo ist der Kinderwagen jetzt?«

»Bei uns im Keller bei allen anderen Fundsachen. Außerdem ist etwas ganz merkwürdig damit.«

»Was?«

»Es liegt eine große Puppe unter den Decken darin. So groß wie ein richtiges Baby.«

»Berndtsen«, sagte Møller. »Fass den Kinderwagen nicht an. Ich schicke die Kriminaltechniker sofort rüber.«

»Natürlich. Ich bin noch die ganze Nacht hier.«

Møller legte auf und wählte sofort die interne Nummer der forensischen Abteilung. Anschließend rief er bei Vincent Paulsen zu Hause an.

»Eine Puppe«, sagte Møller, nachdem er erklärt hatte, worum es ging. »Eine perfekte Illusion. Ich erinnere mich an einen Kriminellen, der Raubüberfälle beging und es genauso machte. Wer hat schon Angst vor einem Vater mit Kinderwagen?«

»Ich erinnere mich nicht, irgendeinen Kinderwagen auf den Videos der Japaner gesehen zu haben«, meinte Paulsen. »Aber vielleicht bin ich ja auch auf denselben Trick reingefallen. Ich habe den Kinderwagen vielleicht in dem Gewimmel gesehen, ohne auf den Gedanken zu kommen, dass er mit der Sache zu tun haben könnte.«

»Wir müssen uns die Filme noch einmal ansehen«, meinte Møller.

»Ich komme, so schnell ich kann.«

»Dann schaue ich mir jetzt erst einmal den Kinderwagen an.«

Eine Viertelstunde vor Mitternacht schaltete Paulsen den Videorekorder ein. Møller saß auf einem Stuhl vor dem Monitor.

»Lass uns beten«, meinte Vincent und nahm neben ihm Platz.

Etwa eine Stunde später hatten sie fast alle Bänder im schnellen Vorlauf durchgesehen. Nur zwei Videos waren übrig.

Noch mehr Japaner. Japaner, die Fotos schossen. Japaner, die sich in Positur stellten. Japaner, die die Videokamera nicht ruhig halten konnten. Japanische Amateurfotografen, die ihre gesamte Umgebung ablichteten. Das Rathaus im Gegenlicht. Leute, die Eis aßen. Leute, die vorbeiflanierten …

»Da!«, rief Vincent und sprang auf. Er stellte sich vor den Fernseher.

»Ich seh nichts mehr«, sagte Møller und lehnte sich zur Seite.

Paulsen stand wie festgenagelt da. Eine Frau mit einem Kinderwagen. Sie trug eine Sonnenbrille und hatte kräftiges, dunkles Haar. Ein Mann stand neben ihr, ebenfalls mit Sonnenbrille. Das Paar war altmodisch gekleidet, obwohl sie beide noch recht jung waren. Die Kamera fing sie nur wenige Sekunden ein. Paulsen spulte das Band zurück. Sie sahen es sich ein weiteres Mal an.

»Das sieht aus wie der Kinderwagen im Keller«, sagte Møller.

Paulsen drückte die Pausentaste, als das Paar mit dem Kinderwagen am besten zu sehen war. Auf dem Monitor tauchte ein unscharfes Standbild auf.

»Mit den Haaren stimmt etwas nicht«, meinte er. »Sie sehen fast unnatürlich aus.«

»Vielleicht eine Perücke«, sagte Møller. »Vermutlich empfehlenswert, wenn man vorhat, jemanden zu ermorden.«

Vincent nahm das Band aus dem Videorekorder. »Zur Spurensicherung«, sagte er. »Die sollen uns ein paar Standbilder liefern. Und dann machen wir morgen weiter, wenn sie sich den Wagen näher angesehen haben.«

Møller nickte und machte das Licht aus. »Man könnte schon für weniger religiös werden«, meinte er.

48. Kapitel

Drei Flaschen standen in der Fensternische. Stofffetzen ragten aus den Flaschenhälsen hervor. In den Flaschen war Benzin.

Lydia hatte das Benzin am früheren Abend mit einem Schlauch aus einem Auto abgezapft. Jetzt saß sie da und wartete. Sie wartete nun schon seit Stunden darauf, dass der Panzerwagen zurückkommen würde. Das Fenster war halb offen. Sie hatte gelegentlich von fern das Dröhnen des Motors und das Quietschen der Ketten gehört, wenn sich diese in den Asphalt der Straßen gruben. Bei zunehmendem Lärm war sie mit dem Feuerzeug in der Hand ans Fenster getreten. Aber der Fahrer hatte jedes Mal einen anderen Weg eingeschlagen.

Sie hatte im Radio von den drei ermordeten Politikern gehört und von den drei Märtyrern der Besatzer. Sie lauschte den Mutmaßungen darüber, was mit den drei Märtyrern wohl gemeint sein könnte. Aber Lydia verstand: Sie hatten die Leichen gefunden. Den Mann auf der Treppe und die beiden im Wasser. Die Rache an den drei Dänen war natürlich unerfreulich. Aber nun herrschte Krieg. Ein Krieg forderte seinen Preis. Die Schuld trugen die Mörder. Sie sollten bezahlen.

Lydia sah ein, dass die dänische Regierung immer noch nicht zurückgeschlagen hatte und dass man wartete. Sie fragte sich, worauf. Verhandelten sie? Wussten sie nicht, wie sie agieren sollten? Wollten sie die Gewalttäter hinhalten? Die Nachrichten gaben keine Antwort. Aber sie gedachte nicht zu warten.

Es war jetzt über eine Stunde vergangen, seit sie den Panzerwagen gehört hatte. Vielleicht ruhten sich die Männer aus. Es war eine ruhige Nacht, die Straßen waren menschenleer. Im Haus waren keine Geräusche zu hören. Sie wusste nicht, was ihre Nachbarn taten. Ob sie geflüchtet waren? Sie kannte sie nicht. Sie war eine Unperson, ein Mensch, den es nicht gab, auf der Flucht vor ihrer Wirklichkeit.

Da hörte sie, wie der Motor angelassen wurde. Der Panzer schien eine Straße weiter weg zu stehen. Sie zog das Feuerzeug aus der Hosentasche und öffnete das Fenster ganz. Sie wusste, worauf es ankam, sich zu konzentrieren, die Muskeln des Armes vollkommen unter Kontrolle zu haben und nichts zu überstürzen.

Der Panzer fuhr langsam die Straße entlang. Sie schaute aus dem Fenster. Die Luke des Geschützturms war geöffnet, aber der Kommandant war nicht zu sehen. Wahrscheinlich saß er im Panzer. Sie hatte Glück. Sie ließ das Feuerzeug aufflammen und wartete.

Als der Panzer zehn Meter entfernt war, ließ sie zwei der Lumpen aufflammen. Die eine Flasche hielt sie in der Hand. Sie beugte sich aus dem Fenster, zielte und warf. Die Flasche traf den Geschützturm direkt vor der Luke und zerbarst in einem Flammenmeer. Sie griff rasch die zweite Flasche und versuchte, besser zu treffen. Sie schleuderte sie auf den Panzer und sah, dass auch sie die Kante der Luke traf, aber von dort weiter ins Innere des Panzers fiel. Flammen schlugen hoch. Die Schreie aus dem Inneren klangen hohl. Dann zündete sie die dritte Flasche an und warf sie in den inzwischen stillstehenden Panzer. Die Flammen erleuchteten die Fassade auf der anderen Straßenseite.

Sie drehte sich um und nahm das Sturmgewehr. Dann stellte sie sich ins Fenster und zielte auf den Panzer. Einem der Männer gelang es, aus der Luke zu kriechen. Seine Kleider und seine Haare brannten. Sie erledigte ihn mit drei Schüssen, noch ehe er die Straße erreicht hatte. Dann wartete sie. Kein Mitglied der Besatzung versuchte noch ins Freie zu gelangen. Sie schloss das Fenster und legte sich dann möglichst weit hinten in der Wohnung auf den Fußboden. Sie wusste nicht, wieviel Munition sich in dem Panzerwagen befand.

Die Explosionen erschütterten das Haus und erleuchteten die Wohnung, als sei helllichter Tag. Lydia musste es sich nicht anschauen, sie wusste, wie es aussah. Eine Feuersäule aus der Luke, wie ein Vulkan.

49. Kapitel

Das Fernsehen berichtete bereits um halb vier Uhr morgens über den gesprengten Panzerwagen. Verängstigte Leute aus Korsør hatten aus ihren Wohnungen, in denen sie gefangen waren, angerufen. Um halb sieben wurden Bilder gezeigt: Der Vorfall war von einem Beobachtungsflugzeug, das ständig im Luftraum über Korsør patrouillierte, gefilmt worden. Ein Militärsprecher wurde interviewt. Er glaube, dass den Terroristen im Panzerwagen ein Fehler mit der Munition unterlaufen sei. Eine andere plausible Erklärung hatte er nicht. Auch sonst niemand. Die dänische Polizei weigerte sich, die Sache zu kommentieren. Aus der Regierungskanzlei wurden anonyme Informanten zitiert, die angaben, die dänische Seite hätte den Panzer nicht gesprengt, man sei ebenso ratlos wie alle anderen.

Ein Unglück also. Aber ein willkommenes Unglück. Vincent war nicht der Einzige, der mitzählte und dachte: Jetzt sind es also nur noch neun.

Er spazierte von seiner Wohnung zum Polititorvet. Es war erst zwanzig nach sieben. Ein Montagmorgen, noch kaum Verkehr. Niemand wagte darüber nachzudenken, wie dieser Tag zu Ende gehen würde.

Sein Handy summte in der Jackentasche. Als er es hervorzog,

sah er, dass es sich um eine Telefonnummer in Korsør handelte. Er kannte nur eine einzige Person in der Stadt.

Er hörte Lydia lange zu, während sie ohne Unterlass sprach. Dann stellte er einige Fragen, anschließend versuchte er sie zur Vernunft zu bringen. Schließlich flehte er sie an. Er merkte, dass er nicht zu ihr durchdrang. Nachdem er sein Handy ausgemacht hatte, blieb er einen Augenblick stehen und schloss die Augen. Dann setzte er seinen Weg zum Polititorvet fort.

Um neun Uhr stand Ministerpräsident Rasmus Falck Pedersen am Rednerpult des Folketing. Er sagte, die Nation sei geschändet worden. Er sagte, das sei Dänemarks schwerste Krise seit dem Krieg. Er sagte, es sei undenkbar, das Böse siegen zu lassen. Er sagte, dass in dieser Zeit der Prüfungen die staatlichen Einrichtungen sich den Anforderungen gewachsen zeigen würden, die die Mitbürger berechtigterweise an sie stellten. Er sagte, das Volk müsse der Bedrohung von außen geeint entgegentreten. Darüber, was in den nächsten Tagen geschehen würde, sagte er sehr wenig.

Der Ministerpräsident sprach zwanzig Minuten. Dann verließ er raschen Schrittes Christiansborg, umgeben von Leibwächtern und ohne mit den Journalisten zu sprechen. Eine Frau trat ans Rednerpult. Sie war blond und hatte einen harten Zug um den Mund.

»Die Terroristen sprechen von Märtyrern«, sagte sie, »aber die Mitglieder unserer Partei sind die Märtyrer. Sie haben ihr Leben für das christliche Dänemark hingegeben. Sie wurden geopfert, weil sie es wagten, vor dem zu warnen, was jetzt geschieht. Das hier kommt nicht wie ein Blitz aus heiterem Himmel, o nein! Das ist lange vorbereitet worden. Jetzt heißt es, Korsør sei besetzt worden, aber Korsør ist schon lange besetzt.

Von Iranern, Sudanesen, Türken, staatenlosen Palästinensern und anderen Fremden.«

Sie sprach flüssig und mit lauter Stimme.

»Diese Moslems nützen seit Jahren unsere christliche Sitte aus, die andere Wange hinzuhalten, und außerdem unsere gastfreundliche dänische Art. Aber jetzt zeigt es sich, dass sie das Trojanische Pferd sind, vor dem wir ständig gewarnt haben. Wir haben immer gesagt, wenn man die demographischen Kurven fortführt, erkennt man, dass sie zu guter Letzt in der Mehrheit sein werden. Dann sind wir Dänen gezwungen, in unserem eigenen Land im Ghetto zu leben. Jetzt scheinen diese Fremden nicht abwarten zu wollen, bis sie sich ausreichend vermehrt haben, das dauert vermutlich zu lange, jetzt wollen sie alles sofort.«

Einzelne Buhrufe waren im Plenarsaal zu hören, einige Folketing-Delegierte erhoben sich und gingen nach draußen, aber die meisten blieben sitzen.

»Wir haben gesagt, dass die Araber unsere Demokratie abschaffen wollen, wie sie das in ihren eigenen Ländern getan haben. Kann uns heute noch jemand widersprechen? Und die Gewalt! Die Terroristen in Korsør haben die Stadt mit äußerster Brutalität eingenommen. Aber soll man sich darüber wundern? Fragt nur die dänischen Mädchen, die einer jener Gangs in die Quere kommen, die eine Gruppenvergewaltigung für das höchste Vergnügen an einem Freitagabend halten. Fragt alle ehrbaren dänischen Ladenbesitzer, die von mit Messern bewaffneten Fremden ihres sauer verdienten Geldes beraubt wurden.«

Sie hob den Zeigefinger in die Luft.

»Davor haben wir die ganze Zeit gewarnt. Unser Land gehört uns nicht mehr. Im Augenblick haben wir nur eine Aufgabe: diese Besatzer mit aller erdenklicher Kraft zurückzuschlagen.

Aber das muss die erste Schlacht einer viel längeren Offensive werden. Wir werden unser eigenes Land zurückerobern. Es ist an der Zeit, aufzuwachen! Sie wollen uns ausrotten. Das wird das dänische Volk nie zulassen.«

Sie verließ das Rednerpult. Vor ihr saß eine vollkommen verstummte Versammlung Folketing-Delegierter, eine Versammlung, die dieser Frau mit dem blonden Haar und dem harten Zug um den Mund gegenüber schon viel zu lange geschwiegen hatte.

50. Kapitel

Um zehn Uhr morgens stand fest, dass es an der Kopenhagener Börse einen Schwarzen Montag geben würde. Nachdem eine Stunde gehandelt worden war, war der Index um sieben Prozent gesunken. Dann wurde die Börse für den Rest des Tages geschlossen.

Auch die anderen nordischen Börsen blieben von den Vorfällen in Dänemark nicht unbeeinflusst. Oslo fiel drei Prozent, Stockholm und Helsinki zwei, auch Frankfurt hatte Einbußen zu verzeichnen. London hatte noch nicht geöffnet, und auf der Wall Street war es erst vier Uhr morgens.

Die Analysten waren sich einig: Die Unklarheit war schlimmer als der eigentliche Angriff. Der Aktienmarkt vertrug keine Unsicherheit. Die Händler waren Sicherheits-Junkies. Alle warteten jetzt auf irgendeine Mitteilung der Besatzer zu ihren Absichten.

Vincent fiel es schwer, sich zu konzentrieren. Seine Gedanken kehrten ständig zu seinem Gespräch mit Lydia zurück. Ihre Stimme war verändert gewesen, tonlos, ohne Wärme. Sie sagte, der Feind müsse bekämpft werden. Sie hätte Waffen erobert. Sie sprach von Verlusten.

Er verstand das nicht recht, ahnte aber, was es bedeutete:

Verlust war die euphemistische Umschreibung des Soldaten für den Tod. Konnte der Panzerwagen ihr Werk gewesen sein? Wie war das möglich? Als sie seine Fragen nicht beantworten wollte, versuchte er sie dazu zu überreden, das Haus nicht zu verlassen und abzuwarten, bis die dänische Polizei und das Militär die Situation gelöst hatten. Er versuchte, ihr klarzumachen, dass sie sich selbst und andere gefährdete, wenn sie sich einmischte. Sie reagierte nicht auf seine Ermahnungen. Er schien nicht zu ihr durchzudringen.

Nach dem Gespräch wurde er von einer Art Verzweiflung ergriffen. Er fühlte sich betrogen, erst von ihr und dann immer mehr von sich selbst. Er hatte sich in die Irre führen, faszinieren und ergreifen lassen. Zwischen ihnen war nichts passiert, in ihm aber umso mehr. Das Gespräch mit ihr war wie ein Fausthieb auf den Kopf gewesen. Er sah ein, dass er überhaupt nicht wusste, wer sie war, konnte es aber trotzdem nicht bleiben lassen, sich Sorgen um sie zu machen. Er versuchte sich zu überlegen, welche Folgen ihre Taten haben würden. Drei Bewohner der Stadt waren bereits ermordet worden. Die Rache für den Panzer war noch nicht erfolgt. Die Besatzer würden natürlich zu dem Schluss kommen, dass die dänische Polizei oder das Militär ihn zerstört hatte. Er fragte sich, wie die Polizeiführung und der Oberbefehlshaber zu agieren gedachten, ob man passiv auf die Vergeltung warten würde, die sicherlich blutig ausfallen würde, oder ob man versuchen würde, diese zu verhindern.

Und was sollte er selbst unternehmen? Wie sollte er seinen Vorgesetzten von Lydia erzählen können? Wie erklären, warum sie ausgerechnet ihn angerufen hatte und woher er sie kannte. Konnte er verschweigen, welcher Taten er sie verdächtigte? Mehr als zwei Stunden waren seit dem Telefongespräch vergangen. Machte ihn das bereits zum Mittäter? Ging das wirklich so schnell? Oder hatte er diesen Schritt schon viel früher getan, als er sie in seinem Sommerhaus in Tisvildeleje hatte wohnen lassen?

Er fragte sich, wo sie seine Telefonnummer herhatte, begriff aber rasch, dass seine Nummer auf ihrem Display aufgetaucht sein musste, als er ihr Handy angerufen hatte. Er war unvorsichtig gewesen, die Dummdreistigkeit des Betörten.

Sein Handy riss ihn aus seinen Gedanken. Es war Skov. Er bat Vincent zu kommen.

Skov war nicht allein. Zwei Männer standen neben seinem Schreibtisch. Vincent kannte sie nicht.

»Diese Herren sind vom PET«, sagte Skov. »Sie haben ein paar Fragen an dich.«

Vincent setzte sich, obwohl ihn niemand dazu aufgefordert hatte und obwohl er jetzt zu ihnen aufschauen musste. Er ordnete sich freiwillig unter, der automatische Reflex des Schuldigen: sich zu beugen. Er legte die Fingerspitzen aneinander, um seiner Nervosität Herr zu werden.

»Wie Sie sicher verstehen, verfolgen wir alle Telefongespräche mit Korsør«, sagte der größere der beiden PET-Leute, der in der Tat Vincent etwas ähnlich sah. »Wir hören einige Gespräche ab und notieren im Übrigen, wer von wem angerufen wird. Heute Morgen um 7.30 Uhr hat jemand Ihr Handy angerufen. Dass Polizeibeamte Anrufe von besorgten Mitbürgern erhalten, ist in dieser Situation vollkommen natürlich. Aber dieser Anschluss befindet sich in einer Wohnung, die genau neben dem Ort liegt, wo der feindliche Panzerwagen heute Nacht zerstört wurde.«

Er nahm ein Papier aus seinem Aktenkoffer.

»Dieser Anschluss gehört einer gewissen Kirsten Berg, einer dänischen Staatsbürgerin. Ist das eine Bekannte von Ihnen?«

»Nein«, antwortete Vincent. »Ich habe keine Ahnung, wer das ist.«

»Als uns dieser Telefonkontakt auffiel, dachten wir, dass sie vielleicht beobachtet hat, warum der Panzerwagen explodierte und sich deswegen an einen ihr bekannten Polizeibeamten gewandt hat. Aber als wir diese Nummer wählten, erhielten wir keine Antwort. Nachdem wir uns vorgestellt hatten, wurde sofort aufgelegt. Dann stellte sich heraus, dass Kirsten Berg inzwischen unter einer anderen Adresse gemeldet ist. Auch dort riefen wir an, aber niemand hob ab.«

Vincent wartete, wie es weiterging. Ihm fiel die Ähnlichkeit zwischen ihm selbst und dem Mann, der ihn jetzt in einem bedrohlichen Verhörton befragte, auf. Ihm gefiel das Aussehen des Mannes nicht, obwohl er mit seinem eigenen recht zufrieden war.

»Also, Paulsen«, sagte der Lange. »Mit wem haben Sie gesprochen?«

Vincent schwieg etwas zu lange.

»Paulsen«, meinte Skov verärgert. »Worauf wartest du?«

»Das war eine Bekannte meiner Schwester«, sagte Vincent. »Sie weiß, dass ich Polizeibeamter bin. Deswegen hat sie mich angerufen.«

»Wie heißt sie?«, fragte der große PET-Mann.

»Lydia. Ihren Nachnamen weiß ich nicht«, antwortete Vincent.

»Lydia. Und was hat Lydia gesagt?«

»Sie sprach über ihre Besorgnis. Das war alles.«

»Hat sie den Panzerwagen erwähnt?«

»Natürlich. Sie sagte … er sei auf dem Marktplatz explodiert.«

»Sonst nichts?«

»Nein.«

»Warum legte sie dann auf, als sie von einem anderen Polizisten angerufen wurde?«

»Diese Frage kann ich nicht beantworten. Ich weiß nicht.«

»Können wir mit ihr sprechen?«, fragte der Große.

»Ich kenne sie kaum, und wir haben nur selten Kontakt, ich kannte diese Telefonnummer nicht einmal«, sagte Vincent und unterließ es, zu erwähnen, dass er von Lydia auch eine Handynummer hatte.

»Seien Sie so freundlich und rufen Sie sie an.«

Vincent nahm sein Handy und drückte auf die Rückruftaste. Er war erleichtert, dass Lydia nicht dranging. Er sah die Besucher an und zuckte mit den Achseln.

»Paulsen«, sagte der kleinere PET-Mann. »Wir wollen, dass Sie mit dieser Frau Kontakt aufnehmen und uns sofort unterrichten, wenn Ihnen das gelingt.«

Das klingt, als würden sie eine Ermittlung durchführen, dachte Vincent. Vermutlich ist dem auch so.

Beide Männer legten ihre Visitenkarten auf Skovs Schreibtisch.

»Warum ist das so wichtig?«, fragte Vincent.

»Es gibt Zeugenausssagen über die Vorfälle heute Nacht, für die wir noch nach einer Erklärung suchen«, sagte der Kleinere. »Wie gesagt, rufen Sie an.«

Sie verließen das Büro. Skov sah Vincent an, und dieser wich mit dem Blick aus.

»Ich hoffe, du weißt, was du tust«, meinte Skov.

»Ja«, erwiderte Vincent. »Was auch immer du damit meinst.«

»Christian kommt heute Abend zurück. Du solltest dann mit ihm sprechen.«

Vincent nickte, dankbar dafür, dass das Gesprächsthema gewechselt wurde. Er erhob sich und ging in sein Büro, noch ehe ihm Skov weitere Fragen stellen konnte.

51. Kapitel

Weiße, drei- und vierstöckige Mietshäuser waren hintereinander aufgereiht wie viereckige Legosteine auf einer grünen Platte. Das Wohnviertel war ein Denkmal für die Architektur seiner Zeit. Hier in den südwestlichen Stadtvierteln hatten die Leute gewohnt, die auf den Schiffen gearbeitet hatten, als Korsør noch ein großer Fährhafen gewesen war. Jetzt wohnten in diesen Mietshäusern Fremde.

Davon wusste der Fahrer nichts. Er steuerte seinen Panzer von der kleinen Anhöhe an der Kreuzung Skovvej und Slagelse Landevej und fuhr den guten Kilometer zu dem Wohnviertel mit den weißgestrichenen Häusern. Dort befahl der Kommandant die Kanone zu laden und Feuer zu geben. Fünfmal pusteten die 105-mm-Granaten des Leopards Löcher in die weißen Fassaden. Betonsplitter schneiten auf die grünen Rasenflächen. Die Granaten durchschlugen die Häuser und ließen die Blutspuren der Gewalttäter zurück.

Dann kehrte der Panzer zu weiteren Häusern der Stadt und feuerte erneute Salven ab. Anschließend fuhr er zu der Anhöhe bei der Kreuzung zurück.

Wenig später wurden vier Personen aus dem Hotel Kong Frederik geführt und auf der Straße erschossen. Die Leichen ließ man liegen.

In einem der Hotelzimmer saß Espen Krogh. Er hörte die Schritte auf den Korridoren und wenig später die Schüsse. Jetzt hielt er seine Überlebenschancen für gering. Bislang hatte niemand über die Freilassung George Woods' verhandeln wollen, und solange nicht verhandelt wurde, besaß er für die Besetzer auch keinen Wert. Er war einfach nur eine weitere Geisel, die, falls erforderlich, geopfert werden konnte.

Eine Mitteilung über die Vergeltungsaktion wurde per E-Mail an die Polizeiführung in Kopenhagen und an eine Nachrichtenagentur versandt. Die Verlautbarung glich der vorhergehenden: Wir rächen das Blut unserer vier Märtyrer.

In Kopenhagen wurde die Nachricht von dem Granatfeuer und von den vier weiteren Morden mit Entsetzen aufgenommen. In der Führungsgruppe herrschte große Verwirrung. Laut der telefonischen Zeugenaussagen hatte der Panzerwagen ohne scheinbaren Grund zu brennen begonnen. Niemand hatte den Vorfall von Anfang an beobachtet. Merkwürdiger war jedoch, dass angeblich eine Person aus einem Fenster heraus das Feuer auf die Panzerwagenbesatzung eröffnet hatte. Niemand wusste, wer den Angriff durchgeführt und damit die Racheaktion ausgelöst hatte. Die Informationen waren unklar, und viele aus der Führungsgruppe bezweifelten ihren Wahrheitsgehalt.

Der Oberbefehlshaber sprach sich für eine sofortige Stürmung durch die Elitetruppen aus. Der Reichspolizeichef wollte noch warten, bis die eigenen Panzer eingetroffen waren, um verlustreiche Angriffe auf die Einwohner Korsørs oder die Orte in der Umgebung zu vermeiden. Der Oberbefehlshaber meinte, dass sich Soldaten mit Panzerfäusten in den Kämpfen einsetzen ließen, auch wenn das riskant sei. Diese Truppen befanden sich bereits an den Straßensperren und auf den Getreidefeldern dazwischen. Korsør war umzingelt. Die Flotte wartete auf dem Großen Belt, allerdings außer Schussweite der feindlichen Panzer. Der Reichspolizeichef behauptete, man riskiere mit einer übereilten Aktion, eine Brückensprengung zu provozieren. Die Lastwagen, die die Besatzer auf der Brücke aufgestellt hatten, waren vermutlich mit großen Mengen Sprengstoff beladen. Keine Truppe würde rasch genug eingreifen können, um die Terroristen von der Durchführung derartiger Pläne abhalten zu können. Außerdem sei es immer noch nicht zu spät, eine Lösung mittels Verhandlung herbeizuführen. Der Oberbefehlshaber wollte daraufhin säuerlich wissen, an welche Verhandlungen der Reichspolizeichef denke, und meinte, die Situation sei inzwischen unhaltbar.

Ein definitiver Beschluss wurde nicht gefasst. In der Praxis bedeutete das, eine Entwicklung abzuwarten, die von den Besatzern gesteuert wurde. Die Polizei fuhr mit ihren beharrlichen Bemühungen fort, eine Verbindung zu den Besatzern im Hotel herzustellen. Von dort kam jedoch keine Antwort.

Vincent Paulsen und Preben Møller hatten gerade die ersten Ergebnisse der Spurensicherung erhalten. Sie saßen in Vincents Büro im zweiten Stock des Polizeipräsidiums. Møller fand, Paulsen wirke abwesend, zerstreut, unkonzentriert.

Møller hingegen war optimistisch. Der wiedergefundene Kinderwagen glich jenem in dem japanischen Touristenvideo in jeder Hinsicht. Die Überprüfung des Inhalts, des Lakens und der Decke, war jedoch noch nicht abgeschlossen. Es ließ sich auch nicht sagen, ob der Kinderwagen mit Sprengstoff in Berührung gekommen war. Am Handgriff gab es nur Fingerabdrücke eines Polizisten und einer weiteren Person. Es zeigte sich, dass diese von derjenigen stammten, die den Kinderwagen beim Fundamt abgegeben hatte.

An der Puppe, die die Größe eines Neugeborenen hatte, fanden sich verschiedene Fingerabdrücke. Drei Abdrücke waren nicht zu identifizieren, der vierte stammte laut der Datei von Europol von einer Frau namens Iman Amin oder Jeanne Anoud, einer Französin algerisch-französischer Abstammung, die in einer Kleinstadt bei Marseille aufgewachsen war. Keine Vorstrafen, aber in das Register von Europol aufgenommen, nachdem sie am 1. Mai 2002 bei einer Antirassismus-Demonstration in Marseille festgenommen worden war. In ihrer Akte stand außerdem, dass sie im selben Jahr von Anhängern der Front National schwer misshandelt worden war. Im Jahr darauf war Iman Amin unter dem Namen Jeanne Anoud an der Grenze zwischen dem Libanon und Syrien aufgetaucht. Seither war ihr Aufenthaltsort unbekannt.

»Syrien«, sagte Vincent. »Paolo Rocca war auch dort. Und jetzt tauchen ihre Fingerabdrücke auf dieser Puppe auf.«

»Mehr als nur ein Zufall, oder?«, meinte Møller und hielt Iman Amins sechs Jahre altes französisches Passfoto in die Höhe. Er legte eine Vergrößerung des Standbildes von dem japanischen Video von der Frau mit dem Kinderwagen neben das Passfoto.

»Eine ziemlich große Ähnlichkeit«, meinte Vincent, nachdem er sich beide Fotos gründlich angesehen hatte. »Jedenfalls keine auffallenden Abweichungen. Vielleicht kann die Spurensicherung ein eindeutiges Merkmal herausfiltern.«

Møller seufzte. »Es scheint, als müssten wir noch ein drittes Mal in den Hotels, Zügen und was weiß ich wo suchen. Denn sie wird ja wohl kaum unter ihrem richtigen Namen in einem Hotel gewohnt haben.

»Es ist nicht sicher, dass sie weiß, dass wir ihren falschen französischen Namen kennen. Mit etwas Glück ist sie ja unter diesem Namen gereist.«

»Ich werde einen von den Zeichnern darum bitten, der Dame eine Perücke zu verpassen, damit sie der Kinderwagenlady möglichst ähnlich sieht. Begleitest du mich später?«

»Eher nicht«, sagte Vincent. »Ich will mit Christian sprechen, wenn er aus Mailand zurückkommt.«

Eine Stunde später betrat Skov Vincents Büro. Er nahm auf dem Besucherstuhl Platz. Paulsen hoffte, dass es nicht um sein Telefongespräch mit Lydia ging.

»Ich habe gerade etwas Verblüffendes gehört«, sagte Skov. »Wie du weißt, hat die Börse nach den Kursstürzen heute Morgen geschlossen. Davor wurden jedoch große Geschäfte getätigt. Jemand hat Aktien für zwei Milliarden Kronen in Form von sogenannten Optionen verkauft.«

»Was bedeutet das?«

»Ich begreife es auch nicht ganz, obwohl ich es mir habe erklären lassen. Es bedeutet ungefähr, dass sich Verkäufer und Käufer im Voraus auf den Preis einer Aktie einigen. Beispielsweise: Der Verkäufer sagt zum Käufer, du kannst meine Aktien in einer Woche für hundert Kronen das Stück kaufen. Sinkt der Kurs am Verkaufstag unter hundert Kronen, dann verdient der Verkäufer an diesem Geschäft, da er vom Käufer trotzdem hundert Kronen pro Aktie bekommt. Steigt der Kurs stattdessen, dann macht der Käufer einen Gewinn. Das ist eine Mischung aus Glücksspiel und Versicherungsprämie.«

»Im Voraus festgelegt«, meinte Vincent. »Heißt das also, dass jemand im Voraus wusste, was geschehen würde?«

»Das ist eine Schlussfolgerung. Nicht bewiesen, aber denkbar.«

»Und der Verkäufer verdiente an diesem Geschäft?«

»Ja.«

»Wer ist es?«

Skov breitete die Hände aus.

»Rate mal«, erwiderte er. »Das Geschäft wurde über eine Stiftung in Holland abgewickelt, und an die kommen wir nicht ran. Anonym. An der Börse weiß man nicht mehr.«

»Du meinst also ganz im Ernst, dass wir nicht herausfinden können, wem dieser Spekulationsgewinn zufällt?«, sagte Vincent.

»Ja, ganz im Ernst.«

»Wie groß ist der Gewinn?«

»Das hängt von den Bedingungen ab, sagen die Leute, die sich mit diesen Dingen auskennen. Die Börsenkurse sind um sieben Prozent gesunken. Bei zwei Milliarden sind das 140 Millionen Kronen.«

»Viel, aber auch wieder nicht so wahnsinnig viel. Die Besetzung muss mindestens genauso viel gekostet haben. Worin bestünde also der Nettogewinn?«

»Diese Frage habe ich auch gestellt«, sagte Skov. »Die Antwort lautet, dass es sich um bedeutend mehr Geld handeln könnte. London, Frankfurt, Stockholm, überall sind die Kurse gefallen. Allein in Kopenhagen beträgt der Bruttogewinn 140 Millionen.«

»Verzeih mir meine Ahnungslosigkeit, aber warum geht man an andere Börsen? Dass die Auswirkungen auf die Aktienkurse in Dänemark am größten sein würden, hätte sogar ich mir ausrechnen können.«

»Ich habe diese Frage auch gestellt, Vincent. Aber man muss offenbar jemanden finden, der mitspielt, einen Käufer, der sich auf die Bedingungen einlässt. Jemanden, der die Verluste verkraftet, falls etwas schiefgeht. Kopenhagen ist zu klein, und die Einsätze sind sehr hoch.«

Sie saßen schweigend da und sahen sich an.

»Sollte es sich hierbei einfach um einen großen Raubüberfall handeln?«, fragte Vincent nach einer Weile. »Ein Raubüberfall, der als Terrorangriff getarnt ist?«

Skov lächelte.

»Vielleicht, Paulsen. Vielleicht. Ich weiß nicht. Das hier übersteigt meinen Horizont. Ich bin nur ein kleiner Mensch mit einem begrenzten Blickfeld.«

»Und unser armer, kopfloser Paolo? Was hat er mit der ganzen Sache zu tun?«

»Keine Ahnung. Alles ist sehr undurchsichtig. Ich wage nicht einmal, Mutmaßungen darüber anzustellen, wie das alles noch enden mag.«

52. Kapitel

Derselbe Mann, der Espen ins Gesicht geschlagen hatte, betrat das Zimmer. Espen saß auf seinem Stuhl. Aus purem Überdruss war er ein wenig eingedöst. Geisel zu sein war ermüdend. Irgendwelche Erwartungen daran, wozu dieser Besuch führen könnte, besaß er nicht. Die Initiative war ihm genommen.

Der Mann nahm ihm gegenüber Platz.

»Ein Amerikaner«, sagte der Mann. »Das kostet richtig Geld. Fünf Millionen Dollar. Im Voraus. Eingezahlt auf ein Konto.«

»Meine Auftraggeber müssen diese Summe genehmigen«, erwiderte Espen. »Das ist viel Geld.«

»Das hier ist keine Verhandlung. Das ist ein Ultimatum. Sonst töten wir Woods. Das Geld muss in zwei Stunden auf unserem Konto sein.«

»Warum diese Eile?«

»Ich glaube nicht, dass Sie so naiv sind, Mr. Krogh. Sie wissen genauso gut wie ich, dass die NATO uns ziemlich bald angreifen wird.«

»Die NATO? Das hier ist Dänemark.«

»Das ist dasselbe.«

Nein, dachte Espen. Das ist nur manchmal dasselbe. Die Dänen werden diese Sache selbst lösen wollen.

»Wir haben das Ungeheuer tief in seinem Inneren getroffen«,

sagte der Mann. »Wir haben bereits bewiesen, dass die USA ihre vitalen Teile nicht schützen können.«

»Haben Sie Korsør deswegen angegriffen?«, fragte Espen.

»Sehen Sie doch nur, wie schwach das Imperium ist! Sehen Sie, welche Ratlosigkeit jedes Mal ausbricht, wenn es angegriffen wird! Sie werden hysterisch, wenn in Manhattan zwei Hochhäuser einstürzen. Ein paar Bomben in Zügen in Madrid, und das Imperium zerfällt. Spanien zieht sich mit eingeklemmtem Schwanz aus dem Irak zurück. Die sogenannte Demokratie des Imperiums zeigt ihr wahres Gesicht, wenn sie Freiheitskämpfer ohne Prozess foltert und einsperrt. Sehen Sie doch nur, wie die verrückte imperialistische Wirtschaft ins Wanken gerät. Die ganze Welt sieht, dass das Imperium auf tönernen Füßen steht.«

»Das Geld«, sagte Espen. »Ich muss Kontakt zu meinen Auftraggebern aufnehmen. Ich schlage vor, zweieinhalb Millionen sofort und weitere zweieinhalb, wenn Woods und ich Korsør verlassen.«

»Nein«, erwiderte der Mann. »Fünf Millionen innerhalb von zwei Stunden. Sonst stirbt er. Wir haben nichts zu verlieren.«

»Das Einzige, was ich tun kann, ist, Ihre Forderung weiterzugeben. Entscheiden kann ich das nicht. Ich brauche einen Internetzugang.«

Der Mann öffnete die Tür und zwei bewaffnete und maskierte Männer entfernten das Klebeband von Espens Handgelenken. Sie führten ihn nach unten in die Lobby. Espen schrieb eine E-Mail und bat um etwas zu essen. Er bekam ein Stück Brot und eine Tasse Tee. Nach fünfundvierzig Minuten traf die Antwort ein. Das Geld würde ausgezahlt werden. Espen fragte die Kidnapper nach der Kontonummer und mailte sie. Nach weiteren fünfzehn Minuten traf die Bestätigung ein, dass fünf Millionen Dollar auf das Konto überwiesen worden seien.

Einer der maskierten Männer zog Espen von seinem Stuhl hoch und umwickelte seine Handgelenke erneut mit Klebeband.

»Jetzt haben Sie das Geld«, sagte Espen. »Jetzt können wir gehen.«

Der Mann, der die Forderung gestellt hatte, schlug Espen ins Gesicht. »Schwachkopf«, zischte er. »Woods. Wir wissen, wer er ist. Einer der großen Waffenlieferanten des Imperiums! Er wird nie lebendig von hier wegkommen.«

Espen wurde die Treppen hochgeschleift, aber dieses Mal in den vierten Stock. Er wurde in Zimmer 409 gestoßen, das Nachbarzimmer von Woods. Dann schloss sich die Tür hinter ihm. Auf dem Bett lag eine Frau. Sie sah Espen mit leeren Augen an. Doris fehlte die Kraft, sich zu erheben oder den Eintretenden um Hilfe zu bitten.

53. Kapitel

Um vier Uhr nachmittags wurde Iman Amin alias Jeanne Arnaud international zur Fahndung ausgeschrieben. Das dänische Fernsehen zeigte die drei Fotos von Amin, die von der Polizei stammten: das Passfoto, die Frau und der Mann mit dem Kinderwagen auf dem Rådhuspladsen und das retuschierte Passfoto von Amin mit einer Frisur, die jener der Frau mit dem Kinderwagen glich.

Iman Amin wurde wegen Mordes gesucht. Die Polizei bat um Hinweise über sie und den unbekannten Mann.

Die Besetzung und der Mord auf dem Rådhuspladsen wurden von Politikern und den von den Medien ernannten Experten in Verbindung gebracht. Verschiedene Quellen innerhalb der Polizei hatten diese Theorie an die Journalisten weitergetragen. Iman Amins Name galt als endgültiger Beweis: Dänemark sah sich massivem islamischen Terror ausgesetzt. Die Polizei veröffentlichte auch ein Foto Paolo Roccas sowie seinen Namen und Angaben zu seinem Hintergrund. Die Tatsache, dass das Mordopfer Italiener und kein Mohammedaner war, brachte die Kommentatoren jedoch nicht von ihrer Analyse ab.

Die Polizeiführung beschloss, keine Fragen über mögliche Zusammenhänge zu beantworten. »Dafür ist es noch zu früh, da wir immer noch nicht wissen, wer die Bewohner Korsørs überfallen hat«, lautete der einzige Kommentar von Reichspolizeichef Thord Henning.

Die Fahndung nach Iman Amin führte zu einer Flut von Hinweisen. Eine erste Durchsicht ergab, dass keiner relevant zu sein schien. Aber die Hinweise trafen weiterhin ein, und sie wussten, dass ein einziger guter Tipp genügte, um sie weiterzubringen.

Kurz vor sieben Uhr betrat Christian das Morddezernat. Er sah so unbekümmert und entspannt aus, als käme er gerade aus den Ferien.

»Schon zurück«, sagte Vincent und schaute zu Christian hoch.

»Ich bin schon seit einigen Stunden wieder da«, erwiderte Christian. »Können wir uns unterhalten?«

»Mach die Tür hinter dir zu und setz dich.«

Christian nahm auf dem Besucherstuhl Platz und schlug die Beine übereinander.

»Du hast natürlich von den Fingerabdrücken auf dem Kinderwagen gehört und von der Fahndung nach Iman Amin«, sagte Vincent.

»Es scheint, als hätten wir in Bezug auf Paolo Rocca Recht gehabt«, erwiderte Christian. »Ein Anarchist, der sich mit den Islamisten verbündete. Und Iman Amin interessiert mich.«

»Inwiefern?«

»Nicht sie persönlich. Aber ihr Hintergrund. Ich bin schließlich für die internationalen Analysen zuständig. Das bedeutet unter anderem, dass ich versuchen soll, herauszufinden, welche Faktoren zum Terrorismus führen. Interessiert es dich?«

»Natürlich.«

»Wenn man sich mit den Ansichten befasst, wie der Terrorismus zu bekämpfen sei, dann gibt es zwei Hauptrichtungen. Einerseits die Befürworter des schonungslosen Kampfes und andererseits diejenigen, die meinen, dass Armut, Unterdrückung und Ausbeutung bekämpft werden müssen, um so dem Terrorismus seine Grundlagen zu entziehen. Die USA unter Bush gehören zu der Sorte der Schonungslosen. Sie verachten alle, die *soft on terrorism* sind. Israel begegnet jedem Angriff der Palästinenser mit zehnfacher Gewalt, manchmal auch hundertfacher wie 2004 in Gaza, als über hundert Palästinenser getötet und die Häuser von fast siebenhundert Menschen abgerissen wurden als Vergeltung für zwei jüdische Kinder in Sderot. Ganz zu schweigen von den Russen, denk nur an das Theater in Moskau und in Tschetschenien.«

Vincent erkannte, dass Christians Darlegung genau wie bei ihrer ersten Begegnung ausführlich ausfallen würde. Damals war Vincent noch ungeduldig geworden, inzwischen hatte er mehr Respekt vor seinem Kollegen vom PET.

»Die andere Seite will im Grunde genommen nur die Machtstrukturen zugunsten der Menschen in der Dritten Welt verändern, den Konflikt in Israel lösen, gerechte Handelsbedingungen schaffen und den Menschen Hoffnung auf ein besseres Leben ermöglichen. Entziehe jenen die Voraussetzungen, die den Terrorismus propagieren. Politisch gesehen könnte man sagen, dass die Ansichten in rechts und links aufgeteilt sind.«

»Und was findest du?«, fragte Vincent.

»Dass beide Gruppen recht haben, es geht um die langfristige beziehungsweise kurzfristige Sichtweise.«

»Ach?«

»Terrorismus entsteht nicht einfach so. Ich glaube, man muss davon ausgehen, dass bestimmte Voraussetzungen das Fundament bilden. Eine solche Voraussetzung ist ein lang andauernder Konflikt mit kolonialen Vorzeichen, der sich nicht durch Verhandlungen lösen lässt. Wie in Israel, Tschetschenien, Nordirland, dem Baskenland. Mangel an Demokratie erhöht das Risiko ebenfalls. Wie in der arabischen Welt. Oder in Ländern mit einer schwachen demokratischen Tradition. In Europa entstand der Terrorismus während der linken Welle in den 70er Jahren und zwar in Deutschland, Spanien, Griechenland und Italien. Also Ländern, die von Faschisten regiert worden waren. Im Norden gab es diese Linke ebenfalls, aber keinerlei terroristische Tendenzen.«

»Aber es gibt andere Ausnahmen«, meinte Vincent.

»Natürlich, das ist immer so. Ich befasse mich mit allgemeinen Tendenzen anhand verschiedener Beispiele. Rechtlosigkeit und Massenarmut sind weitere Risikofaktoren. Außerdem gibt es bestimmte kulturelle Spezifika. Menschen, bei denen Probleme traditionell mit Gewalt gelöst werden, wie beispielsweise in den USA. Das ist ein Teil der Erklärung für den Terrorismus der Rechten, den man dort in den 90er Jahren beobachten konnte. Das alles zusammengenommen plus ein todesverachtender religiöser Fanatismus ergibt Al-Qaida.«

»Der Effekt vervielfacht sich also«, meinte Vincent.

»Es gibt einen weiteren Faktor, der nicht unterschätzt werden sollte«, meinte Christian. »Wenn diese Art Terrorismus einmal entstanden ist und sich eingenistet hat, dann färbt er auch auf uns ab. Das ist so wie bei Selbstmordepidemien. Plötzlich wird der Tod zur sichtbaren Lösung deiner Probleme.«

»Und die langfristige beziehungsweise die kurzfristige Perspektive?«

»Stell dir einmal vor, man würde diese Konflikte auf friedliche Weise lösen, die Demokratie fördern und die Menschen dazu bringen, auf eine bessere Zukunft zu hoffen. Dann merzt man die Voraussetzungen des Terrorismus langfristig aus. Aber kurzfristig hilft das kaum. Die Terrornetzwerke, die im Augenblick existieren, verstehen nur den Kampf. Eine doppelte Perspektive wäre also gut, finde ich.«

»Als ich über die Selbstmordbomber gelesen habe, habe ich versucht, mich in sie hineinzudenken«, meinte Vincent. »Alles, was du sagst, ist sicher richtig. Man muss eine spezielle Veranlagung haben, denke ich. Die meisten, die unter den Bedingungen leben, von denen du sprichst, werden aber keine Terroristen. Man muss eine psychopathische Persönlichkeit besitzen. Eine Gleichgültigkeit anderen gegenüber. Sonst geht es nicht. Blindheit als Gegensatz zur Doppelsichtigkeit.«

Vincent schaute aus dem Fenster.

»Ich spreche von verletzten Menschen«, fuhr er fort, »die bis in ihr Herz zerstört sind. Menschen, die wir anderen unmöglich verstehen können.«

»Und was sagst du über die Besetzer in Korsør«, fragte Christian. »Zu welcher Gruppe gehören die?«

»Ich weiß nicht. Aber ich glaube, das sind Menschen wie Paolo Rocca. Menschen, die keine andere Zukunft als die Gewalt sehen. Blutrache. Märtyrer. Den gemeinsamen Selbstmord.«

Er sah Christian erneut an, jetzt etwas verbissener.

»Paolo war Italiener und Iman Amin ist Französin aus Algerien«, meinte Vincent. »Unsere Kollegen in Italien sprachen von einer Verschmelzung des islamischen Terrorismus mit dem europäischen Linksextremismus. Wenn diese Sache beendet ist, werden wir sehen, ob sie Recht behalten. Aber ich ahne, dass sie der Wahrheit ziemlich nahe kommen.«

Im Hafen von Helsingør stand eine große Menge schweigender, staunender Menschen. In Kolonnen fuhren Panzerwagen von großen Frachtern. Ein Zuschauer zählte vierzig Stück. Einer nach dem anderen steuerte auf die Trailer schwerer Lastwagen. Die beladenen Fahrzeuge bebten wie eben erwachte Dinosaurier und setzten sich äußerst langsam in Richtung Hillerød,

Roskilde, Ringsted und Slagelse in Bewegung. Fernsehkameras verfolgten sämtliche Bewegungen.

Dänemark bereitete sich auf die Schlacht um Korsør vor.

Einige Stunden später, als Seeland im Abenddunkel lag, landeten drei große Bell-Hubschrauber auf einem Acker sieben Kilometer südöstlich von Korsør. Die Helikopter flogen ohne Licht, und an der nächsten Straßensperre in Skælsør war nur das rhythmische Schlagen der Rotorblätter zu hören. Aus allen drei Hubschraubern strömten schwarzgekleidete Männer. Keiner trug dänische Uniformen.

54. Kapitel

Die schwarzgekleideten Männer bewegten sich rasch über die Äcker. Sie folgten in etwa demselben Weg wie Espen anderthalb Tage zuvor auf die südliche Landzunge der Stadt zu. Innerhalb einer knappen Stunde hatten sie den Stadtrand von Korsør erreicht und machten Halt. Nachdem sie einen Augenblick lang ihre Position bestimmt hatten, bewegten sie sich in einem Bogen um den Leopardpanzer an der Einfahrt der Stadt herum. Als sie an dem Panzer vorbei waren, begaben sie sich auf den Skovvej. Eine Gruppe von fünf Mann spaltete sich ab. Einer von ihnen trug eine Panzerfaust, eine Carl Gustaf M 48, ein anderer zwei Granaten. Zwei Männer mit Schnellfeuergewehren bezogen fünfzig Meter weiter die Straße entlang Position. Der fünfte legte zwei Panzerminen auf die Straße und deckte sie mit schwarzen Müllsäcken ab.

Die übrigen Männer setzten ihren Marsch Richtung Stadt fort. Als sie sich dem Hafen näherten, teilten sie sich erneut auf. Vier Männer mit Panzerfäusten und Schnellfeuergewehren gingen Richtung Marina. Die Übrigen eilten an den Fassaden der Häuser entlang. Die Straßen waren menschenleer. Die Patrouillen der Besatzer waren nirgends zu sehen.

Unten am schmalen Sund teilten sie sich erneut. Sechs Mann begaben sich durch die Fußgängerzone zum Hinterhof des Hotels Kong Frederik. Der Rest der Gruppe ging die Hafenpromenade entlang direkt auf das Hotel zu.

Als die Kirchturmglocke zwölf schlug, begannen die Männer auf das Hotel zuzurennen. Zwei von ihnen gingen mit einer Panzerfaust auf der Schulter vor dem Entree in die Knie, zwei Mann gingen mit Maschinenpistolen in Stellung, um den Panzerfaustschützen Deckung zu geben. In diesem Augenblick eröffnete jemand aus einem Fenster des Gebäudes das Feuer. Einer der beiden schwarzgekleideten Panzerfaustschützen fiel vornüber. Der andere feuerte seine Granate ab. Gleichzeitig wurde das Fenster von den Schwarzgekleideten unter Feuer genommen. Die Granate durchschlug die Eingangstür mit gewaltiger Kraft und explodierte in der Lobby.

Im Gebäude waren Schüsse aus den oberen Stockwerken zu hören. Aus dem zweiten Stock eröffneten zwei der Besatzer das Feuer auf die Straße. Die Schwarzgekleideten schossen zurück. Gleichzeitig zielte der unverletzte Panzerfaustschütze auf das Fenster, aus dem die meisten Schüsse gekommen waren.

Die Vorhut der Schwarzgekleideten rannte in das Hotel. Die zwei ersten schossen sich durch die Korridore den Weg frei, während die Nachfolgenden den Widerstand von der Seite eliminierten: Durch alle offenen Türen warfen sie Handgranaten.

Eine Gruppe blieb im Erdgeschoss, um dieses gegen Feinde zu sichern, die den ersten Angriff eventuell überlebt hatten. Die anderen begaben sich nach oben. Auf der Treppe zum zweiten Stock stießen sie auf Besatzer, die einige Geiseln vor sich hertrieben. Ein Mann rief laut auf Englisch, sie sollten nicht schießen. Einer der Schwarzgekleideten warf eine Handgranate und der Vortrupp rannte anschließend hoch und schoss auf die am Boden liegenden Besatzer. Der Mann, der gerufen hatte, eine der Geiseln, regte sich nicht mehr.

In diesem Augenblick schwang sich der erste Schwarzgekleidete vom Dach her durch das Fenster von Zimmer 411. Hinter ihm kamen rasch aufeinanderfolgend fünf weitere. Auf einem Stuhl in der Mitte des Zimmers saß gefesselt George Woods. Er trug eine Augenbinde und befand sich allein im Zimmer. Zwei der Männer rannten zur Tür, und ein dritter überzeugte sich, dass Woods noch am Leben war. Die zwei ersten rissen die Tür auf, warfen Handgranaten auf den Korridor und feuerten einige Salven ab, bevor sie das Zimmer wieder verließen. Sie traten die Tür des Nachbarzimmers ein. Auf dem Fußboden hinter dem Bett lag Espen. Neben ihm lag Doris. Sie schrie zu Tode verängstigt auf. Der Schwarzgekleidete eilte rasch auf sie zu und stellte Espen auf seine Beine.

Der Panzer in der Marina rollte auf das Hotel zu. Nach zweihundert Metern schoss einer der Schwarzgekleideten den unvorbereiteten Kommandanten mit seinem Gewehr in den Kopf. Der Schütze im Panzer drehte das Maschinengewehr in Richtung Angreifer. Noch ehe er das Feuer erwidern konnte, wurde der Panzer von zwei panzerbrechenden Granaten getroffen. Die Explosion riss den Geschützturm aus seiner Verankerung. Er blieb wie eine umgedrehte Schildkröte auf der Erde liegen.

Der Panzerwagen an der Kreuzung Skovvej und Slagelse Landevej verließ ebenfalls seine Postition und fuhr in die Stadt. Nach einem Kilometer fuhr er auf eine der Panzerminen. Einer der Schwarzgekleideten drückte auf die Fernzündung. Die gerichtete Sprengwirkung der Mine fuhr wie ein Geschoss durch den Boden des Panzers und durchsiebte die vierköpfige Besatzung mit glühenden Granatsplittern. Der Panzer machte einen Schwenk zur Seite, mähte eine Gartenhecke nieder und kam im Garten eines Einfamilienhauses zum Stehen. Einer der Schwarzgekleideten rannte auf den Panzer zu und riss die Luke auf. Die Besatzung hatte vom Druck der

Explosion und von den Granatsplittern das Bewusstsein verloren oder war bereits tot. Der Schwarzgekleidete leerte das Magazin seiner Waffe, während er von oben auf die vier Männer schoss.

Von der Abfahrt 42 der E 20 nördlich der Stadt setzte sich ein dritter Panzer in Bewegung. Aber statt über die Brücke in den südlichen Teil Korsørs zu fahren, blieb er auf seiner Seite des Sunds auf der dem Hotel gegenüberliegenden Seite. Zwei Schwarzgekleidete, die das Hotelentree bewachten, richteten ihre Gewehre auf den Panzer, wurden aber von einem Kugelhagel aus dem Maschinengewehr getroffen. Als der Kommandant des Panzers von seinen eigenen Leuten aus dem Hotel über Handy keine Antwort erhielt, feuerte der Schütze eine 105-mm-Granate über den schmalen Sund in das Hotelentree ab. Eine weitere Granate traf das zweite Stockwerk des Hotels. Der Schütze beschoss die Herberge anschließend mit dem Maschinengewehr. Durch das Feuer war ein Entkommen aus dem Haus unmöglich.

Die beiden schwarzgekleideten Panzerfaustschützen aus der Marina umrundeten wenig später die Landzunge im hintersten Teil des Hafens. Von diesem Punkt aus lag der Panzer auf der anderen Seite des Sunds in Schusslinie. Er war nur gute hundert Meter von ihnen entfernt. Sie waren bislang nicht entdeckt worden und zielten beide auf den Geschützturmkranz, den schwächsten Punkt eines Panzers zwischen Turm und Chassis. Die Treffer erschütterten den Leopard, der wie ein tödlich verletztes Tier aufbebte, bevor die Munition in seinem Inneren explodierte.

Aus dem Hotel rannten schwarzgekleidete Männer. In der Mitte der Gruppe versuchte Espen Schritt zu halten. Es fiel ihm schwer, auf den Beinen zu bleiben. Schwarzgekleidete Verwundete und Tote wurden von ihren unverletzten Kameraden aus dem Gebäude getragen. Als Letzte kamen vier Männer, die Woods Deckung gaben.

Die Gruppe bewegte sich auf das offene Hafengebiet auf der Spitze der Landzunge zu. Espen hörte ein Geräusch aus der Ferne: Helikopter. Sie flogen niedrig am südlichen Ufer entlang. Weniger als fünf Minuten später befand er sich in der Luft. Er hatte keine Ahnung, wohin man ihn bringen würde und wer diese Männer waren.

55. Kapitel

Die Erstürmung des Hotels hatte zwölf Minuten gedauert. Die Führungsgruppe im Polizeipräsidium in Kopenhagen hatte Mühe, die Berichte zu deuten, die in der Zentrale eintrafen.

»Das Hotel scheint einem gewaltsamen Angriff ausgesetzt zu sein«, sagte Reichspolizeichef Thord Henning und wandte sich an den Oberbefehlshaber. »Was ist da los?«

»Das sind nicht meine Leute«, sagte Oberbefehlshaber Hans Enhørning. »Das ist vollkommen unbegreiflich.«

»Was geschieht mit den Geiseln?«, fragte Staatssekretär Knud Halsberg.

Niemand konnte diese Frage beantworten. Alle fürchteten das Schlimmste.

»Wir können nicht länger warten«, sagte der Oberbefehlshaber. »Wir müssen handeln.«

»Wir müssen erst alle ihre Panzerwagen unschädlich machen«, sagte Henning. Er wandte sich an einen Mitarbeiter, der ihm einen Stapel am Computer ausgedruckter Fotos aushändigte.

»Alles deutet darauf hin, dass drei Panzer bei diesem seltsamen Kampf zerstört worden sind. Und einer ging bereits vorher in Flammen auf. Das bedeutet, dass noch sechs übrig sind. Wir greifen an, sobald Sie bereit sind.«

Er wandte sich an den Oberbefehlshaber.

»Meine Panzer befinden sich in Position«, sagte der Oberkommandierende und schaute auf seine Armbanduhr. »Bis auf eine Staffel, die noch ungefähr eine halbe Stunde benötigt.«

»Was wird aus der Brücke?«, fragte Halsberg. »Wie sichern wir die?«

»Die feindlichen Panzer an der Brücke befinden sich am weitesten von unseren angreifenden Truppen entfernt«, erwiderte der Oberbefehlshaber. »Wir haben keine andere Möglichkeit, als sie zu bombardieren. Das erschien uns bislang zu riskant. Eine andere Möglichkeit wäre, einen Vortrupp der Infanterie mit Panzerfäusten loszuschicken. Das funktioniert innerhalb der Stadt, aber nicht auf freiem Feld. Da wäre es reiner Selbstmord, insbesondere jetzt, wo bei den Panzerbesatzungen nach allem, was vorgefallen ist, *red alert* herrscht.«

»Wir riskieren also, dass die Brücke gesprengt wird?«, fragte Halsberg.

Niemand wollte diese Frage beantworten.

»Nacht oder Morgendämmerung?«, fragte der Reichspolizeichef nach einer kurzen Stille im Raum.

»Nacht«, sagte der Oberbefehlshaber. »Wir haben vierzig Panzer gegen sechs. Sie haben keine Chance. Wir legen los, so rasch es geht.«

»Kann man sie nicht dazu bringen, aufzugeben, jetzt, wo sie so geschwächt sind?«, meinte Halsberg.

»Wir können es ihnen anbieten«, meinte Henning. »Wir rufen ihre Handys an. Die Nummern, die wir abgehört haben. Keine der Panzerbesatzungen hat jedoch bislang auf unsere Anrufe reagiert.«

»Diese Leute, die das Hotel angegriffen haben«, sagte der Staatssekretär des Justizministers Jens Baastrup, beendete den Satz dann aber nicht.

Er sah nacheinander den Oberbefehlshaber, den Reichspolizeichef und Knud Halsberg an. »Wie ist das zugegangen? Wie war das möglich? Wer war das?«

Auch auf diese Fragen erhielt er keine Antwort.

Lydia öffnete nur wenige Minuten, nachdem die Hubschrauber hinter dem Horizont von Korsør verschwunden waren, die Haustür zum Marktplatz. Sie hatte den Kampflärm aus Richtung des Hotels, das nur ein paar Straßen entfernt lag, gehört. Der BBC berichtete nichts, und auch das dänische Fernsehen hatte keine Bilder von den Vorfällen gebracht. Den Reporter, der direkt in die Kamera sprach, verstand sie nicht.

Als sie sich dem Hotel näherte, war alles still. Nur das Prasseln des brennenden Panzers auf der anderen Seite des schmalen Sunds war zu hören. Sie sah das vollkommen zerstörte Hotelentree und die Einschusslöcher in der Fassade. Auf der Straße lagen Unmengen Glasscherben. Rauch quoll aus der Lobby und schlängelte sich wie eine Schlange unter den Straßenlaternen entlang. Es roch nach Ruß, Pulver und Blut.

Ein Mensch lag auf dem Pflaster. Er trug eine Mütze mit Augenschlitzen. Unter ihm lag ein Sturmgewehr. Lydia näherte sich ihm langsam und packte den Lauf des Gewehrs. Mit der Waffe als Hebel drehte sie ihn auf den Rücken. Aus seiner Brust drang Blut. Der Mann war entweder tot oder befand sich in tiefer Bewusstlosigkeit.

Lydia schaute sich um. Kein einziger dänischer Soldat, keine Polizei, von angreifenden Truppen keine Spur. Sie kam zu dem Schluss: Diejenigen, die zugeschlagen hatten, hatten sich anschließend in Hubschraubern aus dem Staub gemacht. Die Geiseln hatte man zurückgelassen. Niemand kümmerte sich um sie. So etwas hatte sie noch nie erlebt.

Sie hörte Schritte aus der Hotellobby und drückte sich an

eine Hauswand. Ein Mann trat zwanzig Meter vor ihr aus dem Entree. Er trug eine Mütze mit Augenschlitzen und hatte eine Waffe. Ohne Vorwarnung schoss sie ihm in den Rücken.

Mit erhobener Waffe stand sie vor dem Hotel. Aus dem Gebäude waren keine Geräusche zu hören. Niemand kam ins Freie. Nach zehn Minuten drehte sie sich um und ging in ihre Wohnung zurück.

Um 2.06 Uhr in der Nacht auf Dienstag setzten sich vierzig Leopardpanzer gleichzeitig von ihren Positionen östlich von Korsør aus in Bewegung. Sie näherten sich dem feindlichen Panzer, der auf der Anhöhe bei der nördlichen Auffahrt auf die E 20 stand. Zu diesem Platz war auch der einzige verbliebene Panzer östlich der Stadt gefahren. Die vierzig dänischen Panzer stießen auf drei feindliche. Der Vortrupp aus zehn Panzern machte einen guten Kilometer vor dem Gegner Halt. Der Befehlshaber der Staffel gab die Position des Gegners an die drei anderen Staffeln durch. Zehn weitere Leopardpanzer näherten sich dem Feind von Norden, weitere zehn fuhren Richtung Süden auf die drei Panzer auf der anderen Seite zu. Die verbleibenden zehn dänischen Panzer warteten hinter den Vortruppen ab.

Der Befehlshaber der Besatzer entdeckte die nördliche Flanke, aber nicht die südliche. Als sämtliche drei Kanonen nach Norden gerichtet waren, wurden zehn Granaten fast gleichzeitig von Süden aus abgefeuert. Sämtliche dänischen Panzer verwendeten Pfeilmunition, eine Art Granaten, die sich mit großer Energie von der Seite durch die Panzerung brannten und die feindlichen Leopardpanzer damit zum Erliegen brachten und die Menschen darin eliminierten. Keiner der Besatzer hatte die Gelegenheit, einen einzigen Schuss abzufeuern.

An der Brückenauffahrt wurde dasselbe Manöver wiederholt. Die überlegene dänische Truppe umging den Feind rasch, traf aber jetzt auf stärkeren Widerstand. Den drei Panzern an der Brückenauffahrt gelang es, einen der angreifenden Panzer zu treffen, bevor die Schlacht vorüber war.

Zwei dänische Soldaten wurden verletzt. Sämtliche Besatzer in den Panzern waren tot. Kein Schuss war auf die Brücke abgefeuert worden. Sie verband immer noch die Inseln, eine Verknüpfung zur Welt da draußen.

Die Einsatztruppe der Polizei wurde, unterstützt von Fallschirmjägern, rasch in Schützenpanzern in die Stadt transportiert. Über tausend Mann besetzten jede Straßenkreuzung im Zentrum. Über Lautsprecher wurden alle verbliebenen Besatzer aufgefordert, sich zu ergeben. Das Hotel wurde in einer sorgsam geplanten Kommandoaktion gestürmt.

Ein Zimmer und ein Stockwerk nach dem anderen wurden ohne jeden Widerstand eingenommen. Nur die Suche der Sprengstoffexperten nach Sprengfallen hielt das Vorrücken etwas auf. Als die Truppe das letzte Zimmer im obersten Stockwerk erreicht hatte, fuhren die Krankenwagen vor. Die Sanitäter durften das Gebäude betreten. Sie stießen auf eine Unmenge Toter. Niedergeschossener und zersprengter Körper.

Als das Hotel evakuiert worden war, gab der Einsatzchef das entsetzliche Ergebnis bekannt. Nur drei Überlebende. Nur eine einzige Person, eine Frau, die im vierten Stockwerk gefunden worden war, schien körperlich unversehrt zu sein. Sie flüsterte ihren Vornamen: Doris.

56. Kapitel

Am Dienstagmorgen wurde überall wild darüber spekuliert, was in der Nacht eigentlich vorgefallen war. Die Journalisten verlangten Antworten. Die Politiker nahmen ihre Stellungen ein. Reichspolizeichef Thord Henning musste zugeben, dass das Hotel von einer unbekannten, bewaffneten Truppe gestürmt worden war, noch ehe die Polizei hatte eingreifen können. Das hatte fürchterliche Konsequenzen gehabt. Von den sechsunddreißig Geiseln im Hotel waren dreiunddreißig tot.

Die Zahl der Todesopfer war entsetzlich: Außer den dreiunddreißig im Hotel waren sieben Geiseln bereits vorher ermordet worden. Fünf Menschen waren den Granatangriffen auf verschiedene Wohnhäuser am Montag zum Opfer gefallen. Ein Polizist war schon am ersten Tag erschossen worden, und drei Personen waren in dem abgeschossenen Hubschrauber zu Tode gekommen. Insgesamt handelte es sich um 49 Todesopfer. Außerdem gab es etliche Verletzte.

Dazu kam der Verlust von fünfzig Leopardpanzern, die zehn, die von den Besatzern erobert worden waren, und die vierzig, die von den Terroristen bei ihrem Blitzangriff auf das Panzerregiment am Samstagmorgen zerstört worden waren. In Korsør waren an Gebäuden und Straßen umfassende Schäden entstanden.

Wie viele Besatzer genau unschädlich gemacht worden waren, war recht unklar. In den Panzern waren in der Nacht vierundzwanzig Mann zu Tode gekommen. In den anderen vier Panzern lagen fünfzehn verkohlte Leichen. Ein Mann war erschossen vor seinem Panzer auf dem Marktplatz aufgefunden worden. Im Hotel fand man 29 getötete Besatzer. Vor dem Hotel lagen zwei erschossene, maskierte Männer auf der Straße. Niemand wusste, ob die drei angeblichen Märtyrer vom Sonntag bei den aufgefundenen Terroristen waren, oder ob sich ihre Leichen irgendwo anders befanden. Niemand wusste, ob es einem der Terroristen gelungen war, dem Massaker im Hotel zu entkommen.

Die Vermutungen über die Herkunft der Kommandotruppe gingen in eine einzige Richtung: NATO. Alle gingen davon aus, dass ein Einsatzkommando der NATO heimlich darum gebeten worden war, im Hotel für Ordnung zu sorgen, als die Dänen gezögert oder dies nicht gewagt hatten. Dann war die Aktion außer Kontrolle geraten, genau wie 2004, als die Russen die Schule in Beslan gestürmt hatten. Alle Verantwortlichen, die Polizeiführung, das Oberkommando und die Regierung, wurden mit Fragen bestürmt. Die Kritik war schonungslos. Es half nicht, dass Ministerpräsident Rasmus Falck Pedersen kategorisch dementierte, dass eine NATO-Truppe den Angriff durchgeführt habe. Reichspolizeichef Thord Henning und Oberbefehlshaber Hans Enhørning wiederholten dieses Dementi. Niemand wusste, wer die Soldaten dieses Kommandos gewesen waren. Die Dementis verstärkten die Kritik nur noch. Dänemark hatte sich also nicht nur nicht gegen den Angriff der Terroristen verteidigen können, das Land war noch dazu ein zweites Mal eingenommen worden, von einer weiteren, unbekannten Truppe. Diese hatte sich zwar gegen die Terroristen gerichtet, aber zu einem untragbar hohen Preis in Form dänischer Todesopfer.

Die Führung versuchte den kritischen Fragen wenigstens vorübergehend zu entkommen. Die akuten Maßnahmen forderten ihre volle Aufmerksamkeit. Vor allen Dingen mussten die Toten identifiziert und die Angehörigen unterrichtet werden. Hinsichtlich der Hotelgäste hoffte man, dies im Laufe des Tages bewältigen zu können. Auch die Terroristen mussten identifiziert werden, aber das würde vermutlich bedeutend mehr Zeit in Anspruch nehmen. Vor Bewältigung dieser Aufgabe würde es keine erschöpfenden Antworten geben können.

Unter den toten Besatzern waren zwei Frauen. Beide befanden sich inzwischen im Leichenschauhaus in Kopenhagen. Als Bjarne Skov das erfuhr, bat er umgehend um ihre Fingerabdrücke. Innerhalb einer Stunde hatte er die Bestätigung: Iman Amin war eine der Toten. Sie hatte keine Schussverletzungen erlitten. Wahrscheinlich war sie von einer Handgranate getötet worden.

Als Skov diese Nachricht erhielt, begab er sich sofort zu Vincent Paulsen.

»Ich brauche Fotos sämtlicher getöteter Terroristen«, sagte Skov. »Mit etwas Glück können wir den Mann neben Amin hinter dem Kinderwagen identifizieren. In diesem Fall hätten wir den Mord an Paolo Rocca aufgeklärt. Jedenfalls im Prinzip.«

»Aber warum wurde er ermordet?«, fragte Vincent.

»Vermutlich hatte er vor, auszusteigen. Aber das werden wir wahrscheinlich nie genau erfahren.«

»Ich würde gerne hören, was Møller dazu meint«, sagte Vincent.

Er griff zum Telefonhörer. In weniger als einer Minute stand Møller im Zimmer. Vincent erzählte, dass sie Iman Amin gefunden hatten.

»Wer steckt bloß dahinter?«, fragte Møller. »Das würde ich gerne wissen.«

»Vielleicht wird das ja im Laufe der Zeit klarer«, meinte Skov. »Vielleicht waren die Terroristen in Korsør ja auf eigene Rechnung unterwegs. Aber natürlich könnte jemand im Hintergrund die Anweisungen gegeben haben.«

»Jemand muss die Aktion schließlich finanziert haben«, meinte Vincent. »Und wer hat an der Börse spekuliert?«

»Ganz richtig«, bemerkte Skov. »Ich meine nur, dass das zur Ermittlung der Besetzung gehört. Damit befasst man sich eine Etage höher.«

»Der Schlüssel«, sagte Møller. »Ich würde gerne den Schrank finden, zu dem der Schlüssel passt.«

Skov nickte. »Ja«, meinte er. »Such weiter. Wir können jetzt nicht einfach aufhören. Vielleicht finden wir noch weitere Antworten. Du bekommst ein neues Foto von Iman Amin. Mal sehen, ob wir nicht etwas Leben in ihr Gesicht hineinretuschieren können.«

In Korsør versammelte sich eine große Menschenmenge vor dem Hotel Kong Frederik. Alle unterhielten sich leise, die Kinder machten große Augen. Männer und Frauen weinten. Das Gebäude war von der Polizei rundum mit Flatterband abgesperrt worden. Mehr war nicht nötig, um die Menschen auf Distanz zu halten. Niemand schrie nach Rache.

Eine ältere Frau ging mit raschen Schritten auf einen der Uniformierten zu, der hinter der Absperrung stand.

»Ich muss mit einem der Verantwortlichen sprechen«, sagte sie. Sie sprach mit einer Mischung aus Eifer und Nervosität.

»Worum geht es?«, fragte der Polizist.

»Es ist sehr wichtig«, sagte die Frau.

»Ja, aber worum geht es?«

»Es gibt eine Terroristin, die sich in dem Haus gegenüber von meinem eigenen versteckt«, sagte sie.

Der Polizist sah sie einen Augenblick lang nachdenklich an und bat sie dann mitzukommen. Er führte sie zu seinem Vorgesetzten, einem Kommissar aus Slagelse, der für die Ordnung am Tatort verantwortlich war. Die Frau wiederholte ihre Worte.

»Welches Haus?«, fragte der Kommissar.

»Ich wohne am Markt. Es gibt eine Frau im dritten Stock im Haus gegenüber. Sie wohnt nicht dort. Ich war gestern Nacht während der Schießerei im Hotel wach, und da sah ich sie von meinem Fenster aus.«

»Aber warum glauben Sie, dass sie zu den Terroristen gehört?«

»Sie kam mit einer Waffe an, nachdem die Schießerei zu Ende war.«

Die Frau wurde rasch zum Befehlshaber der Kommandotruppe geführt. Sie erzählte ein weiteres Mal, was sie gesehen hatte.

»Sagten Sie, dritter Stock? Woher wissen Sie das, wenn Sie sie nur unten ins Haus haben gehen sehen?«

»Es brannte nur dort Licht. Und sie wohnt auch nicht dort. Ich kenne alle meine Nachbarn. Sie gehört da nicht hin.«

Bei der Öffnung der Wohnung, die die zweiundsechzigjährige Bibliothekarin Kirsten Berg zur Verfügung gestellt hatte, wurde brutal vorgegangen. Die Tür wurde eingetreten, und zehn bewaffnete Polizisten stürmten die Wohnung. Da diese nur aus einem Zimmer, Küche und Bad bestand, wurde es eng.

Lydia saß im Sessel und verfolgte die Livereportage im dänischen Fernsehen mit. Sie sah sofort ein, dass jeder Versuch, zur Maschinenpistole zu greifen, die an der Wand lehnte, zum sicheren Tod führen würde. Deswegen blieb sie einfach sitzen.

Waffen, die auf sie gerichtet waren, zwangen sie, sich bäuchlings auf den Fußboden zu legen. Man legte ihr Handschellen an. Sie schrie auf, als man sie an den Ellbogen hochhob.

Ein Beamter mit höherem Dienstrang forderte sie auf, sich auszuweisen. »Lydia Tamaradze«, antwortete sie. »Ich bin aus Georgien und habe in Dänemark Asyl beantragt.« Anschließend wurde sie in einem Gefangenentransporter direkt in eine Sicherheitszelle nach Kopenhagen gebracht.

Am Nachmittag durfte Doris Lund das Krankenhaus in Slagelse nach einer ersten polizeilichen Vernehmung verlassen. Die einzigen körperlichen Verletzungen, die sie davongetragen hatte, waren ein paar von dem Klebeband hervorgerufene Schürfwunden an den Handgelenken. Sie hatte nach den drei Tagen in Gefangenschaft auch stark abgenommen. In einem Blitzlichtgewitter wurde sie zu einem Polizeiauto geführt, und der Wagen fuhr mit hoher Geschwindigkeit mit ihr weg.

Vor ihrem Reihenhaus standen so viele Fotografen und Journalisten, dass sich die Polizei gezwungen sah, eine Mauer um sie herum zu bilden, damit sie überhaupt zur Haustür vordringen konnte. Die Journalisten versuchten einander mit Fragen darüber, wie die Terroristen sie behandelt hätten und was für ein Gefühl es sei, als fast Einzige überlebt zu haben, zu übertönen. Doris zog einfach nur den Kopf ein.

In der Diele ließ sie sich auf die Knie fallen und schloss ihren Sohn in die Arme. Sie hatte ihm versprochen, dass nie etwas Schlimmes passieren würde. Jetzt wusste sie, dass das eine Lüge gewesen war.

57. Kapitel

Espen hatte keine Ahnung, wo er sich befand. Durchs Fenster sah es aus wie ein Luftwaffenstützpunkt. Die Landschaft war platt und eintönig. Er erkannte nichts wieder.

Er saß eingeschlossen in einem Zimmer. Ein Arzt hatte ihn untersucht und festgestellt, dass er fast unverletzt geblieben war. Anschließend hatte der Arzt das Zimmer verlassen.

Nach einigen Stunden wurde der Schlüssel erneut im Schloss umgedreht und die Tür geöffnet. Ein Mann in einem tadellosen Anzug betrat das Zimmer.

»Wir möchten Ihnen danken, Mr. Krogh«, sagte er auf Englisch mit einem unverkennbaren amerikanischen Akzent. Er nahm auf einem Stuhl gegenüber von Espen Platz. »Ihr Einsatz war erstklassig«, fuhr er fort.

»Auch ich habe zu danken«, erwiderte Espen. »Ich bin hier nun schon ziemlich lange eingesperrt, aber so allmählich gewöhne ich mich daran. Außerdem blieb mir hier das Klebeband um die Handgelenke erspart.«

»Entschuldigen Sie. *Security*. Aber bald dürfen Sie nach Hause fahren.«

Die Tür stand offen, der Mann hatte sie nicht zugemacht, und sie hatte sich hinter ihm wieder geöffnet. Vom Korridor her hörte Espen ein schwaches Geräusch, das wie ein erstickter Schrei klang. Er sah den Mann an, der sich erhob und die Tür wieder schloss.

»Sie haben auch zwei Besetzer mitgenommen, wie mir auffiel«, sagte Espen. »Als Andenken?«

Der Mann lächelte, ohne dass das Lächeln bis zu seinen Augen vorgedrungen wäre. »Es ist uns wichtig, möglichst rasch alles über diesen entsetzlichen Terrorakt zu erfahren. Das verstehen Sie sicher.«

»Und wie geht es Mr. Woods?«, fragte Espen.

»Den Umständen entsprechend gut. Er ist natürlich ziemlich mitgenommen, aber er wird hier erstklassig ärztlich betreut.«

Espen beugte sich vor. »Vertrauen Sie mir ein Geschäftsgeheimnis an«, sagte er. »Ich finde, ich habe ein Recht darauf, es zu erfahren. Warum haben Sie mich dorthin geschickt?«

»Um über die Freilassung von Mr. Woods zu verhandeln natürlich. Aber als uns klar wurde, dass er nicht freigelassen werden würde, haben wir stattdessen angegriffen.«

Espen deutete auf seine Schläfe. »Ich glaube«, sagte er dann, »dass der Grund ein ganz anderer war.«

»Und welcher Grund sollte das gewesen sein?«

»Das Mikro. Sie haben mich als lebendes Mikrofon dorthin geschickt. Sie brauchten jemanden im Hotel, der Ihnen die notwendigen Informationen darüber lieferte, wo genau sich Mr. Woods aufhielt.«

Der Mann lächelte erneut. »Wir sahen uns gezwungen, uns gegen alle Eventualitäten abzusichern.«

»Woods sollte gerettet werden, aber alle anderen konnten geopfert werden, um zu ihm vorzudringen. Ich habe keine Augenbinde getragen und bin auch nicht blind. Auf dem Weg nach unten sah es aus wie im Schlachthaus!«

»Mr. Krogh, auch Sie sind noch am Leben. Vergessen Sie nicht, dass die Terroristen Sie alle getötet hätten, wenn wir nicht eingegriffen hätten. Unschuldige sind zu Tode gekommen und zwar mehr, als wir gewünscht hätten, aber wir hatten keine Wahl.«

»Mehr, als Sie gewünscht hätten?«

»Sie verstehen, was ich meine. Aber ich bin nicht hier, um mich mit Ihnen zu streiten. Sie sind uns und Mr. Woods eine große Hilfe gewesen. Ich will Sie noch einmal an die absolute Schweigepflicht erinnern, die die Firma Compton & Floyd allen ihren Auftraggebern gegenüber hat.«

Der Mann erhob sich.

»Wir werden dafür sorgen, dass Sie so rasch wie möglich nach Hause kommen«, sagte er. »Aber erst müssen wir noch ... das Mikrofon entfernen.«

»Und wer sind *wir*?«

Der Mann lächelte erneut und streckte seine Hand aus. Espen wandte sein Gesicht ab.

Zwei Stunden später wurde Espen in einer Limousine mit getönten Scheiben vom Luftwaffenstützpunkt weggebracht. Sie fuhren Richtung Sonne, nach Westen. Espen stellte fest, dass die Straßenschilder polnisch waren. Ihr Ziel war der internationale Flughafen von Warschau. Er befand sich irgendwo in Ostpolen.

Espen lächelte. Polen. Einer der engsten Verbündeten der USA im Irak-Krieg.

In der Limousine saßen drei weitere Männer, alle in Anzügen. Bevor Espen am Flughafen ausstieg, reichte ihm einer von ihnen eine Tasche.

»Eine Million Dollar, Mr. Krogh«, sagte er. »Hier ist auch noch ein provisorischer Pass. Gehen Sie durch die Passkontrolle für die Diplomaten, es ist bereits alles vorbereitet. Gute Reise.«

Dann fuhren sie davon. Espen blieb einen Augenblick mit der Tasche in der Hand stehen und schaute dem Auto hinterher. Dann betrat er das Abfertigungsgebäude.

»Können wir Ihnen etwas zu trinken anbieten?«

Espen schaute zu der lächelnden Stewardess hoch und dann auf den Wagen mit den Getränken, auf dem 5-cl-Fläschchen mit Spirituosen standen. Er sah wieder zu ihr hoch und schüttelte den Kopf.

Er klopfte spielerisch mit den Fingern auf der Tasche, die er auf den Knien hatte, ein kleines Trommelsolo. Er fragte sich, was Simone wohl gerade tat. Er hatte sie seit über zwei Jahren nicht mehr gesehen und auch nicht mit ihr gesprochen. Er wusste jedoch, dass ihre Nummer immer noch im Stockholmer Telefonbuch stand. Einen eigenen Anschluss, den sie sich nicht mit irgendeinem Mann teilte.

Vielleicht sollte er sie ja anrufen, wenn er nach Hause kam. Genau. Er würde sie anrufen.

58. Kapitel

Die Veröffentlichung der Fotos von Paolo Rocca, Iman Amin und Amin zusammen mit dem Unbekannten und dem Kinderwagen brachte zwei Hinweise ein, die zusammenzuhängen schienen. Ein Mann und eine Frau riefen unabhängig voneinander beim Morddezernat an und berichteten, Amin in der Bahn zwischen Malmö und Kopenhagen gesehen zu haben. Die Frau war sich ihrer Sache sicher. Sie hatte dem Paar gegenübergesessen und gefunden, dass Amin ein interessantes Gesicht hatte. Deswegen hatte sie sie etwas eingehender betrachtet als eigentlich üblich. Im öffentlichen Nahverkehr, wo erwartet wurde, dass man den Blicken der anderen auswich, war das eigentlich ein Verstoß gegen die Etikette. Der Anrufer war sich nicht ganz so sicher gewesen, aber ihm hatte die goldbraune Haut Amins gefallen. Deshalb hatte er sie zur Kenntnis genommen.

Die Frau pendelte täglich zwischen den beiden Städten und wusste nicht, wann sie Iman Amin gesehen hatte. Der Mann war jedoch in den letzten Monaten nur ein einziges Mal mit dem Zug unterwegs gewesen und zwar am Vormittag des Tages, an dem der Mord auf dem Rådhuspladsen begangen worden war. Er hatte den Zug um 11.02 Uhr genommen und war sogar noch im Besitz der Fahrkarte. Møller, der den Anruf entgegengenommen hatte, rief daraufhin wieder die Frau an und fragte sie, wann sie morgens zur Arbeit zu fahren pflege.

»Um acht«, antwortete sie. »Ich fange um neun Uhr an.«

»Fahren Sie nie später?«, fragte Møller.

»Nein«, erwiderte die Frau. »Außer das eine Mal vor ein paar Wochen. Da war ich beim Zahnarzt. Da bin ich vermutlich erst um zehn oder um elf gefahren.«

Der Zahnarzt bestätigte, dass es sich um den fraglichen Morgen gehandelt hatte. Møller machte das Victory-Zeichen mit der Rechten. Jetzt hatte er den Weg der Mörder zum Hauptbahnhof rekonstruiert.

»Sie kamen also aus Malmö«, sagte Skov, nachdem ihm Møller die Anrufe referiert hatte.

»Es hat ganz den Anschein«, erwiderte dieser.

»Wir nehmen Kontakt zu unseren schwedischen Kollegen auf, damit alles seine Richtigkeit hat«, meinte Skov. »Erkundige dich bei der Passkontrolle auf dem Flughafen in Malmö …«

»Sturup«, warf Møller ein.

»Ja, und bei den Häfen in Schonen, wo die Fähren aus Deutschland anlegen, ob dort jemand unsere Mörder gesehen hat. Und fragt bei den Hotels in Malmö nach. Irgendwo müssen sie schließlich in der Nacht zuvor gewohnt haben.«

Als er Skovs Büro verließ, stieß Møller mit einem Mann zusammen, den er nicht kannte. Er hörte Skovs Stimme hinter sich:

»Komm rein, Terfig.«

Terfig, Abteilungsleiter bei der Sicherheitspolizei PET, schloss die Tür hinter sich und blieb unentschlossen mitten im Zimmer stehen.

»Ich habe gerade etwas sehr Seltsames gehört«, sagte er. Skov blickte zu ihm auf und zog die Augenbrauen hoch.

Eine Viertelstunde später saßen Terfig und Skov bei Reichspolizeichef Thord Henning.

»Meine Herren«, sagte Henning. »Es sei wichtig, sagten Sie. Ich bin sehr beschäftigt und hoffe deswegen, dass wir diese Sache rasch klären können.«

»Die Frau, die heute Morgen in Korsør festgenommen wurde«, sagte Terfig nach einem Augenblick, denn er bezweifelte, dass sich diese Sache wirklich rasch würde abhandeln lassen können, »heißt Lydia Tamaradze. Als sie festgenommen wurde, hatte sie zwei Maschinenpistolen in ihrer Wohnung.«

»Das weiß ich bereits«, sagte Thord Henning und hielt ein Papier in die Luft. »Ich habe einen Bericht über sie erhalten. Sie stammt aus Georgien und ist wahrscheinlich schon seit Jahren eine kaukasische Terroristin. Sie ist die einzige Besatzerin, die wir lebend aufgegriffen haben. Sie hatte in Dänemark einen Asylantrag gestellt, der abgelehnt wurde. Offenbar gelang es ihr, das Land zu verlassen, ehe sie abgeschoben wurde. Es ist nicht klar, wohin. Ihr damaliger Anwalt hat weiterhin versucht, ihr eine Aufenthaltsbewilligung zu verschaffen. Jetzt kommt sie zurück und sucht uns wie ein uneingeladener Gast heim.«

Henning legte das Papier beiseite, lehnte sich in seinem Stuhl zurück und faltete die Hände auf seinem Bauch.

»Die Sache ist folgende«, meinte Terfig. »Die Terroristen im Hotel sind mit Munition Kaliber 5,56 mm erschossen worden. Diese Munition wird von modernsten Waffen verwendet und führt zu umfassenden Verletzungen. Offenbar war die Kommandotruppe mit solchen Sturmgewehren ausgerüstet. Zwei der Terroristen wurden jedoch mit 7,62-mm-Munition erschossen. Diese stammt aus den eigenen Waffen der Terroristen.«

»Fahrlässige Schüsse in einer chaotischen Situation«, meinte Henning. »*Friendly fire*. Nichts Ungewöhnliches.«

»Bei einem der beiden könnte das zutreffen«, meinte Terfig. »Der Mann lag mit einem Schuss im Rücken auf der Straße vor dem Hotel. Der andere lag allerdings mit Brandverletzungen und erschossen vor dem Panzerwagen, der in der Nacht auf Montag auf dem Marktplatz zerstört wurde. Wie dieser Angriff ausgesehen hat, ist ja immer noch ein Rätsel. Es kann sich aber kaum um einen fahrlässigen Schuss beim letzten Gefecht gehandelt haben.«

»Und was wollen Sie damit sagen?«, fragte Thord Henning.

»Eine der Kugeln wurde ballistisch untersucht. Es liegt erst ein vorläufiges Ergebnis vor, aber …«

»Ja?«, sagte Thord Henning.

»Der Schuss wurde von einer von Lydia Tamaradzes Waffen abgefeuert.«

Der Reichspolizeichef schwieg einen Augenblick.

»Warten Sie«, sagte er. »Sie wollen also sagen, dass sie absichtlich einen ihrer eigenen Leute erschossen hat und das bereits einen ganzen Tag vor dem Angriff auf das Hotel?«

»Ja, falls sie wirklich zur Terroristengruppe gehört hat«, meinte Terfig.

»Wer hätte sie denn sonst sein sollen?«

»Eine Asylbewerberin. Genau das, was sie auch gesagt hat, als wir sie festgenommen haben. Eine Asylbewerberin, die sich in Korsør versteckt hielt.«

»Aber wie hätte sie in den Besitz von zwei Waffen der Terroristen kommen sollen, wenn sie nicht selbst zu dieser Gruppe gehörte?«

»Das ist noch ein Rätsel, das muss ich zugeben«, erwiderte Terfig.

»Und warum …«, Thord Henning unterbrach sich. »Soll sie den Angriff auf den Panzerwagen allein unternommen haben? Das klingt völlig unglaublich.«

Terfig breitete die Hände aus. »Sie haben recht. Aber Tatsache ist, dass die Kugel aus ihrer eigenen Waffe stammt. Außerdem stimmt das mit einer Zeugenaussage aus der fraglichen Nacht überein. Eine Person soll aus einem Fenster in Tamaradzes Haus auf den Panzer geschossen haben.«

»Eine Asylbewerberin soll also die Terroristen ganz allein mit ihren eigenen Waffen angegriffen, einen Panzerwagen zerstört und mindestens zwei Terroristen erschossen haben«, fasste Thord Henning zusammen. »Wenn das der Fall ist, dann müssen wir vermutlich unser Asylrecht revidieren. Sie müssen schon entschuldigen, Terfig, aber das kann nur ein Missverständnis sein. Wir wissen einfach noch nicht genug.«

»Das stimmt«, sagte Terfig. »Es gibt aber noch etwas.« Er wandte sich an Skov, als wolle er ihm das Wort erteilen.

»Kennst du Vincent Paulsen?«, sagte Skov. »Einen meiner Ermittler?«

»Ich weiß, wer das ist«, erwiderte der Reichspolizeichef.

»Gestern Morgen hat jemand von dem Telefon, das in Lydia Tamaradzes Wohnung steht, bei Paulsen angerufen. Das fiel den Leuten auf, die die Telefongespräche aus Korsør überwachten.«

»Lydia Tamaradze hatte Kontakt zu *Paulsen*?«, rief Henning. »Zu unserem Paulsen? Könnte ihn nicht jemand anderes angerufen haben?«

»Wir haben ihn gefragt. Er sagte, es sei eine Freundin seiner Schwester gewesen. Und dass sie Lydia heiße.«

»Was …?« Thord Henning erhob sich von seinem Stuhl und begann, in seinem Büro auf und ab zu gehen.

»Wir haben überprüft, welche Nummern Vincent Paulsen von seinem Diensthandy aus angerufen hat«, sagte Terfig. »Es zeigt sich, dass er mehrmals ein Handy angerufen hat, das in Tamaradzes Wohnung gefunden wurde. Die Gespräche fanden statt, bevor die Terroristen die Stadt angegriffen hatten, und liefen über einen Sendemast in Korsør. Es besteht also kein Zweifel daran, dass er sie kennt und dass sie sich seit mindestens zwei Monaten in der Stadt aufgehalten hat.«

»Das wird ja immer verrückter«, sagte Henning. »Paulsen hatte also Kontakt zu Lydia Tamaradze wenige Stunden nachdem der Panzerwagen zerstört wurde und nachdem sie einen der Terroristen erschossen hatte, wenn diese Angaben stimmen. Hatte er Kenntnis von dem, was sie tat?«

»Das wissen wir nicht«, sagte Skov. »Er sagt nur, dass er sie kaum kennt. Ausführlichere Erklärungen haben wir nicht erhalten.«

»Was noch schlimmer ist«, sagte Terfig, »ist, dass Paulsen Lydia Tamaradze am Samstag aus Italien anrief, wenige Stunden, nachdem die Besetzung begonnen hatte.«

»Und das war, kurz nachdem es ihm geglückt war, Paolo Rocca als das Mordopfer vom Rådhuspladsen zu identifizieren«, ergänzte Skov.

»Kannst du bitte aus all dem eine Schlussfolgerung ziehen, Skov«, sagte der Reichspolizeichef.

»Leider scheint alles zusammenzuhängen. Wir haben die ganze Zeit geglaubt, dass es sich bei dem Mord auf dem Rådhuspladsen um einen terroristischen Akt handelt. Paolo Roccas Hintergrund schien darauf hinzudeuten. Inzwischen wissen wir auch, dass das wahr ist. Die Terroristin Iman Amin hat diesen Mord verübt. Dann begann die Besetzung. Kurze Zeit später ruft Paulsen bei Tamaradze an, und in derselben Nacht beginnt sie, die Terroristen mit Waffen anzugreifen.«

»Kann es sein, dass Paulsen und diese ungewöhnliche Asylbewerberin hinter unserem Rücken einen Privatkrieg gegen die Besatzer anzettelten?«, sagte Henning. »Das ist eine unglaubliche Anklage!«

»Lass es uns einstweilen einen Verdacht nennen«, sagte Terfig.

»Und was sagt Paulsen?«

»Wir haben ihn damit noch nicht konfrontiert«, sagte Skov.

»Tut das«, sagte Henning. »Jetzt sofort.«

59. Kapitel

Møller ahnte, dass es genau wie in Kopenhagen auch in Malmö eine trostlose Jagd von Hotel zu Hotel werden würde. Außerdem ahnte er, dass die Schichtwechsel in den Hotels das Ganze noch in die Länge ziehen würden. Er konnte sich nicht damit begnügen, nur jene Personen zu befragen, die gerade Dienst hatten, er musste diejenigen finden, die in der Nacht vor dem Mord gearbeitet hatten.

Im ersten Hotel hatte die Empfangsdame zufälligerweise in der fraglichen Nacht gearbeitet. Møller deutete das als Anfängerglück. Er legte das Foto von Paolo Rocca auf den Tresen, und sie sah es sich genau an. Dann schüttelte sie den Kopf. Iman Amin. Erneutes Kopfschütteln. Der Mann mit dem Kinderwagen, eine erneute Verneinung. Møller bat, die Gästeliste der fraglichen Nacht einsehen zu dürfen. Wieder wurde der Kopf geschüttelt. Er stellte fest, dass die Frau ihm gegenüber für ihre Berufssparte ungewöhnlich einsilbig war, ihre Körpersprache ließ sich jedoch leicht deuten. Nachdem er auf die Malmöer Polizei verwiesen und alle Überredungskunst aufgeboten hatte, gewährte sie ihm schließlich Einblick in die EDV des Hotels. Keiner der Namen war darin zu finden, kein Name schien das Pseudonym eines Terroristen zu sein, wie deren falsche Namen auch immer lauten mochten. Møller bedankte sich für die Hilfe und ging.

Auf der Straße zeichnete er ein schwarzes Kreuz auf seinen Stadtplan von Malmö. Er hatte jedes Hotel und jede Pension aus dem Branchenverzeichnis herausgesucht und auf dem Stadtplan mit einem Kreis markiert. Darauf befanden sich nun 49 Kreise. Laut Reglement hätte ihn ein schwedischer Beamter begleiten sollen, aber keiner hatte offenbar Zeit gehabt, nachdem die Formalitäten erledigt gewesen waren. Und gehörte Schonen nicht ohnehin zu Dänemark?

Auch im nächsten Hotel kannte niemand das Trio auf den Fotos. Dann dauerte es zwanzig Minuten und erforderte mehrere Telefongespräche, bis er den Namen der beiden Personen in Erfahrung gebracht hatte, die am Abend vor dem Mord gearbeitet hatten. Er notierte sich ihre Telefonnummern und wann sie wieder zur Arbeit erscheinen würden.

Nach vier Hotels und einer Pension war es bereits Zeit zum Mittagessen. Er hatte nur sehr wenige Personen angetroffen, die in der fraglichen Nacht gearbeitet hatten. Alle hatten verneint, als er ihnen die Fotos vorgelegt hatte. Møller sah ein, dass er Hilfe brauchte. Er rief Skov an und erkundigte sich, ob er nicht vom nächsten Tag an Unterstützung bekommen könne. Skov versprach, die Malmöer Polizei um Hilfe zu bitten. Dänische Beamte konnte er ohne Genehmigung nicht schicken.

»Ich brauche mehr Unterstützung«, beharrte Møller. »Es geht darum, denjenigen oder diejenigen zu finden, die hinter dem Mord stecken. Wir verfolgen die Spuren von Rocca und Frau Amin zurück, um mit der Ermittlung vorwärtszukommen. Du warst gestern selbst noch dieser Meinung.«

»Es kann aber auch eine Sackgasse sein, Møller«, sagte Skov. »Wir müssen auf verschiedene Arten vorgehen. Aber ich tue, was ich kann, damit du ab morgen noch jemanden bekommst.«

»Vorzugsweise Vincent«, sagte Møller.

»Wohl eher nicht«, meinte Skov.

Møller fand, dass Skov seltsam klang, als er Paulsen erwähnte, beschloss dann aber, nicht weiter darüber nachzudenken. Nach einer Grützwurst mit Kartoffelgemüse fühlte er sich in der Verfassung, das nächste Hotel aufzusuchen. Es lag südlich des Möllevångstorget. Ein Mädchen stand hinter dem Empfangstresen, das kaum älter als zwanzig sein konnte. Auf dem Namensschild auf ihrer Brust stand »Camilla«. Schweden war das Land, in dem in Serviceberufen nur Leute ohne Nachnamen arbeiteten. Das Mädchen kaute einen Kaugummi, was Møller etwas irritierte. Offenbar gelang es ihm nur schlecht, seine Irritation zu verbergen, denn sie nahm den Kaugummi sofort aus dem Mund. Jetzt ärgerte es ihn, dass er sich von solchen Kleinigkeiten nerven ließ, statt sich auf seine Aufgabe zu konzentrieren. Es war wirklich nicht sein Tag.

Er legte seine Fotos auf den Tresen. Sie beugte sich vor und betrachtete sie.

»Die Frau und die beiden mit dem Kinderwagen kenne ich nicht. Aber der da hat hier im Hotel gewohnt«, sagte sie und deutete auf Paolo Rocca.

Jeglicher Ärger war wie weggeblasen. Ein Lächeln breitete sich auf Møllers Lippen aus. Der Zufall und ein Mädchen mit Kaugummi standen ihm an diesem frühen Nachmittag bei.

»Sicher?«, fragte er.

»Absolut«, sagte sie. »Er hat hier mehrere Nächte gewohnt. Dann hat er ohne vorherige Ankündigung eines Morgens ausgecheckt.«

»Und wie heißt er?«

»Darf ich das einem dänischen Polizisten überhaupt sagen?«, fragte sie.

»Ja«, erwiderte Møller und lächelte. »Es ist durchaus erlaubt, dass ein Mädchen aus Schonen den dänischen Gesetzeshütern beisteht.«

Camilla lachte. Møller war zufrieden mit sich. Vielleicht war das ja doch sein Tag.

»Ich schau mal nach«, sagte sie und wandte sich zu einem Computer. »Mal sehen … da haben wir ihn. Paul Ricardo. Amerikaner.«

Møller nickte. Paul Ricardo, das klang richtig.

»Wie hat er bezahlt?«, fragte Møller. »Mit Kreditkarte?«

»Nein. Bar. Mit schwedischem Geld.«

»Wann hat er ausgecheckt?«

Die Frau schaute auf den Monitor. »Um 8.06 Uhr«, sagte sie. »Er hat für vier Nächte bezahlt.«

»Hat er hier irgendwelche Leute getroffen?«

Sie dachte nach. »Nicht, soweit ich mich erinnern kann. Aber danach müssten Sie auch meine Kollegen fragen.«

»Das werde ich«, erwiderte Møller. »Und noch etwas.«

Møller sprach ein stilles Gebet, dann stellte er seine Frage:

»Hatte dieser Gast, dieser Paul Ricardo, ein Schließfach im Zimmer?«

»In allen Zimmern befinden sich kleine Safes«, erwiderte das Mädchen. »Aber in seinem Zimmer haben seither schon mehrere andere Gäste gewohnt.«

Møller zog eine Kopie des Schlüssels aus der Tasche. »Passt dieser Schlüssel zu diesem Safe oder zu einem anderen Schrank hier im Hotel?«

Das Mädchen schüttelte den Kopf. »Die Safes haben Schlösser mit Zahlencode.«

Zehn Minuten später stand Møller auf der Straße vor dem Hotel. Er hatte noch mehrere Fragen über Rocca gestellt. Sie hatte alles klar und deutlich beantwortet. Møller nahm sich vor, sich nie mehr über junge Menschen zu ärgern, die Kaugummi kauten.

Er blieb eine Weile stehen und erwog, wieder zurückzugehen. Irgendetwas an der Geschichte stimmte nicht. Er bezweifelte nicht, dass das Mädchen in jeder Hinsicht die Wahrheit gesagt hatte, aber irgendetwas stimmte nicht. Er kam nur nicht drauf, was.

Ich fange schon an, abergläubisch zu werden, dachte er. Intuition und Mutmaßungen waren nicht sein Stil. Er schob den Gedanken beiseite, drehte sich um und ging zu seinem Auto zurück.

Dreißig Kilometer nördlich von Malmö verließ ein Mann mit kurzgeschnittenem Haar mit einer Tasche sein Haus. Er schloss die Tür des Wohnhauses hinter sich ab. Die Tasche warf er in den Kofferraum seines alten Opels. Dann ging er zum Taubenschlag und öffnete alle Klappen. Zwei der Tauben kamen durch die Öffnungen. Der Mann folgte ihnen mit dem Blick. Sie flogen über einen Flachsacker Richtung Süden.

Er setzte seine Sonnenbrille auf und stieg ins Auto. Eine Staubwolke wurde aufgewirbelt, als er den Bauernhof verließ.

60. Kapitel

Immer mehr Menschen kehrten nach Korsør und in ihre Häuser zurück. Die Gemeindeverwaltung versuchte Tatkraft zu demonstrieren, indem sie Krisenberatungsstellen in Schulen und Kirchen einrichten ließ. Die Läden in der Fußgängerzone hatten wieder geöffnet. Hier unterhielt man sich leise oder lautstark über das, was der Bevölkerung widerfahren war. Alle hatten eine Meinung, aber die Fragen nach Schuld und Verantwortung ließen sich nicht durch einfache Zuweisungen beantworten. Die Terroristen waren böse, aber warum hatte sich das Böse ausgerechnet gegen die Menschen in Korsør gerichtet? Ein Abgrund hatte sich zwischen ihrem gewohnten Leben und der Zukunft aufgetan.

Manche Leute blieben in ihren provisorischen Flüchtlingsunterkünften. Die Stadt kam ihnen noch nicht sicher vor. Vielleicht würde sie nie mehr sicher werden.

Vincent Paulsen schaute auf den Tisch. Die Anschuldigungen schienen in die Platte geritzt zu sein. So fühlt man sich also dabei, dachte er. Aber bin ich schuldig?

Ihm gegenüber saßen Terfig und einer seiner Kollegen vom PET. Derselbe große Mann, der Paulsen bereits zuvor befragt hatte. Terfig beugte sich vor und schaltete ein Tonbandgerät ein.

»Das hier ist kein formelles Ermittlungsverfahren, Paulsen«, sagte er. »Aber wir müssen herausfinden, worin Ihre Kontakte zu Lydia Tamaradze bestehen.«

Vincent schaute die beiden Männer an.

»Dazu ist nicht mehr zu sagen als das, was ich bereits gesagt habe«, antwortete er. »Sie ist eine Freundin meiner Schwester Karoline. Ich wusste nicht einmal, wie Lydia mit Nachnamen heißt. Sie wohnte eine Zeitlang in dem Sommerhaus, das wir gemeinsam besitzen, da sie keine Wohnung hatte. Dann ist sie nach Korsør gezogen. Ich habe sie nur einige wenige Male getroffen und einige wenige Male mit ihr telefoniert.«

»Wussten Sie, dass sie sich illegal im Land aufhält?«

»Das ist mir nach einiger Zeit klargeworden. Das war auch der Grund, warum sie aus dem Sommerhaus ausgezogen ist.«

»Warum haben Sie diese Straftat nicht angezeigt?«, fragte Terfig.

»Ich glaubte und hoffte, dass sie das Land verlassen würde«, erwiderte Vincent.

»Glaubte?«

»Karoline …«, sagte Vincent und starrte wieder auf die Tischplatte. »Ich wollte meine eigene Schwester nicht anzeigen.«

Terfig nickte. »Das könnte Probleme geben, Paulsen.«

Vincent antwortete nicht.

»Sie behaupten also, dass Sie nicht wussten, dass sie sich in Korsør aufhielt?«, sagte Terfig.

»Ich wusste nicht, wo sie sich befand. Das habe ich erst erfahren, als sie es mir am Telefon erzählt hat«, sagte Vincent. »Das war an demselben Morgen, an dem die Besetzung begann.«

Er merkte, dass ihm die Lüge auf der Zunge brannte. Er bekam einen ganz trockenen Mund. Er musste um ein Glas Wasser bitten.

»Warum haben Sie sie ausgerechnet an diesem Morgen aus Italien angerufen?«

»Das war reiner Zufall.«

Die beiden PET-Leute beugten sich gleichzeitig vor.

»Verscheißern können wir uns selbst, Paulsen«, sagte Terfig. »Lydia Tamaradze befand sich in Korsør, in einer Stadt, die von Terroristen eingenommen worden war. Sie riefen sie an, weil Sie wussten, dass sie sich dort befand.«

»Nein«, sagte Vincent.

»Sie hatten gerade Paolo Rocca als das Mordopfer identifiziert und erfahren, dass er ein Terrorist war. Lydia Tamaradze begann ihren eigenen Guerillakrieg gegen die Besatzer. Ist das ein Zufall?«

»Ja«, sagte Vincent. »Von Rocca und der Mordermittlung habe ich am Telefon nichts gesagt. Und ich weiß immer noch nicht, was sie zu ihren Handlungen anregte.«

Das Verhör dauerte über zwei Stunden. Vincent Paulsen duckte sich immer weiter unter den Anschuldigungen der PET-Leute. Als die Befragung beendet war, teilte man ihm mit, Reichspolizeichef Thord Henning hätte ihn auf unbestimmte Zeit vom Dienst suspendiert. Es sei ihm untersagt, über das gegen ihn laufende Ermittlungsverfahren mit jemand anderem als einem Anwalt zu reden.

Vincent Paulsen verließ das Polizeipräsidium mit dem Gefühl, schutzlos zu sein. Jemand hatte die Schutzhülle der Unverletzbarkeit heruntergerissen, die ihn sein ganzes Leben lang umgeben hatte, eine Schutzhülle, die von der Fürsorge seiner Eltern gestärkt worden war, von der Liebe seiner Familie, vom Respekt seiner Kollegen vor seinem beruflichen Können und von seiner Teilhabe an der dänischen Gesellschaft.

Er stand auf dem Polititorvet und wusste nicht, in welche

Richtung er gehen sollte. Seine Füße trugen ihn auf die Innenstadt zu. Er kam am Rådhuspladsen vorbei. Spuren des brutalen Mordes an Paolo Rocca waren keine zu erkennen. Es hatte den Anschein, als sei dieser nie verübt worden. Die Schlagzeilen der Zeitschriftenläden am Strøget sprachen von Schuld und Sühne. Vincent wanderte ziellos weiter. Plötzlich stand er vor dem Juweliergeschäft. Er drückte die Klinke. Es war abgeschlossen, und er klingelte. Von innen hörte er Schritte. Simon Herschfeld öffnete und ließ ihn eintreten. Herschfeld schien nicht sonderlich erstaunt darüber, ihn wiederzusehen.

»Ich will nur einen Moment hier sitzen«, sagte Vincent. »Wenn Sie nichts dagegen haben. Sie können gerne mit Ihrer Arbeit weitermachen.«

Herschfeld deutete auf den Sessel und nahm selbst wieder an seinem Arbeitstisch Platz. Er klemmte eine Lupe vors Auge und begann einen Stein in einen Ring einzufügen.

Lange schwiegen sie beide. Herschfeld wirkte hochkonzentriert. Als er mit dem Ring fertig war, legte er seine Werkzeuge beiseite.

»Man begeht leicht einen Fehler«, sagte er. »Kein Stein ist wie der andere. Sie sind wie Individuen mit einem eigenen Willen.«

»Wenn man nicht versteht, wie ein anderer Mensch denkt, wie soll man sich dann diesem Menschen gegenüber verhalten?«, meinte Vincent.

»Es gibt nicht nur eine Wahrheit, nicht nur eine stimmige Erklärung, sondern nur unsere eigenen Deutungen derselben Wirklichkeit. Wir können nicht alles verstehen, mit dieser Unsicherheit müssen wir leben. Etwas bedrückt Sie, mein lieber Paulsen. Wollen Sie mir nicht erzählen, was es ist?«

»Was kann einen Menschen dazu bringen, einen anderen Menschen freiwillig und ohne Zwang zu töten?«

»Denken Sie an die Besatzer? Über die wir bei Ihrem letzten Besuch gesprochen haben?«

»Nein, nicht die«, erwiderte Vincent. »Ich denke an jemand anderen, an eine Frau.«

»In Birkenau sind mir viele Mörder begegnet. Die meisten waren normale deutsche Männer. Für sie war das Töten zur Normalität geworden.«

»Aber wie konnten sie nur so weit gehen?«

»Diese Frage haben viele zu beantworten versucht. Ich kenne nur meine eigene Wahrheit.«

»Und die ist?«

»Wir wurden zu ihren Feinden ernannt, obwohl wir keine Soldaten waren. Im Krieg tötet man den Feind. Wenn der Krieg zur Normalität des Menschen wird, dann tötet er mit Leichtigkeit und sogar freiwillig. Deswegen kann er ebenso leicht aufhören zu töten, wenn der Friede zur neuen Normalität wird.«

Paulsen erhob sich. »Ich muss jetzt gehen«, sagte er. »Ich habe Ihre Zeit schon viel zu lange in Anspruch genommen.«

»Überhaupt nicht, Paulsen. Wir sehen uns doch bald wieder?«

Paulsen nickte und gab Herschfeld die Hand.

Lydia Tamaradze fixierte Skov mit dem Blick. Dieser war weder freundlich noch unfreundlich, sondern abwartend. Er bat sie, ihm von sich zu erzählen. Sie antwortete, sie sei Kämpferin in Abchasien gewesen und habe deswegen in Dänemark Asyl beantragt. Sie hätte sich in Dänemark versteckt. Sie weigerte sich preiszugeben, wer ihr dabei geholfen hatte, selbst noch, als Skov Paulsen und seine Schwester Karoline sowie die Besitzerin der Wohnung in Korsør, Kirsten Berg, erwähnte. Skov fragte sie, was sie während der drei Tage währenden Besetzung getan habe. Ihre Antwort war lang und ausführlich. Sie erzählte von den drei maskierten Männern in der ersten Nacht, von denen sie zwei erschossen und dem dritten die Kehle durchgeschnitten hatte, von den Molotowcocktails und dem Panzerwagen und von den Schüssen auf den fliehenden Panzerkommandanten und auf den maskierten Mann vor dem Hotel.

Skov schwieg während ihres gesamten Berichts. Noch nie hatte er etwas Derartiges vernommen. Er fasste ihre Antwort zusammen und fragte, ob es wirklich möglich sei, dass sie acht Terroristen ganz alleine getötet habe. Lydia bestätigte die Zahl, ohne mit der Wimper zu zucken. Als er fragte, ob sie mit jemandem zusammengearbeitet habe, lautete die Antwort ganz eindeutig nein.

Skov fragte sie nach den Gründen für diese Taten. Lydia antwortete, die Männer hätten die Stadt geschändet und außerdem eine tödliche Bedrohung für ihre Bewohner dargestellt. Skov bat sie, ihre persönlichen Motive zu erläutern. Lydia sagte, es habe außer den Gründen, die sie bereits erwähnt habe, keine anderen gegeben.

Vincent Paulsen? Was er gewusst habe? Lydia antwortete, überhaupt nichts. Sie hätten weder über ihre Taten noch über seine Arbeit als Polizeibeamter gesprochen.

Anschließend versammelten sich Skov, Terfig und Reichspolizeichef Thord Henning in Hennings Büro. Skov und Terfig referierten den Inhalt der Verhöre.

»Und was glaubt ihr?«, fragte Thord Henning.

»Ich würde gerne glauben, dass Paulsen die Wahrheit sagt«, meinte Skov. »Er war zumindest indirekt daran beteiligt, eine Person zu verstecken, die sich unerlaubt im Lande aufhielt, aber das ist in diesem Zusammenhang das kleinere Problem. Der Rest könnte tatsächlich einfach Pech gewesen sein, vielleicht hat er ja rein zufällig der falschen Person geholfen. Tamaradze kann alle, die ihr geholfen haben, über ihren wahren Charakter getäuscht haben.«

»Aber du bist dir nicht sicher?«, fragte Henning.

»Das Ganze ist so vollkommen haarsträubend. Tamaradze kann oder will nicht erklären, warum sie sich plötzlich mitten in der Nacht wie ein mordender Engel auf die Straße begibt und beginnt, die Besatzer zu töten. So gerne ich das wollte, kann ich nicht ausschließen, dass Paulsen mit der Sache zu tun hat.«

»Wer ist sie?«, fragte der Reichspolizeichef. »Ist nicht das der springende Punkt?«

»Die einzige logische Erklärung für ihr Verhalten«, meinte Terfig, »wäre, dass sie zu der Kommandotruppe gehört, die den Gegenangriff durchgeführt hat. Dass sie eine Art Vorhut darstellte.«

»Allein?«

»In der Wohnung befanden sich schließlich zwei Waffen«, meinte Skov. »Vielleicht waren es ja mehrere Leute.«

»Sie war aber schon viel früher in Korsør. Wie hätte sie wissen sollen, was geschehen würde, wenn sie zu denjenigen, die die Terroristen angriffen, gehörte?«

»Vielleicht war sie ja eine Überläuferin?«, meinte Skov. »Genau wie Paolo Rocca, falls dies nun der wirkliche Grund für seine Ermordung war. Vielleicht hat sich die Terroristengruppe ja zu irgendeinem Zeitpunkt geteilt und hat anschließend in Korsør gegeneinander Krieg geführt.«

»Aber weshalb hat sich Tamaradze dann nicht mit allen anderen in den Hubschraubern davongemacht?«

Terfig schüttelte den Kopf. »Wir wissen nicht einmal, was für Leute das waren.«

»Und was machen wir jetzt?«, fragte Skov.

»Abwarten«, meinte Henning. »Ich werde dem Ministerpräsidenten darüber Bericht erstatten, und Paulsen bleibt bis auf weiteres suspendiert.«

»Und Lydia Tamaradze?«, fragte Terfig. »Wir wissen nicht, *wer* sie ist. Aber was ist sie eigentlich? Eine Heldin oder eine Mörderin?«

»Gute Frage«, meinte der Reichspolizeichef. »Ich hoffe, der Ministerpräsident vertritt in dieser Sache einen intelligenten Standpunkt.«

61. Kapitel

Am Dienstagnachmittag begannen die Aufräumarbeiten auf der Brücke, die eher einem langgezogenen Parkplatz glich. Hunderte von Fahrzeugen standen auf der Fahrbahn nach Korsør mit dem Kühler in Richtung der beiden Lastwagen, die die Abfahrt der Brücke versperrten. Niemand wusste, was die Lastwagen geladen hatten. Als Polizei und Sprengstoffexperten sie vorsichtig öffneten, entdeckten sie, dass sie mit Paletten mit HMX, *high melting explosive*, ein kristallines Pulver mit einer Detonationsgeschwindigkeit von über neun Kilometer in der Sekunde, beladen waren. Ein hocheffektiver Sprengstoff und in den Händen von Terroristen eine furchtbare Waffe.

Die Menge hätte genügt, um große Teile der Brücke zum Einsturz zu bringen. Die Lastwagen vor Ort zu sprengen war also undenkbar. HMX ließ sich problemlos transportieren, wäre aber wohl in einem umstürzenden Lastwagen detoniert. Die Lastwagen gaben entsprechend Anlass zu Überlegungen.

Die Sprengmeister konnten keine Zünder entdecken. Deswegen lud man die HMX-Kartons einzeln aus und transportierte sie ab. Erst am nächsten Morgen war die Operation durchgeführt und alle Fahrzeuge von der Brücke entfernt worden.

Als dem Reichspolizeichef Thord Henning klar wurde, welche Schäden der Sprengstoff hätte anrichten können, stellte er sich folgende Frage: Warum hatten die Besatzer die Lastwagen nicht mit ihren Panzern beschossen? Wieso hatten sie darauf verzichtet, die Brücke zu sprengen, als sie angegriffen worden waren? Henning diskutierte diese Frage mit Knud Halsberg, dem Staatssekretär des Ministerpräsidenten. Beide bezweifelten, dass es sich dabei um irgendeine Form der Rücksichtnahme gehandelt haben konnte, da sich die Terroristen während der Besetzung nicht gerade dadurch ausgezeichnet hatten.

Halsberg meinte, die Terroristen hätten sich so sehr auf die Verteidigung konzentriert, dass sie gar keine Gelegenheit gehabt hätten, auf die Lastwagen zu schießen. An diese Theorie glaubte Henning jedoch nicht. Laut abgehörter Handygespräche hatte die Besatzung zumindest eines der Panzerwagen an der Brücke gewusst, dass ihre Kameraden weiter im Osten an der E 20 angegriffen worden waren. Sie hätten alle Zeit der Welt gehabt, auf die Lastwagen an der Brücke zu schießen, und doch hatten sie es nicht getan.

Sie erörterten die Frage noch eine Weile, kamen jedoch zu keinem eindeutigen Ergebnis. Henning und Halsberg suchten nach einer logischen Antwort, sie wollten verstehen. Die gedankliche Welt der Terroristen wäre weniger bedrohlich gewesen, wenn sie sie in ihren eigenen Begriffsapparat hätten einordnen können. Die Erleichterung darüber, dass die Brücke unbeschädigt geblieben war, wurde von einem unerklärlichen Gefühl getrübt, dass etwas zutiefst Beunruhigendes an diesem irrationalen Verhalten der Terroristen war.

Bereits Mittwochmorgen war eine große Anzahl der getöteten Besatzer identifiziert. Von den 31 Terroristen, die nicht in den Panzerwagen verbrannt waren und deren Fingerabdrücke daher abgenommen werden konnten, konnten zwanzig direkt von Interpol und Europol mit Hilfe des Fingerabdruckregisters identifiziert werden. Fünf von ihnen gehörten einer bereits bekannten Organisation, der sogenannten Freiheitskoalition, an. Der Name klang nach einer Waffenallianz unter amerikanischer Führung, aber es handelte sich um eine kleine Gruppe radikaler Globalisierungsgegner. Die Organisation war 1998 in Italien gegründet worden, wurde allerdings in keinem Land der Terrorszene zugerechnet. Die fünf getöteten Mitglieder der Freiheitskoalition waren jetzt aber offenbar einen Schritt weitergegangen: Aus Steinewerfern waren Terroristen geworden. Vier der fünf waren Italiener, einer war Deutscher.

Bei zwei der Identifizierten handelte es sich um Jordanier, einer war Iraker, ein weiterer ein im Exil lebender Saudi-Araber. Einer war Palästinenser aus dem Libanon, einer Marokkaner. Sämtliche Araber standen bereits unter dem Verdacht, Al-Qaida-Sympathisanten zu sein, was aber eher auf ihren Kontakten als auf entsprechenden Taten beruhte. Alle bis auf einen wohnten in einem EU-Land oder hatten in einem EU-Land gewohnt. Alle hatten ein Universitätsstudium absolviert.

Die übrigen neun waren Europäer, die eines verband: Sie waren Kinder von Familien, wo ein Elternteil oder beide Migranten waren. Unter diesen neun befand sich auch die bereits identifizierte Iman Amin.

Terfig und Christian saßen in Terfigs Büro und besprachen die Zusammensetzung der Gruppe. Beiden war dabei ziemlich unwohl zumute, da sie eine neue Entwicklung des Terrorismus zu erkennen meinten.

»Es handelt sich um eine Verschmelzung von extremem Globalisierungswiderstand und Al Qaida«, meinte Christian. »Oder es handelt sich um einen europäischen Zweig des Al-

Qaida-Netzwerks, wenn man so will. Das ist ein Alptraumszenario.«

»Wir müssen versuchen, ihre Absichten zu ergründen«, sagte Terfig. »Ich will, dass du eine Analyse anfertigst, die von den bisherigen Ideologien der einzelnen Terroristen oder ihrer Organisationen ausgeht.«

»Damit habe ich bereits angefangen«, erwiderte Christian.

»Und wie denkst du darüber?«

»Die einzige Aussage, die sie selbst gemacht haben, handelt vom Rassismus. Zu jenem Zeitpunkt fanden wir es etwas dünn, sich die Dansk Folkeparti vorzuknöpfen, aber mittlerweile glaube ich, dass man die Äußerung in einen etwas umfassenderen Zusammenhang setzen muss. Die Araber der Gruppe haben mit einer Ausnahme in der EU gewohnt. Ein großer Teil der Europäer besaß einen Migrationshintergrund. Für sie geht es bei Rassismus nicht um so etwas Schwammiges wie die biologische Überlegenheit der weißen Rasse, sondern ganz konkret um Ausgrenzung und Benachteiligung.«

»Rassismus als Grund für Diskriminierung und Ausländerfeindlichkeit also«, sagte Terfig. »Und eine Gegenreaktion mit zunehmend gewaltsamen Vorzeichen.«

»So könnte man es vielleicht ausdrücken. Diese Gegenreaktion unterscheidet sich aber sehr von Protesten gegen etwas, was auch wir als ungerecht begreifen. Normale politische Demonstrationen, auch militante, richten sich gegen die Machthaber. Diese Aktion folgte stattdessen der eigenen, inneren Logik des Terrorismus, Chaos zu schaffen, indem sie auf Unschuldige abzielt. Zweck ist, die Schwäche der Gegenseite offenzulegen. Wie in Korsør. Ein Panzerangriff musste auf Dauer scheitern. Es war jedoch eine Methode, Kraft zu demonstrieren. Die Aktion war ein Novum. Neue Methoden und neue Angriffsziele erzwingen eine Gegenreaktion. In den USA führten die Terrorangriffe dazu, dass die Demokratie auf mehreren Gebieten eingeschränkt wurde. Ebenso wäre vorstellbar, dass ein militärischer Angriff innerhalb der NATO die Länder militarisiert. Das schafft Spannungen in unserer Gesellschaft und erhöht den Widerstand gegen die Teilnahme an zukünftigen Kriegen. Wie im Irak oder in Afghanistan, was die USA noch weiter isolieren könnte. Außerdem wird die Wirtschaft behindert, das haben wir bereits an der Reaktion der Börse gesehen.«

Christian hielt einen Augenblick inne. »Verstehst du, was ich meine?«, fragte er. »Korsør ist die taktisch logische Aktion im Rahmen einer weitreichenden Strategie. Diese basiert auf einer Sicht auf die Gesellschaft, die sich von der unsrigen sehr unterscheidet. Für diese Menschen ist die Demokratie nichts weiter als eine Kulisse, hinter der sich die kapitalistische und kulturelle Unterdrückung verbirgt. Die Demokratie hat demnach keinen Wert an sich und wird gerne geopfert. Sie finden sogar, dass es gut wäre, wenn wir auf dieselbe Art unterdrückt würden wie die Menschen in der Dritten Welt.«

»Du bist sicher auf der richtigen Spur«, meinte Terfig. »Führe eine gründlichere Studie durch.«

»Da war noch was«, meinte Christian. »Ich habe einige meiner Kontakte in Israel bemüht. Es geht um Anatolij Kagan, den Mann, den Paolo Rocca in Syrien traf und dessen Namen uns die Italiener unterschlagen wollten. Er scheint interessant zu sein.«

»Inwiefern?«, fragte Terfig.

»Erst waren sie sich unsicher, um wen es sich handelte. Aber mein Kontaktmann fand heraus, dass er den Vornamen geändert hatte.«

»Und wie heißt er jetzt?«

»Tal. Er hat seinen russischen Namen gegen einen jüdischen eingetauscht.«

»Und in welcher Hinsicht ist er interessant?«

»Tal Kagan ist ehemaliger Berufssoldat, der die Armee verlassen musste und mit dem Feind fraternisierte. Seltsamerweise wurde aber kein Haftbefehl erlassen. Einer meiner Kontakte glaubt also, dass er ein Doppelagent sein könnte. Er weiß nicht, für wen er arbeitet, aber das könnte vielleicht den Unwillen der Italiener erklären, ihn zu erwähnen.«

»Aber sein Name stand doch auf dem Foto, das sie euch gezeigt haben.«

»Ja, auf Hebräisch. Daran haben sie wohl in diesem Augenblick nicht gedacht.«

»Und welche Rolle fällt Kagan in diesem Spiel zu?«

Christian breitete die Hände aus. »Die des Jokers vielleicht?«

62. Kapitel

Møller hatte aufgegeben. Es war ihm zwar gelungen, Paolo Roccas Hotel zu finden, aber dort war die Spur dann auch im Sande verlaufen. Er hatte in allen anderen Hotels in Malmö nachgefragt, um eine Spur von Iman Amin oder ihrem Partner, der mit ihr neben dem Kinderwagen stand, zu finden. Aber nein. Kein Weg schien zu der Person zu führen, die den Mord an Paolo Rocca befohlen hatte.

Sowohl die Zeitungen in Malmö als auch alle überregionalen Blätter in Schweden hatten die Fotos von Rocco und den zwei des Mordes verdächtigten Personen veröffentlicht. Der aufsehenerregende Mord auf dem Rådhuspladsen war natürlich auch in Schweden eine wichtige Nachricht gewesen, und die Besetzung Korsørs hatte das Interesse der Weltöffentlichkeit auf Dänemark gezogen. Die Fotos hatten jedoch keinen einzigen schwedischen Tipp eingebracht. Ein Grund dafür war vielleicht, so vermutete Møller, dass über die Verbindung nach Schweden bislang nichts bekanntgeworden war. Die Information, dass die Mörder mit dem Zug aus Malmö gekommen waren, war von der dänischen Polizei noch nicht veröffentlicht worden.

Møller rief Skov an und holte die Genehmigung ein, die Redaktion des *Sydsvenska Dagbladet* in Malmö aufzusuchen.

Dort fand man es sensationell, dass es eine direkte Verbindung nach Schonen gab, was der Nachricht einen Platz auf der ersten Seite garantierte. Der Chefredakteur war begeistert, dass man ihm eine solche Nachricht auf einem silbernen Tablett servierte.

Am Abend fuhr Møller zu Vincent Paulsen. Birthe öffnete ihm die Tür. Sie wirkte traurig. Paulsen saß in der Küche, Møller nahm ihm gegenüber Platz. Birthe kochte ihnen einen Kamillentee.

»Es wird sehr viel geredet«, sagte Møller. »Aber keiner weiß so recht, was los ist. Wir wissen nur, dass man dich suspendiert hat.«

»Ich darf darüber nicht sprechen«, sagte Vincent. »Nicht einmal mit Birthe. Das Einzige, was ich sagen kann, ist, dass ich, was die meisten Vermutungen über mich betrifft, unschuldig bin.«

»Die meisten?«

»Ich habe es unterlassen, ein Vergehen anzuzeigen, das mir bekannt war. Ich geriet in einen Loyalitätskonflikt und glaubte, dass es mir erspart bleiben würde, meine Entscheidung rechtfertigen zu müssen. Das war ein Fehler. Ich habe aber selbst keine Gesetze gebrochen.«

»Geht es um den Mord oder um die Besetzung?«, fragte Møller.

»Um die Besetzung. Aber davon hatte ich keine Ahnung, als ich den Fehler beging.«

»Das klingt ganz schön kryptisch, Paulsen.«

Vincent schwieg. Birthe ebenfalls.

»Und was geschieht jetzt?«, fragte Møller.

»Ich habe das Gefühl, in eine Ecke gedrängt worden zu sein«, meinte Vincent. »Es gibt keinen Ausweg. In solchen Situationen wird immer jemand geopfert, der sich nicht wehren kann.«

Um neun Uhr am Donnerstagmorgen stand ein Mann Mitte dreißig vor der Wache im Polizeipräsidium. Er trug Anzug und Krawatte und schwarze Schuhe und hatte einen tadellosen Haarschnitt. Leute, die ihn nicht kannten, hielten ihn für einen Börsenmakler, und genau das war er auch.

»Ich würde gerne mit einem Beamten sprechen«, sagte er zur Wache. »Es geht um den Angriff auf Korsør. Ich glaube, dass ich wichtige Informationen beitragen kann.«

Die Wache sagte nichts, sondern griff zum Telefon. Sie wechselte ein paar Worte mit jemandem am anderen Ende der Leitung. »Sie können mit Kriminalinspektor Bjarne Skov sprechen«, sagte die Wache und erklärte ihm den Weg.

Skov kam dem Mann im Treppenhaus entgegen und führte ihn in sein Büro im hinteren Teil des Morddezernats.

»Ich heiße Per Nielsen«, sagte der Mann. »Ich arbeite bei einem Fondsverwalter hier in Kopenhagen. Sind Sie mit Wirtschaftskriminalität befasst?«

»Nein«, erwiderte Skov. »Meine Spezialität ist Mord. Aber Sie sagten, es ginge um Korsør. Mit dieser Sache bin ich am Rande befasst. Erzählen Sie einfach, dann sehen wir, wer sich am besten um Ihre Angelegenheit kümmern kann.«

Der Mann namens Nielsen zögerte. »Die Sache ist vielleicht etwas zu kompliziert für jemanden ohne wirtschaftliche Spezialkenntnisse«, meinte er.

»Vermutlich«, erwiderte Skov gutmütig. »Aber wir versuchen es einfach. Es kommt nur selten vor, dass wir Leute bei uns sitzen haben, die so gut angezogen sind. Das macht mich neugierig.«

Nielsen lachte. Das klang etwas nervös.

»Die Sache ist folgende«, sagte er. »Vor drei Wochen setzte sich ein Makler aus Georgetown auf der Grand Cayman Island mit mir in Verbindung. Das ist eine Insel in der Karibik östlich von Kuba und westlich von Jamaika, falls Ihnen das was sagt.«

»Natürlich«, erwiderte Skov. »Ich war in der Schule in Erdkunde immer recht gut.«

»Diese Insel ist bekannt, man könnte auch sagen, sie ist berüchtigt, weil dort wirklich noch das Bankgeheimnis existiert. Wenn man Geld waschen, Steuern hinterziehen oder überhaupt diskret sein will, was ökonomische Transaktionen betrifft, dann wickelt man seine Geschäfte am besten dort ab. Ich will unterstreichen, dass Bankgeschäfte auf den Cayman Islands nicht an sich illegal sind, das hängt ganz davon ab, worauf sie hinauslaufen.«

»Ich glaube, ich verstehe«, meinte Skov. »Und was wollte dieser Makler?«

»Es ging um Optionsgeschäfte in Milliardenhöhe. Wissen Sie, was das ist?«

»Natürlich«, antwortete Skov. »Es handelt sich um Spekulationen auf Aktienbewegungen.«

Nielsen zog die Brauen hoch. »Genau«, sagte er. »Alle Achtung. Wie auch immer, es handelt sich um einen legitimen und normalen Teil des Börsenhandels.«

»Aber?«, sagte Skov.

»Diese Optionen wurden kurz nach dem Angriff auf Korsør fällig.«

Skov beugte sich vor. »Sie waren also derjenige, der die dänische Seite des Geschäfts vermittelt hat?«

»Wissen Sie schon davon?«, fragte Nielsen.

»Ja, Nielsen, und das, was ich Sie jetzt frage, ist von großer Bedeutung: Wissen Sie, wer hinter diesen Spekulationen steckt?«

Per Nielsen schüttelte den Kopf. »Ich weiß nur, welcher Makler sich mit mir in Verbindung setzte und wer bei diesen Geschäften hier in Dänemark Geld verloren hat. Wer an diesen Geschäften verdient hat, weiß ich nicht.«

»Nennen Sie mir den Namen des Maklers.«

Per Nielsen schrieb einen Namen auf ein Papier.

»Und jetzt noch die Namen der Leute, die ihr Geld verloren haben.«

Nielsen brachte einige weitere Namen zu Papier. Skov nahm es entgegen und las schweigend.

»Vielen Dank, Herr Nielsen«, sagte Skov. »Es gibt internationale Methoden, mit denen sich solche verschlossenen Bankgewölbe dann doch öffnen lassen.«

Skov erhob sich, um Nielsen die Hand zum Abschied zu reichen, aber dieser blieb sitzen.

»Da war noch etwas«, sagte er.

»Ja?«

Nielsen zögerte. Er seufzte. »Ein neues Geschäft ist von demselben Makler bereits vereinbart worden.«

Skov setzte sich wieder. »Aha?«, fragte er etwas dümmlich.

»Stichtag ist Montag«, erwiderte Nielsen. »Es handelt sich um einen fünfzigmal so hohen Betrag, verteilt auf verschiedene Länder.«

»Hundert Milliarden?«, sagte Skov. »Jetzt am Montag?«

»Ja«, antwortete Nielsen. »Meine Kunden sind beunruhigt. Sie sind die Käufer und haben gesehen, was letzten Montag nach der Besetzung passiert ist. Jetzt fragen sie sich, ob …«

»Was?«, fragte Skov.

»Ob etwas Neues passiert. Etwas Größeres. Sie wollen, dass ich ihnen dabei behilflich bin, von dem Geschäft zurückzutreten.«

Skov fasste sich, ohne es zu wollen, an die Stirn.

»Nielsen«, sagte er, »wenn ich Sie richtig verstehe, dann sind die finanziellen Verluste im Augenblick unsere kleinste Sorge. Was genau könnte Ihrer Meinung nach passieren?«

Nielsen schüttelte den Kopf. »Etwas … viel Schlimmeres.«

63. Kapitel

Zwei Beamte hatten Lydia Tamaradze den ganzen Mittwoch über in Zwei-Stunden-Blöcken, einzig von Toilettenbesuchen und Mahlzeiten in ihrer Zelle unterbrochen, verhört. Sie hatten sie detailliert über ihren Aufenthalt in Dänemark vor und während der Tage der Gewalt in Korsør befragt. Sie hatte alle Fragen so wahrheitsgetreu wie möglich beantwortet. Sie weigerte sich aber immer noch, auszusagen, wer ihre Helfer gewesen waren. Sie wusste zwar, dass es kaum einen Unterschied machte, denn die Polizei würde ohnehin alles herausfinden. Für Lydia war es jedoch Ehrensache.

Sie erkannte an den Folgefragen, dass die Polizisten ihr nicht glaubten. Sie gingen davon aus, dass sich unter dem Deckmantel der Asylbewerberin eine andere Person verbarg. Dass hinter ihren Taten andere als rein private Motive steckten. Sie befragten sie über die Einsatztruppe, was das für Leute gewesen und woher sie gekommen seien. Sie wollten ihre Antwort, dass sie das nicht wisse, nicht akzeptieren.

An diesem Donnerstagmorgen wartete sie nun darauf, dass eine Wache sie abholen und in den Vernehmungsraum bringen würde. Sie trug einen verschliessenen blauen Overall und überlegte, welche Menschen ihn wohl vor ihr getragen hatten. Was hatten sie wohl verbrochen, um hier zu landen? Der Overall stand ihr nicht sonderlich gut. Als sie in Suchumi studiert hatte, hatte sie sehr viel Wert auf ihr Äußeres gelegt. Während des Krieges hatte sie dann aufgehört, sich zu schminken, und ihre Haare kurz geschnitten. In Dänemark hatte sie wieder angefangen, an ihr Aussehen zu denken. Ihr war aufgefallen, dass die Blicke des groß gewachsenen Polizeibeamten Vincent während ihrer Unterhaltung oft auf ihr geruht hatten. Manchmal wirkte es, als höre er ihr nicht zu und als würden sich seine Gedanken in nichts auflösen, wenn er sie anschaute. Sie erinnerte sich aus ihren Studentenzeiten an diese Art von Männerblicken, die sich von den Blicken, die ihr die Soldaten während des Krieges zugeworfen hatten, gänzlich unterschieden. Das waren die Blicke hungriger Raubtiere gewesen.

Eine Wache störte sie aus ihren Gedanken auf. Sie erhob sich von ihrer Pritsche und folgte ihm. Ein unbekannter Beamter erwartete sie im Vernehmungsraum.

»Ich heiße Bjarne Skov«, sagte der Polizist auf Englisch.

Lydia nickte. Es kam ihr unnötig vor, sich vorzustellen.

Das Verhör dauerte mehrere Stunden. Skov stellte anfänglich dieselben Fragen wie die anderen Beamten, aber plötzlich wechselte er das Thema. Was sollte am Montag passieren? Lydia bat ihn, ihr seine Frage zu erklären. Skov variierte sie unzählige Male. Lydia antwortete auf ebenso viele Arten, dass sie nicht in die Zukunft blicken könne.

Skov kam nicht weiter. Schließlich musste er aufbrechen, ohne in Erfahrung gebracht zu haben, was vielleicht in vier Tagen, am Montag der folgenden Woche, geschehen würde. Lydia war klar, dass auch Bjarne Skov ihr nicht glaubte.

Møller saß am Telefon. Die Nummer des Morddezernats war im *Sydsvenska Dagbladet* veröffentlicht worden. Mehrere Leute riefen an. Einige Hinweise waren interessant. Aber seine Erfahrung sagte ihm, dass er sich nicht sofort in sein Auto zu werfen brauchte.

Nachdem er sich ein Smørrebrød und einen Tee genehmigt hatte, klingelte erneut das Telefon.

»Hallo«, sagte eine muntere Frauenstimme. »Hier ist Camilla. Sie haben mich gestern über einen unserer Hotelgäste befragt, diesen Paul Ricardo, Sie erinnern sich doch?«

Møllers Kurzzeitgedächtnis funktionierte ausgezeichnet. Das Mädchen mit dem Kaugummi, über den er sich vollkommen überflüssigerweise geärgert hatte. Dieses Mal war er ihr von Anfang an freundlich gesinnt.

»Hallo«, erwiderte er.

»Mir ist noch etwas eingefallen«, sagte sie. »Ich dachte, das könnte etwas sein, was Sie vielleicht wissen wollen.«

»Ja, klar«, erwiderte Møller ermunternd. »Worum genau geht es denn?«

»Also, am Tag, nachdem dieser Ricardo abgereist war, rief er noch einmal an.«

»Sind Sie sich da sicher?«, fragte Møller. Er hatte noch nie erlebt, dass Tote ein Telefon verwendeten, einmal hatte er allerdings einen Artikel über einen Mord in Schweden gelesen, bei dem Gott offenbar eine SMS an den Täter geschickt hatte.

»Ja doch«, erwiderte Camilla. »Er sagte, er hätte eine Tasche vergessen, und fragte, ob ich sie in Verwahrung genommen hätte. Aber wir hatten keine Tasche gefunden. Das habe ich ihm auch gesagt.«

»Was geschah dann?«

»Wir beendeten das Gespräch. Seither habe ich nichts mehr von ihm gehört.«

»Sind Sie sich sicher, dass es Ricardo war?«

»Ja, das bin ich. Er nannte jedenfalls diesen Namen.«

»Aber haben Sie ihn an der Stimme erkannt?«

»Nein, darüber habe ich gar nicht nachgedacht.«

»Können Sie sich noch erinnern, wann genau das war?«

»Ich hatte Nachtschicht, ich frage mich also, ob es nicht vielleicht sogar am selben Abend und nicht am Tag darauf war, wie ich eben noch gesagt habe. Er ist ja ungefähr um acht Uhr morgens abgereist, es war also vielleicht um neun oder zehn Uhr abends.«

»Sie haben sich nicht zufälligerweise notiert, von welcher Nummer aus er angerufen hat? Falls diese auf Ihrem Display aufgetaucht ist?«

»Leider nicht. Das ist alles, was ich Ihnen sagen kann.«

»Herzlichen Dank«, erwiderte Møller und legte auf.

Eine Sekunde später griff er fluchend wieder zum Hörer. Das Mädchen namens Camilla antwortete nach dem ersten Klingeln. Møller entschuldigte sich, dass er vergessen habe, noch eine Frage zu stellen.

»Klar«, sagte Camilla. »Fragen Sie nur.«

»Sie haben von einer Tasche gesprochen. Hatte Ricardo eine Tasche dabei, als er im Hotel erschien?«

Am anderen Ende wurde es still.

»Ich denke nach«, sagte sie. »Irgendein Gepäck haben die Gäste ja immer. Es passiert fast nie, dass jemand überhaupt kein Gepäck hat. Ich erinnere mich nicht, was er dabeihatte, als er kam, aber ich glaube, es wäre mir aufgefallen, wenn er ganz ohne Gepäck abgereist wäre.«

»Warum?«

»Dann hätte ich mir vermutlich überlegt, ob er sein Gepäck nicht auf dem Zimmer stehen gelassen hätte. Ich hätte ihn gefragt. Vermutlich hatte er also eine Tasche dabei, als er das Hotel verließ.«

Møller nickte. Das klang, als handele es sich hierbei um einen bei Hotelportiers üblichen, berufsbedingten Reflex. Außerdem wirkte dieses Mädchen ausgesprochen observant. Er dankte ihr erneut.

»Sie dürfen gerne wieder anrufen, wenn Sie weitere Fragen haben«, meinte sie fröhlich, bevor sie zum zweiten Mal auflegten.

Møller begab sich direkten Weges zu Skov und erzählte von der Tasche und dem Telefongespräch.

»Wenn die Frau in der Rezeption recht hat«, sagte Møller, »dann hatte der Gast an diesem Morgen eine Tasche dabei. Aber Rocca hatte keine Tasche bei sich, als er ermordet wurde. Ich glaube auch kaum, dass die Mörder sie mitgenommen haben können. Irgendjemand war ganz offenbar anschließend daran interessiert, in den Besitz dieser Tasche zu gelangen.«

»Könnte der Mann mit dem Kinderwagen sie angerufen haben?«, meinte Skov.

»Sehr gut möglich. Oder sonst jemand, der an dem Mord beteiligt war, falls es sich nun um eine größere Verschwörung handeln sollte, was ja nach all dem, was geschehen ist, relativ wahrscheinlich ist.«

Skov erzählte von dem Bericht des Börsenmaklers über die neuen großen Optionsgeschäfte und von seinem fruchtlosen Verhör Lydia Tamaradzes.

»Verdammt unbehaglich«, sagte Møller.

»Was soll man nur glauben?«, meinte Skov.

»Ich weiß nicht«, sagte Møller. »Was könnte noch schlimmer als die Besetzung sein? Vielleicht liegt ja etwas in der Tasche, was das Ganze erklären könnte? Vielleicht wurde Rocca deswegen ermordet?«

Er erhob sich und zog eine Kopie des Schlüssels, den Paolo Rocca in der Hosentasche gehabt hatte, hervor.

»Wenn jetzt ...«

»... die Tasche in diesem Schrank ist«, ergänzte Skov. »Das

versteht sich fast von selbst! Aber wo? Verdammt noch mal, wo?«

Skov klang geradezu verzweifelt. Møller hatte ihn nie zuvor so besorgt erlebt.

»Sei mal still«, sagte Møller.

Skov sah ihn an. Møller pflegte sonst nicht seinem Chef den Mund zu verbieten.

»Da ist etwas, da ist etwas«, sagte Møller. »Irgendetwas fehlt.«

»Die Tasche natürlich. Oder wovon sprichst du?«

»Die Zeit«, rief Møller. »Die Zeit fehlt!«

»Wahrhaftig«, sagte Skov. »Ich habe auch das Gefühl, dass uns keine Zeit bleibt. Die Zeit zerrinnt mir wie Sand zwischen den Fingern.«

»Hör zu«, meinte Møller. »Bei dieser Geschichte stimmt der zeitliche Ablauf nicht. Rocca verließ das Hotel um 8.06 Uhr. Aber er nahm dann erst um elf Uhr den Zug von Malmö, obwohl alle zwanzig Minuten einer fährt. Was hat er unterdessen getan?«

»Er hat jemanden getroffen«, antwortete Skov, »oder seine Tasche weggeschlossen.«

»Genau.«

»Møller«, sagte Skov. »Los jetzt, weitersuchen. Ich besorge dir fünf Mann, falls die Schweden keine Leute haben. Und bring in Erfahrung, von wo aus dieser Phantom-Ricardo das Hotel angerufen hat. Das müsste die Telecom wissen.«

»Gib mir Paulsen«, flehte Møller.

»Leider«, sagte Skov, »geht das nicht. Na mach schon.«

64. Kapitel

Ministerpräsident Rasmus Falck Pedersen stand unter Druck. Die Opposition sowohl zur Linken als auch zur Rechten ging davon aus, dass ein ausländisches NATO-Kommando die Truppe der Besatzer im Hotel Kong Frederik niedergeschlagen hatte. Alle glaubten, dass der Ministerpräsident sie insgeheim autorisiert hatte, die Aktion durchzuführen. Politiker aller Parteien, sogar solche aus den eigenen Reihen, betrachteten dies als Verrat am dänischen Volk. Der Kampf gegen den Terrorismus im Reich sei eine interne Angelegenheit, der Angriff hätte auch von der eigenen Polizei und dem eigenen Militär durchgeführt werden können. Die hohe Anzahl getöteter Geiseln zeige außerdem, welch ein Fehler es gewesen sei, die Lösung des Problems anderen zu überlassen.

Die Medien wollten Köpfe rollen sehen. Die Chancen, dass Rasmus Falck Pedersen als Politiker überleben würde, wurden von Londoner Wettbüros als gering eingeschätzt.

Am Donnerstag trat Falck Pedersen im Fernsehen auf, nachdem er sich zwei Tage lang geweigert hatte, Fragen zu beantworten. Der Ministerpräsident gerierte sich als Landesvater und begann seine Rede mit Worten über die »friedliebenden Dänen, die Opfer der Werkzeuge des Bösen geworden« seien. Er verurteilte die Terroristen als »Abschaum der Erde« und als die »größte Bedrohung der westlichen Demokratie«. Nun werde alles unternommen, um die unbekannten Kräfte auszumachen, die hinter dem Angriff auf die »Brückenbauerstadt«, die Stadt, »die mehr als alle anderen den Zusammenhalt der dänischen Nation« symbolisiere, steckten. Der Ministerpräsident versicherte, dass die dänische Polizei nicht eher ruhen würde, als bis diese Dunkelmänner gefasst und vor Gericht gestellt worden seien. Das gelte auch für den oder die Dänen, die den Terroristen mit Informationen über Waffendepots und über die Verhältnisse beim Panzerregiment Slagelse behilflich gewesen seien. Er dankte dem dänischen Militär für seinen »hervorragenden und mutigen Einsatz, als die Panzer der Terroristen unschädlich gemacht worden« seien.

Dann ging er zu dem aus politischer Sicht brisantesten Punkt über. Offenbar war der Gegenangriff von einer privaten, paramilitärischen Truppe mit Mitgliedern verschiedener Nationalitäten durchgeführt worden. Die elektronische Überwachung der Aktivitäten im Hotel ließ nur einen Schluss zu, nämlich dass der Zweck des Angriffs die Befreiung eines amerikanischen Staatsangehörigen gewesen sei, dessen Name aus Sicherheitsgründen nicht veröffentlicht werden dürfe. Die Einsatztruppe habe ohne Genehmigung und Wissen der Regierung gehandelt. Die Aktion sei als unerlaubte Einmischung in Dänemarks interne Angelegenheiten zu betrachten und stelle einen Verstoß gegen internationales Recht dar. Ein Ermittlungsverfahren sei eingeleitet worden, um zu klären, wer die eigentliche Verantwortung für dieses Verbrechen trüge. Hierbei solle ebenfalls ermittelt werden, ob diese Einsatztruppe den Tod unschuldiger Menschen zu verantworten habe. Der Ministerpräsident betonte jedoch, dass die Einsatztruppe dazu beigetragen habe, die Terroristen unschädlich zu machen, was durchaus zu ihren Gunsten spräche, wenn später einmal die Schuldfrage geklärt werden solle.

»Ein Mitglied dieser paramilitärischen Truppe ist gefangengenommen worden«, erklärte der Ministerpräsident weiter. »Es handelt sich um eine Söldnerin, die in Korsør festgenommen wurde. Es werden derzeit Vernehmungen mit ihr durchgeführt, um Licht in die Ereignisse zu bringen. Außerdem hat es den Anschein, als sei zudem ein dänischer Staatsbürger an der Planung der illegalen Gegenaktion beteiligt gewesen. Dieser Mann bekleidete einen wichtigen Posten im staatlichen Sektor, der es ihm ermöglichte, den Gegenangriff der Einsatztruppe zu unterstützen. Seine genaue Rolle im Gesamtablauf werden die weiteren polizeilichen Verhöre zweifellos noch klären können.«

Als Vincent Paulsen diese Worte des Ministerpräsidenten hörte, schloss er die Augen. Dann schaltete er den Fernseher aus.

»Er spricht von mir«, sagte er.

Birthe verstand ihn nicht. Sie bat ihn um eine Erklärung. Er erzählte alles, von Lydia, den heimlichen Hilfsaktionen seiner Schwester Karoline, von den Telefongesprächen mit dem Sommerhaus in Tisvildeleje und mit Korsør. Das Einzige, was er nicht erwähnte, war, was sich in seinem Inneren abgespielt hatte. Für Birthe war dieser Bericht in allerhöchstem Grade beunruhigend. Gleichzeitig war sie aber auch erleichtert. Ihre unausgesprochenen Fragen über die Wandlung ihres Ehemanns im Frühjahr erhielten jetzt endlich eine Antwort.

»Ein Insider auf beiden Seiten«, sagte er dann. »Ein dänischer Verräter auf Seiten der Terroristen und eine Person, die mit der Einsatztruppe zusammenarbeitete. So sieht der Plan aus. Die Sündenböcke. Die Journalisten werden Jagd auf sie machen statt auf die Politiker. Falck Pedersen hatte sich Luft verschafft. Aber mich wird man kreuzigen.«

Birthe legte ihm einen Arm auf die Schultern. Sie wusste nicht, was sie sagen sollte.

Eine Viertelstunde später klingelte es. Vor der Tür standen vier von Paulsens Kollegen von der Polizei Kopenhagen. Sie wirkten verlegen. Vincent drehte sich um, nahm seine Jacke und folgte ihnen zu dem wartenden Auto.

Die Telecomgesellschaft konnte keine Auskünfte darüber geben, wer in dem Hotel in Malmö wegen Paolo Roccas Tasche angerufen hatte. Das Gespräch sei von einem Handy mit Prepaidkarte geführt worden. Der Standort des Sendemasts ermöglichte jedoch, den Besitzer des Telefons geographisch zu orten. Er hatte sich in der Gegend von Billinge, dreißig Kilometer nördlich von Malmö, aufgehalten.

Skov fuhr sofort mit einem dänischen Kollegen und zwei Beamten aus Malmö dorthin. Sie hatten Fotos des Mörders neben dem Kinderwagen und Bilder von mehreren der getöteten Terroristen dabei. Skov war sich jedoch dessen bewusst, dass auch eine ganz andere Person angerufen haben konnte, ein vollkommen Unbekannter aus dem Hintergrund. Das Einzige, was sie mit Sicherheit wussten, war, dass der Mann Englisch gesprochen hatte.

Sie parkten vor dem ICA in Billinge. Die vier Beamten teilten sich in zwei Gruppen auf. Skov und sein schwedischer Partner betraten den Lebensmittelladen, einen Ort, den alle Menschen, die sich in der Gegend aufhielten, früher oder später aufsuchten.

Eine der Frauen an der Kasse sah sich die Fotos an. »Ich kenne keine dieser Personen«, sagte sie.

»Gab es jemanden, der Englisch gesprochen und hier in letzter Zeit eingekauft hat?«, fragte Skov.

»Ja«, erwiderte die Frau. »Der Mann, der das Haus von Pålsson gemietet hat.«

Die Frau beschrieb einen Mann mit Kurzhaarschnitt und Sonnenbrille und gab ihnen eine genaue Wegbeschreibung. »Wenn Sie das Haus links vom Sandweg sehen, dann sind Sie bei Pålssons.«

Skov wusste intuitiv, dass dies der richtige Mann war. Es hatte nur fünf Minuten gedauert. Manchmal war es so einfach.

Die schwedische Polizei bewachte das Haus und alarmierte das nationale Einsatzkommando. Drei Stunden nach dem Hinweis wurde das Haus gestürmt. Die einzigen Lebewesen darin waren ein paar Tauben, die in einem offenen Taubenschlag brüteten.

Skov bat sofort um die Spurensicherung: Fingerabdrücke, Spuren des Sprengstoffes HMX, DNA an ungespülten Gläsern und Ähnliches. Das Haupthaus bestand aus zwei Zimmern und Küche im Erdgeschoss. In einem der Schlafzimmer war das Bett noch bezogen. Das andere Schlafzimmer schien schon lange nicht mehr benutzt worden zu sein.

Auf dem Esszimmertisch im Erdgeschoss stand ein Computer. Einer der schwedischen Polizisten, ein Kriminaltechniker, schaltete ihn ein, nachdem er sich erst überzeugt hatte, dass es sich nicht um eine Bombe handelte.

»Die Festplatte ist gelöscht«, sagte er. »Dort gibt es kein einziges Dokument mehr. Aber vielleicht können unsere Spezialisten die Festplatte wiederherstellen.«

»Bitte so rasch wie möglich«, sagte Skov.

Er öffnete die Schubladen einer Kommode. Sie waren leer.

»Er scheint gründlich aufgeräumt zu haben«, meinte Skov.

Einer der schwedischen Polizisten tippte Skov auf die Schulter.

»Entschuldigen Sie«, sagte der Beamte. »Der Vermieter ist hier. Er hat sich aus eigenem Antrieb eingefunden. Er hat offenbar gehört, dass wir hier sind.«

Skov drehte sich um. In der Tür stand ein stämmiger Mann in Arbeitskleidung.

»Ich bin Pålsson«, sagte er. Er klang ungehalten. »Das hier ist mein Haus. Was ist hier eigentlich los?«

»Eine Haussuchung«, sagte Skov.

»Müssen Sie nicht fragen, bevor Sie hier reinstiefeln?«, fragte Pålsson.

Skov ignorierte die Frage. »Wir suchen den Mann, der hier gewohnt hat«, sagte Skov. »Wissen Sie, wo er ist?«

»Warum suchen Sie ihn?«, entgegnete Pålsson.

»Gehören Sie zu den Leuten, die die Fragen der Polizei nicht beantworten wollen?«, fragte Skov. »Und?«

»Ich weiß nicht, wo er ist. Woher soll ich das wissen? Schließlich bin ich nicht sein Kindermädchen!«

»Pålsson«, sagte Skov, der langsam ungehalten wurde. »Ihr Haus könnte für die Verübung eines äußerst schweren Verbrechens benutzt worden sein. Das hier ist kein Spiel, und deswegen rate ich Ihnen, keine Informationen zurückzuhalten.«

Der Mann an der Tür kniff die Lippen zusammen und sah Skov finster an.

»Wie heißt Ihr Mieter?«, fragte Skov.

»Ich weiß nicht. Er hatte die Miete bar im Voraus bezahlt. Das genügt mir als Ausweis.«

»Hatte er ein Auto?«, fragte Skov.

»Einen Opel Ascona«, antwortete Pålsson. »Schmutzbraun. Alt, sicher ein Modell aus den frühen 80ern. Das Nummernschild begann mit BB, an mehr erinnere ich mich nicht. Reicht das?«

»Ausgezeichnet«, sagte Skov und wandte sich an den Chef der schwedischen Beamten. »Können wir nach dem Wagen fahnden lassen?«

Der schwedische Beamte nickte und begab sich nach draußen zu einem der Streifenwagen.

Zwei Stunden später teilte ein Beamter auf dem Flughafen Sturup mit, ein brauner Ascona sei gefunden worden. Der Wagen stünde ordentlich auf dem Parkplatz. Laut Zulassungsstelle war es der einzige Ascona, dessen Kennzeichen mit BB begann. Der Strafzettel an der Windschutzscheibe ließ darauf schließen, dass der Wagen mindestens seit 11.17 Uhr am Mittwochmorgen dort gestanden hatte. Das war der Tag nach der Überwältigung der Besetzer von Korsør.

Nur eine Person hatte an diesem Morgen auf dem Flugplatz ein Flugticket für einen Linienflug gekauft. Ein Flug nach London Stansted, Abflugzeit 11.20 Uhr. Der Inhaber des Tickets war ein Samuel Cohen mit einem litauischen Pass gewesen.

Skov rief Terfig an. Terfig verständigte Christian.

»Cohen und Kagan ist derselbe Name, allerdings in verschiedenen Sprachen«, sagte Christian. »Beides sind jüdische Namen und gehen auf das Hebräische zurück. Das Wort bedeutet Priester. Es scheint, als sei unser Freund Tal unterwegs und nähere sich fliegend seinem Gott.«

In London hatte Tal Kagan gerade ein Treffen mit drei Männern beendet. Einer von ihnen war der Vertreter des Konsortiums, die anderen beiden waren Kagans libanesische Kompagnons. Die Stimmung war fast ausgelassen gewesen. Die Verluste an Menschenleben waren vernachlässigbar und zu erwarten gewesen. Die Vorteile der Aktion hatten überwogen. Hier hatte es sich erst um den ersten Akt des großen Spiels gehandelt.

65. Kapitel

Møller versuchte logisch zu denken. Er wusste, dass Paolo Rocca das Hotel am Morgen verlassen und dann am späteren Vormittag den Zug vom Hauptbahnhof in Malmö genommen hatte. Der Abstand betrug zu Fuß nur gute zwei Kilometer. Logisch wäre gewesen, die Luftlinie zwischen diesen beiden Punkten zu wählen, soweit die Bebauung das eben zuließ. Er begann daraufhin nach allen denkbaren Stellen an diesem direkten Weg zu suchen, an denen sich abschließbare Schränke befinden konnten: Schulen, Fitnessstudios, Banken, andere Hotels.

Der Schlüssel passte nirgends. Aber gingen Terroristen wirklich wie normale Menschen die Straßen entlang? Das wirkte so banal. Ein Taxi leuchtete schon eher ein. Da vergrößerte sich sofort der Radius, den Rocca innerhalb der Zeitspanne, die ihm zur Verfügung gestanden hatte, von seinem Hotel aus hatte erreichen können. Aber kein Taxiunternehmen hatte an diesem Morgen jemanden in seinem Hotel abgeholt. Bus? Vielleicht. Alles war in dieser Welt, auf die sich Møller nicht verstand, vorstellbar.

Nach einem Tag hatten Møller und seine schwedischen und dänischen Kollegen überall im Umkreis um das Hotel und den Hauptbahnhof alles abgesucht. Sie hatten sich das Zentrum in

Kuchenstücke aufgeteilt und fraßen sich durch ein immer größeres Gebiet.

Møller stand auf dem Schulhof der Borgarskolan. Er fühlte sich immer mutloser. Warum gab es nie einfache Lösungen? Er nahm den Schlüssel aus der Tasche und betrachtete ihn. Er war recht klein und nicht sonderlich stabil. Eigentlich war kaum zu fassen, dass er zu einem Safe oder einem Bankfach passen sollte. Solche Schlüssel waren massiver. Dieser Schlüssel passte vielleicht zu einem Vorhängeschloss, zu einem Spind oder zu …

»Einer Tasche«, murmelte Møller.

Hatte er die ganze Zeit in die falsche Richtung gedacht? Der Schlüssel passte vielleicht nicht zu einem Schrank, in den Rocca seine Tasche eingeschlossen hatte, sondern zur eigentlichen Tasche.

Aber half ihm das weiter? Irgendwo musste sich diese Tasche befinden, eingeschlossen oder auch nicht. Aber plötzlich gab es mehr Möglichkeiten. Møller beschloss, von vorne anzufangen. Er kehrte zu dem Hotel hinter dem Möllevångstorget zurück und richtete seinen Blick neu aus, ungefähr so, als würde er im Wald plötzlich beginnen, nach einer anderen Pilzsorte zu suchen.

Langsam, damit ihm auch ja nichts entging, schritt er die Parallelstraßen des Platzes ab. Backsteinhäuser mit kleinen Läden im Erdgeschoss. Es duftete nach orientalischen Gewürzen. Dann blieb sein Blick an einem Schild hängen: *Schuhmacher Memo*. Nur eine Tür und ein schmales Fenster. Er kannte diese Geschäfte. Der Inhaber war vermutlich Kurde, aber beherrschte sein Handwerk besser als jeder Däne oder Schwede. Eine Zunft, die einer entschwundenen Zeit angehörte, ein vorindustrielles Handwerk, das auszusterben drohte, wenn es *die Fremden* nicht mit neuem Leben erfüllten.

Er trat auf den kleinen Laden zu und öffnete die Tür. Hinter dem Tresen stand ein Mann mit Schnurrbart. Er schien Anfang vierzig zu sein. An einer Wand standen lange Reihen von Schuhen und Stiefeln mit Zetteln im Schaft. Schlüssel aller Art hingen an Haken an einem großen Brett. Eine elektrische Schleifmaschine und mehrere Apparate, deren Funktion Møller nicht kannte, standen an einer anderen Wand.

Der Mann fragte, womit er dienen könnte.

»Eine Tasche«, sagte Møller und zog Roccas Schlüssel aus der Tasche. »Die sich mit diesem Schlüssel öffnen lässt.«

Der Mann mit dem Schnurrbart nahm den Schlüssel und betrachtete ihn. Dann drehte er sich um und hob ein schwarzes Bordcase vom Fußboden hoch.

Es wirkte exklusiv und besaß ein stabiles Schloss, keines, das sich ohne weiteres mit einer Haarnadel öffnen ließ. Er steckte den Schlüssel ins Schloss und öffnete es.

Møller verfolgte den Vorgang mit großen Augen. Das Ganze ging so schnell, dass er kaum reagieren konnte. Es kam ihm vollkommen unwirklich vor.

»Sie haben den Schlüssel also gefunden?«, sagte der Schuster.

»Ja«, sagte Møller. »Ich habe den Schlüssel gefunden. Aber woher wissen Sie das?«

»Als Sie den Koffer abgegeben haben, haben Sie gesagt, Sie hätten den Schlüssel verloren und bräuchten einen neuen. Ich habe versprochen, einen zu besorgen, aber dann sind Sie nicht wiedergekommen. Erst heute.«

»Das war ich nicht, das war mein Freund Paolo«, sagte Møller. »Was bin ich Ihnen schuldig?«

»Achtzig Kronen.«

Møller zahlte, nahm den Koffer und ging zu seinem Auto. Er wusste, dass er eigentlich warten musste, konnte seine Neugier jedoch nicht bezwingen und öffnete die Tasche. Einige Kleider, das war alles. Enttäuschung überkam ihn. Aber es gab noch zwei Innenfächer. Er schob die Hand in das eine und zog einen Umschlag heraus. Er öffnete ihn vorsichtig und betrachtete den Inhalt, ohne ihn herauszunehmen: eine CD.

Møller rief seine Kollegen an und teilte mit, dass sie die Suche abbrechen könnten. Dann ließ er seinen Wagen an und fuhr Richtung Kopenhagen. Er war seltsam zufrieden. Er dachte an Roccos Mörder: Jetzt kommen deine schrecklichen Geheimnisse ans Tageslicht!

66. Kapitel

Nacheinander wurden die Leichen der dreiunddreißig Geiseln aus dem Hotel Kong Frederik obduziert. Etwa die Hälfte waren mit Waffen der Terroristen erschossen worden. Die andere Hälfte war der angreifenden Kommandotruppe zum Opfer gefallen oder war von Handgranaten getötet worden. Diese Informationen wurden der Presse zugespielt und lösten Entsetzen aus. Eine weitere Welle der Kritik an Regierung, Polizei und Militär folgte. Die Behörden waren weder in der Lage gewesen, die Geiseln zu befreien, noch hatten sie eine anonyme paramilitärische Organisation daran hindern können, auf dänischem Boden Mord und Totschlag zu verüben. Die Worte des Ministerpräsidenten, die Kommandotruppe habe dazu beigetragen, die Terroristen zu überwältigen, wurden jetzt gegen ihn verwendet. Die Obduktionen ergaben nach Deutung der Medien, dass den Söldnern jeglicher Respekt vor dem Leben der Geiseln gefehlt habe.

Weniger Aufsehen erweckte die Information, dass die meisten Terroristen von der Kommandotruppe erschossen oder in die Luft gesprengt worden seien. Niemand hatte etwas anderes erwartet. Die Polizei war mehr an den Ausnahmen interessiert. Zwei Terroristen, die auf einem Bett liegend aufgefunden worden waren, waren mit Lydia Tamaradzes Waffen erschossen worden. Das stimmte mit ihrem eigenen Bericht überein. Sie hatte sie Samstagnacht vor dem Hotel getötet. Diese Angabe wurde auch durch die Sicherung von Blutspuren auf dem Kai bestätigt. Einem dritten Terroristen war die Kehle durchgeschnitten worden, dem Mann im Treppenhaus. Sein Körper war fast vollkommen ausgeblutet. Die Obduktionsergebnisse aus der Gerichtsmedizin lieferten eine recht plausible Erklärung dafür, warum die drei örtlichen Politiker der Dansk Folkeparti im Verlauf des Sonntags ermordet worden waren. Das war die Rache für die drei »Märtyrer« der Besatzer gewesen.

Vincent Paulsen wurde gehörig zugesetzt, damit er sein Wissen preisgab. Zwei Beamte aus Roskilde verhörten ihn, Männer, die er nicht kannte. Sie verhielten sich förmlich, korrekt und ohne Kollegialität. Sie versuchten nicht, ihn in Widersprüche zu verwickeln, vermutlich sahen sie ein, dass er ihre Tricks leicht durchschauen würde. Stattdessen stellten sie offensive Fragen und akzeptierten keine vagen Antworten. Sie verlangten exakte Details.

Die Leiter des Verhörs kamen mit Paulsen jedoch nicht weiter. Er hielt an seiner Geschichte fest. Für ihn war Lydia Tamaradze nur eine Bekannte seiner Schwester Karoline. Lydia hatte ihn in ihren privaten Krieg gegen die Terroristen nicht eingeweiht. In ihrem Gespräch am ersten Tag der Besetzung war es nur um ihre Sorge über die Ereignisse in der Stadt gegangen.

Paulsen setzte alles auf eine Karte: Er glaubte nicht, dass Lydia ihn ans Messer liefern würde, indem sie den wahren Wortlaut ihres Gesprächs preisgab. Aber selbst wenn, dann stünde ihr Wort gegen seines. Er hatte nicht die Absicht, klein beizugeben.

Anschließend wurden Paulsens Antworten in einem kleineren Kreis im Präsidium besprochen. Unter den Kollegen gab es zwei Lager: jene, die ihm glaubten, und jene, die seine Aussagen anzweifelten.

Schließlich ließ man ihn gehen. Mit Ausnahme seiner Unterlassung, Lydia Tamaradzes illegalen Aufenthalt im Lande preiszugeben, lagen keine Hinweise auf eine Straftat seinerseits vor. Diese Unterlassung reichte aber nur, um ihn weiterhin vom Dienst zu suspendieren, nicht, um ihn in Untersuchungshaft zu nehmen. Vincent durfte das Präsidium verlassen, er hegte jedoch keine großen Hoffnungen, dem ihm zugedachten Schicksal zu entrinnen. Er wusste, was ihn erwartete. Das Präsidium hielt in etwa so dicht wie ein Fischernetz. Binnen einer knappen Stunde wussten die Journalisten, um wen es sich bei Ministerpräsident Rasmus Falck Pedersens Fernsehansprache gehandelt hatte. Der dänische Kollaborateur der Einsatztruppe hieß Vincent Paulsen und war Kriminalkommissar bei der Mordkommission der Polizei Kopenhagen.

Birthe war dem Presseaufgebot vor dem Haus der Familie entflohen. Er fand sie zusammen mit den Töchtern bei einer Freundin. Ihre Verzweiflung darüber, dass ihre Welt auseinanderzubrechen schien, quälte Vincent, aber sie machte ihm wegen der Vorkommnisse keine Vorwürfe. Er brachte sie und die Kinder zu seinen Schwiegereltern, die in Hillerød in einem Einfamilienhaus wohnten, und fuhr dann allein in das Sommerhaus in Tisvildeleje weiter. Als er das Auto in der Einfahrt parkte, kam einer der Nachbarn, ein älterer, pensionierter Schreiner, den Vincent schon fast sein ganzes Leben kannte. Sie gaben sich die Hand.

»Das war ganz richtig von dir«, sagte der Nachbar. »Unsere Regierung war wie gelähmt. Das hat doch jeder gesehen. Manchmal muss man zu unkonventionellen Methoden greifen. Nur schade, dass so viele Dänen das Leben lassen mussten, aber das ließ sich wohl nicht ändern. Trotzdem: ein verdammt guter Einsatz!«

»Ich war nicht …«, sagte Vincent und verstummte dann. »Ich darf nicht über das Ermittlungsverfahren sprechen«, sagte er dann, um sich weitere Erklärungen zu sparen. »Aber glaub nicht alles, was du in der Zeitung liest.«

»Wie gesagt«, meinte der Nachbar. »Sehr gut gemacht. In solchen Zeiten brauchen wir Männer wie dich.«

Vincent Paulsen entzog seinem Nachbarn die Hand und ging ins Haus. Dort lagen die Sachen der Kinder und Dinge von Birthe herum. Spielsachen, Kleider und Bücher. Auf dem Fernseher stand eine rotglasierte Tonfigur, die seine ältere Tochter vor mehreren Jahren im Kindergarten angefertigt hatte. Von Lydias Aufenthalt vor einigen Monaten war keine Spur zu entdecken. Alles war vertraut. Aber zum ersten Mal kam ihm das Haus fremd vor.

Kagans Computer war leer. Alles war gelöscht worden.

»Er hat ein Programm benutzt, um die Festplatte zu überschreiben«, meinte der Kriminaltechniker. »Dieser Bursche wusste, was er tat. Die meisten Leute glauben, dass es genügt, erst das Dokument zu löschen und dann auch noch den Papierkorb zu leeren, damit alles verschwindet.«

»Ja«, erwiderte Skov. »Landet dann nicht alles im Cyberspace? Oder im Nirwana?«

»Das Einzige, was beim Löschen verschwindet, ist die Information, wo sich das Dokument befindet. Es ist also ungefähr so, als würde man ein Buch in einer Bibliothek unter einem falschen Buchstaben einordnen. Man muss die Informationen einige Male mit Algorithmen überschreiben, also nach einem sich immer wiederholenden Schema. Und genau das hat er getan. Er hat eine CD mit einem Programm verwendet, das die gesamte Festplatte mit Algorithmen überschrieb.«

»Warum hat er den Computer nicht einfach in Stücke geschlagen?«, wollte Skov wissen.

»Wer weiß, was ein guter Kriminaltechniker wie ich noch in den Trümmern gefunden hätte«, meinte der Mann von der Spurensicherung. »Diese Methode funktioniert immer.«

Skov nickte und legte auf. Er wäre erstaunter gewesen, wenn der Computer etwas von Wert enthalten hätte. Dass er ihn stehen gelassen hatte, deutete ja gerade darauf hin, dass ihm, genau wie der Kriminaltechniker bemerkt hatte, bewusst gewesen war, was er tat.

Møller klopfte bei Skov an und trat ein, ohne auf das Herein zu warten. Er hängte seine Jacke auf, stellte das schwarze Bordcase auf den Fußboden und nahm auf dem Besucherstuhl Platz. Er sah Skov an, ohne etwas zu sagen.

Skov betrachtete das Bordcase. »Ist es das, was ich glaube, dass es ist?«, fragte er.

»Willst du mich nicht fragen, wie ich die Tasche gefunden habe?«, erwiderte Møller.

»Das weiß ich bereits«, sagte Skov. »Durch beharrliche Polizeiarbeit. Was ist darin?«

»Kleider.«

»Ist das alles?«

»Und das hier.« Møller hielt einen Umschlag mit einer CD in die Höhe.

»Aha«, meinte Skov. »Eine Mitteilung aus dem Jenseits. Wollen wir zusammen die Spurensicherung aufsuchen?«

»Gerne«, erwiderte Møller und erhob sich.

Auf der CD befand sich ein einziges Dokument. Eine Word-Datei. Auf dem Bildschirm tauchten eine Menge Zahlen auf.

»Was ist das?«, fragte Skov, der über die Schulter des Computertechnikers schaute.

»Das kann alles Mögliche sein«, meinte der Techniker. »Kontonummern, beispielsweise. Aber das müssen Sie herausfinden.«

Er scrollte langsam nach unten.

»Schauen Sie hier«, sagte der Techniker, als er das Ende des Dokuments erreicht hatte. »Jemand hat eine Mitteilung hinterlassen.«

Skov und Møller beugten sich vor. Skov las vor:

»*B will be blown up. Farida from Sevastopol will do it Aug. 28. Tal Kagan hat eigene Pläne.*«

Sowohl Skov als auch Møller zuckten zusammen.

»B soll gesprengt werden«, übersetzte Skov. »Farida aus Sewastopol soll das am 28. August tun. Tal Kagan hat eigene Pläne.«

»B soll gesprengt werden«, wiederholte Møller. »Die Brücke?«

»Am 28. August«, meinte Skov. »Jetzt am Sonntag. Übermorgen. Ist das der Grund, weswegen die Terroristen die Brücke nicht sprengten, als sich ihnen die Gelegenheit bot? Weil sie es später tun wollten? Um noch mehr Geld zu verdienen?«

Sie beugten sich wieder zum Monitor vor.

»Wer hat das geschrieben?«, fragte Skov.

»Meinen Sie, ob die Zahlen und der Text von derselben Person geschrieben worden sind?«, wollte der Techniker wissen. »Das kann ich nicht beurteilen.« Er erhob sich und holte einen Ausdruck, den er Skov reichte.

Fünf Minuten später saßen Skov und Møller wieder in Skovs Büro. Die Tür wurde geöffnet, und Christian schlenderte herein. Skov gab ihm einen Ausdruck und berichtete, was vorgefallen war.

»Ich habe den Eindruck, dass Paolo Rocca fand, dass Kagan

ein Verräter ist«, sagte Christian. »Das hier mit ›eigenen Plänen‹. Vielleicht hatte Rocca ja etwas Neues erfahren, was sie nicht vorher vereinbart hatten. Dann hat er diese Datei kopiert, seine Nachricht angefügt und ist abgehauen.«

»Und ist ermordet worden«, meinte Møller. »Jedenfalls hängt das zusammen. Das wirkt wie ein verständliches Motiv sowohl für Rocca als auch seinen Mörder.«

»Die Farida kommt hierher und sprengt die Brücke«, sagte Skov. »Wer zum Teufel ist sie?«

»Vielleicht ist sie ja schon hier?«, meinte Møller.

»Wie meinst du das?«, fragte Skov. »Wer?«

»Hast du eine Landkarte?«, fragte Møller. »Auf der Sewastopol drauf ist?«

»Nein«, sagte Skov und wandte sich an Christian. »Weißt du, wo Sewastopol liegt?«

»Auf der Krim«, antwortete Christian. »Die Krim ist eine Halbinsel im Schwarzen Meer, die zur Ukraine gehört. Sewastopol ist die größte Stadt auf der Krim.«

»Ist das weit weg von Georgien?«, fragte Møller.

»Georgien liegt am Ostufer des Schwarzen Meers«, sagte Christian, »die Krim liegt am Nordufer. Der Abstand beträgt etwa 500 Kilometer.«

»Kämpfen sie dort auch gegeneinander?«, fragte Møller. »So wie in Tschetschenien und Georgien?«

»Im Augenblick nicht«, antwortete Christian. »Aber dort gibt es dieselben Konflikte. Die Krimtataren wurden wie die Tschetschenen von Stalin zwangsweise umgesiedelt. Es handelt sich um eine unterdrückte, ihrer Rechte beraubte Minderheit. Das ist ein Erbe des Kommunismus.«

»Lydia Tamaradze«, meinte Møller. »Und wenn sie das jetzt ist? Vielleicht stammt sie gar nicht aus Georgien, wie sie behauptet, sondern ist eine Terroristin von der Krim.«

»In diesem Fall sitzt sie bereits hinter Schloss und Riegel«, meinte Skov.

»Aber ist das eine Garantie?«, fragte Møller. »Wir wissen schließlich überhaupt nicht, warum sie hier ist. Oder mit wem sie unter einer Decke steckt. Sie tauchte vor einigen Monaten in Dänemark auf. Anschließend wurde Korsør von Terroristen besetzt. Die wiederum von einer geheimnisvollen Kommandotruppe niedergeschlagen wurden. Lydia Tamaradze nahm als eine Art Heckenschützin an den Kämpfen teil. Sie ist ein einziges großes Rätsel.«

Skov betrachtete den Ausdruck. »Warum hat er nicht einfach geschrieben, was Sache ist?«, fragte er und beantwortete seine Frage dann selbst. »Er wusste vielleicht nicht mehr.«

67. Kapitel

Lydia Tamaradze war nicht sonderlich erstaunt, als ein weiterer unbekannter Beamter im Vernehmungsraum auf sie wartete. Die neuen Gesichter waren in den letzten Tagen recht zahlreich gewesen. Einige hatten nur eine halbe Stunde lang mit zugehört, während sie andere Beamte befragt hatten. Sie hatte das Gefühl, dass sie einfach nur neugierig gewesen waren. Sie war ein exotisches Tier in einem Käfig, das alle sehen wollten.

Der unbekannte Mann war groß und blond und etwa so alt wie sie selbst. Lydia fand, dass er intelligent aussah. Sie hoffte, dass sie endlich jemanden von ihrer Geschichte überzeugen konnte. Dass ihr endlich jemand glauben würde.

»Lydia«, sagte der Mann. »Darf ich Sie Lydia nennen.«

»Ja«, antwortete Lydia.

»Ich heiße Christian. Ich habe die Protokolle der Verhöre mit Ihnen gelesen. Man hat Ihnen wiederholte Male die gleichen Fragen gestellt, und Sie haben diese jedes Mal ungefähr gleich beantwortet. Ich habe nicht vor, Ihnen diese Fragen noch einmal zu stellen, sondern wüsste nur gerne, ob Sie an Ihren Aussagen etwas ändern oder etwas hinzufügen möchten.«

»Nein«, sagte Lydia.

»Gut«, meinte Christian. »Somit wäre das geklärt. Jetzt würde ich gerne über etwas anderes sprechen. Sie sind Abchasierin. Welche Nationalität hatten Ihre Eltern?«

»Meine Mutter ist Georgierin, und mein Vater war Abchasier. Er ist vor fast zehn Jahren gestorben.«

»Und wie sieht es mit Ihren Großeltern mütterlicher- und väterlicherseits aus?«

»Die Eltern meiner Mutter waren Georgier. Mein Großvater väterlicherseits war Abchasier, und meine Großmutter väterlicherseits entstammte den Krimtataren. Sie hatten sich im Gulag kennengelernt.«

»Ich verstehe«, sagte Christian. »Wie hießen Ihre Großeltern väterlicherseits?«

»Mit Vornamen?«

»Ja.«

»Mein Großvater hieß Vassilij, meine Großmutter Olga.«

»Und wie heißen Sie außer Lydia noch?«

»Ich heiße Lydia Amira Tamaradze.«

»Ihre Großmutter war Krimtatarin, sagen Sie. Sind Sie je auf der Krim gewesen?«

»Nein, nie.«

»Kennen Sie Leute, die von dort kommen?«

»Niemanden außer meiner Großmutter. Aber sie lebt nicht mehr.«

Christian wartete einen Augenblick, bevor er die nächste Frage stellte.

»Wer ist Farida?«

»Ich kenne niemanden mit diesem Namen«, antwortete Lydia, ohne die Miene zu verziehen.

Die Fragen kreisten weiter um Lydias Teilnahme am Kampf der Separatisten in Abchasien. Wer ihre Kommandanten gewesen waren? Wo sie gekämpft hatten? Mit was für Nationalisten aus anderen Ländern sie Kontakt gehabt hatte? Das Verhör wurde noch ungefähr zwei Stunden fortgesetzt, ohne dass Christian direkt nach Paolo Roccas schwer zu deutender Mitteilung auf der CD gefragt hätte. Schließlich erhob er sich und ließ Lydia im Zimmer zurück. Sie blieb genauso unbeweglich auf dem Stuhl sitzen wie während des gesamten Verhörs.

Im Büro von Reichspolizeichef Thord Henning versammelten sich Skov, Terfig, Møller und etliche von den Beamten, die Lydia Tamaradze verhört hatten.

»Wir kommen mit ihr nicht weiter«, sagte Henning, als Christian das Büro betrat. »Entweder weiß sie nichts, oder sie ist die abgebrühteste Lügnerin, die mir je untergekommen ist.«

»Sie ist schwierig«, sagte Christian. »Ich habe nach einer Öffnung, irgendeiner Stelle, wo ich ihren Panzer hätte durchbrechen können, gesucht. Ich hoffte, dass ihre Großmutter, die Krimtatarin, so ein schwacher Punkt sein würde. Aber sie hat sich völlig verschlossen. Auf den Namen Farida hat sie überhaupt nicht reagiert.«

»Sie macht eigentlich einen recht glaubwürdigen Eindruck«, meinte Skov. »Man findet keine Unstimmigkeiten.«

»Wir wissen viel zu wenig, um ihre Angaben überprüfen zu können«, wandte Terfig ein.

Thord Henning schüttelte den Kopf.

»Im Augenblick suchen über hundert meiner Leute nach Sprengstoff«, sagte er. »Gleichzeitig müssen wir eine Panik vermeiden. Wir können diese Informationen nicht veröffentlichen. Aber morgen müssen wir die Brücke wieder schließen. Die Reaktionen werden nicht gnädig ausfallen. Es ist wichtig, eine gute Erklärung dafür zu finden.«

Er schaute auf die Uhr. »Die ganze Sache entgleist vollkommen«, meinte er. »Und ich bin zum Ministerpräsidenten bestellt. Gebt mir etwas. Eine neue Idee!«

Im Zimmer wurde es still. Thord Henning wartete, aber niemand ergriff das Wort. Er erhob sich und nahm seine Papiere vom Schreibtisch.

»Henning«, sagte Møller. »Ich habe einen Vorschlag.«

»Ja?«, erwiderte der Reichspolizeichef und sah ihn an.

»Paulsen soll sie vernehmen.«

Alle im Raum sahen Møller an.

»Warum?«, fragte Henning.

»Er bringt sie vielleicht dazu, sich zu öffnen.«

»Aber Paulsen könnte doch ihr Komplize sein.«

»Glaubst du das?«, fragte Møller.

»Nein«, erwiderte Thord Henning. »Aber ich kann schließlich nicht alles wissen. Theoretisch wäre alles möglich.«

»Falls Paulsen irgendwie in ihre Machenschaften verwickelt ist, braucht das im Augenblick gar kein Nachteil zu sein. Das könnte seine Chance sein, sozusagen die Seiten zu wechseln. Er könnte sie dazu bringen, über Dinge zu reden, die sie sonst nicht erzählen würde. Also ein Gespräch statt einer formellen Vernehmung.«

Thord Henning wandte sich an Skov. »Was meinst du?«, fragte er.

»Dass wir es versuchen sollten«, erwiderte dieser.

Es dauerte über eine Stunde, bis Møller Vincent Paulsen in Tisvildeleje ausfindig gemacht hatte. Møller bat ihn, nach Kopenhagen zurückzukehren. Paulsen wollte wissen, ob ihn Møller, sein alter Freund, jetzt ebenfalls verhören sollte. Seine Stimme klang traurig. Møller antwortete, dass es um dieselbe Sache gehe, aber auch wieder nicht. Er würde es ihm erklären, wenn er da sei.

Man hatte entschieden, dass Skov, Møller und Christian gemeinsam mit Paulsen sprechen und ihn nötigenfalls überreden sollten. Es ging darum, den richtigen Ton zu treffen. Sie erkannten an Paulsens Körpersprache, dass er sehr misstrauisch war, als er ihnen gegenübertrat. Seine alten Kollegen. Waren sie jetzt für oder gegen ihn?

Skov erklärte, was vorgefallen war. Paulsen schwieg lange.

»Glaubst du, dass ich in diese Sache verwickelt bin?«, fragte er dann.

»Nein«, antwortete Skov. »Niemand, der dich kennt, glaubt das.«

»In diesem Fall möchte ich, dass das Ermittlungsverfahren gegen mich eingestellt wird. Ihr müsst euch entscheiden, ob ich ein nützlicher Idiot bin, dem man an allem die Schuld geben kann, oder euer Retter in der Not. Ich habe nicht die Absicht, beide Rollen zu spielen.«

»Das können nicht wir entscheiden, das weißt du«, erwiderte Skov.

»Ich weiß«, sagte Vincent. »Du musst also weiter nach oben. Bis zum Ministerpräsidenten, scheint mir.«

»Paulsen …«

Vincent hob beide Hände.

»Ich rede mit Lydia«, sagte er, »wenn die Ermittlung gegen mich eingestellt und der Verdacht gegen mich fallengelassen ist. Vorher nicht.«

Skov erhob sich und verließ das Zimmer. Møller lächelte Vincent schwach an. Christian nickte leicht.

Eine Stunde später saßen sich Vincent und Lydia in einem der Vernehmungsräume gegenüber. Paulsen fragte, wie es ihr gehe.

»Gut«, antwortete sie. »Ich bin jetzt in den Händen anderer. Mein Kampf ist zu Ende.«

»Vielleicht nicht«, erwiderte Vincent. »Ich brauche deine Hilfe.«

»Ich helfe dir, wenn ich kann«, sagte Lydia.

»Über eine Sache habe ich viel nachgedacht«, sagte Vincent. »Dänemark erlaubt dir nicht zu bleiben und eine von uns zu werden. Trotzdem hast du dein Leben riskiert, um gegen die Terroristen zu kämpfen. Du hast für uns gekämpft. Warum?«

»Ich kann nur auf meine Art antworten. Sie haben uns mit Gewalt überwältigt. Mich genauso wie alle anderen in Korsør. Das konnte ich nicht akzeptieren.«

»Wusstest du, dass die anderen Soldaten kommen würden?«

»Ich wusste, dass früher oder später jemand kommen würde. Aber ich glaubte, dass es Dänen sein würden.«

»Aber warum hast du nicht gewartet?«

»Ich konnte nicht.«

»Als du die Terroristen auf dem Kai erschossen hast, was hast du da empfunden?«

»Ich habe mich frei gefühlt.«

Vincent nickte. »Erzähl mir, wer Farida ist«, sagte er.

»Der andere Polizist hat auch nach Farida gefragt. Warum ist sie wichtig?«, fragte Lydia.

»Sie kommt aus Sewastopol und will die Brücke sprengen«, sagte Vincent. »Wer ist sie?«

»Ich weiß nicht.«

»Bist du Farida?«

»Nein, Vincent.«

Zum ersten Mal hatte sie seinen Namen ausgesprochen. Sie hatte ihm geantwortet. Schweigend saßen sie sich gegenüber. Lydia brach das Schweigen.

»Farida kommt aus Sewastopol und soll die Brücke sprengen. Ist es so?«

»Ja«, sagte Vincent. »Am Sonntag wird es geschehen.«

»Als Kind habe ich in einem Dorf in der Nähe von Suchumi gewohnt«, sagte sie. »Das lag an der Küste am Schwarzen

Meer. Am Sonntag sind wir immer fischen gefahren. Mein Vater hatte ein kleines Boot, ein Ruderboot. Das hieß Amira genau wie ich.«

Vincent sah sie lange an. Sie saß ganz still vor ihm und wich seinem Blick nicht aus.

»Danke«, sagte er und erhob sich.

»Das ist mir einfach so eingefallen«, meinte sie.

Er ergriff ihre Hand, aber nicht wie bei einem Händedruck. Er umschloss sie mit beiden Händen. Dann verließ er das Zimmer.

Vor der Tür warteten Skov, Christian und drei weitere Ermittler.

»Ein Schiff«, sagte Skov. »Ich habe es gehört.«

»Sewastopol ist natürlich eine große Hafenstadt«, sagte Christian.

»Es kommt ein Schiff geladen«, sagte Møller. »Mit Sprengstoff. Gott im Himmel!«

68. Kapitel

Eine einfache Suche im Lloyds Schiffsregister bestätigte die Befürchtungen: Es gab einen Frachter mit Heimathafen Sewastopol, der Farida hieß. Ein Stückgutfrachter mit 1000 Bruttoregistertonnen, der 1500 Tonnen laden konnte, 70 Meter lang, mit einem 850-PS-Dieselmotor, Baujahr 1962.

Sie sahen ein Schiff vor sich, das mit 1500 Tonnen HMX beladen war. Sie sahen ein Feuerwerk vor sich, wie es Dänemark noch nie erlebt hatte. Sie sahen vor sich, wie die Brücke einstürzte.

Die Farida hatte eine Geschwindigkeit von sechzehn Knoten. Die Katastrophe näherte sich in einem Tempo von fast dreißig Kilometern in der Stunde.

Skov kratzte sich nervös am Kopf. Møller schaute auf die Uhr. Es war zwei Uhr nachmittags am Samstag, den 27. August.

»In zehn Stunden ist Sonntag«, sagte er. »Wir haben keine Ahnung, welchen Zeitpunkt sie ins Auge gefasst haben.«

Skov starrte auf die Informationen über die Farida auf seinem Computermonitor, als hoffe er, sie seien falsch.

»Wir müssen die Brücke jetzt schließen. Henning muss diesen Beschluss fassen.«

Skov machte sich an seinem Handy zu schaffen.

Dann geschah alles sehr schnell. Ministerpräsident Falck Pedersen rief den Oberbefehlshaber, den Verteidigungsminister, den Justizminister, den Reichspolizeichef und die Chefs der Sicherheitspolizei, des Nachrichtendienstes sowie etlicher weiterer militärischer Einheiten zu sich. Es wurde angeordnet, die Brücke über den Großen Belt aus beiden Richtungen zu sperren. Die Kanzlei des Reichspolizeichefs teilte jedoch nur mit, dass die Brücke nach dem eine Woche zurückliegenden Terroristenangriff noch einmal eingehender untersucht werden sollte. Von der neuen Bedrohung war nicht die Rede.

Der Große Belt wurde mit derselben Begründung für den gesamten Schiffsverkehr gesperrt. Aber alle sahen ein, dass damit nur andere Schiffe geschützt werden konnten. Der Beschluss würde die Terroristen nicht daran hindern, mit der Farida bis unter die Brücke zu fahren. Dafür waren andere Methoden nötig.

Der zwölf Mann umfassende Sicherheitsausschuss versammelte sich in der Kanzlei des Ministerpräsidenten. Alles, was die Bedrohung betraf, unterlag strengster Geheimhaltung. Bereits ein Gerücht würde einen Sieg für die unbekannten Terroristen, die hinter den Plänen steckten, bedeuten. Die Börse würde ausgesprochen negativ reagieren, die Aktienkurse würden einbrechen.

Der Ministerpräsident stellte als Allererstes fest, dass jetzt zwei Dinge wichtig waren: das Schiff ausfindig zu machen und es dann um jeden Preis anzuhalten.

Nach dem Treffen rief Falck Pedersen den schwedischen Ministerpräsidenten an. Dieser befand sich auf seinem Hof in Sörmland und war nicht sonderlich begeistert darüber, dort gestört zu werden. Aber als ihn Falck Pedersen über die Situation informierte und ihm mitteilte, die Farida werde sich möglicherweise zeitweilig in schwedischen Gewässern im Kategatt befinden, horchte der schwedische Ministerpräsident auf. Er wollte ungerne die Fehler der Tsunami-Katastrophe wiederholen und beschloss, rasch zu handeln. Er versprach seinem dänischen Kollegen, die betroffenen Behörden umgehend zu informieren. Er wolle auch versuchen, so rasch wie möglich eine beschlussfähige Regierung zusammenzutrommeln, das bedeutete, mindestens fünf Minister.

Auf dänischer Seite erteilte der Reichspolizeichef Skov, Møller und Christian den Auftrag, die Suche nach der Farida zu leiten. Thord Henning war der Meinung, dass die drei Polizisten die Situation am besten kannten und am schnellsten Lösungen finden konnten, ganz unabhängig davon, welche Positionen sie sonst innerhalb der polizeilichen Hierarchie innehatten. Es durfte keine Zeit vergeudet werden. Der Ministerpräsident sagte ihnen jede erdenkliche Hilfe, auch des militärischen Nachrichtendienstes, zu.

Skov koordinierte die Suche von seinem Büro aus. Nach einigen wenigen Telefonaten wussten Møller und Christian, wie man Schiffe aufspürte.

Das Wasser- und Schifffahrtsamt lag wenige Gehminuten vom Polititorvet entfernt, man musste sich nur über die Langebro nach Amager begeben, aber Møller und Christian war nicht nach Spazierengehen zumute. Deswegen nahmen sie einen Wagen. Ein Assistent empfing sie und führte sie in einen Raum mit Computern. Der Assistent war ein jüngerer Mann mit schlanken Fingern, wie dafür gemacht, die Computertastatur zu bedienen.

»Alle Schiffe im internationalen Verkehr mit über 300 Bruttoregistertonnen müssen laut Vorschrift an das AIS angeschlossen sein«, sagte der Assistent. »Das steht für Automatisches Schiffsidentifizierungssystem. Es handelt sich dabei um eine schwedische Erfindung. Mit Hilfe von GPS kann man damit genau sehen, wo sich ein Schiff befindet.«

»AIS, GPS«, meinte Møller. »Hauptsache ist, dass es funktioniert.«

Der Assistent nahm vor einem Computer Platz. Blaue Punkte blinkten auf einer digitalisierten Seekarte des Kattegat.

»Wir können alle Schifffahrtsstraßen Dänemarks bis auf die Höhe einer imaginären Linie zwischen Skagen und Vinga auf der schwedischen Seite sehen«, sagte er.

»Unser Schiff heißt Farida«, sagte Møller. »Wir glauben, dass es von Norden kommt, dass es Skagen umrundet und dann Kurs auf den Großen Belt nimmt.«

»Im Augenblick befinden sich etwa 75 an das AIS angeschlossene Schiffe nördlich von Seeland«, sagte der Assistent.

Er arbeitete einige Minuten lang schweigend an seinem Computer. Dann wandte er sich an Møller und Christian, die hinter ihm standen.

»Keines dieser Schiffe ist die Farida. Leider.«

»Kann man die AIS-Anlage eines Schiffes ausschalten?«, fragte Christian.

»Ja«, antwortete der Assistent. »Das kann der Kapitän tun. Aber es ist nur unter ganz besonderen Bedingungen gestattet.«

»Ich glaube nicht, dass sich dieser Kapitän Gedanken wegen irgendwelcher Genehmigungen macht«, sagte Møller. »Können Sie sehen, ob eines der Schiffe plötzlich das System abgestellt hat und damit ebenso plötzlich von Ihrem Monitor verschwunden ist?«

»Wir speichern alle Daten, das ließe sich also herausfinden. Aber wenn die Farida das AIS während der gesamten Reise ausgeschaltet hatte, dann hilft das nicht. Dann ist sie für uns dunkle Materie.«

»Die Farida könnte sich also bereits im Kattegatt befinden, ohne dass Sie das wissen?«, fragte Christian.

»Ganz richtig«, sagte der Assistent. »Aber es gibt noch eine andere Methode, doch die ist nicht sonderlich treffsicher.«

»Und zwar welche?«, fragte Møller.

»Wir können das, was ich auf dem Monitor habe, mit den Radarbildern der Marine abgleichen. Auf dem Radar tauchen alle Boote auf. Dort sieht man dann, welche Schiffe nicht mit AIS ausgerüstet sind.«

»Und wo gibt es diese Bilder?«, fragte Møller.

»In Århus.«

»Ist das nicht etwas unpraktisch?«, fragte Christian.

»Es kommt nicht oft vor, dass wir auf diese Art suchen müssen«, meinte der Assistent. »Aber der Radar fängt, wie gesagt, alle Schiffe auf, die dort draußen unterwegs sind. Segelboote, alles. Es handelt sich um Hunderte von Booten, die nicht mit AIS ausgerüstet sind.«

»Gibt es noch eine andere Methode, das Schiff ausfindig zu machen?«, fragte Møller.

»Nicht auf Abstand«, meinte der Assistent. »Man muss vor Ort suchen. Mit Schiffen oder Flugzeugen. Wenn das Schiff nicht von sich aus auf einen Funkspruch reagiert, natürlich.«

Møller beugte sich vor und betrachtete den Monitor.

»Das Kattegatt«, sagte er. »Wie groß ist das denn?«

»Zweiundzwanzigtausend Quadratkilometer«, antwortete der Assistent. »So groß wie halb Dänemark oder ungefähr wie drei Millionen Fußballplätze.«

»Wenn die Farida mit einer Geschwindigkeit von sechzehn Knoten unterwegs ist, wie lange braucht sie dann von Skagen nach Seeland?«, fragte Christian.

Der Assistent griff zu einem Taschenrechner. »Etwa sechs Stunden«, sagte er.

Møller schaute auf die Uhr. Es war Samstagnachmittag, zwanzig nach fünf.

69. Kapitel

Die Wellen trugen Schaumkronen. Kapitän Vladimir Isinbajev stand neben seinem Steuermann auf der Brücke. Er war müde, die letzten Nächte hatte er fast nicht geschlafen. Sein Steuermann und er hatten sich die Wachen geteilt, aber er hatte keine Ruhe gefunden, als er abgelöst wurde. Und jetzt war es ohnehin zu spät. Jetzt waren es nur noch fünf Stunden bis zum Ziel, dann würde er in die ewige Ruhe eintreten. Die allerletzten Stunden wollte er das Schiff selbst steuern.

Er lag ein paar Stunden vor dem Zeitplan. Aber das spielte keine Rolle, man würde ihn ohnehin nicht erwarten. Unwillkommene Gäste kamen immer zum falschen Zeitpunkt.

Isinbajev hatte einen dichten Vollbart. Er betete fünfmal am Tag und trank keinen Alkohol. Schon seit zehn Jahren nicht mehr. Damals hatte man ihm seine Arbeit bei einer Reederei in der Ukraine gekündigt. Die Ukraine war plötzlich keine Sowjetrepublik mehr gewesen, und die Wirtschaft war zusammengebrochen, als es sich gezeigt hatte, dass die alten staatlichen Unternehmen hoffnungslos unrentabel waren und aufgelöst worden waren. Er hatte nicht nur seine Arbeit verloren, sondern war auch plötzlich Ausländer in seinem eigenen Land geworden. Als in der Ukraine wohnhafter Tschetschene hatte er nirgendwohin gehört. Er war nach Grosny, in die Stadt seiner

Kindheit, zurückgekehrt. Der Bürgerkrieg in Tschetschenien hatte gerade begonnen. Er gab seinem Leben eine neue Richtung und veränderte ihn. Er weihte sein Leben dem Kampf. Als seine Eltern und ein Bruder im Krieg getötet worden waren, wartete er nur noch auf seine große Chance. Diese war jetzt gekommen. Ein Kapitän wurde für einen Spezialauftrag gebraucht. Er hatte das Gefühl, als sei ihm der Hauptgewinn in der Schicksalslotterie zugefallen.

Der Bug stampfte im Gegenwind. Steuerbord kam Land in Sicht. Er schaute auf die Seekarte, in diesen Gewässern war er nicht sonderlich oft gewesen. Eine Insel, kein Festland.

Er schob die Hand in die Tasche und holte eine kleine Schachtel hervor. Die Tabletten. Sie sollten ihn wachhalten. Ab und zu kamen sie an anderen Schiffen vorbei. In der Fahrrinne herrschte recht wenig Verkehr.

Im Funkgerät knisterte es. Ein Funkspruch. Er lauschte, plötzlich nervös. »*Farida, over, Farida, over.*« Der Funker gab sich nicht zu erkennen. Nur dieses *Farida, over, Farida, over*. Fünfmal mit jeweils einer Pause von einer Minute, und kein Absender. Der Steuermann sah ihn an, ohne etwas zu sagen.

Kapitän Isinbajev fragte sich, was er als Nächstes tun sollte. Aber das Funkgerät kam seinen Überlegungen zuvor. »*All vessels, all vessels!*« Alle Schiffe wurden gebeten, der dänischen Marine Bericht zu erstatten, falls sie die Farida, »*a general cargo ship*«, in dänischen Gewässern sichteten.

Man hatte ihn verraten. Wie konnte das geschehen? Nur eine Handvoll Leute wussten von seinem Auftrag. Die dänische Marine? Kannte sie seine ungefähre Position?

Er gab dem Steuermann Anweisung, den anderen Schiffen gegenüber auf Abstand zu bleiben und Volldampf zu geben. Das bedeutete, dass sie um zwei Knoten beschleunigten. Noch hatte man ihn nicht gefunden, aber das war natürlich nur eine Frage der Zeit. In drei Stunden mussten sie sich Land nähern.

Der Luftraum über ihm war leer. Keine Aufklärer. Noch nicht. Er schob sich eine weitere Tablette in den Mund. Sie schmeckte bitter. Was auch immer passierte, er würde weiter seinem Ziel entgegenstreben.

70. Kapitel

Acht Maschinen der dänischen Küstenwache befanden sich bereits in der Luft. Zwei patrouillierten über dem Skagerrak nördlich von Skagen. Niemand wusste, ob die Farida bereits dänische Gewässer erreicht hatte. Die anderen sechs suchten systematisch das Kattegatt ab. Die Marine bereitete sich darauf vor, das Schiff zu entern, sobald der entsprechende Befehl erteilt wurde. Schusssichere Westen und Waffen wurden bereitgelegt.

In der Führungsgruppe machten sich Zweifel breit. War dieser Verdacht wirklich berechtigt? War das nicht nur eine Vermutung? Konnte man sicher sein, dass die Farida ein Schiff war? Aber Ministerpräsident Rasmus Falck Pedersen hatte andere Sorgen: Was sollte er tun, wenn das Schiff gesichtet wurde?

»Welche Möglichkeiten gibt es?«, wollte er wissen. Die Frage war an alle gerichtet. Wer Lust hatte, konnte sie beantworten.

»Rein technisch«, sagte Oberbefehlshaber Hans Enhørning, »stehen uns viele Möglichkeiten zu Verfügung, wenn der Kapitän nicht beidreht und uns freiwillig den Befehl über sein Schiff überlässt. Die Küstenwache kann den Frachter entern. Wir können ihn von unserer Fregatte beschießen oder wir können ihn mit Flugzeugen angreifen.«

»Und worin bestehen die Risiken?«, fuhr der Ministerpräsident fort.

»Entern ist immer riskant«, meinte der Oberbefehlshaber. »Wir können schließlich nicht wissen, auf welchen Widerstand wir stoßen.«

»Und noch schlimmer wäre«, meinte der Staatssekretär des Ministerpräsidenten Knud Halsberg, »wenn der Kapitän die Sprengladung auslöst, sobald er erkennt, dass die Schlacht verloren ist.«

»Das würde zweifellos auf unserer Seite zu großen Verlusten führen«, sagte der Oberbefehlshaber. »Entern ist demnach keine empfehlenswerte Lösung.«

»Und Beschuss?«, fragte der Ministerpräsident.

»Das Schiff versenken? Oder es einfach nur stoppen?«, fragte der Oberbefehlshaber. »Wir wissen doch nicht einmal sicher, was der Frachter geladen hat. Wie bereits jemand erwähnte, stellen wir nur Vermutungen an.«

»Mir wäre es lieber, wenn wir den Frachter einfach stoppen könnten«, sagte Falck Pedersen. »Mir wäre am liebsten, wenn sich die Besatzung ergeben und uns den Frachter übergeben würde.«

»Und wenn das nicht gelingt?«

Der Ministerpräsident wandte sich an Knud Halsberg, der seinem Chef fast unmerklich zunickte.

»Wenn sie unsere Funksprüche und Signale nicht befolgen, indem sie die Maschine stoppen, dann sollten wir die Brücke beschießen, damit sie manövrierunfähig werden. Schlimmstenfalls ist der Frachter zu versenken.«

»Mit Jagdflugzeugen?«

»Ja. Mit Bomben oder mit Raketen, oder wie man das immer nennt.«

»Lenkwaffen oder Raketen«, sagte der Oberbefehlshaber

und erhob sich. »Ich gebe die nötigen Befehle. Wir befinden uns in weniger als einer Stunde in der Luft, um rasch vor Ort sein zu können. Sobald wir diese Mistkerle lokalisiert haben.«

Rasmus Falck Pedersen sprach anschließend mit dem schwedischen Ministerpräsidenten und berichtete von dem Beschluss. Diesem war es gelungen, sechs Minister zusammen zu trommeln, darunter der Verteidigungsminister. Er bat, sich in Kürze wieder bei seinem dänischen Kollegen melden zu dürfen.

Zehn Minuten später klingelte es auf der direkten Leitung Falck Pedersens.

»Hier ist noch einmal Göran«, sagte der schwedische Ministerpräsident. »Wir haben den Oberbefehlshaber beauftragt, eine JAS-Maschine startbereit zu halten. Laut Oberbefehlshaber und der operativen Einsatzleitung steht die Maschine beim Geschwader 7 in Såtenäs bald zum Einsatz bereit. Das ist nicht weit von Göteborg entfernt. Das Kampfflugzeug ist mit einer Maschinenkanone, das ist offenbar eine Maschinengewehr mit recht großem Kaliber, und einem Marschflugkörper 04 mit großer Sprengkraft ausgerüstet.«

»Ausgezeichnet«, sagte Falck Pedersen.

»Aber unsere Situation ist ziemlich prekär«, meinte der schwedische Staatsminister. »Wir müssen uns ganz und gar auf deine Angaben verlassen, was die Gefahren, die von diesem Schiff ausgehen, betreffen. Wir hatten keine Gelegenheit, uns ein eigenes Urteil zu bilden. Alarmbereitschaft ist eine Sache, aber Einsätze mit Waffen … Das Ganze ist sehr unangenehm, das muss ich schon sagen.«

Møller und Christian waren rastlos. Sie konnten nichts weiter unternehmen. Sie wussten nicht, womit sich Skov gerade beschäftigte, offenbar stand er dem Reichspolizeichef mit seinem Rat zur Seite. Das war ihnen zumindest übermittelt worden.

Christian trommelte auf die Tischplatte. Er saß im Präsidium bei Møller.

»Gibt es keine anderen Methoden, das Schiff ausfindig zu machen?«, fragte er.

»Das fragst du mich?«, erwiderte Møller.

»Du hast doch ein solches Talent, verlorene Gegenstände wiederzufinden. Die Tasche beispielsweise. Denk einfach nach.«

Møller reagierte nicht. Christian zuckte mit den Achseln. Sie saßen fünf Minuten lang schweigend da, dann erhob sich Christian.

»Wir können nicht einfach hier rumsitzen«, sagte er und begann, im Zimmer auf und ab zu gehen.

»Wenn die akute Krise vorüber ist, haben wir sicher alle Hände voll zu tun«, meinte Møller. »Wir müssen Kagan finden. Wir und ein paar hundert andere Polizisten auf der ganzen Welt.«

Christian ging auf Møllers Schreibtisch zu und begann in dessen Papieren zu wühlen. »Wo hast du den Ausdruck, den wir von der Spurensicherung bekommen haben?«, fragte er.

Møller zog eine Schublade heraus. »Hier«, sagte er und reichte Christian drei Blätter.

Christian betrachtete die Zahlen. »Sollten wir nicht versuchen, uns darauf einen Reim zu machen?«, meinte er.

»Wir brauchen einen Experten für Wirtschaftsvergehen, um damit klarzukommen«, erwiderte Møller. »Skov hat sich bereits darum gekümmert. Mehrere Leute versuchen, diese Bankkonten aufzuspüren.«

»Vielleicht handelt es sich nicht bei allen Ziffern um Bankkonten. Sollten wir nicht einen Versuch unternehmen?«

»Ja, warum eigentlich nicht.«

»Aber nicht hier«, sagte Christian. »Wir fahren zu Paulsen. Drei Köpfe sind besser als zwei. Besonders, wenn es sich bei dem dritten Kopf um den von Vincent handelt.«

»Das bringt uns sicher Ärger ein. Aber von mir aus gerne.«

Vincent saß allein in seiner Küche. »Birthe und die Mädchen sind in Hillerød geblieben«, meinte er, als seine beiden Kollegen eintraten. »Ich wusste schließlich nicht, ob diese Hyänen immer noch vor dem Haus lauern würden, aber offenbar ist es ihnen irgendwann zu langweilig geworden. Aber das Telefon hat ungefähr jede zweite Minute geklingelt.«

»Ich höre nichts«, sagte Møller.

»Ich habe den Stecker aus der Wand gezogen«, erwiderte Vincent.

Christian reichte ihm eine Kopie des Ausdrucks. »Lass uns mal drauflosüberlegen«, meinte er. »Wir sagen, was uns gerade einfällt. Egal, was.«

Die drei Männer nahmen an Vincents Küchentisch Platz. Er hatte Kaffee gekocht. Schweigend beugten sie sich über die Papiere.

Staatssekretär Knud Halsberg schüttelte den Kopf. »Nichts«, sagte er. »Sie finden nichts.« Er hielt ein Handy in der Hand.

Es war sieben Uhr abends. Mitternacht rückte näher. Es war immer noch hell draußen, es war Sommer, und die Sonne würde noch eine Weile am Himmel stehen. Bald würde es jedoch zu dämmern beginnen.

»Sie haben das ganze Gebiet abgesucht«, sagte Halsberg. »Nichts. In diesen Gewässern befinden sich etwa siebzig andere größere Schiffe. Von der Farida keine Spur. Das Schiff befindet sich ganz einfach nicht im Kattegatt.«

Ministerpräsident Falck Pedersen atmete lautstark aus. »Es scheint also ein falscher Alarm zu sein«, sagte er.

»Wenn wir Glück haben«, meinte Reichspolizeichef Thord Henning. »Aber der Sonntag ist lang, und die Farida hat Skagen vielleicht noch nicht umrundet. Das Schiff kann eine Geschwindigkeit von sechzehn Knoten erreichen. Es könnte morgen um 18 Uhr das Kattegatt erreichen und wäre dann immer noch rechtzeitig bei der Brücke.«

»Ja, natürlich«, sagte der Ministerpräsident und versuchte nicht einmal, seine Verärgerung zu verbergen. »Ich meine nur, dass die Gefahr nicht akut ist. Das verschafft uns eine Atempause.«

Er wandte sich an den Chef der Marine. »Und wie sieht es im Skagerrak aus? Und weiter südlich, Richtung Deutschland? Hat irgendein anderes Land irgendwelche Beobachtungen rapportiert?«

»Niemand hat etwas gesehen. Niemand hat etwas über die Farida rapportiert«, sagte der Flottenchef. »Leider. Die Nordsee ist etwas größer als das Kattegatt. Die Chancen, dort ein Schiff zu finden, sind minimal.«

»Es bleibt uns also nichts anderes übrig, als zu warten«, sagte Knud Halsberg.

Die Sonne ging hinter dem Horizont unter. Kapitän Isinbajev schaltete die Schiffslaternen ein. Die Farida sollte in der Dunkelheit nicht wie ein Geisterschiff aussehen. Auf der Steuerbordseite befand sich in drei Seemeilen Entfernung die Küste. Ziemlich bald würde er den Kurs ändern und direkt nach Norden steuern. Er musste nur die kleine Landzunge im äußersten Südwesten Schwedens umrunden. Er schaute auf die Seekarte.

Falsterbo, stand neben der Landzunge. Dann würde er in den Öresund einfahren. Niemand hatte versucht, ihn aufzuhalten. Jetzt würde ihnen das auch kaum noch gelingen, selbst wenn sie die Farida doch noch fanden. So nahe lag das Ziel.

71. Kapitel

»Ich kann mir nicht vorstellen, dass die Zahlen etwas anderes bedeuten sollen als Bankkonten und Summen«, meinte Møller. »Es scheint um viel Geld zu gehen. Jedenfalls sind es vielstellige Zahlen.«

Vincent Paulsen deutete auf eine Zahlenreihe auf der dritten Seite. »Das hier könnte eine Telefonnummer sein«, sagte er. »Sie beginnt mit 00290 und dann folgen acht Zahlen.«

Er stand auf und holte ein Telefonbuch.

»Mal sehen«, meinte er und fuhr mit dem Zeigefinger die Spalte der Ländervorwahlen entlang. »Es ist die Vorwahl von Saint Helena. Das klingt nach einer Steueroase. Wir müssen herausfinden, wem der Anschluss gehört.«

»Ja, falls es wirklich eine Telefonnummer ist«, sagte Møller.

»Hier gibt es noch einmal eine ähnliche Zahlenfolge«, sagte Christian. »00000828-55.44-12.56. Was für eine Vorwahl ist 00828?«

Vincent sah die Liste durch. »Kein Treffer«, sagte er. »Aber vielleicht ist das ja etwas anderes. 0828, das ist das Datum von morgen. Sonntag, der 28. August.«

Møller sah von seinen Blättern auf. »Wo hast du das gefunden?«, fragte er.

Christian deutete auf eine Stelle zuunterst auf der letzten Seite.

»Fünf Nullen«, sagte Møller. »Könnte das Mitternacht bedeuten, gefolgt vom Datum? Null Uhr, null null, null null, null acht, achtundzwanzig?«

»Vielleicht«, meinte Vincent. »Vielleicht haben wir hier ja was!«

Sie fixierten die Zahlen mit den Blicken.

»Aber was bedeuten die anderen Ziffern?«, überlegte Møller. »Was genau bedeuten sie?«

»Könnte 12.56 eine weitere Uhrzeit sein?«, fragte Christian.

»Aber was bedeutet dann 55.44?«

»Irgendein Code?«, schlug Vincent vor.

Sie starrten weiter auf die Zahlen.

Der Mann am Funkgerät stand abrupt auf und rannte durch den Korridor. In weniger als zwei Minuten hatte er die Tür erreicht. Er riss sie auf und begegnete einem Dutzend erstaunter Blicke.

»Wir haben die Position des Schiffes!«, rief er ins Zimmer. »Der Kapitän einer Fähre hat es gesehen!«

»Wo?«, fragte der Oberbefehlshaber.

Der Mann zögerte den Bruchteil einer Sekunde und antwortete dann:

»Es war der Kapitän der Fähre zwischen Kopenhagen und Bornholm. Die Farida kommt von Süden her, aus der Ostsee.«

Er sagte das, ohne ein einziges Mal Luft zu holen. Einen Augenblick lang war es totenstill im Raum.

»Was … wo genau?«, fragte der Ministerpräsident.

»Der Kapitän sagt … er hätte die Farida südöstlich von Amager gesichtet.«

Amager war die dem Zentrum von Kopenhagen vorgelagerte Insel. Reichspolizeichef Thord Henning schaute auf die Landkarte, die vor ihm auf dem Tisch lag.

»Zehn Minuten bis zur Öresundbrücke«, sagte er.

Der Ministerpräsident wandte sich an den Oberbefehlshaber und sah ihn fragend an. Hans Enhørning schüttelte den Kopf.

»Die Marine ist nicht schnell genug dort. Wir sind am falschen Ort. Aber ein Jagdflugzeug könnte ...«

»Entschuldigen Sie«, sagte der Mann. »Noch etwas. Die Farida bewegt sich genau auf der Grenze zu den schwedischen Hoheitsgewässern.«

»Macht dem schwedischen Ministerpräsidenten Mitteilung!«, befahl Falck Pedersen und betonte jede Silbe. »Sperrt die Brücke. Warnt die Autofahrer über das Radio. Gebt über Funk eine Warnung an alle Schiffe im Öresund weiter, sich von der Brücke zu entfernen. Sofort!«

»55.44-12.56«, sagte Christian. »Wenn das jetzt ...«

»Wenn das jetzt, was?«, fragte Vincent.

»Hast du eine Landkarte?«, fragte Christian.

»Natürlich.«

Vincent ging ins Wohnzimmer. Als er zurückkam, hielt er einen dicken Weltatlas in den Händen.

Christian blätterte bis zur Dänemarkkarte.

»55 Grad nördlich«, sagte er und schaute hoch. »Dieser Breitengrad führt durch Süddänemark. Ich dachte, dass es sich vielleicht um Koordinaten handelt. Breiten- und Längengrade. Der Schnittpunkt markiert einen Ort.«

»Guter Vorschlag«, meinte Vincent. »55 Grad, 44 Minuten nördlicher Breite und 12 Grad, 56 Minuten östlicher Länge. Und wo schneiden sich diese Linien?«

Christian suchte auf der Karte. »Jedenfalls nicht am Großen Belt. Der liegt auf dem elften Längengrad. Der 12. Breitengrad führt durch Roskilde, und zwischen dem zwölften und dreizehnten liegt der ...«

Er schaute hoch. »... Öresund.«

Vincent und Møller starrten auf die Landkarte.

»Scheiße«, sagte Møller. »Die falsche Brücke! Sie haben es auf die Öresundbrücke abgesehen! Liegt die auf 55 Grad, 44 Minuten?«

Christian beugte sich vor. »Die Karte ist zu ungenau. Das sieht man nicht. Hast du keine bessere?«

Vincent ging in das Zimmer einer seiner Töchter.

»Das ist der Schulatlas«, sagte er, als er zurückkam. »Und hier habe ich ein Lineal.«

Er schlug die Seite mit Seeland und dem Öresund auf und zeichnete mit dem Bleistift den richtigen Breitengrad ein. Dann zeichnete er den Längengrad ein. Er schaute auf den Punkt, an dem sich die Linien kreuzten. Er wich zurück und rang nach Luft.

»Was?«, fragte Møller.

»Das ist nicht die Brücke«, sagte Christian. »Das ist Barsebäck.«

72. Kapitel

Sie war elegant. Die letzte Brücke, die er in seinem Leben sehen würde. Kapitän Isinbajev drosselte das Tempo ein wenig. Er wollte mit Stil unter der Brücke hindurchfahren.

Skovs Handy klingelte.

»Ich sitze vor der Führungszentrale«, sagte er. »Hier herrscht nahezu Panik. Die Farida hält direkt auf die Öresundbrücke zu. Ich kann jetzt nicht reden. Sag rasch, was du willst, Møller.«

Bjarne Skov hörte schweigend zu. »Bleib dran«, sagte er dann und ging rasch ins Nebenzimmer. Der Ministerpräsident stand neben Oberbefehlshaber Hans Enhørning, Reichspolizeichef Thord Henning und Staatssekretär Knud Halsberg. Alle vier hielten Handys in beiden Händen. Es hatte fast den Anschein, als wollten sie sich die Ohren zuhalten.

»Ich muss stören«, sagte Skov so laut, dass ihn alle hören konnten. »Ich habe eine neue, vielleicht entscheidende Information erhalten.«

Die vier Männer sahen ihn an, nahmen ihre Telefone jedoch nicht von den Ohren.

»Kommissar Møller hat dem Computerausdruck des Mannes, von dem wir annehmen, dass er der Drahtzieher der ganzen Sache ist, eine Information entnommen«, sagte er. »Nicht die Brücke ist das Ziel, sondern Barsebäck. Die Farida hält auf das Kernkraftwerk zu.«

Der Ministerpräsident schloss einen Augenblick lang die Augen und erblasste.

»Das darf nicht wahr sein«, sagte Knud Halsberg.

»B wie Barsebäck«, murmelte Thord Henning.

»Gut«, sagte Hans Enhørning.

Die anderen wandten sich ihm zu.

»Wie bitte?«, sagte Falck Pedersen.

»Dann haben wir ja noch eine Gelegenheit, sie abzufangen«, sagte Enhørning. »Es sind gut fünfzehn Kilometer von der Brücke bis zum Kernkraftwerk. Bei einer Geschwindigkeit von sechzehn Knoten dauert das etwa eine halbe Stunde.«

»Aber … Barsebäck ist doch kürzlich stillgelegt worden«, sagte Falck Pedersen. »Knut? Wie gefährlich ist die Situation dort?«

Knud Halsberg hantierte mit seinem Telefon. »Ich frage nach«, sagte er.

»Zwei Hubschrauber befinden sich jetzt vor der Farida«, rief eine Stimme weiter hinten im Raum. »Beide Piloten bestätigen, dass es sich wirklich um die Farida handelt. Unser Kampfflugzeug kann jederzeit angreifen.«

»Wo genau befindet sich das Schiff?«, fragte der Ministerpräsident in sein Handy. Er hörte zu und wandte sich dann an die anderen. »Die Farida ist immer noch auf der schwedischen Seite. Wo zum Teufel bleibt das schwedische JAS-Kampfflugzeug, von dem Göran gesprochen hat?«

»Unterwegs, aber noch nicht dort«, rief eine andere Stimme ebenfalls von hinten. »Ich fürchte, es ist eben erst gestartet.«

»Unser Jäger hat die Brücke im Visier«, teilte der Oberbefehlshaber mit. »Wir können sie jetzt außer Gefecht setzen.«

»Die Farida hat noch zwei Kilometer bis zur Brücke«, sagte

der Ministerpräsident mit dem Telefon am Ohr. »Fünf Minuten, heißt es. Was passiert, wenn wir jetzt schießen?«

»Dann wird sie einfach weitertreiben«, sagte der Oberbefehlshaber. »Vermutlich ein ziemliches Stück, sagen meine Experten. Falls jemand von der Besatzung überlebt, wird er das Schiff unter der Brücke sprengen. Es ist zu spät, die Brücke zu retten, falls sie es sich anders überlegen und sich ein anderes Ziel suchen.«

Der Ministerpräsident starrte an die Decke, um einen neutralen Punkt zu finden, auf den er seinen Blick richten konnte. »Nicht schießen«, sagte er nach zehn Sekunden. »Lasst sie erst unter der Brücke hindurchfahren. Gebt den Hubschrauberpiloten Anweisung, beizudrehen, damit sie nicht entdeckt werden. Hat der Kapitän auf unseren letzten Funkspruch reagiert?«

»Nein«, antwortete der Chef der Marine am Telefon.

»Dann können wir nur hoffen, dass dein Kommissar Recht behält«, sagte der Ministerpräsident zu Skov und drückte sein Handy ans Ohr.

»Sie ist jetzt fünfhundert Meter von der Brücke entfernt«, sagte die Stimme am Telefon. »Vierhundert, dreihundert, zweihundert, hundert. Jetzt befindet sie sich unter der Brücke!«

In diesem Augenblick fiel das Telefon des Ministerpräsidenten zu Boden. Er beugte sich vor, um es aufzuheben. Dann presste er es ans Ohr, aber es funktionierte nicht mehr.

»Was ist los?«, fragte er.

»Sie ist unter der Brücke durch«, sagte eine Stimme von weiter hinten.

Falck Pedersen nickte Skov zu. Dann sah er seinen Staatssekretär Knud Halsberg auffordernd an. Dieser beendete sein Gespräch mit dem Handy.

»Unser Experte sagt Folgendes«, meinte er. »Der Kernbrennstoff bleibt nach der Stilllegung noch ein Jahr lang im Kernreaktor, damit die Strahlung abnehmen kann, bevor man ihn entfernt. Jod und Cäsium sind am gefährlichsten. Das Jod ist nach der Stilllegung weniger gefährlich, aber das Cäsium … wenn es zu einer Kernschmelze kommt, dann ist die Katastrophe genauso groß, als wäre Barsebäck noch in Betrieb.«

Der Ministerpräsident wandte sich an den Oberbefehlshaber. »Lasst sie noch fünf Minuten ihren Weg fortsetzen und versucht wieder, Funkkontakt zu ihr aufzunehmen. Wenn sie nicht reagiert, dann sollen unsere Jägerpiloten die Kommandobrücke zerstören, sobald sie wieder auf unserer Seite ist. Aber nur, wenn sie sich in dänischen Gewässern befindet! Andernfalls müssen wir auf die Schweden warten.«

Man drückte ihm ein neues Telefon in die Hand. Am anderen Ende war der schwedische Ministerpräsident. »Wir schießen, wenn sie auf unsere Seite kommt«, sagte Falck Pedersen. »Wie sieht euer Plan aus? Was habt ihr vor?«

73. Kapitel

Kapitän Vladimir Isinbajev kannte sie schon von früher. Die Hubschrauber, wie gigantische Insekten mit tödlichem Gift. Er hatte Schwärme von ihnen gesehen, die friedliche Dörfer angegriffen hatten. Er hatte gesehen, wie sie flüchtende Menschen auf der Erde beschossen hatten. Jetzt hatte er zwei von ihnen vor sich. Sie waren weit weg, vermutlich glaubten die Piloten, er hätte sie nicht entdeckt.

Wieder ging ein Funkspruch ein. Der Kapitän der Farida erhielt das Kommando »Volle Kraft zurück.«

Stattdessen gab Isinbajev den Befehl »Volle Kraft voraus!« Mit ein paar Handgriffen schaltete er den Autopiloten ein. Fünf Minuten später sah er einen schwarzen Punkt, kleiner als eine Fliege auf einer Glasscheibe, am Horizont auftauchen. Der Punkt wurde rasch größer und verwandelte sich in eine tödliche Bedrohung. Dröhnend flog das Kampfflugzeug über die Kommandobrücke hinweg. Isinbajev wusste, was das bedeutete. »Er will sich vergewissern, dass wir das sind«, rief er dem Steuermann zu. »Lauf!«

Das JAS-Kampfflugzeug flog eine Schleife und befand sich wieder auf Angriffskurs vor dem Schiff. Der Pilot zielte mit seiner Maschinenkanone.

Die zwei Männer hasteten die Leiter hinunter. Gerade als der

Kapitän das Deck erreichte, schlug die erste Salve in das Ruderhaus ein. Isinbajev suchte unter einem Rettungsboot Schutz. Es gelang ihm, nicht von Metallsplittern getroffen zu werden. Der Steuermann duckte sich auf das Deck über ihm. Der Jet flog eine neue Runde. Der nächste Angriff traf die Kommandobrücke weiter unten. Eines der Geschosse zerfetzte den Kopf des Steuermanns.

Der dritte Angriff setzte die Brücke in Brand. Isinbajev kroch wieder unter dem Rettungsboot hervor und rannte zur Leiter, die in den Frachtraum hinunterführte. Auf den Kartons mit den 300 Tonnen HMX lag der Zünder. Er stellte die Uhr auf acht Minuten. Dann begab er sich langsam wieder auf Deck. Ganz vorne auf dem Vordeck nahm er Platz. Hinter ihm brannte die Kommandobrücke, aber unter ihm arbeitete der Dieselmotor weiter im immergleichen Takt. Noch war es ihnen nicht gelungen, das Schiff zu stoppen. Vor sich sah er zwei gestreifte Gebäude mit hohen Schornsteinen.

Die Farida machte immer noch sechzehn Knoten. Es war die letzte Fahrt des alten Stückgutfrachters. Kapitän Vladimir Isinbajev saß reglos da. Er war vollkommen ruhig. Dann verwandelte sich alles in gleißendes, weißes Licht.

74. Kapitel

Tal Kagan döste in der Business Class. Er befand sich irgendwo über dem Mittelmeer in zehn Kilometern Höhe. Er schaute auf die Uhr. Jetzt muss es passiert sein, dachte er. Soeben oder jetzt gleich.

Er fühlte sich vollkommen leer. Ohne jegliche Gefühle. Er verspürte weder Ausgelassenheit, Freude noch Trauer. Er hatte seine Arbeit gemacht, seinen Auftrag ausgeführt. Es würde viele Opfer geben, aber die langfristige Wirkung war wichtiger. Die Weltordnung würde umgestürzt werden, die Veränderungen würden enorm sein. Wahrscheinlich hatten die Amerikaner mit den gleichen Argumenten über Hiroshima und Nagasaki Atombomben abgeworfen. Oder den Krieg in Vietnam und im Irak begonnen. Der Zweck heiligte die Mittel. Nur die Ziele unterschieden sich.

Er versuchte zu schlafen. Noch blieben einige Stunden bis zur Landung. Der Sitz war unbequem. Er kam nicht zur Ruhe.

75. Kapitel

Zwei Tage später saßen Vincent und Christian in einem Auto. Sie fuhren Richtung Norden in einen der Vororte von Kopenhagen. In Klampenborg parkten sie den Wagen und gingen den Strandvejen entlang. Sie schwiegen und schauten aufs Wasser. Die Luft war klar, und der Rauch, der die Luft spätabends am Samstag verdunkelt hatte, war verflogen.

Vincent betrachtete die Konturen von Barsebäck. Sie zitterten in der Wärme. Er hatte wie die meisten Dänen immer gefunden, dass ein Kernkraftwerk dort fehl am Platz sei. Viel zu nahe an Dänemark. Die Anlage stand mitten in einem Ballungsgebiet, und ein Unfall dort konnte verheerende Folgen haben. Jetzt war der Reaktor nach jahrzehntelanger Kritik sowohl aus Dänemark als auch Schweden stillgelegt worden. Alle waren davon ausgegangen, dass somit jegliche Gefahr gebannt sei, niemand hatte erwartet, dass ein ehemaliges Kernkraftwerk Ziel eines Terrorangriffs werden könnte. Niemand glaubte, dass ein abgestellter Kernreaktor immer noch eine Bedrohung darstellte.

Überall wurde der schwedische Pilot des JAS-Kampfflugzeuges wie ein Held gefeiert. Er habe den Angriff mit Präzision durchgeführt. Er selbst fand, es sei nur darum gegangen, technisches Geschick zu besitzen und einen kühlen Kopf bewahren zu können. Die drei Angriffe mit der Maschinenkanone hätten die Kommandobrücke zerstört, aber als das Schiff trotzdem nicht beigedreht sei, habe es keine andere Wahl gegeben. Die Einsatzzentrale habe über Funk den Befehl erteilt: Rakete abschießen.

Der Pilot hatte auf die Farida gezielt und den Knopf gedrückt. Die Rakete hatte das Schiff wie ein Messer durchtrennt.

Die Explosion hatte Entsetzen bei den Menschen beiderseits des Sunds ausgelöst. Die enorme Druckwelle hatte Tausende von Fensterscheiben zerstört und zehn Personen, die das Schauspiel auf dem Sund von ihren Fenstern aus verfolgt hatten, waren von Glassplittern getötet worden. Es hatte mehrere hundert Verletzte gegeben. Drei kleinere Schiffe auf dem Sund waren von Metallteilen getroffen worden und gesunken, wobei es acht Tote und fünf Verletzte gegeben hatte. Eine Tragödie mitten in der großen Freude, dass zwei Millionen Menschen trotz allem unversehrt davongekommen waren.

Auf dem Öresund waren etliche Schiffe damit beschäftigt, die Fahrrinne von den Trümmern der Farida zu säubern. Der Rumpf würde später gehoben werden müssen, da das Wasser an der Stelle, an der sie gesunken war, zu seicht war. Das Wrack stellte eine Gefährdung der übrigen Schifffahrt dar.

»Du wolltest mit mir sprechen«, sagte Vincent.

»Ja«, erwiderte Christian. »Ich habe Kontakt mit einigen … Kontakten aufgenommen. Leute in anderen Ländern, die in etwa dieselbe Position haben wie ich.«

Er sah Vincent an und lächelte. »Du entschuldigst sicher, dass ich etwas geheimniskrämerisch bin. Arbeitsethik nennt man das, etwas vornehmer ausgedrückt.«

»Eigentlich dürftest du mir gar nichts erzählen, oder?«

»Nein, aber ich tue es trotzdem. Ich finde, du hast ein Anrecht darauf, es zu erfahren.«

»Was?«, fragte Vincent.

»Das Einsatzkommando«, sagte Christian. »Es lässt sich zwar nicht unumstößlich belegen, aber der Ministerpräsident hat in seiner Fernsehansprache offenbar gelogen. Es handelte sich nicht um eine private, paramilitärische Einheit.«

»Sondern?«

»Ich muss etwas ausholen«, meinte Christian. »Eine der Geiseln war ein Amerikaner namens George Woods. Offenbar machte er in Korsør Urlaub. Woods ist nicht irgendjemand. Er ist der Chef eines der größten Waffenproduzenten der USA, aber nicht nur das. Ehe er nach Korsør fuhr, hatte er an Verhandlungen über gewisse strategische Waffenlieferungen teilgenommen. Er ist das, was die Amerikaner einen *key player* in ihrer verteidigungspolitischen Strategie nennen würden.«

»Die Schlüsselstellung«, erwiderte Vincent. »Der wirkliche Mr. Key.«

»Woods besitzt Informationen, von denen die USA keinesfalls wollen, dass sie dem Feind in die Hände geraten«, meinte Christian.

»Welchem Feind?«, wollte Vincent wissen.

»Allen und niemandem. Das spielt keine sonderliche Rolle. Woods musste befreit werden, ehe jemand seine Bedeutung erkannte und ihm sein Wissen abpresste.«

»Die Amerikaner haben also das Hotel gestürmt?«

»Laut meinem Gewährsmann, ja. Es handelte sich um ihre *Special Task Force*, ein Einsatzkommando, das Ende 2001 im Rahmen eines sogenannten *Special Access Program* gebildet wurde. Das Einsatzkommando ist darauf spezialisiert, Terroristen überall auf der Welt festzunehmen und zu verhören. Also eine waschechte amerikanische Weltpolizei. Also keine Burschen, die Glacéhandschuhe anziehen, wenn sie einen gefangengenommenen Terroristen verhören.«

»Wusste der Ministerpräsident davon?«

»Davon bin ich überzeugt«, sagte Christian. »Ich muss zugeben, dass ich mir nicht sicher sein kann, aber er muss ihren Gegenangriff genehmigt haben. Man kann nicht ohne grünes Licht zu bekommen mit drei Hubschraubern in einem Kriegsgebiet landen. Stell dir vor, wir hätten angefangen, sie zu beschießen! Ich kann mir auch nicht vorstellen, dass jemand anderes als der Ministerpräsident sein Okay gegeben hat. Ich glaube, dass er und dieser Staatssekretär, Halsberg, du weißt schon, die Sache eingefädelt haben. Halsberg ist ein aalglatter Typ.«

»Aber warum? Warum konnten nicht unsere Kommandotruppen und Fallschirmjäger dasselbe tun?«

»Die haben ja alle den Arsch nicht hochgekriegt. Sie haben die ganze Zeit nur darüber gestritten, wann der günstigste Augenblick sei. Außerdem wollte unsere Seite verhandeln. So macht man das in Europa. Die Amerikaner wollten aber nicht warten. Vielleicht fand der Ministerpräsident auch, dass sich die Situation so am einfachsten lösen ließ. Eine geheime Aktion, die vorüber ist, bevor überhaupt jemand reagieren kann.«

Vincent schüttelte den Kopf. »Und dann sah er sich nicht imstande, die Hintergründe zu enthüllen«, sagte er. »Dreiunddreißig tote Dänen für das Leben eines Amerikaners. Das ist kein angemessenes Verhältnis, wenn man auf die Wiederwahl hofft. Und dann wollte er mir, einem einfachen Kriminalbeamten, die Schuld in die Schuhe schieben! Wirklich staatsmännisch! Eigentlich zum Weinen.«

Sie blieben eine Weile stehen. Christian schwieg, damit Vincent die Informationen verarbeiten konnte.

»Und Lydia Tamaradze?«, fragte Vincent nach einer Weile.

»War keine amerikanische Agentin«, meinte Christian. »Sie war wohl wirklich nichts anderes als das, was sie selbst angegeben hat: eine Flüchtlingsfrau aus Georgien. Warum sie zur Waffe gegriffen hat, werden wir vermutlich nie wirklich erfahren.«

»Aber wenn der Ministerpräsident an seiner Lüge festhält, dann wird sie geopfert werden«, sagte Vincent.

»Mal sehen. Die Rechtslage ist gelinde ausgedrückt etwas unklar.«

Sie gingen weiter den Strandvejen entlang. Vor ihnen schob eine junge Frau einen Kinderwagen vor sich her. Der Alltag kehrte in das kleine Land zurück.

»Wir haben diese Reise ja zusammen unternommen«, meinte Christian. »Unsere Zusammenarbeit also … hat doch, könnte man sagen, irgendwie Spaß gemacht, nicht wahr?«

Vincent verzog den Mund. »Durchaus«, erwiderte er. »Das kann man sagen. Aber wir sind noch nicht am Ziel.« Er drehte sich um und sah der Frau mit dem Kinderwagen hinterher. »Der Mord an Paolo Rocca. Ließen deine Verbindungsleute etwas über das Motiv verlauten?«

»Nein«, erwiderte Christian. »Was glaubst du?«

»Dass er abgesprungen ist. Ich glaube, die Mitteilung auf der CD deutet darauf hin. Ich weiß nicht, aber meine Vermutung ist, dass er an der Planung der Besetzung beteiligt war. Dann entdeckte er, dass Kagan eigene Ziele verfolgte, und hatte die Nase voll. Besetzung war eine Sprache, die Paolo Rocca verstand, aber nicht Massenmord. Ich glaube, Kagan befahl den Mord aus Angst, dass Rocca ihn verraten würde.«

»Aber wie ging das zu? Können wir nicht versuchen, den Ablauf der Ereignisse am Mordtag zu rekonstruieren?«

»Ich habe das tatsächlich schon versucht«, sagte Christian. »Man muss dazu seine Logik und Fantasie benutzen. Rocca checkte gegen acht Uhr morgens aus seinem Hotel aus. Dann ließ er seine Tasche bei dem Schuhmacher unter dem Vorwand zurück, den Schlüssel verloren zu haben. Anschließend nahm er um elf Uhr den Zug nach Kopenhagen. So viel wissen wir.«

»Die Mörder müssen ihn bereits beschattet haben, als er in Malmö in den Zug stieg«, meinte Vincent. »Aber da einer von ihnen später im Hotel anrief und nach Paolos Tasche fragte, können sie ihn nicht den ganzen Morgen beschattet haben. Oder?«

»Das klingt plausibel«, erwiderte Christian. »Also haben sie ihn abgefangen, nachdem er beim Schuster gewesen war.«

»Aber warum hat er die Tasche überhaupt abgegeben?«

»Der Konflikt zwischen Paolo Rocca und Tal Kagan muss schon früher begonnen haben«, sagte Christian. »Rocca beschlich der Verdacht, dass Tal Kagan eigene Pläne hatte. Das geht aus seiner Mitteilung über Kagans Pläne hervor. Er war sich aber offenbar unsicher, worauf sie hinausliefen. Vermutlich begriff das Kagan, er merkte vielleicht, dass die Datei kopiert worden war. Der Mord mit der Bombe erforderte zweifellos einige Vorbereitungen. Aber er war sich vielleicht auch nicht ganz sicher.«

»Was veranlasst dich zu dieser Vermutung?«, fragte Vincent.

»Die Tatsache, dass Paolo Rocca an diesem Morgen nicht direkt nach Kopenhagen gefahren ist. Ich glaube, in den Stunden zwischen acht und elf ist einiges geschehen. Es liegt nahe, dass sich Kagan und Rocca getroffen haben. Dieses Treffen war für beide entscheidend. Rocca war jedoch so schlau gewesen, die CD als eine Art Rückversicherung bei dem Schuster zu deponieren.«

»Er wagte es dann nicht, sie wieder abzuholen, bevor er nach Kopenhagen fuhr«, meinte Vincent. »Kagans Torpedos holten ihn ein. Die Kopie der Datei bekamen sie jedoch nicht in die Finger. Die fanden wir.«

Schweigend wanderten sie weiter.

»Iman Amin ist tot«, sagte Christian nach einer Weile. »Vermutlich ist der andere Mörder bei dem Kinderwagen ebenfalls tot. Er war vermutlich bei der Besetzung dabei. Der Einzige, der eine Antwort darauf geben kann, wie es sich wirklich zugetragen hat, ist Tal Kagan selbst.«

»Er ist auf der ganzen Welt zur Fahndung ausgeschrieben«, sagte Vincent. »Aber es gibt sicher Orte, an denen er sich verstecken kann.«

»Ich frage mich allerdings, ob er nicht neue Probleme am Hals hat«, meinte Christian.

»Wie meinst du das?«

»Ich habe mir die Börsenkurse angesehen, bevor wir hierhergefahren sind. Stell dir vor, das Kernkraftwerk wäre in die Luft geflogen! Wir wissen glücklicherweise nicht, wie groß die Schäden gewesen wären, wenn die Farida ihr Ziel erreicht hätte, aber allein die psychologische Wirkung eines erfolgreichen Angriffs auf ein Atomkraftwerk wäre verheerend gewesen. Die Kurse wären schneller gesunken als die Farida dort draußen im Sund. Stattdessen sind sie jetzt jedoch gestiegen, vermutlich aus purer Erleichterung darüber, dass die Gefahr vorüber ist. Du weißt schon, wir haben überlebt, obwohl wir keine Ahnung hatten, dass wir sterben sollten. Ein zusätzlicher Bonus gewissermaßen. Das gefällt den Investoren. Der gesamte Kagan-Plan mit den Verkaufsoptionen ist also geplatzt.«

In einem großen Haus mit ganz anderen Koordinaten als Barsebäck wurde eine Tür geöffnet. Ein sehr elegant gekleideter Herr trat ein. Es war der Vertreter des Konsortiums.

»Mr. Kagan«, sagte der Mann. »Die Entwicklung der Börsen entspricht nicht ganz unseren Erwartungen. Der Effekt, den Sie versprochen hatten, blieb leider ganz aus, als die Aktion missglückte. Das Konsortium ist nicht sonderlich erbaut. Ich glaube, dass Sie einiges zu verantworten haben. Um genau zu sein, etliche Milliarden Dollar, die jetzt verloren gegangen sind. Ich bin davon überzeugt, dass Sie das Konsortium nach Verdienst entlohnen wird.«

Er verließ das Zimmer, in dem Tal Kagan seit fast vierzig Stunden eingesperrt gewesen war. Er schloss die Tür wieder, noch ehe Kagan den Mund öffnen konnte.

Tal Kagan hörte, wie der Schlüssel im Schloss umgedreht wurde.

76. Kapitel

Espen Krogh saß in seinem blauen Ohrensessel im Wohnzimmer seiner Zweizimmerwohnung in Tullinge. Den Sessel besaß er schon seit vielen Jahren. Die Tasche, die geöffnet vor ihm lag, war jedoch neu. Er hatte sie immer noch nicht ausgepackt. Die Dollarbündel lagen ordentlich nebeneinander, ein Anblick, den es sonst nur im Kino gab.

Er saß jetzt schon seit über einer Stunde so da. Mit diesem Geld würde er sein Leben wieder in den Griff bekommen. Es gab ihm den nötigen Spielraum. Dessen war er sich bereits bewusst gewesen, als er sich entschlossen hatte, in Dänemark sein Leben zu riskieren. Er hatte es wegen des Geldes getan, aus keinem anderen Grund. Er hatte im Leben eine weitere Chance bekommen.

Wie er in seinem Ohrensessel so dasaß, begann er nachzudenken. Schließlich sah er ein, dass es eigentlich ganz einfach war. Er beugte sich vor und nahm so viele Geldscheine wie sich mit zwei Händen fassen ließen, was etwa dem halben Inhalt der Tasche entsprach. Dieses Geld legte er auf den Tisch. Dann holte er das Telefonbuch und suchte einen Namen.

Espen hatte nur selten Angst, aber seine Hand zitterte und sein Herz raste, als er zum Telefonhörer griff. Das Gespräch war genauso schwierig, wie er befürchtet hatte, aber schließlich drang er mit seinen Worten doch durch.

Er klappte die Tasche mit dem restlichen Geld zu, nahm sie in die Hand und verließ die Wohnung.

Zwei Stunden später saß er in der U-Bahn. Er fühlte sich seltsam erleichtert. Janina Martinssons Mann hatte die Tasche entgegengenommen. Mit der Tochter auf dem Arm stand er da und hatte sogar Espens Entschuldigung akzeptiert. Espen Krogh wusste dennoch, dass er nie ganz frei werden würde, diese Gnade ließ sich nicht mit Geld erkaufen. Aber trotzdem, die Tasche minderte seine Schuld etwas. Dass ihm verziehen worden war, machte Janina Martinsson zwar nicht wieder lebendig, aber er hatte das Gefühl, selbst wieder ins Leben zurückgekehrt zu sein.

Espen Krogh stieg am Mariatorget aus. Er betrat ein Haus und stieg fünf Treppen hoch. Er klingelte ohne zu zögern. Eine dunkelhaarige Frau öffnete.

»Nimm mich zurück«, sagte Espen.

Schweigend standen sie sich gegenüber. Dann trat Simone beiseite und ließ Espen hereinkommen.

77. Kapitel

Ende September begann der Prozess gegen Lydia Tamaradze. Die Staatsanwaltschaft warf ihr achtfachen Mord vor, forderte jedoch keine bestimmte Strafe. Die Frage nach Lydias Schuld war politisch brisant. Niemand weinte den Terroristen, die sie getötet hatte, eine Träne nach, aber in bestimmten Zeitungen schob man Lydia die moralische Verantwortung für die Ermordung der drei dänischen Politiker zu. Man wies ihr auch die Schuld dafür zu, dass die Terroristen Wohnhäuser mit Granaten beschossen hatten, wobei mehrere Bewohner zu Tode gekommen waren. Andere Medien erkannten ihren Marktwert: Sie wurde als Heldin dargestellt. Obwohl Ministerpräsident Rasmus Falck Pedersen weiterhin behauptete, Lydia Tamaradze sei Mitglied des paramilitärischen Einsatzkommandos gewesen, wurde sie in mehreren Zeitungen als einzige mutig Agierende in einem schmutzigen Spiel bezeichnet. Was Lydia Tamaradzes Taten anging, war die dänische Öffentlichkeit geteilter Meinung.

Gegen die Begründung der Mordanklage, die der Staatsanwalt vorlegte, war offenbar nichts einzuwenden. In Dänemark besaß die dänische Polizei das Gewaltmonopol. Im Normalfall hatte niemand das Recht, Selbstjustiz zu praktizieren. Bei keinem der Morde hatte außerdem eine akute Notwehrsituation vorgelegen. Dafür wäre erforderlich gewesen, dass einer der Terroristen Lydia selbst oder einen anderen Menschen in dem Augenblick bedroht hätte, als Lydia zur Tat geschritten war. Also musste die Anklage auf Mord lauten. Der Staatsanwalt überließ es Lydias Verteidiger, Gründe für eine eventuelle Strafminderung vorzubringen.

Der Verteidiger verfolgte eine klare Strategie. Seine Mandantin Tamaradze gestand, die acht Terroristen getötet zu haben. Da jedoch eine akute Geiselsituation vorgelegen hatte, war das gleichbedeutend mit Beihilfe zur Notwehr gewesen. Deswegen musste sie freigesprochen werden. Wurde sie wegen Mordes verurteilt, so lag laut Verteidiger trotzdem Beihilfe zur Notwehr als mildernder Umstand vor. Sie musste deswegen mit einer wesentlich milderen Strafe davonkommen.

Das Gericht war ebenso zwiegespalten wie das dänische Volk. Schließlich verurteilte das Gericht sie zwar wegen Mordes, befand aber, dass die Taten nicht wie normale Morde zu bewerten seien. Da ihre impulsiven Handlungen sehr schwere Konsequenzen für einige Geiseln gehabt hatten, war eine Freilassung ausgeschlossen. Die Strafe sollte jedoch bedeutend milder ausfallen. Lydia Tamaradze wurde zu zwei Jahren Gefängnis verurteilt und sollte nach verbüßter Strafe auf Lebenszeit des Landes verwiesen werden.

Lydia nahm das Urteil entgegen, ohne irgendwelche Gefühle erkennen zu lassen. Ihr Kampf war vorbei, und sie gehörte zur Verliererseite.

Vincent Paulsen kehrte allmählich wieder in den Dienst zurück. Er wurde verwarnt, weil er Lydia Tamaradzes Aufenthalt im Land nicht angezeigt hatte, aber das war auch alles. Vor den Medien hatte Bjarne Skov enthüllt, dass Vincent Paulsen einer der drei Beamten gewesen sei, denen es geglückt war, Barsebäck als Zielscheibe der Terroristen zu identifizieren. Nach diesem Interview war es der Polizeiführung unmöglich, Paulsen zu entlassen. Dem Ministerpräsidenten gelang es durch ein geschicktes Manöver, seinen bisherigen indirekten Vorwurf, Paulsen sei ein Verräter, zu entschärfen. Er schlug vor, Paulsen, Møller und Christian den höchsten Tapferkeitsorden des Landes zu verleihen. Nach der Zeremonie vergaßen die Zeitungen rasch, dass sie noch vor Kurzem Paulsens Haus auf der Jagd nach einem Sündenbock belagert hatten.

Einige Tage nachdem Vincent seinen Orden bekommen hatte, wanderte er in Richtung der Vor Frue Kirke. Er blieb vor dem kleinen Juweliergeschäft stehen und klingelte. Simon Herschfeld gewährte ihm Einlass und hieß ihn willkommen. Sie setzten sich wie ein altes Ehepaar auf ihre angestammten Plätze.

Vincent erzählte die lange Geschichte von Lydia und ihm selbst und berichtete von Paolo Rocca und den Terroristen. Herschfeld hörte ihm zu, ohne ihn ein einziges Mal zu unterbrechen.

»Ich habe einen Orden bekommen«, sagte Vincent schließlich, »aber ich schäme mich. Ich schäme mich sogar sehr. Ich habe sie verraten.«

»Fragen Sie sich lieber, ob Sie etwas hätten anders machen können«, sagte Herschfeld. »Wenn nicht, dann trifft Sie keine Schuld.«

»Meine Schwester Karoline hat anders gehandelt«, sagte Vincent. »Ich habe Lydia auch kennengelernt. Aber ich tat nichts. Ich ließ sie untergehen. *Das* ist mein großer Verrat.«

78. Kapitel

Die Aufräumarbeiten in Korsør waren effektiv gewesen. Das Einzige, was noch an die Besetzung erinnerte, war eine Gedenktafel an der Wand des Hotels Kong Frederik. Der Alltag war wieder eingekehrt, aber in den Häusern und Geschäften war oft zu hören, dass sich die Stimmung in der Stadt verändert habe. Einige meinten, dass man sich mehr umeinander kümmere, dass die Menschen behutsamer miteinander umgingen. Andere fanden, der Fremdenhass habe zugenommen. Niemand konnte mit Bestimmtheit sagen, was genau geschehen war, das Gefühl war einfach anders. Während einer kürzeren Zeit hatten die Bewohner Korsørs das Ausgeliefertsein der Belagerung und die Ohnmacht der Flüchtlinge erlebt. Äußerlich war Korsør wiederhergestellt, aber innerlich war es verändert.

Casper war ein neunzehnjähriger Junge, der gerade die Schule beendet und einen Aushilfsjob als Gärtner bei der Stadt Korsør bekommen hatte. Er dachte schon nicht mehr an die jüngsten Ereignisse, sondern konzentrierte sich auf seine momentane Tätigkeit. An diesem Morgen hatte er die Aufgabe, die Hecken im Stadtzentrum zu beschneiden. Ausgerüstet mit einer Heckenschere mit Zweitaktmotor legte er los. Er bemühte sich, gerade Linien zustande zu bringen. Meine Hecke soll hübsch werden, dachte er und grinste.

Rasch fielen die grünen Blätter unter den scharfen Klingen. Da entdeckte er ein Blatt, das zwar grün war, aber anders aussah als die anderen. Er stellte die Heckenschere ab und zog das grüne Blatt aus der Hecke. Es stand »100« darauf. Er schob die Zweige auseinander. Im Innern der Hecke lag ein Umschlag. Eine Ecke war beschädigt. Er öffnete den Umschlag und nahm den Inhalt heraus.

Caspar setzte sich hinter die Hecke und begann zu rechnen. Fünfundzwanzigtausend amerikanische Dollar. Achtzehntausendvierhundert dänische und neuntausendsechshundert schwedische Kronen. Ein echter Coup, dachte er. Er steckte das Geld in den Umschlag zurück und verstaute diesen in seinem Overall. Dann drehte er sich zu dem Hotel um, das noch vor wenigen Wochen zerstört und rußgeschwärzt gewesen war. Er fasste mit der Hand nach dem Umschlag und ließ dann den Motor der Heckenschere wieder an. Mit einem Lächeln auf den Lippen beschnitt er weiter die Buchsbaumhecke.

79. Kapitel

An einem Novembertag schaute Vincent Paulsen auf die Wolken hinunter, die sein Land bedeckten. Eine Stewardess servierte ihm ein Brötchen in einer Plastikfolie und Kaffee. Vincent reiste allein. Das Ticket hatte er aus eigener Tasche bezahlt.

Am Vortag hatte er Lydia im Gefängnis besucht. Sie freute sich über sein Kommen. Er versuchte ihr seine Überlegungen über Verantwortung und Schuld zu erklären, aber sie antwortete nur mit einem Lächeln und nahm seine Hand. Er war sich nicht sicher, ob sie überhaupt verstand, was er meinte.

Beim Verlassen des Gefängnisses hatte sein Schamgefühl etwas nachgelassen. Stattdessen erfüllte ihn eine große Trauer. Er hatte etwas in seinem Leben verloren, etwas, das er nie wiedergewinnen würde.

Die Maschine landete auf dem Flughafen Linate. Er holte seinen Mietwagen ab und fuhr die kleinen Straßen der Poebene unterhalb der Gipfel des Apennins entlang. Nach sechs Stunden traf er in Bologna ein. In der Stadt verfuhr er sich einige Male, stand dann aber schließlich vor der großen Patriziervilla. Die Tür wurde von der Haushälterin geöffnet. Diese drehte sich um und kehrte ins Haus zurück. Wenig später erschien Signora Brambini.

Vincent reichte ihr eine kleine Schachtel. Signora Brambini öffnete sie. Lange stand sie da und betrachtete ihren Inhalt. Dann umschloss sie ihn langsam mit der Hand. Den Silberring mit den beiden schiefen Türmen und mit Francescas verkürztem Namen.

btb

Andrea Maria Schenkel

Kalteis

Roman. 192 Seiten
ISBN 978-3-442-73800-7

München, Ende der 1930er Jahre: Süß und sehnsüchtig ist der Traum vom Glück in der großen Stadt – auch Kathie träumt ihn und entflieht der Enge des dörflichen Lebens. Manch eine ist hier schon unter die Räder gekommen, aber sie wird es schon schaffen. Oder? Dunkelhaarig, kräftig und hübsch ist sie, wie die Frauen, die seit einiger Zeit in München und Umgebung spurlos verschwinden …

Der Spiegel-Bestseller erstmals im Taschenbuch.

Ausgezeichnet mit dem Deutschen Krimipreis 2008.

»Überaus fesselnd erzählt, klug kombiniert, mit Mut zur Pause, zum Schweigen und zum Widerspruch.«
Brigitte

»›Kalteis‹ trifft ins Herz.«
Tobias Gohlis, DIE ZEIT

www.btb-verlag.de